讀小說
Reading Novel

正體

しょうたい

染井為人
そめいためひと

瑞昇文化

目次

中文版獨家作者序

各位台灣讀者，大家好。

我是日本小說家染井為人。

這次我所撰寫的「正體」一書即將在台灣發行出版。我的空想就這樣飛越大海、讓文化不同之地的人得以閱讀，實在令人感到相當雀躍。

「正體」這部作品描寫的是一個未成年死刑犯男孩從看守所越獄以後的逃亡故事。接觸他的人都受到他溫柔的個性吸引，之後才知道他就是那個擾亂社會秩序的死刑犯（他真的有犯罪嗎？）而內心感到萬分糾葛。

另一方面，他也不是漫無目的一路逃亡。他有非常雄心壯志的目的。

他的目的究竟為何？他的真面目（正體）究竟是什麼？

還請各位用自己的眼睛閱讀本書來確認這些事情。

由於會不小心提到劇情，我就不多寫這方面的內容了，不過本書當中的死刑犯少年曾說過這樣的事情。

「說謊非常累。可以的話我希望不要說謊。」

我想大家都曾經有過這樣的念頭吧？無論任何人都希望能夠不說謊、誠實面對自己與他人。但是人類為了保護自己，有時也得依賴謊言，也可能為了對方而說謊。人類是非常複雜又麻煩的生物。

如此複雜又麻煩的人們，為了能過著健全生活而絞盡腦汁訂定的便是法律。破壞規則的人就會受到懲罰、被剝奪自由，有時候還得付出性命。因此人類會盡可能不要踏出正道、不要犯錯，每天小心翼翼過日子。

但最可悲的就是，人類有時候還是會犯錯。就算沒有違反法律，人類也沒辦法總是選到正確答案。就算當時相信那是正確的做法，有時也會在事後才發現那是錯誤的。

本書當中的主角少年因為犯了某個罪，因此被國家宣判死刑。

但是負責進行這個審判的卻不是上帝。是我前面所說的，複雜又麻煩而且會犯錯的人類。

究竟判決他該處以死刑，是否正確呢？

最後我想提一點自己的事情。

我在成為小說家以前是個上班族，當時我有兩位部下是來自台灣的年輕女性，她們都是非常聰慧而勤勞的人。我的英語並不好所以總是需要她們協助，就算我麻煩她們緊急的工作，她們也不會擺臉色、永遠笑著接下工作。

在我離職以後就沒怎麼與她們連絡了，但我希望不久後能夠拿著這本書去見她們。要是這本書能夠讓我稍稍回報她們的恩情就太好了。

現在全世界都因為新型肺炎而一片混亂。人類承受了前所未見的難題而相當慌張。但是我相信我們一定會導出正確答案，恢復和平的日子。

因為人類是非常強悍、值得尊敬的生物。

染井為人

作者訪談影片

WANTED

序幕

逃獄第一天

- Day 1 -

「吼呦，你好煩喔。」

舞咬著吐司，伸腳將老狗波奇推到一旁，但波奇立刻又回到舞身邊，以「握手」的方式撓著她的腳，表達「給我、給我」的訴求。哼，明明手上沒食物的時候都不理人的。

穿著襯衫的父親打著呵欠來到餐桌旁，拿起遙控器打開電視後，就拉開舞對面的椅子入坐。與此同時，波奇離開舞身邊，在父親腳邊坐下。

「波奇最喜歡的果然是爸爸吧。」

父親說著標準台詞，一臉滿足。因為這隻老狗知道父親會馬上給牠食物。在波奇眼中，父親就像是服務生吧。

「爸爸，你不要馬上就給波奇東西吃，牠會把飼料會剩下來。」

廚房裡的母親馬上指責父親。

「因為人類的飯比較好吃嘛。」面對毫不介意的父親，母親雙手扠腰說道：「如果波奇早死，都是你的責任。」

活了十六年的狗沒什麼早死不早死吧。儘管這麼想，舞卻沒有說出口。

就像這樣，酒井家時時上演的早晨餐桌日常，再過一個月，舞也要道別了。

舞現在是高三生，兩週後就是畢業典禮，四月起便會開始她心心念念的東京獨居生活。因為，她要去念位於表參道的大型美容專門學校。

大約半年前，當舞向父母表明自己未來的就學志願時，兩人毫不隱藏地皺起眉頭。父親還說什麼「再怎麼用化妝掩飾，人類的本質也不會改變，最重要的是心靈的美麗吧？」這種意義不明的話。

嘗試各種說服後，舞好不容易才讓父母接受自己去念美容學校，但這次換成是一個人生活這件事遭到反對。他們要舞從家裡通勤上學。開什麼玩笑，酒井家位於茨城縣牛久市，牛久市到表參道單程就要花上一個半小時，更何況，從舞家裡到最近的車站還得騎十五分鐘的腳踏車。

舞拿出計算機向父母懇求，若是把定期票車錢換算成房租以及把花在通勤的時間拿來打工的話，在東京生活是可以成立的。就這樣，舞終於正式贏得了念美容學校和一個人生活的權利。

儘管如此，父母似乎還是很傷感。舞雖然沒有深想過父母的心情，但獨生女要離開家裡應該是件大事吧。上週的某個晚上，父親和母親拿出以前的相簿，以憐愛的表情看著舞小時候的樣子。所以，對於去東京這件事舞還是有點心痛的，不過大概只有一成的比例，剩下九成則被夢想和希望佔據。父親和母親或許活在過去，但未來在等著自己。

此時，電視傳來女主播「插播一則快報」的聲音，舞嚼著吐司，望向電視。

〈昨天深夜，兵庫縣神戶市北區的神戶看守所發生一起少年死刑犯逃獄事件。約一年半前，該名少年殺害了居住在埼玉縣熊谷市的一家三口，犯案當時十八歲，遭法院判處死刑。警方目前尚未逮捕逃脫的少年，正全面展開追捕。〉

「喂喂喂。」父親隻手拿著咖啡杯低聲道。人在廚房的母親也停下手邊的工作盯著電視看。

〈嗯，這真是前所未聞的狀況呢。〉在主持人引導下，一頭白髮的男子面色凝重地說。他的頭銜寫著「前警視廳總監」。〈過去雖然也曾經有死刑犯越獄，不過從來沒有少年死刑犯這麼做的案例。〉

〈到底為什麼會發生這種事呢？現在還不知道原因對吧？〉

〈警方目前還沒有公開犯人是怎麼逃走的。〉

〈話說回來，死刑犯不是關在監獄，而是在看守所──〉

電視裡，許多大人表情沉重，說著這樣如何那樣如何的，舞以一種遙遠的心情望著那幅景象。這或許是件大事，但對她而言卻毫無真實感。若那間看守所在附近的話，舞多少會有些害怕，但那名少年逃脫的看守所位在遙遠的另一方。別說是神戶了，舞連兵庫縣都沒踏進去過。

另外，老實說，舞對少年犯下的案子記憶也很模糊。不過，對於大約一年半前發生的那起案件也不是沒有印象，那好像是畢業旅行前幾天的事。

這世上有太多的慘案，記憶馬上就淡了。說實話，舞對那種殺人案沒興趣。當初，少年那個案子也因為她滿心都在期待畢業旅行而無暇注意。

〈在戒備那麼森嚴的地方逃獄，簡直就是現代的西川寅吉呢。〉

一名男藝人大概是為了緩和氣氛笑笑地說道。然而，身旁沒有一個人給予反應，男藝人尷尬地低下頭。

〈──如收到警方後續消息，我們將馬上為您報導。接下來──〉

新聞告一段落後，母親皺著眉頭低喃：「真不敢相信，好可怕喔。」

真的有這麼可怕嗎？會這麼想是因為自己還是小孩嗎？舞覺得母親遇到那名逃獄少年的機率比彩券中一億圓還低就是了。

「爸爸，被這個犯人殺害的那對夫婦很年輕對吧？」

聽到母親的問題，父親瞇起眼瞪向空氣回答：「好像還不到三十吧，印象中那個小孩才兩歲左右。」

「是很嚴重的案子吧。」

「很嚴重啊。一個完全不認識的傢伙闖入別人家裡，還殺光所有的人。」

「他是用刀子犯案對吧？」

「嗯嗯，我記得是拿廚房裡的魚刀。」

「話說，未成年也會被判死刑嗎？」舞問了最根本的問題。

「會啊。」父親回答。「不過要滿十八歲，未滿十八歲不會判死刑。」

舞之前都不知道，以為未成年的話法官就不會判死刑。

「說到這，那個犯人是不是有說過很想稱讚自己之類的？」

母親憶起似地說。

「想稱讚自己？」舞問。

「是宣判死刑時他在法庭上說的，說：『我想稱讚自己。』」

父親不屑地說。

舞歪了歪腦袋。所謂想稱讚，是指殺人嗎？還是指被判死刑呢？

「話說回來，他為什麼要殺那家人啊？」

舞的問題讓父親皺起眉頭，沉默了片刻。「可能是想對那位年輕的太太不軌吧。然後，會不會是原本以為不在家的先生其實沒出門之類的。不過，會因為這樣就殺人根本是瘋了。」

平常總是喜歡開玩笑，說些無聊話的父親難得動怒。

「妳也是，四月開始真的要小心，年輕女生一個人生活是最危險的。」

經母親一說，舞才稍微感到切身的恐懼。一個人住，這一類的危險性的確會增加。上上週，舞和父母一起去參觀簽好約的物件，那是棟大門裝有自動鎖的大廈，房間位於二樓。要是有人偷偷潛入、亮出刀子什麼的話，軟腳蝦的自己大概光是那樣就會嚇死了。

舞換上只剩幾次機會穿的制服離開家門，騎著腳踏車前往最近的車站，搭乘下行的常磐線電車。她一隻手抓著吊環一隻手滑著手機，打開推特。在上學的電車中確認朋友們的日常是舞每天早上的習慣。

不過，今天推特的時間軸都是那個少年逃獄犯的事。舞追蹤的都是同年齡層的朋友，意思就是他們也對這件事很感興趣吧。想到這，舞便覺得有些丟臉，順帶一提，自己對政治和經濟也是一竅不通。

沒多久前發生過這麼一件事──「伊波拉病毒出血熱」在朋友間引起話題，媒體也爭相報導這個恐怖的怪病似乎是由西非向外擴散，英國的死亡人數超過了二十人，甚至有登陸日本的可能。然而，舞卻一無所知，朋友驚訝地說：「不會吧？妳真的是日本人嗎？」舞一定有在某個地方看過或聽過這些消息，只是沒興趣的事她就是會左耳進右耳出。

滑著時間軸，出現了逃獄少年犯案件的新聞懶人包，舞便點進去看。

根據新聞懶人包的說法，案件發生在二〇一七年十月十三日，案發現場位於埼玉縣熊谷市的一間民宅。遇害的是當時二十九歲的男主人井尾洋輔、二十七歲的女主人千草，以及兩人兩歲的兒子，俊輔。

少年在下午四點，光天化日下侵入井尾夫婦所住的獨棟房屋，先以廚房的魚刀刺入千草的腹部奪其性命，接著再以相同手法殺死兒子俊輔。此時，男主人洋輔剛好下班回到家中，少年再刺向他的背部將其殺害。最後，因為鄰居聽到爭執聲響報警，少年被趕到的警察當場逮捕。

案情大致就像父親所說的那樣，不過，父親有一點搞錯了。洋輔的母親也和兒子一家同住，這位五十多歲的女性沒有遇害，所以兇手並沒有殺光所有人。

為什麼兇手沒有殺這位女性呢？報導沒有寫出原因。舞花了三秒鐘想像卻毫無頭緒。

不管怎樣，兇手都是可怕的殺人魔。當然那對夫妻很可憐，不過他怎麼有辦法對兩歲的嬰孩下手呢？就在舞滿心憤慨時，坐在前方的人站了起來，舞帶著「Lucky～」的心情坐下。接著，一名年長男性補位似地站到了她跟前。舞不著痕跡地觀察對方的臉，推測男子的年紀大概七十五歲左右。「請坐。」她在心裡嘆了一口氣，起身讓座。「謝謝妳。」收到感謝讓舞的心情稍微好轉。

舞關掉新聞懶人包，再次看起推特。逃獄少年的照片和名字已經迅速曝光，甚至還有已經被轉推一萬次以上的內容。這種東西到底是哪個人從哪裡找出來的呢？不過，這些照片大概是案子發生那陣子散佈出來的吧。

舞從幾張照片中點下正面拍攝的那一張，放大的畫面變得清晰。

照片裡是一名理著光頭的年輕人，他抿著嘴巴，有道深邃的雙眼皮和又挺又直的鼻樑。哦，意外地很帥嘛，感覺很受女生歡迎，為什麼要犯罪呢？這是舞看完照片的感想。

這個人叫做鏑木慶一，犯案當時十八歲的話，現在是……十九或二十歲。比舞大一、兩歲。

看他的經歷，這名少年似乎是在兒童安置機構長大的，也就是說沒有父母嗎？這點雖然值得同情，但殺人就是不對的。

舞思考著這些問題，此時突然抬起頭。電車停下，不知不覺間已經抵達舞要下車的車站。

舞奔向車門，成功在最後一秒下車。

好險好險，差點就坐過頭了。

像這樣通勤的日子也不多了。舞即將展開全新的生活。

WANTED

第一章

逃獄第四五五天

- Day 455 -

1

「喔。」午後，穿著薄毛衣和牛仔褲的佐竹一臉疲憊地走進辦公室。他昨天一定又喝多了吧。這位四十九歲的老闆只要喝酒，隔天臉一定會水腫，所以一看就知道了。

「你喝到幾點啊？」

四方田保停下敲鍵盤的手，挖苦地問。

「我又不是想喝才喝的。」佐竹先搬出藉口，一臉「我也是有很多苦衷」、要四方田體諒的表情。嘿咻，佐竹坐到保的身邊，盯著他瞧。「你才是，都有黑眼圈囉。」

「因為我才剛值完夜班啊。」

「什麼，這樣喔。那就早一點回……不去呢。」佐竹看向牆上的時鐘說：「再一個小時，加油！」

這間辦公室等一下預計有場兼職人員的面試，身為面試官，佐竹和保兩個人都要在場。現在的兼職人員都是經過他們兩人面試採用的。雖然從來沒有人不錄取就是了。

「你會去值班代表是有人突然請假嗎？」

「沒錯。昨天傍晚我才想說要回家，結果就直接進入夜班了。我已經超過三十個小時沒睡覺了。」

昨天傍晚，原本預計值夜班的兼職人員說讀小學的兒子身體不舒服發高燒，所以想請假。當然，對方有拜託其他兼職員工代班，卻都被拒絕了。日班的話還無所謂，但若是會長時間被綁住的夜班要找代班，並不是件容易的事，大家都對夜班敬而遠之。如此一來，只能由正職的自己去值班了。

「今天來面試的男生啊，才二十一歲喔。」

佐竹拿起放在桌上的履歷說道。

「我知道，我也有先看資料。」

年輕男生來應徵非常罕見。實際上，現在的兼職人員有一半都是中高年齡的家庭主婦。

「能做得下去嗎？」

「我進公司的時候是二十歲喔。」

「你的話該怎麼說呢，是因為很特別，而且一開始就是進來做正職。一般的年輕男生就有點……」

「嗯，可能很難吧。」

「是吧。」佐竹嘆了一口氣，將履歷放回桌上。「啊——都花錢徵人了，只有一個人來應徵嗎？跟附近比起來，我們的時薪應該不差啊。我還寫無經驗也可以耶。」

「人家附近的也是一年到頭都在徵人，應該沒有人手充足的照護機構吧？」

佐竹擔任老闆的有限公司青羽，在千葉縣我孫子市經營住宅式老人團體家屋青羽，保是公司唯一的員工。本來到去年底為止還有另一位員工，但那位比二十九歲的保大五歲的前輩以「要從照服業金盆洗手」為由辭職了。前一陣子，前輩才剛跟保聯絡，報告自己的近況。前輩現在似乎在家電量販店工作，雖然有很多事不習慣，十分辛苦，但他說比起照護應該好多了，至少內心不會生病。順帶一提，當前輩問自己打算做到什麼時候時，保回答不出來。

雖然保自己曾經想像過其他業界的工作，現在卻沒有打算離開這家工作九年的公司。儘管薪水微薄又會長時間被綁住，但基本上他很相信佐竹，加上雖然少得可憐，但他每年都有加薪，一年也都有確實收到兩次獎金。

最重要的是，這份工作很有意義。保本來就喜歡照顧人，所以高中畢業後自然而然就進入了能夠取得社工師資格的短期大學。

找工作時他在兒童福利業和老人照服業中猶豫，最後選擇了後者。單純只是因為他覺得未來的時代會更需要能夠照護高齡者的人。

不過，第一線的工作就算說得客氣點也絕對稱不上輕鬆，坦白說是非常嚴苛。「協助生活」說來好聽，但實際上照顧老人，而且還是失智症老人的日常生活，對身心都是難以忍受的負荷。挨入住者的罵是家常便飯，承受肢體暴力的次數也多得數不清。雖說已經習慣，但不時還是會有令人傷心、生氣的事，而這些都會在偶爾收到的一句感謝中一筆勾銷——這樣說或許太華而不實了，不過，保喜歡入住者們的笑容，也喜歡青羽像家一樣溫馨的空間。最重要的是這裡需要自己，擔任社會中一顆齒輪的驕傲支撐著現在的保。

「距離面試還有個十分鐘吧，我趕快去打聲招呼。」

佐竹從椅子上起身，走出辦公室。「唉呀，須田奶奶，您身體怎麼樣啊？」佐竹的聲音馬上從門外傳了過來。「你——是——誰？」須田慢吞吞地說。九十歲的須田文子是這間機構中年紀最大的重度失智症患者。保每天都會跟須田自我介紹。話說回來，這裡幾乎沒有不是失智症的入住者。

團體家屋青羽一共有十八名入住者，一樓和二樓分別有九名老人，大家一起生活。青羽為每位入住者準備了面向走廊的個人房，中間有十坪左右的客廳，二樓也是一模一樣的配置。當然，這裡有完善的無障礙設施，每面牆都設有扶手，衛浴也採用特殊設計。

佐竹是經營者，大約一星期會來機構一次，只要露面，一定會一一向入住者打招呼。只是，以剛才的須田為首，能正確認得佐竹的人並不多。

順帶一提，據說佐竹自己也在家裡照護父親。佐竹的父親雖然沒有失智症，卻是帕金森氏症患者，幾乎臥床不起。保還記得佐竹有次曾這麼袒露：「我有時候會想，對老爸而言是不是乾脆變痴呆還比較好。」

「嗚——」此時一聲短鳴響起，有人來訪了。青羽的對講機平常是關起來的，訪客通知只會像這樣傳到辦公室。

保拿著鑰匙走向玄關，從內側解開門鎖。不這麼做的話，入住者就會擅自跑到外面，因此，內鎖是照護機構不可或缺的設備。

保拉開門扉，門外站著一名高䠷的年輕男子。這個年輕人就是來面試的人吧。由於身高一百七十公分的保看對方時還需要略微抬頭，男子似乎超過一百八十公分。他身穿一件白T恤，套著薄西裝外套，下半身著米色卡其褲。保事先有在E-mail中跟對方說明服裝不需要拘謹，穿平常的衣服來即可。

「我叫櫻井翔司，今天有約好要面試。」

對方低頭說道，聲音比預想的還要低沉。男子黑色的瀏海微微蓋住了他細長的單眼皮眼睛，右眼下方有顆顯眼的大淚痣，鼻樑歪成「く」字型，下唇略微外翻。

「好的，我們在等你，請進。」

保帶櫻井入內，來到辦公室。「請在這裡稍等一下。」語畢，保穿過走廊，往客廳裡看，佐竹正與入住者和兼職人員談笑風生。

「面試的櫻井先生來了喔。」

「喔，時間剛剛好呢。第一關合格。」

明明就算遲到也會錄取他的。心裡雖這麼想，保卻沒有說出口。

保和佐竹一起前往辦公室。「感覺怎麼樣？」佐竹在走廊上問，保只說了「很普通的人，身高很高」，再次走進辦公室。

保準備好茶水，和面試者隔著辦公桌坐下，準備開始面試。「邊吃點心邊說吧。」佐竹對看似很緊張的櫻井說道。

「櫻井翊司，二十一歲，一個人住在取手嗎。」身旁的佐竹拿著履歷說出已知的內容。「取手離這裡有點遠，你今天是開車來的嗎？」

「不，我是坐電車到我孫子站，從那裡走過來的。」

「從車站走過來嗎？很遠吧，大概要走三十分鐘吧？」

不，要更久。保也從青羽走去車站過好幾次，需要四十分鐘以上。

「嗯，滿累的。」櫻井難為情地說：「因為我沒有汽車駕照。」

「啊，這樣啊。那如果錄取的話你打算怎麼通勤？不可能每次都走路吧？」

「我孫子站有腳踏車停車場，我想買輛腳踏車停在那裡。」

「嗯，這樣也是很辛苦，但也沒辦法。」佐竹微微沉下臉來。在青羽工作的員工，除了當地居民外都是開車上下班。「取手那邊的話，應該有好幾間更近一點的老人照護機構吧？你為什麼會想來我們這裡呢？」

「雖然我沒有照護經驗，但有先調查過，知道照護機構也分好幾種類型，覺得團體家屋在這裡面可能是最適合自己的形式。我們家附近雖然有養護型長照中心或是提供日照服務的地方，可惜卻沒有團體家屋。」

「原來如此，是這樣啊。」大概是很滿意櫻井的回答，佐竹露出笑容，將擺了茶點的餐盤推到櫻井面前。「你吃吧，在我們這裡，和入住者一起邊吃點心邊聊天也是工作的一環。」

「那我就不客氣了。」雖然櫻井有些不知所措，但還是伸手拿了單片包裝小巧克力，放進嘴裡。

「話說回來，你為什麼會想從事照護工作呢？你這麼年輕，工作有很多選擇吧？」

櫻井喝了一口茶說：

「因為我想幫助別人。我在工作經歷上也有寫到，高中畢業後我是靠著好幾份兼差在過生活，期間一直煩惱要去哪裡上班。我不適合業務型的工作，也不太擅長體力活，想著既然這樣，那大概就是服務業了。其中，我認為最有意義的應該就是照護工作。」

櫻井表情沉穩，侃侃而談自己應徵的理由。雖然沒有可疑之處，保卻無法坦率接受。

因為，感覺不管是業務工作還是體力活，眼前的這名年輕人都能勝任。櫻井能這樣條理分明地描述自己，聽他說話也完全不會不舒服，不如說根本是一副好青年的模樣。此外，儘管他身材的確偏瘦，但仔細一看，不但T恤下的胸膛挺拔，雙手也指節分明，十分結實，似乎也不討厭勞動的樣子。

唯一一點，就是他是來面試的，因此讓人覺得如果瀏海能再稍微短一點會更好，但這也不是什麼大缺點。大概是覺得保的信中指示可穿普通衣服來面試，頭髮也就不會被囉唆吧。

「你剛剛說上班，你希望將來能成為正職嗎？」

佐竹的目光緊緊鎖住櫻井。

「是的，如果能獲得錄用，我想兼職一年看看，要是覺得自己未來也能繼續下去的話就正式投入照服業。」

不用等一年，只要持續兩個月佐竹就會緊纏不放，問他要不要當正職員工了。當然，對保而言，正職員工若能增加實在是感激不盡。

「嗯，我很滿意，你錄取了。」

佐竹迅速宣布錄用，向櫻井伸出手。「請多多指教。」櫻井害羞地回握那隻手。

真是的，佐竹每次都這樣。明明還有很多必須問的問題吧？「那具體的工作內容就由四方田來說明。」每次也都像這樣甩給他。

「在這之前——」保起了個頭。「你一星期大約能工作幾天呢？」

「喔喔，對了，沒問到最重要的事。」佐竹說。

「我現在沒有其他工作，基本上隨時都可以過來。」

「很好啊很好，很有幫助。」

保向身旁喧鬧的佐竹投以冰冷的視線。「我們有夜班，這點你也可以嗎？」面對這個問題，櫻井也給予肯定的回覆。

「你說你事先調查過，我想你或許知道，所謂的團體家屋是高齡老人共同生活的地方。網路訊息很多都寫說入住者在某種程度上能夠生活自理，但實際上也有因為重度失智導致連走路都很困難的人。這些人在飲食和排便等方面也都必須倚靠協助才能完成，當然，也需要幫他們換尿布。你有想過是這樣的工作嗎？」

「是的。當然，我沒有經驗，也擔心自己能不能勝任，但我會努力。」

「我們的入住者平常都很和藹可親，可是一陷入不穩定——我們這裡以這種方式稱呼入住者精神狀態不穩定——一旦變成那種狀態的話，他們有時會惡言相向或是攻擊人，這些你也都能忍耐嗎？」

「喂喂喂，你不要太嚇唬人家啦。」佐竹皺起眉頭。他向櫻井露出燦爛的笑容說著：「只是偶爾會有這種情形啦。」

「是的，我也期許自己能慢慢習慣這一類的事。」

「對，什麼事都是習慣、習慣。做著做著就漸漸不會在意了。」

之後，保大致說了一遍工作內容。在青羽工作必須做菜，櫻井表示這方面他也能做到一定的程度，佐竹已經樂昏頭了。因為三年前有個年輕的兼職男生完全不會做菜，結果這件事成為那個人的壓力，後來就辭職了。

「好，那這個請你寫一下。」

談話告一段落，佐竹將簡單的身分證明文件交給櫻井。

櫻井右手持筆，一項項填寫。保不著痕跡地看了一眼，心中暗訝。櫻井寫字速度非常慢，但那些字實在很難說是寫得好，就像蚯蚓一樣歪七扭八。

「緊急聯絡人呢？」

同樣看著文件的佐竹說。紙上只有那裡是空白的。

「其實——」櫻井垂下視線。「我是父親一個人帶大的，一直都是父子倆一起生活。前陣子，父親過世了……我沒有可以聯絡的親戚。」

「啊，這樣啊。」佐竹斂起表情點頭道：「那沒關係、沒關係。這種東西只是形式而已。」

「令尊是生病嗎？」

「嗯，是心臟衰竭過世的。」

櫻井的父親大概跟佐竹差不多年紀吧。無論如何，這個年輕人似乎有著令人同情的身世。

之後，保準備向櫻井介紹環境和入住者。雖然佐竹顧慮值完夜班的保，令人感激地說：「我來就行了，你快點回家睡覺吧。」但保婉拒了他的提議。保想再多了解一下這個年輕人，畢竟今後要和他一起工作的人是自己。

「唉呀，你去哪裡撿了一個這麼年輕的男孩子啊？」

保向櫻井介紹第一位入住者多梅時，七十九歲的老太太便打趣說道。多梅是一樓的入住者，幾乎沒有失智症的問題，日常生活起居都可以自行打理，身體方面完全不需要人費心。不過相對的，多梅非常愛抱怨，一下是不滿意這個人、一下又是很討厭那個人，事事都要抓著員工叨叨絮絮個沒完。因此，也有人覺得陪多梅比較累。

「有困擾都可以來找我商量，這個工作累積壓力的話是做不久的。」

多梅把自己當成半個員工，因此有時也會碎念兼職人員的做事方法。

櫻井細心有禮地應對這樣的多梅。多梅的話持續了十五分鐘，櫻井回應附和，臉上沒有一絲不悅。多梅看來也很滿意櫻井的樣子。

「辛苦了。」離開後，保在櫻井耳邊這麼說。「多梅奶奶介紹完以後，就只剩下一位姓鷲生的爺爺了，這兩位是失智症程度比較輕微的。雖然其他人我也會介紹一遍，但明天、後天也都必須再介紹，因為他們馬上就會忘了。」

「這樣子啊。」

「嗯，這點你也很快就會習慣了。」

兩人來到鷲生的房間介紹櫻井。「什麼嘛，不是女生啊？」八十三歲的老人坐在輪椅上豪爽地笑道。鷲生比多梅硬朗，可是左半身癱瘓，拄枴杖的話雖然可以緩步前行，基本上還是要利用輪椅來移動。順帶一提，他和多梅是水火不容的關係。

「鷲生爺爺，您要有點分寸，不可以摸別人屁股。兼職的人都很生氣喔。」保挽起手臂說道。

「我不摸的話，誰會去摸那些老太婆的髒屁股啊？」

鷲生嘴巴很壞又是個色老頭，因此讓女性兼職員工很反感。不過，這個老人有時也會若無其事地對兼職人員展現體貼的一面，大家也不是真的討厭他。

「對了，你會下將棋嗎？」鷲生朝櫻井做出拿棋子的動作。

「會，大致上知道規則。」

「是這種程度嗎？」鷲生遺憾地搖搖頭。「四方田，既然要找人，就給我雇個將棋很強的啦。」

鷲生的興趣是下將棋，還擁有段位。保偶爾也會被迫陪他下棋，但即使鷲生拿掉了飛車和角行，保還是贏不了。鷲生那是貨真價實的真本事。

離開鷲生的房間，這次他們來到客廳，保依序向櫻井介紹聚集在這裡的七位入住者。除了多梅與鷲生，大部分的人都會像這樣放空似地待在客廳看電視。他們看的是平日錄下來的時代劇。雖然工作人員偶爾會不小心連續兩天放一樣的內容，但沒有入住者會抱怨。

「咦？阿茂？你不是阿茂嗎？」

八十五歲的中川悅子——通稱悅子的奶奶看見櫻井後瞪大雙眼。當然，櫻井十分無措。

「阿茂是悅子奶奶的兒子，你不要否認。」保迅速在櫻井耳邊說道。否認的話，悅子會發脾氣。

順帶一提，悅子真正的兒子阿茂今年六十四歲，每個月會來青羽看一次母親，卻從來沒有被母親當成兒子看待。

「呃——好久不見。」櫻井僵硬地回應。

「一陣子沒看到你，你是不是又長高啦？」

「嗯，大概吧。」

「你已經比爸爸高一個頭了，果然是因為吃的食物不一樣呢。」

「是嗎?如果是這樣的話，都是託您的福喔。」

「不要呆站在那裡，過來坐啊。」悅子拍了拍自己身旁的椅子。

櫻井朝自己發出「該怎麼辦?」的眼神，保點點頭。櫻井坐下後，悅子驕傲地向其他入住者介紹：「這是我兒子，阿茂。」

八十五歲的悅子不可能有這麼年輕的兒子，然而，卻沒有人對這點發出疑問，更別說前一刻保才剛跟他們介紹櫻井是新來的員工了。這就是失智症，青羽的日常。

儘管如此，櫻井現在的應對卻十分值得稱許，看不出來是第一次接觸失智症患者。

大概是很高興能和兒子聊天吧，悅子滔滔不絕。由於談話看不到終點，保便伸出援手說：「悅子奶奶，我們差不多該去上廁所囉。」保扶悅子起身，牽著手引導她前往洗手間。保趁隙看向櫻井，用唇語表示：「回辦公室。」讓他逃離現場。

「今天就到這裡，辛苦了，你剛剛的應對很優秀喔。」保向在辦公室等待的櫻井說。「我們不用跟二樓的入住者打招呼嗎?」櫻井瞥了一眼天花板後問道。二樓也有九名入住者。

「嗯，沒關係的。因為我打算讓你負責一樓。」

「……啊啊，這樣啊。」

櫻井瞬間露出失望的神色。「怎麼了嗎?」於是保便開口。「不，沒什麼。」櫻井勾起嘴角笑著回答。

「雖然想送你回家，但我家在反方向，不好意思。」

保握著Mazda Carol的方向盤向副駕駛座的櫻井說。他們正前往離青羽最近的我孫子站。因為順路，保剛才便對櫻井說：「搭我的車過去吧。」

由於睡眠不足，保止不住呵欠。道路兩旁是一整片無際的翠綠稻田，這幅景色又更加引人入睡。

我孫子市位於千葉縣西北部的東葛地區，緊鄰手賀沼和利根川，盛產稻米和蔬菜，豐富的綠意是這裡的宣傳重點。我孫子市的人口有十三萬多人，其中超過三成是七十歲以上的高齡人口，和鄰近的縣市相比，比例也算高。想當然爾，醫療費也不斷增加，是地方政府煩惱的一大根源。話雖如此，也不只是我孫子市，高齡化的問題在哪裡都很嚴重。日本正不停加速往超高齡社會前進。

「對了，車站北口有一間腳踏車店。如果是淑女車，一萬圓就買得到了吧。」

面試時櫻井說想買腳踏車，保便告訴他資訊。

「那我等一下去看看。」

兩人說著這些話，沒多久便被紅綠燈攔了下來。拄著枴杖的老人以龜速穿越馬路。

「櫻井，你為什麼會想做這樣的工作啊？」保斜眼看向副駕駛座開口。「啊，雖然面試時問過你應徵原因了，但你個性開朗，剛剛雖然是第一次和悅子奶奶相處，應對卻十分靈活。老實說，我覺得你做這樣的工作是不是有點可惜。我們這裡偶爾也會有年輕男性來面試，但大家的感覺都跟你不太一樣。怎麼說呢，感覺就像是沒有其他能做的事，不得已才會來，像是不擅長跟別人溝通之類的。所以我才疑惑為什麼像你這樣的人要來照服業，而且還是我們這樣的地方。啊，希望你別誤會，對我這個正職員工而言，能有優秀的人才加入，我非常感激喔。」

「不——我一點都不優秀。」櫻井惶恐地舉起手在臉前揮舞，接著反問：「四方田先生為什麼會做這份工作呢？」

「我嗎？因為我好像滿喜歡照顧人的。高中的時候，我甚至是唯一一個棒球社男經理。我母親也從小就一直對我說，說我長大不是當教保員就是照服員。唉，大概是被催眠洗腦了吧。」保聳著肩膀道。

「那我也一樣。我也覺得自己好像很適合照顧人。」櫻井微笑回答。

雖然覺得自己被很有技巧地敷衍了，但保決定照單全收。或許，這個年輕人會成為青羽的救世主也不一定。因為他們的現狀就是人手不足，忙得不可開交。

「啊，這間拉麵店很好吃喔。」保指著斜前方說著。「他們的麵油油亮亮，大蒜也很多，偶爾會想去吃個一碗。你喜歡拉麵嗎？」

「拉麵是我的最愛。」

「那下次一起去吃吧。」

談話之間，沒過多久便抵達了我孫子站。保將 Carol 停在圓環一隅，櫻井打開車門。

「謝謝，明天請多多指教。」櫻井深深鞠躬。

「嗯，也請你多多指教。」

「那麼，開車小心。」

語畢，櫻井關上車門。

保再次駛著 Carol，邊打呵欠邊轉動方向盤。

開車小心……嗎。自己二十一歲的時候，有辦法在這種場合說出這種體貼的話嗎？

櫻井翔司。有點神秘的超級好青年。不過，究竟能不能幫上忙，還沒開始是不會知道的。

2

一樓的入住者，七十七歲的三浦勇從剛才開始便在走廊上來來回回，一副靜不下來的樣子。「還沒嗎？」這句話他已經重複好幾十次了。

「三浦爺爺，您再忍耐一下，限時特賣還要半個鐘頭才開始。既然要去買，便宜一塊也好不是嗎？」

櫻井輕聲安撫。

櫻井等一下要和三浦一起去附近的超市購物。三浦很喜歡出門，是最喜歡購物的一位入住者。他拿在手中的，一定是他最愛的麩菓子，青羽的員工每次為了阻止他都傷透腦筋。機構裡已經存放了一堆三浦購買的麩菓子了。

順帶一提，櫻井口中的「限時特賣」是權宜的說法，超市在傍晚以前並沒有那種活動。只是到達超市時三浦就不會記得這件事了。

數十分鐘後，身上掛著水壺的櫻井和三浦手牽手離開了青羽。「我出門囉。」三浦露出笑容，心情非常愉快。為什麼到附近的超市購物要帶水壺呢？因為以三浦的腳程要花二十分鐘以上才會抵達超市。

保送兩人出門後就和多梅一起到外頭收曬乾的衣服。屋外是初夏時節，保和多梅頭戴草帽，脖子上掛著毛巾。

「那個老先生真的很麻煩耶，真的是每次都這樣，你們也很辛苦。」

多梅摺著亞麻床單說道。純白的床單反射陽光，熠熠生輝。

「因為三浦爺爺最期待的事就是買東西啊。」

「就算是這樣，但被那樣催促，你們也不舒服吧？」

「沒這回事，我們已經習慣了。」

「你們可以跟他說一次『是誰在照顧你啊』。」

保露出苦笑，將入住者的內衣褲放進籃子裡。像這樣，他們也已經習慣多梅的抱怨了。

「四方田，」多梅停下手邊的工作看向自己。「你們雇用櫻井是正確的。我也很佩服那個孩子，年紀輕輕事情卻做得很好。」

「我也有同感。櫻井來這裡真的幫了我們很大的忙。」

保真心說道。

櫻井翔司以兼職員工的身分在青羽工作，到今天已經是第二週了。保為櫻井的理解速度和高適應力驚訝不已。前天，櫻井第一次體驗單獨值夜班，也就是要獨自負責一樓九位入住者一整個晚上。基本上，入住者晚上都在睡覺，因此夜班也有閒暇的時候，但有時候要量體溫、有時要為失禁的人更換弄髒的衣物、帶遊走的人回到房間讓他們再度入眠，必須做的事格外的多。既要在半夜先準備好早餐，也得配合不同入住者給藥。而櫻井一個人完美地完成了這些工作。

冷靜一想，對於將有這些職責的夜班交給一個剛開始工作沒多久的年輕人，保也不太贊同，但這就是照服業的實際情況，也是青羽的現狀。

之後，多梅也說了好幾句稱讚櫻井的話。「不過啊——」多梅瞇起了眼睛。

「我覺得他喊我多梅奶奶有點不太對。我和那孩子認識沒多久，他也才二十出頭吧？我是不太想講這些小事啦，但總覺得不夠尊重呢。」

啊啊，開始了。多梅在不停捧人之後，最後一定會多嘴一句無益的話。無論對象是誰都一樣，就連保也是如此。多梅似乎對其他兼職員工說過：「那個人有時候會讓人覺得太親暱了。」

「因為我們都稱呼您多梅奶奶，他一定也只是跟著喊吧。我知道了，待會我跟他說一聲，請他注意，以後喊您金井奶奶。」

「唉呀，也不用做到那個地步啦。」

那妳想怎麼樣呢？真是的，這位老太太也很讓人傷腦筋。

「您差不多該進屋了，剩下的我來就可以。」

大致收拾好後，保向多梅說道。

「沒關係，只剩一點了。」

「您已經在屋外待超過五分鐘了，這種日頭，要是中暑就糟了。」

「是嗎？那我就恭敬不如從命，剩下的就拜託你囉。」

「謝謝您幫忙，請馬上補充水分喔。」

多梅回到屋裡，保一個人收拾剩餘的衣服。此時，一輛白色的 TOYOTA PRIUS 駛來，是老闆佐竹。車子經過石子路，揚起一片沙塵。

「我剛剛在那邊的路上遇到櫻井和三浦爺爺。」佐竹一下車便說道。「我停車跟他們打招呼，結果三浦爺爺對我說：『你是誰？』一副我很可疑的樣子，真是敗給他了。」

佐竹哈哈大笑，走到保身邊。「你今天有什麼事嗎？」保問。佐竹沒有什麼特別的事是不會在這個時間來青羽的。

「我是老闆，什麼時候來都可以吧？」

「可是你是有事才來的吧？」

「是啦。我是為了櫻井、櫻井。那小子今天是早班吧？這樣的話，等他買完東西回來應該就直接下班了吧？」

「對，沒錯。你找櫻井有什麼事嗎？」

「我打算邀他吃飯，我請客。」

保抱著洗衣籃和佐竹一起回到屋內，進入辦公室。他倒了一杯冰烏龍茶遞給佐竹。

「去吃飯是可以，但請對其他兼職員工保密喔。」

佐竹不會邀其他兼職員工吃飯，而且邀了也會讓他們覺得困擾吧。不過，這種事要是傳出去，難保不會有人覺得只有櫻井受到特殊待遇。保身為管理第一線工作場所的人，忍不住就會顧慮這一類的事。

「我知道，我也會要櫻井別說出去。」佐竹說。他咕嚕咕嚕一口氣喝完烏龍茶，用手背抹抹嘴唇後說：

「其實，我打算吃飯的時候問他要不要轉正職員工。」

「咦！」保不小心提高了音量。「他才做兩個星期耶。」

「這種事不用你說我也知道。可是不管問誰，大家都給他高度好評吧？就連你，不也總是對櫻井讚不絕口嗎？」

「是這樣沒錯。」

「幹嘛，你反對嗎？」

「我不反對。只是，櫻井應該也還在摸索，我們不知道他內心是怎麼想的吧？」

「所以我打算包含這部分在內，問問他各方面的事。成為正職員工後工作內容不會有太大變化，又能領比較多的薪水，還有獎金可以拿，對櫻井來說也是好事啊。」

這麼說是沒錯。能獲得肯定，櫻井也不會不高興吧。而且，選擇權是在他的身上。

其實，如果櫻井能成為正職的話，保不知道會有多感激。大概是幾年前吧，保利用休假規劃了兩天一夜的溫泉之旅，旅途中，有位入住者跌倒撞到頭，於是公司緊急將他召回，結果溫泉旅行變成當天來回，徒留疲憊。當時如果有其他正職員工在的話，結局應該就會有所不同。如果除了自己之外，還有其他能分擔責任的人，再也沒有什麼比這更值得高興的事了。

之後，佐竹一如往常地前去問候入住者，保則是開始處理電腦文書作業。保已經沒有在輪班，這類的業務才是他本來的工作。將十八名入住者每天的身體和精神狀況輸入電腦，研究他們各自適合何種照護，並藉由回顧這些資料掌握患者失智症的進程。保也擁有照護管理專員的資格。

過了一會兒，負責二樓的兼職人員田中上氣不接下氣地來到辦公室，劈頭第一句話就是：

「不好了、不好了，你快點過來。」

這位四十出頭的兼職女性總是這麼說話，有時讓保很厭煩。因為在回報發生什麼事之前，她總是會像這樣誇張地喊著「不好了」或是「發生大事了」。

「怎麼了？」保竭力保持冷靜地問。

「井尾女士在床上哭，還在發抖。」

只是這樣嗎？儘管這麼想，但這的確必須由自己出面。

井尾由子，這位在一年前左右來到青羽的女性在入住者裡頭也是很特別的存在。她才五十五歲，比保的母親還要年輕。

保和田中一起離開辦公室。由於佐竹人在一樓的客廳，保便向他說一聲：「我上去二樓。」

兩人步上二樓，穿過走廊。井尾由子的房間位於最裡面的位置。叩、叩敲了門後，保說著「我進來了」，然後拉開房門。

如田中所說，坐在床上的井尾由子雙手貼在胸前。「接下來交給我吧。」保對身後的田中說完，便關上了房門。

「井尾女士。」保靠近對方，彎下腰輕聲說道。「啊啊，呃……」井尾由子看著保，表情有些痛苦。

「我是四方田。」

「對對，四方田。」井尾由子露出僵硬的笑容說。「我剛剛睡了一下午覺，結果做惡夢了。」

「這樣啊。」保沒有問是什麼樣的惡夢，因為他心裡有數。「您現在感覺怎麼樣？」

「稍微冷靜下來了，我已經沒事了。對不起，給你添麻煩了。」井尾由子歉疚地說。

「沒這回事。我去拿杯冰咖啡來好嗎？」

「不用了，沒關係。」

「別客氣，我也一起喝。」

「那麼就麻煩你了。」

保暫時離開房間，從二樓廚房的冰箱拿出冰咖啡和牛奶，分別在兩只玻璃杯中放入三顆冰塊，倒入咖啡和牛奶。他在一杯咖啡中加入糖漿，插上吸管。田中走過來問：「井尾女士怎麼樣？」「應該已經沒事了。」保回答。

「又是那個夢？被拿刀的男人攻擊的那個夢。」

「大概吧。」雖然點頭同意，但那其實不是井尾由子自己遇襲的夢，而是她隔著一扇拉門望著自己的兒子、媳婦和孫子遭到攻擊的夢。

不，這麼說也不正確。那不是夢，而是現實中發生過的事。

保雙手拿著冰咖啡，再次進到井尾由子的房間。他借了張椅子，和床上的井尾由子相對而坐。眼前喝著冰咖啡的井尾由子，外表和一般五十歲的女性沒有太大區別。她是早發性阿茲海默症患者，發病是在距今六年前，她還四十出頭的時候。

「明明最近都沒做那個夢了，一定是因為睡午覺的關係，真糟糕。」井尾由子失落地說著。「我啊，當然很怕那個夢，但醒來之後更可怕。啊，原來這是真實發生過的事，洋輔、千草還有俊輔真的都不在了。發現這些事的那一刻更可怕。」

保出聲應和。

「我變笨了對吧？所以偶爾會無法分辨夢境和現實的界線。」

「您沒有變笨。」保立刻否定。「您很清楚地意識到自己的這些事。」

「沒關係，我就是笨。」

井尾由子總是這樣貶低自己。基本上，她對自己罹患阿茲海默症是有意識的。之所以會說「基本上」，是因為她偶爾也會忘了這件事，有時會不曉得自己所處的環境，因而驚惶失措。

「而且，還很膽小懦弱。」

沒錯，說自己笨後，接下來就一定是膽小懦弱，然後——

「啊啊，我好想趕快去見洋輔他們。」

這是保第幾次聽她這樣說了呢？

直到六年前，井尾由子都在故鄉新潟縣的某間高中任教。她負責的科目是日本古文，也擔任導師的工作。

據說，一開始發現她出現異常的人是學生。井尾由子會搞錯負責班級學生的名字，有時甚至連名字都叫不出來。一開始學生還開玩笑地說：「老師，妳要痴呆也太早了吧？」但發生次數頻繁後，感到有些奇怪的學生們便向學年主任報告這件事。學年主任叫井尾由子去醫院接檢查看看的時候，她非常憤慨。

然而，收到檢查結果後她變得很絕望。雖然知道早發性阿茲海默症的存在，卻做夢也沒想過會降臨到自己身上。「我覺得眼前一片黑暗。」井尾由子這樣描述自己當時的心境。

井尾由子辭去了教師的工作。經營營建公司的丈夫也減少工作，經常帶著妻子外出，想盡量阻止病程的進展。

然而，悲劇又再次向井尾由子襲來。她的丈夫比她更快因病倒下了。醫生在井尾由子丈夫的肺部發現腫瘤，察覺時，癌細胞已經轉移到全身。不到三個月，井尾由子的丈夫便輕易地撒手人寰。

之後，井尾由子離開故鄉，與住在埼玉的兒子夫婦一同生活。獨生子洋輔的妻子千草是個很好的女孩，對生病的婆婆相當溫柔體貼。

同居沒多久，千草就懷孕了，孫子也誕生到這個世界。那是個和洋輔非常相似的男孩，他們為他取名為俊輔。

此後，俊輔的成長便成為井尾由子的生存意義。她在顧及千草的同時也積極投入照顧孫子的行列。「有婆婆在真的幫了我很大的忙。」千草不經意說出口的這句話，令井尾由子開心不已。

不久，俊輔學會了說話，會喊她奶奶了。明明母親千草抱在懷裡也哭個不停，但只要井尾由子一哄，不知為何孩子便會瞬間止住哭泣。井尾由子心想，所謂「捧在掌心怕摔了，含在嘴裡怕化了」，就是這種心情吧。

在這樣幸福的日子一天天過去的同時，病魔也一點一滴侵蝕著井尾由子。有時雖然出門買東西卻忘了該買什麼，也曾經連自己為什麼要出門都忘了、結果又回到家裡。雖然對這樣的自己感到失望，但她還是鼓勵自己，至少她還能好好回家。生病算什麼！阿茲海默症算什麼！

在那之後，井尾由子決定將每天該做的事一一寫在筆記上，也開始寫起日記。自己只是有點健忘，只是這樣而已。她以祈禱般的心情對自己這麼說道。她強烈地告訴自己絕對不會輸，以淨化潛伏在體內的病魔。

但就在二〇一七年的十月十三日——現實中的惡魔降臨到她身邊。

那天，井尾由子從早上便一直躺在和室的被窩裡。她前一晚突然開始發燒，臥床不起。

傍晚時，井尾由子昏沉沉的意識似乎聽到了女性的尖叫聲。她心想是怎麼回事，撐起無力的身體，微微拉開和室拉門往客廳的方向看——一名陌生男子不知從何處又是怎麼跑進來的，就這樣站在家裡。肩膀上下起伏的男子手中拿著魚刀，刀尖滴著暗紅色的液體。千草和俊輔渾身是血，像斷了線的娃娃般倒在男人腳邊。

比起恐懼，井尾由子心中最先出現的是疑惑。她不知道發生什麼事了，腦袋陷入短路。

對了，是夢嗎？這或許是場惡夢，井尾由子這麼想。不、是這麼祈禱。

然而，她還沒有老糊塗到真的把這些當成一場夢。她漸漸開始意識到，眼前的慘狀或許是現實。井尾由子迅速躲到了壁櫥裡。

她在黑暗中壓低氣息，受到前所未有的自我厭惡攻擊。

如果這是現實——自己現在不是該馬上出去做些什麼嗎？不是該去救千草和俊輔嗎？

可是她辦不到。不是理智，而是壓倒性的恐懼吞噬了她的勇氣。

「我回來了——」接著，門外傳來兒子洋輔的聲音，洋輔下班回來了。不可以！然而，身體無法動彈，她無法從這片黑暗離開，甚至出不了聲。

隨後，是扭打的聲音。井尾由子摀住耳朵，狠狠、用力地摀住耳朵。

然後，她變成孤伶伶的一個人了——

這些，是井尾由子本人親口告訴保的。雖說她的確患有阿茲海默症，卻能循序將這些事情告訴他人。話雖如此，她能訴說痛苦過往的對象就只有保而已。保不知道為什麼井尾由子只對自己敞開心扉，或許是因為自己跟他的兒子年紀相仿吧。「我兒子剛好跟你差不多年紀。」第一次見面時，井尾由子以帶著憂鬱的眼神望著保。

保大概是同情井尾由子的。她的人生遭遇太多悲劇了，他甚至忿忿不平地想著，老天爺為什麼這麼不可理喻、這麼不公平？

所以，就算是棉薄之力也好，保打從心底想要幫助這個女性。

「四方田先生，」井尾由子突然喊自己的名字。「如果啊，我之後要是變得更、更奇怪的話，到時候——」

「不可以喔。」保口氣強硬地打斷井尾由子的話。「後面的話絕對不可以說出口。」

井尾由子呼出鼻息，將目光移向木桌。木桌上擺著相框，照片裡是一對年輕夫婦和小嬰兒。每當看著這張照片、看著上面幸福的笑容，保的胸口就會像被勒住般糾結。

「稍微讓空氣流通一下吧。」

保起身半拉開窗戶。土壤的氣息隨著暖風輕柔地撫過鼻間。青羽附近一帶都是農田，因此在刮大風的日子就無法打開窗戶。

此時，放在胸前口袋的手機響了起來。一看，是保讓櫻井隨身攜帶的ＰＨＳ打來的電話。

「我先離開一下，有什麼需要的話請別客氣，喊我一聲。」保離開了房間。

在走廊接起電話後，櫻井說他們人在超市，三浦按照慣例又鬧著無論如何都要買麩菓子回去。

〈我跟他說家裡已經買了，但三浦爺爺今天可能心情不好，不願意聽我說。我不知道該怎麼做比較好，所以才打電話過來。〉

「那也沒辦法了，就買吧。不過，只能買一包。三浦爺爺在籃子裡放了一堆吧？」

〈是的。他說難得來一趟，所以想買起來放。〉

「你試著用可憐的口氣跟他說，你會被他女兒罵。只要搬出女兒，三浦爺爺就會乖乖的了。如果還是不行的話就買吧，之後再拿收據去退貨。」

〈好，我挑戰看看。〉

結束通話，保嘆了一口氣。此時佐竹走了過來。大概是聽田中提起吧，他問道：「井尾女士怎麼樣？」

「到辦公室再說。」保回答。因為田中和另一位兼職人員就在旁邊。

兩人回到一樓的辦公室。保傳達了剛才的情況。

「這樣啊，她又那麼說了。」

佐竹挽著手臂，凝視著空中。

保的腦海裡重播著井尾由子的話——

我之後要是變得更、更奇怪的話，到時候請殺了我。

因為，如果我忘了先生、兒子、媳婦和孫子的話，活著也沒意義了。我啊，認為有尊嚴的死亡是必要的。人因為有記憶才有未來，如果記憶不能留存，未來就不會來。未來不會來的話，我也不想活了。總有一天，我會變得連這些事也無法思考，忘掉一切……

「可能要加強井尾女士的控管啊。」

「是啊。所以，我認為也差不多該跟兼職人員坦承她的過去了。大家都覺得很可疑，而且是否知道那些事，照護她的方式也會有所不同。」

「嗯。我也覺得這樣比較好……」佐竹皺起臉龐。「我知道了，下次井尾女士的妹妹來探望的時候，我跟她商量看看。」

在青羽，正確了解井尾由子過去的人只有佐竹和保。不過，由於井尾由子的惡夢太過具體，加上她的兒子和媳婦年紀輕輕便離開人世，因此，兼職人員現在都各自展開了某些想像，處於最不上不下的不利狀態。偶爾，還會有些人跑來探探保的口風。

至於事情為什麼會變成這樣，都是因為井尾由子入住青羽時，與她同行的妹妹笹原浩子希望他們能對命案保密的緣故。畢竟是那樣的事件，佐竹也不得不表示接受。

順帶一提，年紀尚輕的井尾由子之所以會入住團體家屋，是因為妹妹浩子的丈夫是佐竹的遠房親戚。不過，佐竹過去從未見過浩子的丈夫，甚至連名字都沒聽過，說穿了，就是陌生人吧。

命案發生後，井尾由子便由住在山形的妹妹接走，暫時在那裡生活。然而，浩子家裡也有需要照護的婆婆，不是能好好照顧姊姊的情況。

在為姊姊尋找入住機構時，浩子得知丈夫的遠房親戚在經營團體家屋，於是便前來拜訪。聽了內情後，佐竹這個重人情的老闆便開了特例，接受了井尾由子。其實希望入住青羽的老人大排長龍，對那些等待順位的人——正確來說是他們的家人——而言，應該很難以接受吧。不過，考量到井尾由子的處境和遭遇，保覺得佐竹的判斷也情有可原。

話雖如此，年紀尚輕、並清楚擁有自己意識的井尾由子在高齡失智症患者的包圍下生活，實在非常可憐。這裡對她而言絕不是一個舒適的地方。然而，關於怎麼做對她來說才是最好的，保並沒有答案。

有時，保會陷入沉重的思緒裡，興起不好的念頭——或許，按照井尾由子的期望讓她快點離開這個世界，對她而言才是幸福吧？可是，為什麼能肯定這是不好的念頭呢？只要設身處地思考，這種念頭又更強烈了。

「喂。」

佐竹喚道，保回過神。

「你的表情幹嘛那麼恐怖啊？不要連你也這樣啦。」

「我是在想晚餐的菜單。今天難得輪到我煮飯。」

此時，蜂鳴器響起。大概是櫻井和三浦回來了吧。保拿著鑰匙到玄關開鎖，櫻井與三浦就並肩站在門外。櫻井雙手掛著塑膠袋。

「三浦爺爺回來啦，買東西怎麼樣啊？」

「很開心。外面好熱喔。」三浦綻放出笑容說。

「因為夏天來了啊。快進去喝杯冰的，涼一下吧。」

三浦換上室內鞋，穿過走廊。

「怎麼樣？」保問櫻井。

「總算是用一包解決了。跟你說的一樣，我提到女兒後爺爺就讓步了。」

「是嗎，太好了。」

櫻井說塑膠袋裡是飲料。透過塑膠袋，可以看到裡面還有醬油露。

「我印象中醬油露還有剩，已經快沒了嗎？」

保和櫻井一起走在走廊上問道。

「是二樓的。田中女士請我順便買回來。」

相當不可思議，櫻井跟二樓的兼職人員和入住者感情很好。之所以會這樣說，是因為他們雖然同處一個照護機構，但一樓和二樓幾乎沒有什麼交流。實際上，除了自己負責的入住者外，也有很多員工不知道其他人的名字。保有時會看到櫻井上去二樓。

之後，保在廚房準備晚餐，櫻井則是在客廳和入住者聊天。此時，佐竹過來說道：

「呦，櫻井，你要下班了吧？」佐竹指指牆上的時鐘。「等一下要不要跟我一起去吃飯？」

「啊，我答應了鷲生爺爺等一下要和他下將棋。」

「是嗎？」人在廚房裡的保說道。「沒關係，這是工作外的時間，我去跟鷲生爺爺說。」

「可是——」

「沒關係啦，你每天都陪他，下班後不用做任何事。」

「你不要隨便決定。」坐在輪椅上的鷲生現身客廳，以右手靈活地操作輪椅。「我現在正在鍛鍊翔司，應該說是他要給我學費呢。」

「您在說什麼傻話啊？櫻井已經下班了。」

面對鷲生用不著客氣。這個老人是青羽最不用顧慮的入住者。八十三歲的鷲生真的比井尾由子還要硬朗。

「鷲生爺爺，今晚可以把櫻井借給我嗎？」佐竹說。

「就算老闆拜託也不行。翔司現在正處於快速進步的階段。」

自從櫻井來到青羽後，鷲生每天都生龍活虎，因為這個年輕人會陪鷲生下將棋。讓鷲生說的話，櫻井比保有潛力一百倍。

雖然櫻井還得照顧其他入住者，不能好好坐在鷲生對面下一盤棋，但他會不時前往鷲生的房間走一步，以這種方式對奕。因此，一局結束總是要花上半天的時間。

結果，最後演變成櫻井從現在開始要陪鷲生兩個小時，直到晚上七點，接著再和佐竹去吃飯。真是的，大家都在搶櫻井。

之後約莫過了一小時，櫻井朝廚房裡探頭。

「我來幫忙吧。」

「你和鷲生爺爺的棋已經下完了嗎？」保停下手中的刀子。

「他現在正難得陷入思考。」

「好厲害喔，把鷲生爺爺逼到那個地步。我記得他是三段耶。」

「因為他讓了我兩隻銀將。他認真起來的話我才不是對手。」

明明保和鷲生下棋時，就算鷲生拿掉飛車和角行，也能輕輕鬆鬆把自己殺得片甲不留的。

雖然不用櫻井幫忙也沒關係，但既然來了，保便請他切菜。這麼說來，這是保第一次看到櫻井在廚房裡的樣子。當然，他為了確認口味，曾吃過櫻井做的菜。雖然為了老人家所以將調味料減量了，料理卻依然很有滋味，十分可口。

咚、咚、咚，櫻井手中的刀子在砧板上有節奏地發出聲響。為了避免噎到，將食材切細是青羽料理的基本原則。櫻井的刀法也十分出色，這個年輕人真的是做什麼都乾淨俐落。

不過，保突然湧現疑惑。

「櫻井，你是左撇子嗎？」

因為櫻井以左手握刀的。

面試時，保記得櫻井是用右手拿原子筆填寫身分證明文件的。平常吃飯時，他應該也是以右手拿筷子。

櫻井的手突然停下。「基本上我是用右手，只有拿菜刀的時候是左手。」他這麼說道，臉並沒有轉向保那邊。

「哦，該說你是雙手靈活還是什麼的嗎，好特別喔。」

櫻井靜靜地將菜刀放在砧板上。「鷲生爺爺差不多想好下一步了吧，那我先過去了。」

「嗯，謝謝你幫忙。」

又過了一會，結束棋局的櫻井跟著佐竹出去吃飯了。保和一樓的入住者一起在客廳用晚餐。一名姓服部、用餐無法保持乾淨的入住者想把掉在地上的菜撿來吃，保趕緊阻止。在他安撫生氣的服部時，有偷竊癖的悅子似乎趁機從隔壁入住者的小碗中摸走了南瓜，演變成一場爭執。二樓也傳出類似的騷動聲響。青羽的餐桌總是很熱鬧。

用完晚餐，保步上二樓，雙手拿著熱咖啡來到井尾由子的房間。她正坐在椅子上看雜誌。

「呃……」井尾由子凝視著保，皺起臉龐，露出了微微痛苦的表情。

「啊，你不要說。」保正打算開口時便遭到了制止。

等待了大約十秒後。

「四方……田先生？」

「答對了，我是四方田。」

井尾由子開心地拍起手。

沒錯，她本來就是位個性開朗的迷人女性。

井尾由子一邊喝著咖啡、一邊揭露了幾個自己教師時代的回憶。「古文充滿了浪漫喔。」她愉悅地說著。

看來，她似乎已經忘了白天的那場惡夢。或許正是因為這樣，她才能每天活下來吧。

願她今晚能一夜好眠。保帶著祈禱的心情離開了井尾由子的房間。

3

櫻井來到青羽一個月了。工作上方面，他的表現就像是已經待了很久一樣，甚至讓人想不起來他還沒來時這裡是什麼模樣。

雖然感到抱歉，但現在的狀態是櫻井就連週六也都會來工作。由於本人表示想多賺點錢所以請大家不用介意，因此保他們便領受櫻井的好意了。

結果，聽說櫻井暫時保留佐竹的提議，說希望能再工作一段時間後再來考慮。保認為這是明智的判斷。這份工作有些東西不做久一點是看不到的。

佐竹打算找機會再提一次。他眼神閃閃發亮地說：「我越來越中意那小子了。」另一方面，那場飯局似乎也發生了令人不解的事。就在佐竹建議櫻井去考居家照服員二級證照時，櫻井說這部分他也想再等一下。考證照的費用是由青羽這邊負擔，此外，一旦取得證照的話時薪也會跟著提升。「我真搞不懂耶。」佐竹相當納悶。

這的確很不可思議。考證照能夠拓展職涯，有益無害，為什麼連這件事都要推遲呢？不過，由於櫻井要考證照的話就得抽出時間去聽課，屆時保一定會為了確保足夠的工作人手而傷透腦筋。因此，即使覺得自己很卑鄙，保還是決定不跟櫻井提這件事。

「好，接下來輪到服部爺爺了喔。」

櫻井來到坐在客廳沙發上的服部身邊，彎身說道。

「不要，我不洗。」服部用力搖頭。

「別這麼說，去洗嘛，很舒服的。」

「不要，我不想洗。」

今天是一週兩次的沐浴日，入住者在員工的幫助下一個個輪流洗澡。不過，最後一個的服部卻在鬧脾氣。服部有時會乖乖洗澡、有時會像現在這樣頑強抵抗，今天似乎屬於後者。服部的心情就像拋硬幣猜正反面一樣，誰也摸不透。順帶一提，服部泡澡時臉上的表情十分幸福，其實是個非常喜歡洗澡的人。

「本人都說不要那就算了啦，別管他。」

一旁拿毛巾擦頭的多梅不耐煩地說。

這樣是不行的。服部經常打翻食物，又常大小便失禁，這麼說雖然有點失禮，但服部就是個不衛生的入住者。必須請他好好清洗身體，泡一泡澡才行。

之後，儘管保和櫻井兩人試過各種勸說，但今天的服部比平常更加頑固。

「沒辦法了，稍微請河合代打吧。」

今天負責二樓的兼職人員——河合是位三十五歲左右的女性，像服部這樣固執的人，有時若是由她邀請去洗澡的話便會乖乖順從。

結果，河合一提出邀請，服部馬上一口答應，從沙發上起身。剛才那些辛苦到底算什麼呢？保和櫻井互看一眼，不禁露出苦笑。

「櫻井，你幫我看一下二樓的入住者。」

櫻井代替河合前往二樓，暫時改變負責的樓層。幸好今天是河合值班，加上櫻井也很熟悉二樓的入住者。十五分鐘後，服部心滿意足地從浴室走出來。問他覺得如何時，他上下晃動著假牙說：「太棒了。」洗澡的工作平安結束，保便前去二樓找櫻井。櫻井正坐在客廳沙發上和入住者邊看電視邊聊天。

「服部爺爺說太棒了。」保笑著對櫻井說。

「如果我是女生就好了。」

「哈哈，只有這件事是無可奈何的。」

櫻井壓低聲音說：「二樓的人果然比較溫和呢。」

「嗯，跟一樓相比，或許吧。不過，二樓也有很辛苦的時候喔。」

談話間，電視傳來電視主播的聲音：〈到今天為止，已經逃獄四百八十五天，至今仍行蹤——〉

保慌慌張張地環顧四周，尋找井尾由子的身影。之後他鬆了一口氣，看來她似乎待在房裡的樣子。

保把手伸向桌上的遙控器，櫻井的手卻比他更早一步拿起遙控器轉台。

「我們回一樓吧。」

和櫻井一起下樓的過程中，保也對櫻井剛才的舉動感到困惑。櫻井應該不知道井尾由子的過去才對，那麼他剛才的舉動是怎麼回事呢？不過，也有可能只是不想讓入住者接受到太刺激的資訊才這麼做的。

殺害井尾由子兒子一家的兇手從收押的看守所逃獄，已經是一年多前的事了。這件事引起全國譁然，媒體也爭相報導。

畢竟，這是前所未有的大事件。越獄戲碼雖然聳動，但主要還是因為犯人未成年，而且還是被判處極刑的死囚的關係。

而那樣窮兇惡極的罪犯至今尚未落網，持續逃亡中。警方拚了命地追蹤他的去向，卻總是差那臨門一腳、讓他驚險脫逃。前幾天，警察廳官房長官又貫成一郎一臉嚴正地表示：「我們賭上日本警察的威信，絕對會逮捕犯人歸案。」然而大眾的反應卻很冷淡。因為國民很難理解，為什麼警方不但出了讓死刑犯逃獄的大包，甚至還逮不到人。

有一說是，警方對犯人設下的一千萬懸賞金諷刺地吸引了許多目擊情報，警察窮於應付而妨礙了偵查，本末倒置。也就是「玉石混淆」——石頭太多，沒有餘裕尋找真正的玉。

此外，還有人成立了「支持鏑木慶一」這種胡鬧的社群網站。不知是不是因為犯人擁有好看的外貌，讓這個網站聚集了不少支持者，再度引發議論。後來當外界得知該網站的成立者是一名訴求廢除死刑的女性思想家時，該名女性獲得了銳不可擋的人氣，上了許多電視和網路節目。保覺得這一切都好瘋狂，整個世界都不正常了。

順帶一提，雖然犯人逃獄後，很多地方立刻就公布了犯人的名字與照片，但警方正式公開資訊卻是在事件發生的一段時間過後。這是有理由的，因為兇手當初犯下命案時還未成年，連成功逃獄時也還未達二十歲成人的標準。保憤慨地心想，所謂的法律，是多麼不知變通啊。

沒錯，保的憤怒十分強烈。畢竟受害者家屬井尾由子就在自己的眼前。

日本警察真是沒用，束手無策。愚蠢也要有個分寸。

不過，再怎麼痛罵也無濟於事，保只期待警察能早一刻捉到犯人行刑。然後，衷心期望井尾由子能回歸到平靜安寧的生活。

「四方田先生，請問我會像這樣一直負責一樓嗎？」

傍晚，就在保正坐在辦公室的電腦前時，結束工作的櫻井突然這麼問道。

「嗯，我是這麼打算的，怎麼了嗎？」

保停下敲鍵盤的手。櫻井提出了請求，希望自己可以改負責二樓。

「因為個人因素實在很不好意思，但如果可以的話，我想陪在園部爺爺身邊。」

園部是二樓一位八十二歲的男性入住者，處於失智症非常後期的階段，卻是青羽最溫柔和藹的老人。

不管怎樣，保都得先詢問櫻井所謂的個人因素是什麼。

「園部爺爺長得跟我父親有點像，一些不經意的言行舉止隱隱約約會讓我想到，如果父親還活著的話，上了年紀以後大概就會變成那樣的老爺爺吧。」

櫻井有些難為情地說明理由。

「父親生前，我沒能盡任何孝道。雖然這樣講好像有點奇怪，但我還是想協助、支持園部爺爺，作為一種補償。」

原來如此，所以櫻井才會常常跑去二樓嗎。

保不是不明白櫻井的心情。幾年前，保也曾對青羽的一位女性入住者感到很親近，對方很像自己過世的祖母。當那位老太太嚥下最後一口氣時，保很自然地落下了眼淚。

「我知道了。因為還有一些配合上的問題，雖然沒辦法立刻調動，但我會先考慮看看。」

櫻井聽到保的回答後，綻放出燦爛的笑容。

WANTED

第二章

逃獄第三十三天

- Day 33 -

4

汗水從安全帽的縫隙落下，沿著額頭流入眼睛。野野村和也停下手推車，以沾染黑色髒污的工作手套擦拭眼角。時值初春，儘管還有些涼意，和也卻總是汗流浹背。屬於自己的工作安全鞋裡極度悶熱，甚至覺得鞋子因為這樣變得更沉重了。

都已經是這種情況了，一輛砂石車卻還是像找麻煩似地經過和也身旁，掀起漫天塵土。和也以工作手套遮住嘴角，把臉轉到另一邊。

「喂，牛保，不要停在那裡！」

工地主任金子馬上丟來怒吼。和也嘖了一聲，推著疊滿磚頭的手推車離開。

所謂牛保，指的是和也所屬的牛久保土木，簡稱牛保。說是所屬，和也也只不過是個打零工的，這項工程一結束合約就馬上中止，必須再去找其他公司，前往新的工寮。和也從十七歲開始過起這樣的生活，至今已經五年了。

順帶一提，工地主任金子是稻戶興業這間公司的人，牛久保土木是稻戶興業的下包。其實，無論是稻戶還是牛久保，在現場的工作並沒有什麼區別，但稻戶那群傢伙只因為是業主的關係，總是一副了不起的樣子，讓和也很看不過去。其中，工地主任金子是和也最討厭的人。關於這點，牛久保的同事都一樣，經常嚷著「哪一天大家要一起給他好看」。

太陽下山，時間來到晚上八點，和也終於結束了這一天的工作。工地是二十四小時全天候運作，和也是早上八點上工，所以扣除休息時間，總共是十小時的勞動。這裡的時薪是一千兩百五十圓，一天的工資是一萬兩千五百圓。不過，中間要扣掉一餐四百二十圓的便當錢兩餐，還有每天宿舍的住宿費一千七百圓，實際到手的錢還不到一萬。

「啊啊，天堂。」

身旁泡著澡的平田發出感嘆。平田六十六歲，是這間工寮裡年紀最大的人，上排牙齒缺了整整一顆門牙，總是把菸插在那個洞裡吸。夥伴之間都叫他平爺。

和也起居的地方，是感覺風一吹就會飛走的組合屋宿舍，劃有十八間一坪的房間。一群像和也跟平田這種居無定所或是來外地打工的男人，就在這裡過著團體生活。在那棟簡易組合屋宿舍的旁邊有座獨立的簡陋浴場，和也他們每天就像這樣在這裡洗掉身上的髒汙。這座浴場俗稱「泥湯」，因為浴池的水總是很混濁。

順帶一提，和也他們有清楚規定的入浴時間，要是過了那個時間，那一天就無福消受熱水澡了。因為，這附近蓋了好幾棟同樣的宿舍，住在那些宿舍的男人也全都使用這座泥湯。所以泥湯總是人滿為患。

「說到這個，白天啊，好像有幾個很厲害的人過來視察，東搞西搞的。這下子，這裡可能真的會停建喔。」

把毛巾放在頭上的前垣說道。前垣四十六歲，似乎離過兩次婚，總共有五個同父異母的孩子。雖然本人常常跟身旁的人說自己要付贍養費很辛苦，但沒人相信他。這種蓋房子的工作光是養活自己就已經是極限了。

「事到如今不可能啦，都蓋到這邊了還說停建的話，他們哪能接受啊？」

千川笑著說。千川是個眼睛像狐狸一樣細長的男人，比和也大五歲，二十七歲。這位前輩教了和也許多事。不過不是關於工作，都是些吃喝玩樂的事。

「不，垣哥剛剛說的也有可能吧。」表情嚴肅地說著這句話的人是谷田部。這個男人今年三十九歲，酒精中毒，賺的錢幾乎都投在喝酒上。「他們好像還沒找到接手的公司。這樣下去如果沒人想做，可能真的會停工。」

「要停的話早就停了吧？不然網球要怎麼辦？」

「網球那種東西，不在這裡打還有很多其他地方能打啊。」

「嗯，我是覺得沒網球也沒差。」

「這樣說的話，我們全部的人都是啊，連球拍都沒握過咧。」

浴場裡迴盪著男人們的笑聲。

沒錯，和也他們正在蓋的就是網球場。說詳細點，和也他們的工作是位於江東區的「有明網球森林公園」改建工程，這裡是二〇二〇東京奧林匹克運動會、帕拉林匹克運動會的網球競賽場館。然而就在前幾天，直接負責這些工程的 N-Tec 建設公司遭東京地方法院判決「再生程序廢止」，也就是實質上的破產。根據小道消息指出，他們的負債金額是兩百五十億這種嚇死人的數字。

順帶一提，這間 N-Tec 的下包是林科技公司，林科技公司下面是稻戶興業，稻戶興業之下是牛久保土木，呈現出一個金字塔關係。

儘管源頭垮掉後工程中斷也不奇怪，但不知為何工地現場仍照樣施工，沒有間斷。關於這點，別說是和也，其他同事也都不知道理由。雖然大部分的人都認為奧運是賭上國家威信的盛大活動，應該會有什麼解決的方法，但老實說，和也覺得怎樣都無所謂，只要能一分不少、拿到那天的工資就好。一切都跟底層的自己沒關係，複雜的事就給他上面的大人物去談，奧運什麼的就算不辦的話也沒差。

眾人的話題接著演變成網球選手大坂直美至今累積的獎金，當大家知道金額似乎已經超過十億圓的時候，全部的人都同時發出驚嘆聲。

「大坂還很年輕耶，那她退休前不就差不多可以賺個三十億嗎？」

「不，更多吧？她有拍廣告，還有拿贊助之類的。」

「她那麼紅，退休後大家也會搶著要吧，生活費要多少有多少。」

「什麼啊，那她一輩子的收入會超過一百億嗎？好夢幻喔。」

和也跟著說道：「真希望她雇用我，就算在旁邊拿包包也沒關係。」逗得眾人哈哈大笑。

就在大家熱烈討論的同時，年紀最長的平田口出一句：「我是覺得不怎麼樣吶。」引起大家的注意。

「大坂在美國長大，也不太會講日文，只是國籍剛好是日本而已。以她為榮這種事啊……」

「什麼嘛，平爺的看法太小鼻子小眼睛了。」

「沒辦法，人家是江戶時代的人，還沒開國吧。」

「就是因為這樣，才會都一把年紀了還在這種地方推推車。」

眾人紛紛調侃平田，和也也一面喊著「瞧你這個鎖國老頭」、一面朝他潑水。平田不會生氣，所以總是這樣被大家欺負。和也很喜歡這個年紀大到可以當自己祖父的男人。

他也喜歡這裡的夥伴。這項改建工程結束後，大家就會各自前往新的工寮，毫無疑問，他們只是一時的朋友，但這點對和也來說也剛剛好。人和人的相處時間一長就會產生爭執和摩擦，那麼一來，甚至會出現被排擠的人。

和也是在石川縣的一座漁村裡出生長大的，那是個除了離海很近之外完全沒有娛樂的地方。人口稀少，所有人都彼此認識，一出什麼問題馬上就會傳遍全村。和也就是在那樣的小團體裡成長的。

小時候的和也硬要說的話，屬於乖巧的孩子，是個內向害羞的男孩。雖然不太擅長讀書或運動，雙手卻很靈巧，工藝課作業總是受到老師表揚。由於身旁全都是些調皮搗蛋鬼，和也偶爾也會成為別人欺負的對象，但並不會持續太久，算是度過了一個平穩的幼少時代。

這樣的和也一上國中後，也跟著身旁的人成為不良少年集團的一員，一畢業便順勢加入了當地的暴走族。其實，和也一直很嚮往那些混混朋友，覺得他們身上擁有自己所沒有的特質，暗自希望自己有一天能變成那樣。

話雖如此，和也在逞兇鬥狠方面根本不行，對陣叫囂時臉上還會露出天生的膽怯，完全派不上用場。但相對的，他運用討好人的個性和自虐式的幽默學會了逗人開心的技巧，前輩們都很疼愛他，也受到後輩們的景仰。和也白天打工，晚上就和同伴馳騁機車，儘管每天都過著一無可取的日子，卻也算是幸福。

和也的父親對兒子的這種生活睜一隻眼閉一隻眼，不知道是害怕兒子，還是對兒子沒興趣。和也覺得應該是後者，但他至今還是不明白。

順帶一提，和也的母親在他快上國中時就離家出走，再也沒回來了。雖然父親從沒告訴過他理由，但根據村裡的謠言，母親似乎是跟其他男人有私情的樣子。被拋棄這件事雖然令和也感到一絲孤單，他卻不曾為此流淚。和也從來沒有從母親的身上感受到母愛，也是到了後來才知道，其實自己不是母親的親生兒子，母親是他年幼時父親再婚的對象。

不久後，在和也迎接十七歲時，他參加的暴走族和鄰近的暴走族之間起了些小衝突。事情的開端是和也他們到對方地盤囂張地飆車，以此為由頭，對方也經常遠征到和也他們眼皮子底下威嚇挑釁。不知從什麼時候開始，事情發展成出動武器的對抗，二十四小時洋溢著緊張感，每天都繃緊神經。你惹我，我就討回來。由於雙方都是基於同樣的信念在行動，使得事態難以收拾。

某一天，和也騎著50c.c.的小綿羊載著後輩時，突然遭到敵對勢力的猛攻。和也把油門催到底，拚命逃跑，坐在後方的後輩背部卻遭鐵棒擊中，從機車上摔了下來。雖然猶豫，和也最後還是頭也不回地逃走了。和也很害怕，要是被逮到，等著他們的將會是慘烈的私刑。

結果，這起事件演變成刑事案件。因為那名後輩從機車上摔落時頭部遭到重擊，意識不清，性命垂危。幾天後，後輩雖然恢復意識，卻留下了後遺症，年紀輕輕就得在輪椅上過日子。

受到責難的人是和也。拋棄同伴、為了明哲保身竟不要臉地逃跑的懦夫。甚至還有人竊竊私語，煞有其事地說和也是不是故意將後輩甩下車，好藉機逃走。

前輩方面，當然連隊上的老前輩也都現身，把和也批得體無完膚。後輩們也對他大肆聲討，群起圍剿。和也哭著道歉，但是並沒有因此洗清自己的過錯。在那之後，沒有一個人願意跟和也說話。周圍的大人也都覺得和也是自作自受，不理睬他。和也那時才知道，原來村裡的大人一直很討厭自己。

最後——村裡開始傳遞聯絡通知板，內容是向大家調查是否能讓和也留在村子裡生活。和也不敢置信，就算村子再怎麼封閉，出現這種東西實在是太蠢了。

結果，他們蒐集到了不少認為和也應該離開的連署書，丟到和也面前。

就這樣，和也受到「村八分」處分，遭村民排擠離開了故鄉，從此以後得一個人過生活。和也開始在全國各地陌生的土地上工作，過著領一天工資吃一天飯的生活。五年後，他流浪到了東京。

和也不曾深思過自己的人生。不，其實是不想深思。因為，和也有種會俯瞰事物的特質，當他用那樣的視角看自己時，完全不覺得自己有光明的未來。

不過，這樣的和也過去也曾下定決心想改變人生。他前往徵人情報誌上刊登的保險公司面試。那是和也二十歲的時候，剛好是他開始對白領階級投以欽羨眼神的時期，也好奇自己是否能變成那一邊的人，於是便付諸行動。和也把身上僅有的錢全拿去量販店買廉價襯衫和皮鞋，有生以來第一次穿襯衫打領帶。

「國中畢業啊。你會用 Word 和 Excel 嗎？應該說，你用過鍵盤嗎？」

和也至今仍忘不了面試官當時臉上的冷笑。

明明在徵人啟事上寫了學歷不拘、歡迎無經驗者，為什麼還問自己這種問題呢？「我會努力學習的。」雖然火大，和也還是低下頭，從頭到尾客客氣氣地結束了面試。

不過，結果是沒錄取。和也後來跟曾在保險公司工作的人談起這件事，似乎是和也老實把自己和家人、親戚關係疏遠這點說出來並不妥當的緣故。據說，保險業務員都是從收下家人的保單開始起步的。既然這樣，一開始就先寫出來啊，這不是犯規嗎？和也雖然生氣，卻也覺得天真過頭的自己很可悲，領悟到他不該做自己不熟悉的事。和也不想將襯衫和皮鞋放在身邊，馬上用網路拍賣賣掉，為自己平添一段難過的回憶。

洗好澡，大家頂著夜色並肩踏上回去宿舍的路，這時遠遠瞧見一個男子慢悠悠地從宿舍出來。儘管四周無光，看不到對方的臉孔，但從高高瘦瘦的身材和毛帽來看，就知道那是勉三。

「那傢伙，真的很不想讓我們看到雞雞啊。」

前垣說道，眾人也哈哈大笑起來。

勉三要去的不是泥湯，而是距離宿舍徒步三十分鐘左右路程的一間民營澡堂。

一週前來到這間工寮的新人勉三，不知道是有潔癖還是怎麼回事，每天晚上都會像這樣悄悄地出門，濕著頭髮回來。

關於這點，和也他們的看法是，勉三大概是因為老二很糟糕，不想讓其他人瞧不起。不過，勉三雖然是個怪人，但不會給其他人添麻煩這點算好的了。宿舍裡有個連澡都不洗的懶鬼，因為那個人的左手小指沒有指尖的部分，所以大家都不敢當面向他抱怨，但在走廊擦肩而過時都得憋氣才行。

順帶一提，說到為什麼會喊那個新人勉三，是因為他戴著度數似乎很深的眼鏡，另外就是住他隔壁房的前垣告訴大家，有次自己不經意瞄了新人房裡一眼，看到裡面放了法律相關的書籍。不過和也並不知道那個名叫勉三的窮學生動畫角色是何方神聖就是了。

「勉三那傢伙，該不會根本沒那玩意兒吧？」

滿臉通紅的谷田部看著手中的撲克牌說道。在和也房間圍成一圈喝酒打牌是他們的睡前活動。由於全員都抽菸，房裡煙霧瀰漫，就像處在濃霧中一樣，眼睛也因此一直睜不太開。

「你是說被拿掉了嗎？」和也叼著菸說。「來，八切。」

「啊，不要在我之前切啦。」谷田部嘖了一聲。「應該是說，他是不是本來就沒有啊。你仔細看他的臉，很像女人吧？」

「咦？你是那個意思喔？可是那傢伙不是有鬍渣嗎？而且，沒有女生個子那麼高吧？」

「那種事不重要啦，重點是這週末去哪？」前垣說。「錦糸町也差不多膩了。」

「可是，離這裡交通方便又便宜的地方，還是錦糸町吧？」

一個月兩次，大夥結伴去風俗店是和也他們最大的娛樂。雖然一整天勞動的錢會在一瞬間消失，但只有這件事戒不掉。要是有女朋友就不用去什麼風俗店了，但現實就是沒有，所以才無可奈何。

大約一年前，和也搭訕認識了一個讀短大的女生，彼此交換了聯絡方式，有段時間感覺還不錯，但是當對方知道和也是個領日薪的工人後就再也聯絡不上了。因為和也之前假裝自己是大學生。

「也是啦。平爺，你這次怎麼樣？」

「啊啊，我pass、pass。我不會再去了。」平田揮著手說。「我去那裡就像把錢丟到水溝一樣。」

大家爆笑出聲。年過六十的平田最近似乎硬不太起來。聽說他上回上不了陣，還被迫聽鄉下出身的小姐訴說落落長的辛酸經歷直到時間結束。這是二十二歲的和也無法想像的事，和也每次都能扎扎實實地射兩次，狀況好的時候還會挑戰第三次。

「可是這樣就不能用團體優惠了。」前垣說。「還差一個人。」
五人同行的話就有團體優惠，一個人能便宜兩千塊。
「那麼，和也你去問問勉三，邀他代替平爺啦。」
千川打趣地說。
「他連澡都不跟我們洗了，不可能會理我這種事吧？而且，你們不覺得那傢伙像個處男嗎？」
「就是這樣才好玩啊。拿那種傢伙的初體驗下酒，特別好喝。」
「唉啊，我才不想靠近那種有溝通障礙的傢伙。我之前跟他說話，結果他用超級冷淡的態度敷衍我。」
幾天前，和也看勉三因為不熟悉的工作導致進度緩慢的樣子，便給了句建議，結果對方只是點點頭，連聲謝謝也沒有。和也心想或許是自己外表看起來很年輕，讓人誤以為自己年紀比較小，便端起前輩的架子說：「我叫和也，二十二歲，你二十歲吧？有不懂的地方儘管問我。」對方卻只回了句：「謝謝。」和也決定再也不要和這個傢伙說話了。
「好啦，你就盡量約約看，你和他年紀最接近啊。」
正當和也覺得糾纏不清的千川很煩時，一旁的平田開口：「別這樣。」
和也以為平田在幫自己說話，結果並不是這樣。平田是要他們別去鬧勉三。
「怎麼啦，平爺？突然這樣。」
「遠藤是很細膩的孩子，跟你們不一樣。」
這麼說來，和也曾看過好幾次平田和勉三在工地說話的樣子。這個男人基本上是個好人，大概是看勉三總是一個人，無法放著他不管吧。話說回來，和也現在才知道勉三姓遠藤。

「那孩子連對我這種老頭都很溫柔，跟你們不一樣，懂得體貼老人。」

這句話遭到眾人撻伐。「我們也很溫柔好嗎？」、「你以為平常是誰在給你當看護啊？」、「去死吧，臭老頭！」大家毫不留情地攻擊。

「所以平爺，那傢伙是那種半工半讀的窮學生還是重考生嗎？」

「我不知道。」

「搞什麼，你不知道喔。你問他不就好了嗎？」

「我才不做那種不識相的事，他看起來不想說的樣子。」

這時眾人也安靜了下來，點了點頭。因為這裡的每個人身上都各自帶著苦衷，所以不會執著地探究彼此的過去。這在每間工寮都一樣，也就是所謂的潛規則。和也自己也沒跟別人深談過自己的成長背景，相反的，也不是很清楚其他人的過去。

「嗯，我自己是覺得他可能是想當律師吧。」平田說。

「目標當律師的人怎麼可能在這種地方揮十字鎬啊？」前垣嗤之以鼻。

「可是，是你說那孩子在學法律的吧？」

「我沒說他在學，只說看見他房裡好像有很難的書。」

「這樣啊。可是，遠藤說的話很了不起喔。該怎麼說，有種讀書人的感覺，跟你們完全不一樣。」

「臭老頭，你還說。」

「唉呀，那種事怎樣都沒差吧？」和也出來圓場。「重點是，注意囉。」

「啊，不會吧？」

「鏘鏘——革命。」

和也從手中丟出四張牌。原本手牌很好的千川和前垣大罵：「搞屁啊！」相反的，本來牌很差的平田與谷田部則口出稱讚：「幹得好，幹得好。」

和也最近似乎很走運，撲克牌的手氣很好。他們一局賭幾百圓，一晚動用的錢不是什麼大數字。不過，正所謂積少成多，最近，撲克牌成為和也重要的第二收入，如果這個月能靠撲克牌賺個兩萬圓的話就好了。

5

幾天後，平田在工作時受傷了。在他穿過鷹架時鋼筋從上方掉落，好死不死正中平田的右肩。順帶一提，同伴中撞見那個場面的只有和也一人。當時，他正走在平田身後。「危險！」聽見不知從哪裡傳來的呼喊後，和也倏地抬頭，正好看到鋼筋從平田頭上鷹架滑落的瞬間。

和也奔到蜷縮在地的平田身旁，平田的臉皺成一團，不斷呻吟：「斷了、斷了。」

和也馬上帶平田去醫院，醫生檢查後判定是骨裂。不過，平田受傷的右肩當然不能用了，不得不暫時停止工地的工作。

為此傷透腦筋的不只是平田，和也他們也是。因為，平田拜託和也他們借自己這幾天的生活費。這就是臨時工的辛酸，絕對不能受傷，不會有什麼職災補償。

此外，最糟糕的就是平田沒有健保卡。據說，初診和照X光加起來的看診費高得不像話，平田光是付那些就用光身上所有的錢了。

夜晚，大夥按照慣例聚在和也房裡。不過，今晚沒有平田，因為他們正在討論要不要借錢給平田。

「我就說我不可能了，我才沒有錢借別人。」

說話的是千川，他從以前到現在都是這樣主張。因此，大概是連參加都不想參加這個討論吧，直到和也他們去房裡叫他為止都沒有出門的意思。

「臭小子，你從剛才就一直說這種冷淡的話，還真好意思啊。」讓人意外，動氣的竟然是酒鬼谷田部。現在他手上也還拿著一罐酒。「你平常也有受到平爺照顧吧？」

「我們感情好是好啦，但他可沒照顧我喔，也從來沒請過我。而且，平常工作上是我們在照顧他吧？」千川說得一點也沒錯。平田年紀大，工作量不可能跟和也他們一樣，平常大家都不著痕跡地補上他做不夠的份。

「平爺什麼時候能回來工作啊？」前垣改變了討論的角度。「如果一星期左右的話是還好，但至少也要休個兩星期吧？」

「他那把年紀，復原也很慢吧？搞不好要休一個月以上。我骨頭沒裂過，所以不知道啦。」

千川已經一副事不關己的樣子了。

「宿舍費和飯錢，還有菸嗎？這些加起來……一天三千圓的話應該能想辦法過活。三千塊四個人分的話是多少？」

谷田部看向自己，和也心算後回答：「呃……一個人大概八百塊。」

「欸，不要隨便把我加進去啦。」千川翹著嘴巴說。

「囉嗦，我只是在模擬。」谷田部吐出一口酒臭。「假設持續一個月的話……一人是多少？」

谷田部的視線再度落到和也身上，他想了三秒後回答：「大概兩萬五千塊。」

「兩萬五嗎，很大一筆數字啊。」前垣夾雜著嘆息道。「欸，不要只是我們幾個，去拜託宿舍的其他傢伙怎麼樣？這樣負擔就不會那麼大了吧？」

「怎麼可能，三兩下就會被拒絕了。」

和也也這麼認為。其他人不像和也他們跟平田這麼親，還有人覺得年老的平田礙手礙腳，露骨地表現出瞧不起平田的態度。但要問這五個年齡分散的人為什麼會聚在一起也說不出個所以然。因為是不知不覺間，自然而然就變成這樣的組合了。

「而且啊，要是平爺要休兩個月以上的話怎麼辦？五萬耶，五萬。他會好好還錢嗎？誰都不能保證他不會跑掉吧？」

的確如此。在這種工寮裡，一個人在某天突然消失都不是什麼稀奇事。和也自己過去也曾經在拿到薪水的當天就從工寮裡消失。

雖說和也覺得平田人很好，不會幹這種事，但也沒辦法完全相信他。因為，你絕對無法徹底了解另一個人。

討論完全沒有結論，只有時間不斷流逝。千川好幾次起身，卻每次都被谷田部一句「還沒結束」給大聲制止。

「差不多該睡了啦。」事到如今，千川已經不打算隱藏他的厭煩。時間已經來到凌晨十二點。「再怎麼說服我都不會出錢。那麼想幫平爺的話，你自己一個人出就好了啊。」

「就是因為我一個人負擔不了，才會像這樣找你們討論啊。是吧，垣哥？」

「咦？啊，嗯。」

「垣哥，你從剛剛就沒什麼說話，但你的想法跟我一樣吧？」

「不，嗯……」前垣一臉為難地交叉手臂。「我心情上雖然是想幫平爺啦，可是你們看看，我跟你們不一樣，還有孩子們的扶養費，考慮到這個就有點……」

前垣以外的三個人都覺得很沒意思，因為他們沒有一個人相信前垣有每個月在付什麼扶養費。

借錢派的谷田部和不借派的千川，還有兩邊都不是的前垣。

「和也，你怎麼想？」谷田部把話題丟到自己身上。

「那個，我想說跟著多數人的決定吧。」

「什麼啊，你沒有自己的意見嗎？真難看。」

但那是和也的真心話，他打算遵從大家的決定。只是硬要說的話，他也覺得或許可以借吧。因為平田是在自己面前受傷的。

重點是，和也對自己感到失望。鋼筋從平田頭上掉落的瞬間，和也完全無法動彈。雖說是不到一秒的時間，但和也只要伸手，或許就能把平田往前推。這樣一來，平田或許就不會受傷了。

不，那是剎那間的事，大概辦不到吧。儘管這麼認為，但仔細一想，他又覺得那瞬間似乎有個瞬間思考的餘地。如果是這樣的話，那就是和也怕自己被牽連，捨棄了平田。一旦被困在這樣的思考中，和也便忍不住想起自己逃跑、對後輩見死不救的過往，痛苦的心情翻湧而上。

我果然是個卑鄙膽小的人嗎？我的本性就是這樣嗎？

和也的思考陷入了這樣的死路。

「那我們現在來投票。」谷田部環顧三人說道。「認為可以幫平爺的人舉手。」

舉手的只有谷田部一人。

「喂，你們是怎樣？」谷田部瞪大眼睛呸了一聲。「好，定案。解散，解散。」千川站起身。

谷田部用力抓住千川的手腕。

「放開啦。是你自己說用投票的吧？」

「等一下——喂，垣哥，你背叛我嗎？」

「不是什麼背叛啦，這種問題果然還是該由公司解決吧？」

前垣轉移矛頭說。

「都這種時候了你在說什麼啊？就是因為那樣行不通我們才會在這邊討論吧？牛保才不會幫平爺這種老頭。他們現在只有對平爺說一句『請保重』喔。」

不只是平田，和也覺得不管是誰，牛久保土木都不會幫他們申請職災補償。而且，他們也沒有和牛久保土木簽正式合約。剛來的時候，也只是在牛久保土木給的紙上用鉛筆寫下姓名和出生年月日罷了。

「可是，不是應該試著去商量看看嗎？你看，工作中受傷，一般來說都是公司要收拾殘局吧？」

「我們的工作又不普通。欸，垣哥，事到如今才說這些的話，根本沒完沒了。而且，你覺得平爺有辦法跟公司談這種事嗎？我是辦不到喔，你也不可能。」

「我可以。」似乎是被激怒了，前垣臉色一沉，如此說道。

「那你去談啊，去跟公司說救救平爺！」

「可是，這種事別人來做不太對吧？」

「你看，你態度又變了。」

前垣和谷田部至此已經互相扯著胸口，和也趕緊勸架。

「啊啊，煩死了，你們夠了喔。都幾歲的人了，到底在幹嘛啊？」千川以一種打從心底厭煩的口吻說道。

「總之，只能先讓平爺去跟公司說了吧？不管結果怎麼樣我都不會出錢就是了。因為到頭來，我們都是不相干的人。」

千川留下這句話，離開了房間。谷田部也已經不攔他了。

千川一離開，留下的三個人低頭不語了一段時間。前川說的那句「不相干的人」不停地在和也耳畔迴盪，揮之不去。前垣和谷田部大概也一樣吧。

「人家說，現在是勞方比較強。」

前垣吶吶地說。和也和谷田部同時抬頭，看著前垣。

「你們看，有企業倫理這種東西，就是要對勞工的權利——」

「我們是工人，工人沒有什麼權利。」

谷田部打斷前垣。三人再度無語。

和也也知道，近來，血汗企業人人喊打。就像前垣所說，企業倫理的觀念受到加強，日本的勞動環境或許因此正在改善。但那終究是規模中型以上公司的事，現實就是底層沒有任何改變。

如果和也他們有知識的話，情況或許會有所不同，但那種人不會在這種地方拿十字鎬、推推車吧。

和也「啊」了一聲。其他兩人看向他。

「我們死馬當活馬醫，去找勉三那傢伙商量怎麼樣？」

「為什麼現在會冒出勉三這個人啊？」谷田部嗤之以鼻。

「因為那傢伙懂法律嗎？」前垣說。

「沒錯、沒錯。」雖然正確來說，和也只是聽過勉三有法律相關的書籍罷了。「如果他在讀那些書的話，應該也很了解勞工權利吧？」

儘管如此，其他兩人卻不甘不願地說：「那種人靠不住啦。」「所以我說是死馬當活馬醫啊。」和也道。無論什麼都好，和也希望打破這個停滯的局面。

「那，和也，你現在去把勉三帶過來。」

「咦？」

「這種時候，也就是你了吧？」

「沒錯，我們這種大叔三更半夜闖過去的話他會嚇死。你去。」

和也被強制趕到走廊上，他已經開始後悔了。雖然他在走投無路後提出那種建議，但仔細一想，他不認為那個有溝通障礙的勉三會願意幫他們。首先，他連勉三是不是真的熟悉法律都覺得懷疑。要是人家隨便應付自己的話，他一定會忍不住一肚子火吧。

和也穿過每走一步就發出嘎吱聲的走廊，站到勉三房前。

他從鼻子裡噴了一口氣，叩、叩、叩地敲門。

接著，隔著薄薄的門板傳出了「哪位？」的回應。雖然已經過了十二點，但勉三似乎還沒睡的樣子。

「啊——我是野野村和也，你現在方便嗎？」

「……請稍等。」

房裡傳來悉悉窣窣的聲音，似乎很慌張的樣子。話說回來，說什麼「請稍等」，這傢伙果然很怪。

過了一會兒，房門打開了幾公分，勉三從房裡探出頭。他果然戴著平時的那頂毛帽。這個人工作時戴安全帽，其他時間都戴著毛帽。此外，在那副宛如牛奶瓶底的眼鏡後，勉三的雙眼明顯帶著戒備。

「這麼晚了，抱歉啊。你該不會是在尻尻吧？」和也上下擺動著右手說道。「你有什麼事嗎？」對方不理會他的玩笑。

「唉呀那個，有點事想跟你商量。你知道平爺吧？就是兩天前受傷的爺爺。關於這件事，想要借用你的智慧啦。」

「啊？為什麼是我？」

「你在讀法律什麼的吧？因為垣哥說你有很難的書。」

勉三沉默了一陣子，只有眼珠微微晃動，一副不曉得如何判斷眼前情況的樣子。

「總之，你先聽我們說啦。」和也捉住勉三的手臂，半強迫地將不太有意願的他拉到走廊上。當和也帶著勉三來到自己房裡時，或許是因為前垣和谷田部在裡面的關係，勉三倒抽了一口氣，瞪大了眼睛。

勉三坐下，將高大的身軀縮得小小的，其他三個人圍著他說明狀況。

「——事情就是這個樣子。我們這種人像這樣受傷的話，有沒有什麼方法可以從公司那裡拿到補助啊？」

然而，勉三卻沒有回答。他一聲不吭，連個表示聽到的回應都沒有。

「喂，你是沒長耳朵嗎？」谷田部推了一下勉三的肩膀。大概是酒勁上來了吧，谷田部口齒不清地說。

「先說好，如果要借錢的話，也會要你出一份喔。我們知道平爺都有在關心你。」

前垣也傾身，語帶威脅地說。儘管覺得那是個很爛的理由，和也卻沒說什麼。

不久，勉三輕輕呼了一口氣，開口說道：

「與其說是公司，不應該是國家嗎？」

「國家？」前垣和谷田部異口同聲。

「對，我想，是不是直接跟勞動基準監督署申請就可以了。」

「可是，那是要像正職員工那種的才能申請吧？」

「不，不管是派遣員工還是臨時工都可以申請。」

「像我們這種的也可以？」

「對，可以。」

勉三的音量雖不大，卻說得肯定。

「可是，牛保會不高興吧。就算職災補償下來，平爺也會被公司欺負，讓人趕出去。」

牛久保為什麼討厭申請職災補償，說到底是因為討厭有人去調查作業員是在什麼情況下受傷的。因為那樣一來，就會被指出其他各種違規的地方，最糟的情況是還有可能被勒令停業。

「我想，那樣的話公司就會提出和解。這樣一來，平爺是不是就可以拿到一些慰問金了呢？」

勉三垂著頭說。

「原來如此。」前垣眼神閃閃發亮。「不愧是勉三。」

勉三歪著頭表示不解。他不知道和也他們那樣稱呼他。

「很好很好，這樣好像行得通喔。」前垣露出一口發黃的亂牙笑道。與他相反，谷田部苦著臉說：

「不……仔細想想，那樣果然還是不好……」

「不管用哪一種方法都會被欺負。這種麻煩的傢伙，公司不會放著不管。平爺是個老頭了，被這裡趕走的話，要再找願意雇他的人可沒那麼簡單。也就是說，不能跟牛保吵。」

「喂，田仔，你那樣說的話什麼事都做不了吧？」

「唉，是沒錯啦。」

就這樣，話題又回到了原點，房裡瀰漫著比先前更沉重的氣氛。

就連和也也覺得不耐煩了。前垣和谷田部的臉上透露著疲憊，正當和也想提議要不要大家一起借錢的時候——

「沒辦法了。」谷田部說。「和也，你去跟牛保談判看看吧。」

「什麼？」

「我說，叫你去跟公司談。」

「那個，我不太懂你的意——」

「意思就是，平爺如果去搞什麼職災補償把事情鬧開的話，牛保就會不高興，找他麻煩。但如果是你講這件事的話就不會那麼嚴重，因為你親眼目睹意外，也有陪平爺去醫院。你就用這層關係去跟牛保請示一下說：『那平爺受傷公司會怎麼補償呢？』」

「什麼關係啊？而且那種事我怎麼——」

「不，你可以。」前垣抓著和也的肩膀。「我想了一下，或許就跟田仔說的一樣，你很適合這個任務，應該說，只有你能辦到。」

「等一下，你們都把麻煩事推給我——沒有這樣的啦，很過分耶。」

「你不要誤會，我們不是要你去擦屁股，只是要你去試探牛保會有什麼反應。」

「就算我去也不可能順利吧？他們會隨便打發我。」

「可是順利的話，他們或許會幫忙申請職災補償，又或是像勉三說的那樣，能夠撈些慰問金。」谷田部放下打算拿酒的手說。「啊啊，可是不能說是平爺叫你去的，要當作你只是好心所以去問問看。不能讓平爺變成壞人。」

這是什麼展開啊，開什麼玩笑。「這樣的話，垣哥、田哥，你們也一起，三個人一起去說吧。」

「我們三個人去的話牛保也會有戒心吧？這種事呢，就由你這樣的小伙子用像是提出疑問的方式去問最好。」

儘管和也之後面紅耳赤地表達不滿，谷田部和前垣還是充耳不聞，堅持「總之，能做的都做做看」。接著兩人一起說著「差不多該睡了吧」，自顧自地離開了和也的房間。

和也啞口無言。太過分了，什麼大人啊，把麻煩的事情丟到年紀最小的自己身上——

「那麼，我也該告辭了。」

勉三靜靜地準備離開，和也抓住他的肩膀說：

「你也要在場。」

「……」

「我是說，我去跟牛保談的時候你也要在場。都是因為你提供了奇怪的知識，事情才會變成這樣，你要負責。」

和也知道自己說的話亂七八糟，但他不管了。事情演變成這樣的話，也要拉這傢伙做伴。要一個人去跟公司談判，和也可是怕得不得了。

勉三嘆了一口氣。「知道了，我們就盡力而為試試看吧。」給了和也一個意外的答案。

大概是和也一臉出乎意料的表情吧，勉三補了一句：「因為平田先生也對我很好。」
「而且，我也有目擊到意外發生的那一瞬間，不是完全沒有關係。」
「咦?你也看到了嗎？」
「嗯，在比較遠的地方。」
「難道，那個喊『危險』的人是你？」
勉三點頭。「那毫無疑問是工作時發生的意外，作業員沒有獲得補償太奇怪了。雖然我不是很了解這種第一線工地的實際情形，但如果作業員忍氣吞聲被視為理所當然的話，我認為那是錯的。平田先生應該要獲得救助不是嗎？」
「喔、喔。」
「那麼，明天午休的時候我們去跟公司說吧。晚安。」
勉三離開了房間，和也一個人呆站在原地。
一回神，時鐘的指針已經來到了兩點。和也趕緊鋪好棉被，關燈躺下。他得多少睡一下，因為太陽升起後又要開始嚴酷的勞動。
然而，和也無法馬上睡著。黑暗中，他一直在思考。
原來，當時那個叫聲是勉三啊。那小子，可以發出那麼大的聲音嘛。
意外時——人在遠處的勉三大喊出聲，身在近處的自己卻連聲音都發不出來。和也決定不去深究其中的意味，卻也無法將這件事從腦海中甩開。

到了隔天，結束上午的工作後，和也便速戰速決吃完了午餐的便當，和勉三一起前往位於工地現場的組合屋辦公室。這棟工務所雖然是稻戶興業的，但牛久保土木跟他們租了其中一角，和也他們平常都是在這裡領當天的工資。

「平田？啊啊，那個老爺爺嗎？他清況怎麼樣？」

名叫柳瀨的牛久保土木員工一邊打著筆記型電腦一邊問道。這個四十幾歲的男人是牛久保土木的會計，也負責管理和也他們這些作業員。聽說，這個男人以前也在現場做工。

「感覺好像還不能回來上工，下週還要去醫院拆石膏之類的。」

「哼嗯，畢竟他也有年紀了。」

平田今天也還是獨自在宿舍休息，右肩和右臂被石膏牢牢固定住，連吃飯也是得用左手拿湯匙吃的狀態。他哀怨地說：「這個樣子連味噌湯都很難喝。」順帶一提，今天早上平田對自己說了句：「抱歉給你添麻煩了。」和也冷冷地回他：「你不要太過期待。」其實和也心想「既然是你自己的事就自己去跟公司說啊」。平田怎麼有辦法拜託年紀連他歲數一半都不到的年輕人去做這種事？平田人雖然不壞，卻是個沒用的人，所以才會沒有健保卡，而且已經是當爺爺的年紀了卻還在這種地方混。

「那，關於平爺的補償——」

「幫我轉達一聲，請他務必保重，希望他能快點回來工作崗位。」

柳瀨打斷和也，連瞧都沒瞧他一眼，手指「噠噠噠」地敲著鍵盤。

「請問，公司是不是會幫忙申請職災這一類的補償？」

「為什麼？」

「為什麼……一般不都是這樣嗎？我不太清楚細節就是了。」

「我們不會做那種事，就這樣。」

這樣的態度連和也也火大了。

「那，你的意思是平爺自己去勞基署也沒關係囉？」

柳瀨停下工作中的雙手，正面轉向和也，狠狠地瞪視著他。

「我告訴你，原本我們是可以直接讓平田先生走人的，不過現在也讓他像這樣留在宿舍。他也無處可去吧？那個人沒有固定的住所，是吧？也就是說，這是我們一片好意。既然如此，為什麼會提到職災補償那種東西呢？是平田先生拜託你來說這些的嗎？」

「只是他受傷的時候，我人在旁邊而已。」

「那你就帶平田先生本人過來，我會仔細解釋給他聽。如果他還是不能接受的話，要去勞基署還是哪裡都可以，只是我們不會承認。這樣一來，就要上法院了，那個人有那種錢嗎？訴訟費是要自己付的喔。」

「不是，我沒有說平爺想那樣……」

「那就更沒什麼好說了，是你在多管閒事。不要再跟我提這件事了。」

和也握緊雙拳。混帳，一副弱雞樣還擺什麼了不起的架子。和也雖然對力氣沒有自信，但真要打起來的話應該不會輸柳瀨吧。

現在在這裡揍他一頓然後辭職嗎？和也突然閃過這個念頭。就算不在這裡工作，工地要多少有多少。和也跟平田不一樣，他是二十二歲的年輕小伙子。

正當和也的手準備伸向柳瀨的衣領時——

「我想確認一件事。」

身旁的勉三沉穩地開口。

「貴公司沒有支付作業員延時工資嗎？」

柳瀨瞬間停下動作。大概是勉三說話的口吻跟其他人太不一樣了，連周圍稻戶興業的人也都看向這裡。

「你是哪位？」

「我是遠藤，從上上個週五開始承蒙這裡關照。」

「哼嗯，這樣啊。才兩個星期啊。」柳瀨看向勉三的腳邊，以瞧不起人的視線一路掃到他的頭頂。「你剛剛說什麼？延時工資？」

「是的。原則上，針對正常工時八小時以上的勞動，公司應該要支付百分之二十五的延時工資，我不清楚其他作業員的情況，但我自己從來沒有拿到過。」

柳瀨輕笑。「你真有趣，你那種說話方式是怎樣？是在模仿什麼嗎？」

「可以請您回答我的問題嗎？」

大概是被勉三冷靜的態度激怒了吧，柳瀨的眼神變得不一樣了。

「我們公司啊，一直以來都是這樣做的，從來沒有人抱怨。重點是，原本的時薪一千兩百五十圓以這種地方來說並不差吧？」

「這不算是回答。」

「那好啊，你不做也可以。無法接受的話也不能工作吧？請請請，東西收一收，現在馬上就離開這裡。」

「喂，牛保——」一道尖銳的聲音從遠處喊來。看過去，稻戶興業的金子正頂著他的大屁股坐在門口附近的座位瞪向這裡。剛才進來時他應該不在，大概是在和也他們之後進來的吧。

「牛保，你們那裡從剛才就鬧哄哄的，是在吵架嗎？」

「不，沒那回事。」柳瀨苦笑。「已經解決了。」

「聽好了，不准你們連累我們喔。還有，柳瀨啊，我知道你現在已經人手不足了，還那樣隨隨便便開除作業員，是有人可以補嗎？」

「不，那個……我們一直有在徵人。」

「你每次都講一樣的廢話。二〇二〇年七月，來不及的話怎麼辦？你有辦法負責嗎？」

柳瀨皺起眉頭。

有明網球森林公園的改建工程進度是真的嚴重落後。照這樣下去，怎麼想都不可能趕在奧運開幕前完成。所以，和也他們這些作業員沒有一天能在固定時間下班。

「我先說好，上頭訓我們話可不是這麼輕鬆喔，開口就是『不准睡！給我工作！死命趕工！』開什麼玩笑！」金子像是在威嚇周遭眾人似地嘖了一聲。「聽好了，我們是被逼到連牛手都想借來幫忙了。牛呢，就別起什麼雞毛蒜皮小衝突，閉上嘴好好工作，然後給我增加數量。」

柳瀨低頭說：「是，我知道了。」那是一種令人覺得可悲的姿態。和也無法讓自己卑微到這個地步。

「喂，休息時間結束了，你們回去工作，剛才的話就當沒說。」

柳瀨用下巴示意，要他們離開。

和也看向一旁的勉三，勉三朝自己點點頭。總之，他們先走向門口。

經過金子身邊時，和也暗暗瞪了他一眼。「喂，站住。」結果，背後傳來這句話。

和也回過頭去。

「小鬼，你剛剛那是什麼眼神？」金子怒目問道。

「啊？什麼？」

「啊什麼啊？」金子的手突然伸過來揪住和也的頭髮。「臭小子，你剛剛在瞪我吧？」

「好痛，放開啦。」

「啊啊！小鬼不要得意忘形喔。」

壯碩的手臂粗暴地搖晃和也的頭。儘管憤怒凌駕了疼痛，和也卻對要不要反擊感到遲疑。跟體格像職業摔角選手一樣的金子打架是沒勝算的。

「喂，給我道歉。」金子把和也拉到眼前威脅。「看著我的眼睛道歉！」

「……對不起。」和也撇開視線，鬧彆扭地說。

「臭小子！」突然，和也的肚子吃了金子一拳。和也一弓身，這次換背部挨了一記肘擊。

劇烈的疼痛向和也襲來，他無法順利呼吸，連呻吟的力氣也沒有。和也就像被噴了殺蟲劑的蟲子一樣在地上翻滾。

「金子主任，差不多就可以了。」聽到柳瀨的聲音後，金子撂下一句：「哼，給我好好教一教牛規矩。」走了出去。

「你站得起來嗎？」過了一會兒，當疼痛漸漸減輕後，勉三扶起和也。

「總之，我們先回去工作吧。」

勉三打開工務所的門。

和也停下跨出去的腳步，回頭一看。柳瀨對著電腦，一副什麼事都沒發生的樣子。

結束工作後，和也和勉三一回到宿舍就去了勉三房裡。和也和勉三身上仍是骯髒的工作服，在狹小的房間裡相對而坐。

「如果他們那邊裝蒜的話，你要幫我作證喔。」

和也拿著手機，氣勢洶洶地對勉三說。

和也打算打電話報警，他要跟警察說一個叫金子的人不講理地揍了自己，請他們以傷害案件來處理。

下午，和也幾乎無法專心工作，他機械式地移動身體，腦海裡想的都是該怎麼向金子報仇。然而，和也想到的方法都很幼稚，就算實行了，好像也抹不掉附在心頭上的恥辱。

最後，和也決定選擇正經的手段，向警察報案，對金子施以社會制裁。既然如此，本來他應該在挨揍後直接報警的，之所以沒有那麼做，單純只是因為和也討厭拜託警察。他過去被警察欺負過好幾次，不過那是因為自己以前是個不良少年的關係。

「我絕對要從那傢伙身上扒錢過來。勉三，一般來說，這種情況的賠償金大概是多少？」

然而，勉三卻一臉嚴肅地挽著手臂沒有回答，似乎在思考什麼事的樣子。

「喂，你有在聽嗎？」

勉三看向和也，以一貫冷靜的口吻說道：「野野村，我不認為跟警察報案是上策。」

「啊？為什麼？」

「就算報案，警察也不會受理吧。現在距離施暴已經過了一段時間，加上這類工寮裡的爭執也不稀奇，我覺得他們應該不會當一回事。」

「搞屁啊，我挨了兩拳耶。你看這個！」和也掀起工作服，露出後背。「看，瘀青了吧？我有證據。」

「可是，只有這個作為施暴痕跡可能不太有力。」

「你的意思是如果我有斷顆牙就好了嗎？開什麼玩笑。」

和也丟出這句話，怒意越來越盛，轉眼間便漲滿了整個身體。

和也拿出菸點火。雖然這裡是勉三的房間，但他忍不了了。勉三拿了個空罐推到和也腳邊。

「話說回來，野野村先生你曾經被警察關照過嗎？」

當香菸快燒到盡頭時，和也回覆了這個問題。

「輔導次數是數不清了，那又怎樣？」

「這樣的話，警察大概更不會聽你的話了。」

儘管想反駁，但這點或許就像勉三說的一樣，和也不得不閉上嘴巴。說到底，像和也這種有反覆不良紀錄的人，警察才不會認真處理他們的訴求。後輩遭鐵棍攻擊時，和也明明也是受到攻擊的一方，卻像加害者一樣被狠狠追究。不管是警察還是同伴都一樣。

但是，這幾年和也什麼壞事都沒做，這次這件事他更是一點錯都沒有，只是單方面被找碴、施暴。他絕對無法就這樣忍氣吞聲。

「我知道情況對我不利。」和也將菸灰撣進空罐裡。「就算這樣，我還是要報警。我們在說這些話的時候時間一直在走，這樣才是慢了。」

和也朝手機按下一一〇，勉三的手旋即覆上去。

「幹嘛啦？我只是能做的都做做看啊，跟你沒關係吧。」

勉三瞇起厚重眼鏡後的眼睛。「要拿多少你才能解氣呢？」

「解氣是什麼啊？不要說那麼難的詞啦。」

勉三以中指推了下眼鏡。「要拿到多少錢，野野村先生的心情才能平復？」

雖然有一堆想說的話，但和也還是給了個「一百萬」的答案。「這很不切實際呢。」結果被勉三打了回票。

「那十萬，雖然即便如此我還是不能接受，但如果能拿到十萬的話我就忍。」

「我知道了。那麼，請給我三天，我會盡力將十萬塊交到野野村先生的手中。」

「啊？你在說什麼啊？你要從哪裡用什麼方法拿錢啊？」面對和也的質疑，勉三打起迷糊仗：「我會努力去交涉。」似乎不打算具體說明他要怎麼做。

「雖然不太懂，但如果三天內拿不到十萬的話你怎麼負責？你要付我十萬嗎？」

「我沒辦法付錢，也沒辦法負責，只是打算盡最大的努力嘗試，這就是現在能做的最佳方法。反正都這樣了，野野村先生也覺得拿到錢比較好吧？」

總覺得勉三以一種誘導的方式在問話，但和也還是點頭說：「嗯，是那樣沒錯啦。」跟這個人待在一起好像就會變得不太正常。

就這樣，和也暫時妥協回到自己屋裡，把內衣褲和毛巾丟到盆子裡後急急忙忙前往泥湯。還剩十五分鐘，規定的沐浴時間就結束了。和也絕不是個愛乾淨的人，但身體這麼髒也睡不著。

夜空中浮著一輪下弦月，和也在月光下奔跑。噠、噠、噠，四周響起自己帶著節奏的腳步聲。

和也突然想到，勉三那小子今天也是去那間遙遠的民營澡堂嗎？自己要不要也陪那傢伙去一次那邊的澡堂呢？

不過，那要等勉三那小子真的實現約定之後再說了。

過了兩天，勉三忽然在入夜後來到和也的房間。當勉三突然遞出十張一萬圓鈔票時，和也驚訝得忍不住問：「這些錢是怎樣？」

一問之下才知道，這些錢是從牛久保土木身上擠出來的。據說，勉三先告訴柳瀨，說和也打算向警方報案，再進一步逼問他：「請問，貴公司打算怎麼應對呢？」經過幾番曲折，最後柳瀨便拜託勉三拿這筆錢讓和也打消報警的念頭。

也就是說，這是和解金。對牛久保土木而言，稻戶興業是客戶，要是自己這邊的作業員讓對方沒面子的話，可能會影響未來的生意。牛久保土木怕的不是警察會不會受理和也的案子，而是金子和稻戶興業會不高興。

更讓人驚訝的是，勉三也同樣讓牛久保土木吐出了十萬圓當平田的慰問金。據說，是前幾天勉三提到的那個延時工資的影響。勉三跟柳瀨說他打算跟牛久保土木雇用的作業員募集連署，也就是表明要正面和公司抗戰的意思。對牛久保土木而言，如果被勒令向其雇用至今的作業員支付延時工資的話，是件不得了的大事。若是溯及既往這幾年下來，公司甚至可能會破產。起初，柳瀨還對勉三的話嗤之以鼻，但據說當他知道勉三是認真的時候，便用一副快哭出來的表情拜託他：「等一下，你不要衝動。」

勉三便在此收兵，相對的，他也提出了支付平田十萬圓慰問金的要求。柳瀨歡喜地接受了這個條件。就連和也都知道哪一邊比較划算。

其實，和也自己也有延時工資的知識，根據工寮的不同，他也經歷過很多資方不支付的經驗，所以他便認為牛久保就是那種地方，毫無抵抗地接受了。但是，仔細一想，像牛久保土木這樣的公司實在非常冒險，因為難保某天不會有人冒出來跟勉三說一樣的話。

「結果，因為過去都沒有人有異議，公司也就沒有深思這個問題吧。」

勉三淡淡地說。

在這種工寮的確有許多不合理的事，每個人只會抱怨，卻沒有一個人採取實際行動。大家沒有那些知識，最重要的是，他們應該覺得那樣做很麻煩，不想和公司對抗。

就這一點來說，眼前的這個男人很不一樣，而且並不簡單。

老實說，同樣的事讓和也去做，應該也沒辦法從牛久保身上擠出一毛錢吧。柳瀨也是因為對勉三這個人起了警覺心，才會哭哭啼啼地吞下他的要求。

二十歲的小鬼頭，年紀輕輕就去找企業的麻煩，凱旋而歸。和也不敢相信這個人比自己還小。

「我覺得，說要募集連署似乎是最有效果的。因為蒐集到大量連署書的話，無論是公司還是行政單位就都無法忽視了。」

這件事和也有最切身的體悟，他就是因為這個才失去了故鄉。

「對了，勉三，你拿到多少？」

和也問出自己一直很介意的問題。「什麼都沒拿。」結果得到極為雲淡風輕的答案。

「為什麼啊，這一戰不是你去打的嗎？」

「我的確去交涉了，但我既沒有像你一樣挨揍、也沒有像平田先生一樣受傷，沒有立場收錢。」

這個人在說什麼啊？

「硬要說的話，如果可以拿到之前加班的延時工資也好，但我來到這裡的時日尚短，金額並不多吧。而且，我答應柳瀨先生以後要默認沒有延時工資的事。」

和也不敢相信，哪裡有這麼好的人啊？如果是他的話，一定要拿回被搶走的半數金額。而且——

「平田先生的十萬圓就麻煩你交給他，但請你保密，不要說是我爭取的。」

「為什麼？」

「我覺得很害臊啦。可以答應我嗎？」

「可以是可以啦，我沒差。」

勉三露出微笑，起身道：「那我回去了。」

「等一下。」和也看著勉三的背影叫住他。勉三在門前回過身。

勉三毛帽裡露出的瀏海蓋著眼鏡，因為那層厚厚的鏡片，他的眼睛看起來特別小，就像小動物一樣。

「這給你。」

和也從手中的十張一萬圓鈔票中抽出兩張，遞給勉三。

「我不能收。」

「沒關係啦，這是手續費。」

「你的心情沒有十萬塊就平復不了吧？」

「已經沒關係了。」

事實上，身為加害人的金子沒有受到任何懲罰讓和也不太爽，但勉三實現了和自己的約定，那麼，這件事就只能一筆勾銷了。如果和也還去做些什麼的話，就是不給勉三面子。

在雙方各執己見一陣子後，勉三終於說了句：「那就謝謝你了。」他收下錢，將鈔票整齊地折成四折，收進褲子口袋。

「欸，勉三，你為什麼會在這種地方工作？像你這種人，應該有更好的地方會雇用你吧？」

勉三摸了摸長著鬍渣的下巴說：

「我一直想試試看這種體力活。」

「就算是這樣，牛保也是這裡面最爛的地方喔。雖然像我和平爺這種沒有家的人能住進來是很省事沒錯。」

「那我也一樣。」

「怎麼，你也沒有固定住的地方嗎？」

「我前一陣子被家裡趕出來了。」

一問之下，和也才知道勉三為了上大學已經準備重考兩年了，可是，今年似乎還是沒考好的樣子。勉三的父母實在無法接受兒子要重考三次，便跟他說想讀大學的話就自己賺生活費念書，把他丟到一旁。儘管看起來不像在撒謊，和也卻也無法完全相信勉三的話。他還摸不清這個男人的底細。

「那就晚安了。」

勉三離開房間後，和也躺在被窩裡，正面望著天花板。他將八張一萬圓鈔票對著日光燈，鈔票中間的圓框透出隱藏的福澤諭吉臉孔。看來，這似乎不是假鈔。

和也楞楞盯著偉人的臉好一陣子。《勸學》嗎。什麼「天不生人上之人」巴拉巴拉的名言，和也也聽過。記得，意思好像是人人平等之類的吧。

如果是這樣的話，福澤諭吉這個人大概是個相當樂天的大叔吧。就算會念書，卻不了解社會。

和也雖然沒有學問，但至少知道人類完全不是平等的。無論是腦袋的差異還是出生都是。人生被設計得非常不公平。

和也把福澤諭吉的臉捏彎，變成一個又哭又笑的滑稽表情，忍不住咧嘴笑了開來。這樣玩了一會兒後，這次，他又因為自己竟然一個人在搞這種東西而笑了起來。大概是不勞而獲的關係吧，和也的心情非常愉快。

和也將八張一萬圓鈔票灑到空中，八個福澤諭吉翩翩落下。

這世上有像這個鈔票男一樣名流青史的人、也有像和也一樣生活在底層的平凡人。然後，也有像勉三那樣的傢伙。

那傢伙將來或許會成為了不起的人。和也隱約有這種感覺。

隔天，和也從工地回到房間稍做休息時，勉三來了。

「平田先生剛剛跟我道謝。野野村先生，你說出去了吧？」

勉三站著劈頭就這麼說。

「啊啊，那個啊。因為把這件事當作我的功勞果然有點那個，所以我就老實跟平爺說了。」

和也立著一隻膝蓋，吐著煙回答。勉三從鼻子嘆了一口氣。

「幹嘛啦，你因為這種事生氣喔？我雖然有答應你，但講一下沒差吧？」

「那其他人呢？」

「我沒講，真的。」

「明智的決定。否則可能會變成這個人也要、那個人也要，一發不可收拾。」

和也稍微想像了一下，感覺那樣的確會變得很麻煩。

「那也要跟平爺說才行。」

「剛才這些話我已經跟平田先生說過了，也麻煩你再次叮嚀他，千萬不要說出去。那我走了。」

「喂喂，難得過來，坐一下嘛。」

和也拍拍自己身邊的地板。

「有什麼事嗎？」

「是沒事啦，但又沒關係，稍微聊個天啊。」

勉三擺出稍微沉思的動作，接著在和也身邊坐下。

「你真的很怪耶。常常有人這樣說你吧？」

「偶爾。」

「感覺像機器人一樣。」

和也這麼評價後，勉三沉默了片刻，接著有些難為情地說：「但我意外地很粗心大意喔。」

「粗心大意？你嗎？」

「嗯。」

「例如？」

勉三再次沉默後開口：

「像是……雨早就停了，卻只有我一個人還繼續撐傘。」

和也噗嗤笑了出來。他大概能想像勉三的那副德性。

「對了，你為什麼不跟我們去同一個浴場啊？你都去很遠的地方洗澡吧？」

勉三不會去用蓋在宿舍旁的泥湯，而是去距離這裡大約要走上三十分鐘路程的民間澡堂。

「我想伸展四肢，好好泡澡。這裡的浴池總是很多人，而且衛生上也有點……」

「在意那種事的傢伙不能在這種地方工作啦。」和也輕推了一下勉三的肩膀。「所以，你今天晚上也要去嗎？」

「我是這麼打算。」

「哼嗯，辛苦你啦。」

「那我差不多該離開了。」

勉三站起身，和也抓住他的褲管說：「就叫你等一下嘛。」

「還有什麼事嗎？」

「不是啦，至少陪我抽完這根菸嘛，急急躁躁的傢伙。」

真是的，和也自己想和勉三變得更熟。這小子可以再和別人親近一點吧？

「那你洗澡回來後是要念書嗎？」

「是啊。」

「念到幾點？」

「每天不太一樣，大概到凌晨一點。」

「什麼啊，意外地很早結束嘛。我還想說你是不是都念到天亮。」

「沒有足夠的睡眠沒辦法做這份工作吧？身體會受不了。」

「嗯，也是。」眼看著菸灰就要落下，和也小心翼翼地把指尖移到菸灰缸旁。「欸，念書開心嗎？」

「我很喜歡。不管是什麼，學習都是件很開心的事。」

「哼嗯，那我是不是也來念念看啊。」

和也不禁試著說出口，他真的只是說說看而已。

「你說點什麼啊，你是覺得我這種人念書也是白念嗎？」

「沒這回事，世界上沒有白念的書。」

「那，即使像我這種人，只要努力的話也能上大學嗎？」

「如果你高中沒畢業的話，在這之前必須先通過高中學力鑑定考試。」

「我沒問你那麼具體的東西啦！」

指尖感受到熱度，火源就快燒到濾嘴了，但和也不熄菸。熄掉的話，勉三就會走了。

「你知道《勸學》嗎？」

「福澤諭吉嗎？」

「是說人類都是平等的吧？」

「大意上是這樣，但嚴格來說意義有點不一樣。」

「是嗎？」

「嗯。」

「哼嗯。」和也吸了口變短的香菸。「勉三，你覺得人類是平等的嗎？」

「完全不覺得。」

毫不猶豫的回答。

「人生是無法理解和不可理喻的。若要用命運這個詞去解釋的話，非常殘酷。」

勉三突然說出這種話讓和也嚇了一跳，他吐著煙，目不轉睛地盯著勉三的臉看。

「野野村先生，你的菸熄了。」

和也一看，菸頭的火的確熄了。

「那我出去了。」

勉三迅速起身，離開房間。真是的，這個徹頭徹尾冷淡的男人。

五分鐘後，千川他們來到和也房間，喊了聲「走囉」，約他去洗澡。

和也思考一下後說：

「啊，我今天不去。」

「啊？」

「那個，我等一下跟人有約。」

「不會是女人吧？」千川他們狠狠地瞪過來。

「怎麼可能？唉呀，不要管我，你們去吧。」

見大夥離開後，和也走向勉三的房間，但門鎖著，人不在裡面。似乎是已經出發去澡堂了。

和也離開宿舍，在夜晚的馬路上奔跑。今晚，他想和勉三一起泡澡。之所以沒有向其他人坦承，是因為他不想被探究自己和勉三的交情。而且，和也隱隱約約有種感覺，想為自己和那傢伙的關係保密。

跑了幾分鐘，和也在前方的夜色裡發現了勉三的身影。

和也一追上前，勉三便止住腳步、表情戒備地問：「有什麼事？」

「今晚我陪你去澡堂洗。」

「……」

「幹嘛啦。」

「抱歉，我想一個人去洗澡，實在很不好意思。」

抱怨瞬間到了嘴邊卻被和也嚥下。他改口說：「是喔。」

「知道啦，那掰。」

和也轉身，返回來時的道路。

朦朧月光下，和也思考著勉三的事。既然那傢伙討厭的話就沒辦法了——他不可思議地產生這種想法，並且接受了。

那小子心中一定有塊他人無法進入的領域吧。就算不是勉三那樣的人，不管是誰都一樣，就連自己也存在著那樣的地方。不過，如果將來哪一天，勉三能帶和也走進他內心的話就好了呢。

6

從那之後，和也便下意識地觀察起勉三。勉三還是老樣子，沉默寡言，從來沒有主動開口過，但和也找他說話時，他變得偶爾會對和也展露笑容。和也一次也沒有看漏勉三舒緩臉頰的瞬間。這樣說或許很奇怪，但只要看見勉三的笑容，和也就會感到安心，覺得那傢伙和自己一樣都是人類。

除了工作外，勉三大部分的時間都關在房裡。和也好幾次沒事跑去看他，勉三卻表示「我想念書」，把自己當成礙事的傢伙。至於偶爾的假日，勉三會一大早就出門，直到深夜才回來。雖然他說他是泡在家庭餐廳裡讀書，但實際上也不知道究竟是怎樣。和也並不是懷疑勉三，只是他說的一切聽起來都像是隨口瞎掰的。有一次，平田提到自己邀勉三去吃飯卻被「不想花錢」這個理由回絕了。即使平田說他打算請客，勉三還是拒絕了他。那麼，理由就不是錢了。「我原本是想跟他道謝的。」平田露出寂寞的表情喃喃自語。

另一方面，說到那個平田，他在受傷兩個星期後回到了工地。雖然似乎還沒痊癒，但只要右肩不要過度負荷就還能工作的樣子。

因此，這一天工作結束後，眾人前往錦糸町，在便宜的居酒屋慶祝平田回歸。成員有平田、前垣、谷田部、千川與和也，都是平常的老面孔。勉三不在這裡，因為和也沒有跟同伴們提起事情的始末。勉三要他保密，和也自己也不想說。前垣他們要是知道的話，可能會覺得他們也能跟公司拿到錢，這樣的話可就麻煩了。

「平爺今後的人生不會再有好事了，不然我不能接受。」

前垣單膝跪在坐墊上說道。這句話他已經不知道說第幾遍了。

「廢話，他最近還會出車禍喔。」千川把筷子伸向醃漬小菜，開玩笑地贊同。

「可是啊，世界上真的有救人的神耶，這種幸運不常見吶。」

谷田部也一邊為自己倒酒一邊說道，他的臉紅得像煮熟的章魚。由於這裡是喝到飽，谷田部便像是逮著機會般放肆豪飲。

其實，平田拿到的錢，被當成是他在日常興趣的自行車競賽投注中贏到的獎金。當然，平田本人知道事情真正的始末，但和也也要他絕對不准跟前垣他們說。

「平爺，你真的是得救了呢。」

「啊啊，得救了、得救了。」平田笑呵呵地說。「可以不用給你們添麻煩了。抱歉，還跟你們商量錢的事。」

「沒什麼，你幫我我幫你啊，有困難的時候就是互相幫助。」

前垣說道。和也嗤了一聲。明明不打算借錢的人還真敢說。谷田部和千川也露出冷笑。

「對了平爺，你是贏哪一場啊？」

千川不經意地問。平田的臉漸漸僵硬。「呃……那個吧，高松宮紀念盃吧。」

「啊？你在說什麼？那是下個月才比吧？」

「咦，啊，對喔。呃……是哪一個啊……」

喂喂喂，給我好好說。和也皺起眉頭。

「啊啊，對了，是函館的星光盃。」

「哼嗯。」千川朝平田投出懷疑的眼神。「那跟我說那時候的順位。」

「……那種東西我不記得了。」

「為什麼？是你贏錢的比賽吧？」

「就算我說選手的名字你也不認識吧？你不是只玩賽馬嗎？」

「多少知道一些啦，我偶爾也會買輪子的。」

到了這個地步，前垣和谷田部也懷疑地看著平田。

平田看向和也求救，和也以眼神威脅平田「絕對不能說喔」，起身道：「我去個廁所。」

真是的，平田真的是徹頭徹尾都很沒用的老頭。為什麼連個不會矛盾的謊話都不事先想好呢？

和也在廁所如洩洪般撇尿時想到了勉三。那傢伙現在也在房間裡讀著困難的書嗎？說到這，那傢伙會喝酒嗎？哪天真想看看勉三喝醉的樣子。最近，和也在意勉三的事在意得不得了。

上完廁所回到座位上後，除了平田外，所有人都用冷冷的視線看著他，平田則是尷尬地垂著頭。

「怎麼了？」

「和也，你是不是有事情瞞著我們？」

前垣這樣一說，和也便瞪向平田。看來，這個老頭都招了啊。

「也不是瞞啦。」和也佯裝冷靜坐下。「只是照實說的話很麻煩。」

「重點不是這個吧？」

「等等，為什麼要罵我啊？」

「不是在罵你。」千川說。「不過，你是怎麼講贏牛保的啊？好強喔。全部都是你一個人做的吧？」

「啊啊，我也想聽。」谷田部探出身體道。「聽和也的英雄事蹟。」

原來如此，現在英雄不是勉三而是自己嗎。平田抱歉地舉起一隻手朝和也做出道歉的手勢。和也嘆了一口氣。

無可奈何下，和也將事情始末全盤托出。當然，隱瞞了勉三的部分。

由於其他三人不停吹捧著「好強、好厲害」，再加上酒精的催化，和也的心情也跟著好轉，一不小心連自己拿了十萬塊的事也說了出來。

「兩拳十萬塊喔？可以拿那麼多的話，我當金子的沙包都沒問題。」

前垣以分不清是玩笑還是認真的口吻說。

「垣哥，話不是這樣說的啦。」和也笑道。

「不過和也，你很了不起啊。沒想到你真的從牛保身上搶到錢。」

「才不是搶，只是拿回本來就該拿的。嗯，就是主張自己理所當然的權利吧。」

「什麼啊這小子，說的話好像也很帥啊？」

和也不小心說了勉三會說的那種話。這樣一說，不可思議地便覺得好像真的是自己的功勞一樣。

「說到底，牛保什麼的是小公司啦，很簡單。」

如果知道真相的平田不在場的話，和也或許會吹噓得更厲害。他的腦袋漸漸麻痺，今晚喝的酒是平常的兩倍。

谷田部出了個聲，揪前垣和千川一起去廁所。

「也不用三個人一起去尿尿吧。」

平田哼笑一聲，點了根菸，和也也跟著一起。平田還是老樣子，把香菸插在缺了一顆牙的牙洞裡不用手拿。他是因為方便才不裝假牙的吧。

「吶，和也，要怎樣才能跟遠藤道謝呢？」平田從鼻子吐了口煙問道。「就算邀他吃飯也被拒絕了。」

「我是給了他兩萬塊。」和也豎起兩根手指。

「這樣啊？」平田瞪大眼睛。「這樣的話，我也該給錢哪。」

「已經沒差了吧？都過這麼久了。而且，我覺得那小子不會收你的錢。」

「可是，還是要道個謝啊。」

「平爺意外地很講義氣嘛。」

「意外是什麼意思？我從以前就最講道義了。」

「那等那小子有困難的時候再幫他就好了吧？雖然不知道有沒有那種時候。」

「這個我也有說。我跟他說如果有我做得到的事，我什麼都願意做，要他不要客氣。」

「他一定說沒有要拜託你的事吧？」和也笑道。

「不。」平田說。

「他問我知不知道個人經營的萬事通之類的。」

「萬事通？」

「他好像想委託人家什麼事。我跟他說如果是那樣的話我來當那個萬事通，但他沒當一回事。我想是我能力不夠，可他好像又不是要拜託那麼難的事，說是誰都能做。」

「誰都能做但平爺不行的事嗎……很多耶。」

和也雖然調侃了平田一下，但平田不理他。

「那你介紹誰了嗎？」

「沒有，我沒認識那種人。」平田搖頭。「不過我跟他說，聽說在WINS附近遊晃的那些人，如果給點小費的話他們什麼忙都願意幫。」

WINS指的是後樂園那邊的場外投注站吧。和也曾經跟著喜歡賽馬的千川去過。順帶一提，不論是賽馬、自行車競賽還是柏青哥，和也都不玩。因為他雖然試過幾次，卻從來沒贏過。

話說回來，那個勉三想拜託的事啊。會是什麼事呢？和也有些在意。

過沒多久，那三人回來後，眾人重新開始飲酒作樂，以工作上的抱怨配酒，把酒當水牛飲。和也也嘗試喝了不熟悉的日本酒，第一次喝覺得還不差。

最後，店員拿著帳單過來，他們早已經超過用餐規定的三小時了。靠近店員的千川收下帳單，接著不知為何，帳單像傳物品一樣一個傳一個，來到了和也身上。和也看向帳單，總共是一萬八千九百圓。扣掉平田除以四個人的話，一個人不到五千圓。喝了這麼多，這個金額十分令人滿意。

「謝謝和也大哥招待。」

千川低下頭，前垣和谷田部也跟著行禮。

「喂喂喂！」

和也作勢生氣，三人卻只是一個勁地奸笑，沒有拿錢包出來的意思。

「拜託，饒了我吧。」

「因為你現在是最有錢的大爺啊。」千川說。

「我怎麼可能是大爺？」

「你打牌手氣也很好，偶爾請一下我們才不會遭天譴喔。」

「怎麼連垣哥都這樣，不要鬧了啦。」

你們有請過我一次嗎？而且，我是現場年紀最小的耶。

「和也。」不同於其他兩人，谷田部用醉醺醺的眼神定定看著自己。「我有個想法，你拿到的那些錢我們應該也有份吧？」

「啊？」

「聽我說，是我們把交涉的任務交給你的，也就是說我們是一個團隊。可是，卻只有你一個人有好處，這樣有點不太對吧？」

「你在說什麼呀？我拿的是挨金子揍的和解金耶。」

「這個嘛。可是，平爺的慰問金是你用我們的加班費當理由跟牛保勒索來的吧？然後你還擅自跟牛保約好絕對不再提這件事。我不太能認同。」

前垣和千川也頻頻點頭。

和也錯愕地環顧眼前的三個人。這些傢伙說這些話是認真的嗎？這種碴連流氓都不會找。

「唉呀，等一下等一下。今天晚上我出錢。」平田插話安撫大家。「我平常都讓你們照顧。」

「平爺，那不一樣啦。今天是慶祝你回來。」

「那正常來說不是應該大家一起出錢嗎？」

「就說了啊和也，因為我們沒有拿本來應該跟你拿的錢，所以這攤由你來出，這樣就扯平了。」

和也已經不是生氣而是傻眼了。他知道這幾個人為什麼會待在條件惡劣的工地，而且還是被其中最底層的牛久保雇用的理由了。無恥也要有個底線。

和也打從心底為自己和他們處在同一個立場感到丟臉。和這群傢伙是同類實在難看到了極點。

和也從錢包抽出兩張一萬圓鈔票，用力拍在桌面上，不發一語離開了居酒屋。

路上充斥著喝醉的客人，大家都往車站的方向流動。走了一會兒，一名貌似大學生的男子與和也擦肩而過，輕輕碰了一下。雙方各自轉頭，同時投出銳利的視線。然而，對方看了和也的樣子後撇開目光，朝地面吐了一口口水後大步離開了。

沒多久，背後傳來「喂，和也」的聲音。和也一看，黑暗中，平田踏著碎步小跑步過來。
「抱歉啊，讓你不高興了。」平田氣喘吁吁道。
「又不是你的錯。」
「那些傢伙也是發酒瘋鬧過頭而已，原諒他們吧。」
「不，我已經不會再和那些人往來了。」
「別這麼說，大家不是同伴嗎？」
「我原本也是這麼想的，但剛剛發現我錯了。那些傢伙真的是垃圾。」
「好了好了，這給你消消氣。」
平田將兩張皺巴巴的一萬圓鈔票塞到和也手裡。「我不要。」
「沒關係，拿著。」
和也嗤了一聲。「平爺，這樣就變成你用自己的錢慶祝自己回來喔。」
「不是啊。剛才是你請客，這個是你為我做了這麼多事的回禮。」
做這麼多事的不是自己，是勉三。
「平爺，你這樣又要沒錢囉。」
「別擔心，我還剩一些，而且從今天開始我就回去工作啦。拿這個錢去找個女人吧。」
平田留下這句話，再次小跑步往居酒屋的方向回去了。和也目送那小小的背影，直到再也看不見為止。

反正難得，和也打算真的去趟風俗店。感覺直接回宿舍會因為心情太差睡不著覺。

走在霓虹燈雜亂閃爍的街道上，和也尋找熟悉的皮條客。

「今天一個人嗎？真難得呢。」

皮條客親切地說道。這個和自己同年齡層的金髮男子總是很有禮貌。不這樣就做不了生意吧。

因為討厭等待，和也告訴對方要找馬上可以玩的女生。

「如果馬上就要的話——這個怎麼樣？」

對方將 iPad 畫面拿給和也看，螢幕上是個擺著煽情姿勢的棕髮辣妹。二十四歲，臉和身材都不差。不過，這個照片看起來像是大頭貼，大概有修圖。所以還是要到現場才能定生死。

和也接受提議付了訂金後，對方遞給他一張名片大小的卡片，請他先去附近的旅館。

「那麼，請盡情享受。」

和也和皮條客分開。

踏入大概幾乎只會被用來做這檔事的廉價簡陋旅館後，和也發現儘管是平日晚上，候客區卻有滿滿的男人。每個人都在翻看雜誌或是滑手機打發時間。每次看到這種光景，和也都會覺得男人的天性很可悲。

和也向櫃檯阿姨出示皮條客給自己的卡片。有了這張卡片便能優先取得房間。

櫃檯阿姨正眼也沒瞧和也一眼，將「七〇一號房」的鑰匙遞給他，和也拿著鑰匙進了電梯。用鑰匙開了房門，撥打卡片上的號碼。接電話的是剛才的皮條客。和也簡短地告訴對方房號後，掛掉電話。

和也坐在床上打開電視，嘴裡叼著菸。電視正在播放綜藝節目，型男演員和人氣搞笑藝人正以卡牌遊戲對決，戰況激烈。儘管不曉得規則，和也卻不禁看得入迷。宿舍沒有電視，偶爾看一看感覺很新鮮。

大約十分鐘後，門外響起敲門聲。和也捻熄煙頭，站了起來。

一打開門，提供服務的小姐馬上自我介紹「我是雛乃～」笑盈盈地走了進來。和也看著對方的長相在心中苦笑。這根本是詐欺吧？誰會相信這個女人跟剛才螢幕上看到的是同一個人？而且，她絕對不是二十四歲。

「對不起，讓你久等了喔。」

大概是和也年紀看起來明顯比較小吧，雛乃親暱地說。「小哥工作結束啦，辛苦了。」雛乃雙手緊貼身穿工作服的和也觸碰。只是這樣，和也兩腿間便立刻鼓起。「啊，好有精神喔。」雛乃溫柔地撫摸。

「你要先洗澡嗎？」

「我先去洗。」

「好，那這個給你。」

雛乃將牙刷和裝了 Isodine 漱口水的杯子交給和也。

和也在浴室脫光衣服，沖洗熱水澡。他用力搓了搓脖子，身上馬上流下汙濁的水流。今天，他又渾身沾滿沙塵地工作了一天。

和也仔細地刷牙，用 Isodine 漱口。一種難以言喻的苦味在口腔裡泛開，鼻間竄過一股獨特的氣味。

沖好澡，和也離開浴室，雛乃沒有來接他。平常應該要拿毛巾等著他才對，自己可能挑到服務很差的女人了。

和也望過去，雛乃正坐在床上，身體湊向前方凝視著電視，似乎在看新聞談話節目的樣子。

和也一出聲，讓雛乃嚇了一跳，嘴裡說著「抱歉抱歉，我沒注意到」，慌慌張張地起身。

「妳在看什麼啊？」

「就是那個逃獄的傢伙啊，電視上說懸賞金提高到三百萬了，很厲害吧？」

「啊啊，那個喔。」

和也望向電視。畫面右上方的字卡標著「逃獄犯，依然下落不明」，主持人在中間以說明的口吻說著什麼。

「三百萬耶，三百萬。」雛乃興奮地說。

主持人正在解釋「公費懸賞金」這個制度，好像又叫做「搜查特別獎金」。據說，因為警方加上懸賞金向民眾募集過往命案的情報後成功逮補了犯人，日本才正式引進這個制度。

懸賞金的金額似乎調到了三百萬。雖然和也並不清楚之前是多少就是了。

「這個逃獄犯會不會來當客人呢？如果他來的話我就報警。」

「報警前妳可能就會被殺了喔。」

「不會的，因為我會馬上讓他累得癱在那裡再偷偷去報案。」

雛乃以開玩笑的口吻說道，和也不禁笑了出來。

「那我也進去沖個澡，等我一下喔。」雛乃給了和也一個吻。

不久，浴室傳出水聲。和也站著點了根菸，隨意看向電視。

〈——這個人已經逃獄六十六天了吧？為什麼都兩個月了警方還掌握不到犯人的行蹤呢？實在太不可思議了。老實說，我覺得警察真不知道在搞些什麼，想叫他們給我振作點！〉

節目裡，名叫坂野、近幾年以辛辣敢言風格重新走紅的男藝人皺著眉頭說道。坂野年輕時好像是演員，但和也從來沒看過他演的戲。本來應該是只會出現在綜藝節目上的人，似乎在和也不知道的時候變成類似新聞評論員的身分了。

〈您說的非常正確。我想，全國人民都是這樣想的。不過，正因為這樣，警方才會運用這種懸賞金制度，請求全國民眾的協助。〉

說話的是一個前警界的大人物，就連不太看電視的和也也對那張臉有印象，所以他應該是上了各種節目吧。

〈我想問一個單純的問題，難道真的是不給錢就得不到幫助嗎？要是我的話，如果犯人在我面前，就算拿不到錢也會報案。〉

說這句話的，是在十幾歲的青少年間享有絕對人氣的年輕女模。這個女人什麼時候也開始上這種認真的新聞談話節目了呢？一定是想讓年輕人也看新聞才找她的吧。

〈不，我想，只要眼前出現有可能是犯人的人，任何人都會通報。不過，如果不事先把犯人的長相、特徵記在腦海裡的話，關鍵時刻可能沒注意就遺漏了。所以，警方才會利用這種制度引起社會大眾的關心。〉

〈啊啊，原來如此。果然這個世界就是看錢呢。〉

女模過於自然的發言讓和也噗嗤笑了出來。

〈那麼最後，我們來複習犯人的特徵吧。〉

主持人說道，電視畫面映出了年輕男子的臉孔。這是一個月前警方公開的照片，最近無論在網路還是大街上，像是洗腦般地到處都看得到，就算討厭也都記住了。大概全國人民都有這種感覺吧。

順帶一提，這名犯人是在兩個月前逃獄，照片公開卻是在他逃獄的一個月之後。會產生這樣的時間差是有理由的，因為犯人逃獄當時——現在也是——尚未成年。一名知名記者抨擊警方，認為就是這樣慢半拍的處置最後幫助犯人逃逸。記者犀利地指出，警方本來可能沒有認真看待此事，覺得不需要到公開照片的地步也能馬上抓到犯人，懷抱這種大意自滿的心態。

和也覺得抓不到犯人應該跟這沒有關係。雖然警方的確慢了一步，但照片本身早在更久之前就在網路上散播了。在犯人確定死刑前，犯下那起命案幾天後，他的照片就在網路上曝光了。

犯人看起來實在不像是會殺了三個人的傢伙呢。重新看著電視上出現的同世代男子，和也心想。不過，或許這種人才更危險吧。所謂的人格障礙，指的一定就是這種人吧。

鏑木慶一，十九歲。深邃的雙眼皮、直挺的鼻樑和稜角分明的臉型。說白點，就是不管是誰從什麼角度來看都會認同的美男子。大概是因為膚色極為白皙的關係吧，讓他即使理著光頭看起來也不像是高中棒球隊的少年。這個人的脖子也很纖細，真要說的話，就像是歌舞伎飾演女角的演員。

〈——此外，左邊嘴角有顆直徑三公釐左右的痣——〉

和也原本想把菸舉到嘴邊的手因為主持人的這句話停了下來。

腦袋裡好像有個什麼在意的點，是什麼呢？

和也凝視著空中，略微思考後得到了答案——是勉三。這麼說來，那傢伙嘴角也有類似的痣。和也還記得，因為這顆痣的關係，讓他覺得勉三明明一身硬梆梆的打扮看起來卻有點像是女生。

自己注意得還真細啊。不過，這樣的心情只維持了幾秒，和也瞬間將視線轉回電視上。節目已經切換到下一則新聞了。

和也立刻將香菸丟進菸灰缸，衝向自己脫下的工作服。他從口袋中拿出手機，急急忙忙輸入「鏑木慶一照片」搜尋。

他放大搜尋出來的圖片。手中的畫面映著鏑木慶一的臉，那是跟剛才電視上一樣的圖片。和也定睛凝視。

有段時間，他就僵在那裡一動也不動。不，是動彈不得。

很像。

勉三——跟逃獄犯長得很像。

要問和也說哪裡像，他也沒有明確的答案。硬要說的話，是鼻子的形狀吧。但是，的確有那個影子在。

和也嚥下一口口水。該不會……不，不會吧。不可能有那種事。

和也迅速閉上眼睛，腦海中映出勉三平常的臉孔。

果然……不像嗎。不過，若問自己印象中的勉三是不是他本來的面貌，感覺又不太對。勉三就像他的綽號一樣，總是戴著厚厚的眼鏡，和也從來沒看過他拿下眼鏡的樣子。因為那副眼鏡，和也並不知道勉三本來的眼睛是什麼樣子。

臉型也是。可能是鬍渣連著兩頰鬢角的關係，很難掌握勉三的臉部線條。

最重要的是，勉三工作時是戴安全帽，工作外的時間則都戴著深藍色的毛帽。從帽緣垂著會蓋到眼鏡的長瀏海——對了，和也睜開眼睛。

勉三和犯人果然不是同一個人。

犯人逃獄的時候應該是光頭，逃獄是在兩個月前，頭髮不可能留那麼快。

想到這，和也再次倒抽一口氣。那個會不會是假髮呢？所以那小子才會總是戴著帽子。這麼一來，也就可以說明為什麼勉三不跟他們一起去浴場了。如果那是假髮的話，他就絕不能泡澡也不能拿下眼鏡吧。

「啊，香菸，你忘記熄火了。」

身旁出現聲音，和也的肩膀微微震了一下。不知不覺間，雛乃似乎沖好澡了。和也完全沒注意到。

「發生火災的話，就要光溜溜地跑出去囉。」

雛乃戲謔地說著，幫和也捻熄香菸。和也發現雛乃的左肩有刺青，是隻有點噁心的紫蝴蝶。

「久等了。」

雛乃牽起和也的手讓他仰躺在床上，自己則是坐在和也身上。兩人雙唇交疊，雛乃的舌頭長驅而入，來回畫著八字，和也的舌頭也跟著配合，卻完全無法專心。

「你想在上面還是下面？」

「今天想在下面吧。」

平常面對女人的身體，和也都是餓虎撲羊，今天卻沒那種心情。勉三和犯人的長相在他腦海裡揮之不去。

雛乃舔舐、吸吮和也的乳頭，伸手撫弄他的跨下。最後，雛乃低下頭，含住和也的陰莖。房裡充滿猥褻的聲響。

他一定是想太多了。沒錯，絕對是這樣沒錯。

可是，勉三的確不是一般的年輕人。和也忍不住覺得，如果他是那個轟動全國的逃獄犯，這一切的答案似乎就很合理了。

對了，和也突然想到，他們兩人的體型一樣嗎？

勉三非常高，一定有一百八十公分以上。犯人呢？在此之前他完全不在意這種事，所以沒有印象。他好像聽過犯人是高個子，但真的只是「好像」而已。如果逃獄犯是小個子的話，一切就是和也多慮了。

只要伸手去拿手機馬上就能查到了吧，但和也現在很猶豫。這個結束後就馬上查查看吧。

時間過多久了呢？和也的狀態跟投入完全扯不上邊，甚至覺得煩躁。勉三的事佔據了他的腦海。

雛乃在和也肚子下方上下忙碌的頭停了下來，從口中解放軟趴趴的陰莖。

「我有點累了。」

「抱歉。」和也道歉。

「不會，你別在意，一定是因為喝酒的關係，就算是年輕人偶爾也會這樣。怎麼辦？你想在上面嗎？還是我用手幫你用潤滑液試試？」

「今天已經夠了，抱歉。」

雛乃的眉頭瞬間皺了一下又馬上擺出笑容開朗地說：「那剩下的時間我們就開心地聊聊天吧。」她內心或許覺得很幸運吧。

和也光著身子下床，拿起擺在桌上的手機，手指迅速鍵入「鏑木慶一 身高」搜尋。結果馬上就找到了。

一百八十二公分——

有生以來，和也第一次感到心悸。

7

和也開始了比先前還要更緊盯勉三一舉手一投足的日子。不過，他一次也沒和勉三接觸。和也不是故意不接觸，而是辦不到。

這一天，和也表示自己身體不舒服要休息。雖然柳瀨試探似地問他能不能折衷，只來上午也好，和也還是說不行，硬是請了假。「我平常人手就已經不夠了……」儘管柳瀨最後語帶諷刺，但和也並不在意，他才不管奧運會怎樣。而且，自己已經連續工作九天了，實際上身體也已經瀕臨極限。不過，身體不舒服只是方便的說詞。

今天是勉三的休息日。每次放假，勉三都會一大早出門，直至深夜才回來。和也打算查清楚那傢伙在這段時間裡到底在哪裡做些什麼。

八點半，勉三步出宿舍。他頭戴深藍色毛帽，穿著灰色帽T和牛仔褲，身上背著鼓鼓的黑色背包，一副從鄉下來的土氣大學生打扮。和也從自己房間看他離去後，也急急忙忙離開了宿舍。

在行道樹林立的人行道上，和也和勉三隔了約五十公尺的距離，稍微垂下視線尾隨其後。和也曾聽說，跟蹤時不要直視目標，將對方放在間接的視野裡比較好。

今天是萬里無雲的大晴天，豔陽將柏油路照得閃閃發亮，宛如寶石一樣。溫和的風沁人心脾。

看樣子，勉三是朝距離宿舍最近的有名車站前進。他充分利用長腿，闊步前行。大大方方，至少看不出有在意他人視線的樣子。

不久，來到有名站後，勉三買了百合海鷗線的車票，穿過閘門。還好不是搭公車。要是勉三搭公車的話，和也實在無處藏身。

由於不知道勉三要在哪一站下車，和也便花了三百八十圓，買了其中最貴的車票。雖然是很浪費的支出，但和也已經打算今天要不惜成本，褲子後口袋裡的錢包放了高達三萬圓的鉅額。

和也追著勉三上到月台後馬上掉頭轉身——因為月台十分空曠。無可奈何之下，和也就躲在樓梯約一半的位置，等待列車。

不久，列車安靜地抵達月台。和也直到今天才發現，和一般電車相比之下，單軌電車非常安靜。

和也迅速攀上階梯，從跟勉三乘車的車廂有些距離的地方上車。車廂內又是沒什麼人的狀態。和也移動到可以看見勉三的位置坐了下來。

儘管有空位，勉三卻沒有坐下，而是站在車門附近呆呆地望著窗外。遠遠就可以看到，他不時會壓下眼鏡往上覷。

或許，勉三的視力其實很正常，一定只是為了改變長相才會戴鏡片那麼厚的眼鏡。但若是這樣的話，他的眼睛在日常生活中應該相當疲勞吧。

電車過了一站、兩站，勉三沒有要下車的樣子，只是一個勁地望著窗外。

和也心中一天比一天相信「勉三就是逃獄犯」的假設。自從上週在旅館看了電視以後，和也便一直在網路上調查關於鏑木慶一的資料。鏑木慶一引發的話題畢竟造成社會轟動，因此網路上也有好些情報——當然，裡面雜七雜八、什麼東西都有——只要有時間，和也就會點開來看。

二〇一七年十月十三日，殘忍殺害埼玉縣一家三口的兇惡罪犯，成為平成最後的少年死刑犯。這樣的男人在二〇一九年三月三日，距今兩個半月前，從被囚禁的神戶看守所成功逃獄。鏑木慶一，化不可能為可能的男人。因為他不是一般的囚犯，而是絕對的死刑犯。

關於鏑木慶一的成長背景，和也也有了大概的了解。據說，鏑木慶一是在兒童安置機構長大的。那是間位於埼玉縣埼玉市岩槻區，名叫「人之鄉」的兒童安置機構，也就是孤兒院。鏑木慶一的父母在他出生沒多久便因車禍過世了。

根據代替雙親養育鏑木慶一長大的保育員說法，鏑木慶一小時候是標準的模範兒童，是個個性溫和，內心善良的孩子。保育員說，鏑木慶一長大後也一樣，對院內比他小的孩童和員工總是親切有加，從來不曾惹麻煩。此外，他還喜歡看書，學業成績優秀得驚人，還說他連運動神經也很好，根本是神童了。

正因為如此，保育員才完全不能接受鏑木慶一犯下的命案。從保育員在接受媒體採訪時頻頻使用「是不是有哪裡搞錯了?」的說法,也可以清楚看出這點。順帶一提,這間叫「人之鄉」的兒童安置機構受到猛烈抨擊,社會大眾向他們追究培養出一個怪物的責任。當然,安置機構本身應該沒有什麼刑事責任,但和也也記得,由於機構負責人花井由美子對纏人的媒體表露憤怒,說了「完全沒有關係」這句話,讓輿論演變成大規模的撻伐。不過,仔細調查後才知道,那是因為一名記者從鏑木慶一擁有幾本關於人體細胞生物學的書籍,進而詢問鏑木慶一內心是否對人體有異常興趣、也就是獵奇的一面時,負責人說出的回答。然而,媒體卻不是這樣報導的,只是反覆播放花井說「完全沒有關係」的畫面。

然後,過了一年半的時間,在騷動平息下來之際,鏑木慶一以逃獄的形式再度被放回社會中,「人之鄉」再次受到媒體執拗的訪問攻擊。負責人花井因為說了:「你們做的這些事才更像犯罪吧?」再度失言,引發世人反感。這是距今兩個月前的事。

置於比安置機構成為更大指責目標的,當然是警察。畢竟,他們讓罪大惡極的死刑犯從牢裡逃走了。

警方正式公布了犯人關鍵的逃獄方式。事情的經過如下:

那一天,鏑木慶一吃完晚餐,在九點過後呼喚監所管理員到房裡,提出自己的身體不舒服。管理員從鏑木慶一的臉色判斷他並非作戲,便帶鏑木慶一前往看守所內的醫務中心,由常駐醫生看診。由於確認鏑木慶一處於超過三十九度的高燒狀態,他們便讓鏑木慶一躺下再觀察,結果鏑木慶一突然吐血,加上是前後吐血多次,在場的醫生和管理員都驚惶失措起來。就這樣,三名監所管理員帶著鏑木慶一,緊急開車將他送往市內的綜合醫院。此時,鏑木慶一處於上了手銬並綁著腰繩的狀態。

在綜合醫院重新診察時,鏑木慶一提出去廁所的要求。由三名監所管理員中的一名陪同他前往——此時，鏑木慶一施展暴行。他突然以頭部撞擊該名管理員的臉。

由於鏑木慶一遲遲未歸，兩名管理員覺得可疑便前往廁所一探究竟，發現同僚竟昏倒在坐式馬桶間，而鏑木慶一已失去了蹤影——

一連串的經過大致上就是這樣。儘管有許多問題點，但世人最想知道的，就是這樁越獄戲碼究竟是偶發狀況，還是一開始就計畫好的。

首先，警方認為鏑木慶一身體出問題、發燒應該是毋庸置疑的。這點，診察鏑木慶一的看守所常駐醫生也給了肯定的答案。然而，這名醫生的專長是外科，只有在值夜班時會為專科以外的患者看診，這一點應該不能忽略。所以，他才會深信鏑木慶一是真的吐血。不，鏑木慶一實際上的確有吐血，但事後警方才知道那並非食道、胃或十二指腸潰瘍的出血，而是他自己咬爛口腔黏膜所引起的出血。

監所管理員會毫不猶豫地做出帶鏑木慶一到所外綜合醫院的決定，是因為兩個月前福岡看守所發生的某件事引發問題的緣故。一名遭到羈押的四十多歲男性表達身體不舒服，所方卻沒有帶他去醫院，結果該名男子死在獄中。死者家屬認為所方若早點帶男子就醫，男子就能免於一死，因此根據國家賠償法第一條第一項訴請國家賠償。法院初審時認定如果當初看守所職員和醫生有迅速辦理轉診手續的話，死者很有可能保住生命，因此認同死者家屬的訴求，判決國家有責任賠償。不難想像，監所管理員將鏑木慶一的狀況和之前發生過的事件重疊在一起了。

此外，最為人詬病的問題，就是鏑木慶一去廁所時只有一名管理員同行這件事。警方打死也不會說出來，但人們認為，真相或許是兩名管理員害怕被傳染，便將這個任務推給了其中最年輕的管理員。至於監所管理員為何這麼害怕傳染，都是因為當時媒體報導伊波拉病毒出血熱也進到了日本，過度疾呼該病的慘況、煽動國民不必要的恐慌所致。雖然這些都只是猜測，但從三名管理員都戴上口罩和塑膠手套這點來看，他們的確對此有所戒備。此外，看守所中有剛新婚的職員，該名職員前往英國度蜜月的事也促進了事態發展。當時，英國境內因為伊波拉病毒出血熱，死亡人數高達十人，意即管理員懷疑是不是該名職員將病毒帶回來也是很自然的事。

然後大家說，少年死刑犯鏑木慶一是不是將這一切都列入計算才成功逃獄的。因為，鏑木慶一在看守所生活時每天都會看報章雜誌，明顯知道伊波拉病毒出血熱連日來引起世人騷動，此外，他也從監所管理員的對話中得知有一名職員去英國旅行。證據就是鏑木慶一吐血時，也不著痕跡地說出自己或許是那種病的暗示。據說，他悄聲對監所管理員問道：「你們同事去旅行的地方是不是英國？」此外，建議管理員戴上口罩和塑膠手套的不是別人，正是鏑木慶一。

如果鏑木慶一真的是將這一切列入計算才逃獄的話，他就是個令人害怕的智慧型罪犯。為了在演技中多少加入些真實性，他是不是一直在虎視眈眈自己身體出問題的日子呢？或許，他甚至每天都在「努力破壞自己的身體狀況」。

為了讓這個計畫成功，他必須盡快破壞身體狀況。因為，他是個死刑犯。若是悠悠哉哉等待機會來臨，自己可能會先被拖上死刑台。當事人無從得知自己的死期何時會降臨。

此時，和也用力忍住一個呵欠。雖然緊張，但車窗外照進來的陽光暖洋洋的，令人忍不住昏昏欲睡。和也最近深夜都在調查鏑木慶一的事，睡眠不足，簡直像個考生。

而在這些夜晚，和也深切感受到了自己的無知。此外，雖然這樣講很神奇，但他也從獲得知識這件事上感到了些許喜悅。和也好像對一無所知的世界朦朦朧朧打開了視野——這樣說或許誇張了，但和也了解到他的腦袋原來沒有自己以為的那麼差，漸漸萌生了自尊心。了解過去所不知道的事情對和也而言是件快樂的事。

例如，看守所和監獄的不同。死刑犯是被關在看守所的死刑囚房裡，和也之前卻一直以為是關在監獄。此外，他也對死刑犯在看守所裡過於自由的生活驚訝不已。死刑犯可以看書籍雜誌，也能看電視、聽廣播，還能買東西，相較之下，處在牢房外的遊民生活真是悲慘太多了。

另外還有一個大前提，就是死刑犯不用勞動。監獄裡的犯人是以「懲役」這樣的刑罰來贖罪，死刑犯則是以自己的性命做為犯罪的代價，因此不用接受強制勞動。

這些事情，和也過去完全一無所知。若問這些是不是生存必要的知識，答案或許是否定的，但知道這些一定比不知道還來得好。

而這一切，勉三恐怕都知道。當然，如果勉三就是鏑木慶一的話。

和也也不曉得為什麼自己不直接問勉三。只要說一句「你是不是那個逃獄犯」就好了，或是跟警察說「同事裡有個傢伙很像逃獄犯」，這樣或許還能拿到懸賞金。

自己一定是想要確定吧——和也在緩緩前行的單軌列車裡想著。不是「有可能」，而是想確定、毋庸置疑後再行動。總覺得這樣才是對勉三最基本的禮貌。而且，如果搞錯人的話，和也也覺得自己會陷入深深的自我厭惡。

不久，車子抵達豐州站，勉三在這裡下車了，和也趕忙起身。他看著勉三步下階梯，穿過閘門，十幾秒後，和也也想跟上前去時卻停下了腳步。他找不到車票。為什麼？和也一瞬間陷入焦慮，勉三的身影漸行漸遠。明明應該放在口袋裡的車票為何不在？啊啊，對了，因為擔心弄丟就糟了，所以和也把車票從口袋收到錢包的零錢夾中了。

就這樣穿過閘門後，這次換成勉三的身影消失了。和也一陣驚慌，才衝出車站，勉三便突然出現在正前方的陰影處，他緊急停下腳步。兩人之間的距離只有幾公尺。和也迅速轉彎，走了幾步回頭，發現勉三正往反方向移動。好險，看來和也沒有被發現。

不過，自己到底在幹嘛啊。如果是偵探的話，馬上就被炒魷魚了吧。

勉三前行的目標是有樂町線，這次，他搭上了前往池袋的電車。一如往常，他還是站在車門前眺望著窗外。那小子到底要去哪裡呢？

就這樣跟著車子搖搖晃晃了十五分鐘，於市谷站下車，接著又換乘總武線坐了兩站，在水道橋下車。看來，勉三的目的地就是這裡。

不過，勉三來水道橋做什麼呢？今天東京巨蛋又沒有巨人隊的比賽，也絕不可能是去遊樂園。難道，勉三要賭賽馬嗎？雖然勉三感覺沒在賭博，但也有這個可能。

勉三前往的地方，真的就是WINS的場外投注站。和也有種撲空的感覺。

平日上午的WINS聚集了許多人群，而且全都是大叔，每個人都散發跟平田一樣的氣息，令人忍不住想問「你們是怎麼糊口的」。

勉三瀟灑地穿過那些男人繼續前行。雖然修長的勉三高出旁人一個頭，替和也省了不少麻煩，但萬一在這裡跟丟的話，感覺要費很大的勁才能再找到人。和也也撥開人群前進。

原以為勉三要買馬券，但他不知為何卻走過販賣窗口，繞到投注站後方。投注站背側的道路，人群密度稍微低了一些，到處都看得到圍成一圈飲酒作樂的小團體。路上四處散落垃圾和煙蒂，如果身旁有女伴的話，走到這裡肯定會掉頭的。

勉三慢悠悠地走在這條路上，左顧右盼，是在找什麼人嗎？此時，勉三突然轉身，和也迅速躲進暗處。嚴禁大意。如果在這個時候撞上了，就算說是巧合應該也行不通吧。

之後，勉三還是一直像個在尋找失散孩子的父親，東張西望。和也則從他的視線死角持續觀察。要持續到什麼時候呢？勉三已經在這裡停留二十分鐘以上了。和也摀著肚子，今天早上起床後，他一口東西也沒吃，早知道就先吃一個飯糰了。

和也嘆了一口氣。此時，勉三有所行動了。他走近一名從對側馬路走過來的男子。男子戴著一頂米色鴨舌帽，勉三朝對方開口。

兩人就這樣談了許久。看來，彼此似乎認識的樣子。男子摸著後腦杓，露出淡淡的笑容。

男子的年齡大約五十，不，大約六十左右，下巴留著長長的鬍子，頭髮綁在腦後，身穿一件單薄的短夾克和骯髒的卡其褲，衣著寒酸，感覺像個遊民，不過倒是很適合這個地方。

兩人站著深談了兩分鐘後，勉三率先離開。

此時和也猶豫了，他該不該去找鴨舌帽男呢？和也想知道他和勉三談了什麼。不過，稍微思考後，和也最後決定跟著勉三。這個鴨舌帽男肯定一直都待在這裡吧。既然如此，現在不去找他應該也沒關係。

就這樣尾隨勉三幾分鐘後，他越過白山通，走進對側緊鄰馬路的唐吉軻德。儘管覺得危險，和也還是踏進了這家平價商店。

幸好，店裡看起來人很多，只要別大意的話，應該不用擔心被發現。說到購物這個重點，勉三將一套西裝、襯衫和一雙皮鞋塞進籃子裡，在走向結帳櫃檯的路上，又在衛生用品區拿了把類似刮鬍刀的東西。

和也感到訝異。難道勉三等一下打算去哪裡面試嗎？

勉三拿著籃子排隊結帳。終於輪到勉三時，他拿出錢包付款。雖然不知道金額，但一定都是些便宜貨吧。

就這樣，勉三雙手提著黃色塑膠袋離開唐吉軻德，又回到了剛才鴨舌帽男所在的地方。

一找到那名男子，勉三便將他稍微帶開到沒有人的地方，將整包黃色塑膠袋交給對方。看來，西裝和鞋子都是為了這個男人買的。勉三比手畫腳地對男子下達某些指示，只見男子上下點頭應聲。最後，勉三拿出錢包，把錢交到男子手上。

這時和也想起來了。這麼說來，平田前幾天說過，勉三問過他認不認識萬事通之類的人。然後平田告訴他，只要在WINS附近抓個遊蕩的人付點小費，他們應該願意幫忙做任何事。

沒錯。勉三一定是在委託這個鴨舌帽男某些工作。

不過，會是什麼委託呢？拜託這種人的話，是見不得光的事吧。

不久，勉三和男子分開，往神樂坂方向前進，和也也跟在他身後。

途中雖然有派出所，勉三卻神色自若地通過，沒有一點害怕的樣子。反而是和也還比較可能讓巡警起疑。因為和也把帽子壓得極低還戴著口罩。

步行十分鐘後，勉三走進了位於馬路上的連鎖拉麵店一蘭，似乎是要在這裡解決午餐的樣子。勉三喜歡豚骨拉麵嗎？

不，或許不是這樣。一蘭賣的雖然是以濃郁湯頭為特徵的豚骨拉麵，但最值得一提的是他們的個人座位。一蘭把一個個客人隔開，別說是其他客人了，甚至可以在連工作人員都看不到的情況下用餐。對不想讓人看見臉的人而言，應該沒有比這裡更令人感激的餐廳了吧。

和也在大約二十公尺外的馬路上瞪著拉麵店，不斷膨脹想像。腦海裡出現勉三拿下因熱氣起霧的眼鏡，光明正大吃拉麵的身影。或許因為熱的關係，就連毛帽都會拿下來也不一定。

和也忽然嚥了一口口水，他自己也餓扁了。看看手錶，時間就要來到中午。

和也左右張望，發現一百五十公尺外有間便利商店。要不要衝刺過去買個甜麵包呢？可是，如果勉三在這期間出來的話怎麼辦？男生只要三分鐘就能吃完拉麵。不過，一直這樣餓著肚子有辦法繼續跟蹤嗎？和也就是打算今天一整天都持續監視勉三的行動才請假的。

就在和也東煩惱、西煩惱之際，勉三從店裡走了出來。他快速離開店面，再度往前走。和也嘆了一口氣，也跟著邁出步伐。

勉三接著進入的是一間距離一蘭頗近的住商混合大樓。從直立排列的招牌來看，這裡有居酒屋、按摩SPA、美甲店和漫畫網咖。確定勉三搭進電梯後，和也朝那裡跑去，確認燈號顯示的樓層。電梯停在四樓，看樣子，勉三似乎去了漫畫網咖。

這間漫畫網咖也是街上到處都可以看到的全國連鎖店。有好幾次和也錯過末班車的時候，也曾把這裡當成睡覺的地方。

由於不能撞個正著，和也先在大樓下等了幾分鐘才走進電梯。他搭到四樓，打開漫畫網咖的門。門前沒有看到勉三的身影。他已經辦完手續，進入包廂了。

「歡迎光臨。」

店員出聲招呼。

「請問有會員卡嗎？」

對，這間店要有會員卡才能用。但如果是這樣的話，勉三是怎麼辦會員卡的呢？沒有能證明身分的健保卡或是駕照就辦不了會員卡。

如果勉三用的是自己的證件，那他就不是鏑木慶一了吧？如果是鏑木慶一，也不會冒險暴露自己的行蹤，況且逃獄的人應該根本沒有什麼身分證。

正當和也陷入思索時——

「請問——」

店員以懷疑的目光看向和也。

「啊啊，我要三小時。」

語畢，和也從錢包裡拿出會員卡交給店員。

「請問要躺椅還是臥墊包廂呢？」

「呃……」和也答不出來。「那個，其實我和前面來的那個高個子男生是一起的，他是去哪一間？」

「啊啊。」店員似乎沒有懷疑，點頭道：「前面那位客人是在臥墊的C7包廂。」

「那旁邊的六或八有空位嗎？」

「六已經有人了，可以幫您安排八號。」

「那就那間。」

和也收下計費說明，在飲料吧裝了杯可爾必思蘇打，前往C8房。他看向隔壁的C7，外面的確有雙熟悉的布鞋，是勉三的布鞋。

和也走進包廂，心跳微微加速。他坐下吁了一口氣，瞪著勉三房間的那側牆壁。勉三就在這道薄隔板的後面。

和也凝神細聽，微微聽見「答答答」的聲響。勉三似乎在打鍵盤，是在查什麼東西嗎？一定是這樣吧。漫畫網咖店的包廂沒有天花板，只要起身探頭，就能一窺隔壁間的樣子，但和也做不到那種程度。

話說回來，會員卡。和也以可爾必思蘇打滋潤喉嚨後重新思考。

勉三果然不是那個逃獄犯鏑木慶一吧。漫畫網咖會員卡之類的雖然是小東西，但沒有會員卡就不能像現在這樣進來使用。和也覺得，跟別人借身分證的難度意外地很高。

不，不對。勉三一定是拿了別人的會員卡吧。如果是常駐WINS的人，這種東西才更能輕易得手。要是和也自己的話，什麼漫畫網咖的會員卡，給他五百圓他也賣。

噠噠噠、噠噠噠。隔壁房果然斷斷續續傳出鍵盤聲。不過只要待在這裡，就不知道勉三用電腦在幹嘛。

和也雙手枕在後腦杓躺了下來。現在要怎麼辦呢？和也看著淡淡的日光燈思考。由於不知道勉三什麼時候會離開，和也只能這樣等待，傻傻地等。

和也拿出香菸叼著，正打算點火時停下了動作。這麼說來，這裡是禁菸包廂。要是勉三有抽菸就好了。

和也嘖了一聲後起身。總之，先填飽肚子再說。和也穿上拖鞋暫時離開包廂。他跟櫃檯買了泡麵和三個飯糰，加入熱水，再次回到包廂。

他左手拿著飯糰，右手握著筷子。肚子餓，即使這些東西也是豪華大餐。因為就算發出聲音也沒關係，和也豪邁地吸著麵。

就這樣，和也毫不間斷地動著雙手和嘴巴，腦袋一直在思考。和也查的資料說鏑木慶一是左撇子，勉三也是左撇子。那小子吃便當時用左手拿筷子，和也看過好幾次，應該不會有錯。

長得像、身高也幾乎一樣，同樣是左撇子，再來是左邊嘴角明顯的黑痣。

勉三果然是鏑木慶一。但是，和也想找到決定性的證據，這樣他才能毫無顧慮地報警。

除了和也，大概沒有人懷疑勉三。因為大家平常過日子都不會注意其他人。和也自己也是，若不是對勉三有興趣，也不會注意到這些相似點吧。

和也一口氣喝完湯，結束了午餐。他忍住想抽菸的心情躺下來。隔壁包廂的鍵盤聲依然持續著。哪裡有小洞可以偷看嗎？

話說回來，為什麼勉三——鏑木慶一——會殺了三個人呢？鏑木慶一不認識被害者一家，彼此當然無怨無仇，所以才更可怕。

和也認識的勉三叫做遠藤雄一，雖然是個個性陰鬱少言的青年，頭腦卻很聰明、行動大膽。平常的工作都會認真完成，對平田這樣的老年人也很溫柔。

說到這裡，前幾天，和也在工作時目擊了勉三偷偷將自己的推車和平田交換的場面。因為勉三用的那台輪子空氣充得很滿，平田的車輪則是沒什麼氣。光是這樣搬東西時承受的負擔便完全不同。親眼看到那種不經意的溫柔後，和也也因為世上竟然有這樣的人存在而感慨不已。

那麼溫柔的男人殺了三個無辜的人。和也一時也無法置信。

和也瞇著眼凝視隔板，像是要把板子看透似的。

欸，勉三，是你嗎？你是鏑木慶一嗎？你殺了人嗎？

和也在心中問道，深深嘆了一口氣。

勉三來到工地才一個多月。到頭來，和也或許對那小子一無所知。

這些都不重要，勉三打算在這裡待到什麼時候？說到這，那小子是跟櫃檯說要用幾個小時呢？他打算就這樣一直待到晚上嗎？

和也張大嘴巴打了個呵欠。大概是吃飽的關係，明確的睡意漸漸襲來。稍微睡一下吧？待在這裡也無事可做，睡個三十分鐘應該沒關係吧？畢竟跟蹤是場耐力賽。

然而，這是個敗筆。當和也睜開雙眼時已經是兩個鐘頭後的事了。他驚醒後從包廂門探出頭，看向隔壁包廂的地板。勉三的布鞋不在，他已經離開網咖了。

和也急急忙忙地離開包廂，奔到櫃檯。

「我朋友什麼時候回去的？」

和也向剛才的店員問道。這下店員也覺得奇怪了吧，向和也投以懷疑的眼神。

「您是他朋友吧？」

「別廢話，跟我說。」和也語氣兇了起來。

「大概是十到十五分鐘前吧。」

這樣的話，應該還沒走遠。

和也急忙付了錢離開網咖，衝下樓梯。他環顧巷子，沒有看到勉三。

和也搔了搔腦袋。多離譜的失誤啊，他想詛咒脫線過頭的自己。

那小子接下來去哪裡了呢？勉三休假時都很晚才回宿舍，因為他會在某個地方做某些事。

在附近繞一圈找找看嗎？可是，在這種大城市裡找到人的可能性很低吧，就像在森林中找一片樹葉一樣。

和也從肺腑深深地嘆了一口氣，不過，他在途中止住了呼吸。

對了，有一個地方。

和也前往的地點，是剛才的WINS場外投注站。勉三可能會再回來找那個鴨舌帽男。

和也來到那條小巷子，和上午看到的光景一樣，四處都是興高采烈、飲酒作樂的大叔。他們一定每天都這樣吧。這樣的人生開心嗎？

和也走了一會兒，四處尋找，卻找不到勉三和鴨舌帽男的蹤影。和也沒有忽略任何一個角落，兩人應該不在這裡。

和也稍微思考了一下，決定向一群聚在一起喝酒的人搭話。才一說出鴨舌帽男的特徵，大家好像馬上就知道是誰了。「啊啊，是岡哥啦。」這個被喚作岡哥的男人據說姓諸岡的樣子。

「他剛才跟一個很高的小伙子不知道去哪裡了。」

絕對是勉三。看樣子，他果然回來過。

「請問知道他們去哪裡了嗎？」

「誰知道。」

「那他會再回來這裡嗎？」

「岡哥一星期大概有一半的時間都在這裡，不過，今天不會再來了吧。」

這樣的話，只能下次休假再過來了嗎。但是，在那之前，勉三或許就會從自己眼前消失了。和也還是想在今天就和諸岡接觸。

和也詢問諸岡的住所後，據說是在上野公園。諸岡果然是遊民的樣子。

不過，這群人似乎不清楚諸岡是以上野公園的哪個地方為據點。由於和諸岡比較熟的人在隔壁那群喝酒的人裡面，他們便向和也介紹了那個人。

「岡哥家在我家附近。」

一看就像遊民的男子張著只剩一半牙齒的嘴說道。和也對這個說法露出苦笑。當和也拜託對方告訴自己詳細的地點時，男子毫不掩飾地瞇起眼睛說：

「你為什麼想找岡哥？」

「我有事想問他。我不是什麼可疑的人啦。」

「哼嗯，可是，我不能隨便把別人家告訴你。」

「能不能幫個忙？」

「不行，辦不到。尤其是你這種年輕人，大家都很小心。」

一問之下才知道，最近常常發生年輕人「獵捕遊民」的事件。據說，男子的同伴上週也遭殃了。

「為什麼要做那種事呢？欺負我們這種人能幹嘛？啊？」

「不是，你跟我說也沒用啊。而且，我不會做那種事啦。」

「就算這樣我還是不能跟你說。抱歉啦。」

「這樣也不能告訴我嗎？」

和也不抱希望地遞出一千圓。男子瞥了一眼後，甩開頭道：「不能。」

「那，這樣的話呢？」和也這次拿出了三千圓。男子說了聲：「真拿你沒辦法……」爽快地告訴了和也地點，甚至還畫了詳細的地圖。這讓和也想到前幾天電視上女模說的話——「果然這個世界就是看錢呢。」雖然三千塊是很慘烈的支出，但也沒辦法。而且，如果勉三是鏑木慶一的話，就會有三百萬那麼多的錢從天上掉下來。

和也將男子畫的地圖收進口袋，離開了小巷。

由於時間很充裕，和也決定走路到上野。在太陽下山前，諸岡大概不會回去吧。

和也靠著手機地圖定位，專心地走在東京街頭。期間，他一直想著勉三的事。

約莫三十分鐘後，和也來到了上野公園附近。從這裡開始，便靠著剛剛拿到的地圖前進。男子畫的地圖雖然簡略，相對位置卻很正確，和也因此沒有迷路。

在稍微偏離不忍通的岔路上，可以看到好幾間紙箱屋以等間隔散布在那。其中一個恐怕就是諸岡的屋子吧。

「不好意思，請問諸岡先生的家是哪一間？」

和也從縫隙中看到了人，朝最靠近自己的紙箱屋出聲問道。

「諸岡？你說岡哥嗎？」

一名穿著髒兮兮羽絨外套的男子走出來，身上的臭味令人忍不住想掩鼻。

「對，岡哥。我聽說他住這附近。」

「你找岡哥幹嘛？」

真是的，這裡也一樣嗎。和也正打算拿出錢包，對方便問：「你是他兒子嗎？」

「我不是他兒子，是見過幾次的交情。」

男子從頭到腳打量了和也一遍。

「岡哥家在那裡，那一個。」

和也順著男子指的方向看去，一棵茂盛的樹下有間能容納一人左右的紙箱屋，旁邊插了把黑傘，另外還有衣服吊在繩子上，大概是在曬衣服吧。

和也道謝候便離開，朝諸岡的紙箱屋覷了一眼，如他所料，諸岡不在家。

沒辦法，雖然不知道他什麼時候回來，現在也只能等了。和也坐在離屋子稍微有些距離的樹下，等待諸岡回來。

大約過了兩個小時，和也的手機響了起來，他看向螢幕，是千川。

自從居酒屋那件事以後，和也便完全不和千川說話了，前垣和谷田部也是。一方面是和也已經看透他們、另一方面是自己的腦海全都是勉三的事。

和也原本不想理會，最後決定先接看看。不過，電話那頭的人不是千川，而是平田。平田沒有手機，所以才跟千川借的吧。工地現在似乎是休息時間。

〈你身體怎麼樣？〉

「嗯，沒事。」

和也沒有跟平田說自己是裝病，雖然讓平田發現也沒關係，但如果他問自己為什麼要裝病的話感覺會很麻煩。

〈我要買點東西再回去，你有想要什麼嗎？〉

「我沒關係。是說，我休息一下後恢復精神了，現在人在外面。」

〈什麼啊，是這樣啊。因為你很少請假，我還以為你倒在床上，很擔心呢。你現在在哪？〉

和也稍微思考一下後，老實回答。

〈上野？去上野幹嘛？〉

「我來看香香。」和也隨便說。

〈那是誰啊？〉

「你不知道喔？香香是貓熊啦，貓熊。」

〈貓熊？那種像黑白棋的熊有什麼好看的？〉

平田的話令和也忍不住噗哧一笑。

〈今天你和遠藤都請假不是嗎？一點都不好玩，我好孤單喔。〉

平田只有這句話壓低聲音，千川他們大概在附近吧。

「我明天就會出現了啦。對了平爺，你不是和勉三很好嗎？我有些事想問你。」

〈什麼啊，你們不是也很好嗎？〉

「沒有你們好啦。就是，你會不會覺得勉三有哪裡怪怪的？」

〈怪怪的？什麼意思？〉

「怎麼說呢？就是行為很可疑之類的。」

〈可疑……沒有吧。〉

「是嗎，那就好。」

〈你幹嘛問這種事？〉

「沒有啦，總覺得那小子來歷不明不是嗎？我在想他是不是有前科什麼的。」

平田沉默，停了一下後說：〈就算有也沒關係。〉

〈只要他現在是好人就代表一切了，不是嗎？就算他真的有前科，如果想重新來過的話不也是件好事嗎？〉

「平爺好成熟喔，不愧是老頭子。」

〈我自己之前的人生也不是什麼能跟別人炫耀的東西啊。〉

「的確是這樣沒錯。」

〈看你能說這麼多話，是真的有好一點了。那我晚上去你房間啊。〉

和也掛斷電話。真是的，平田真的是徹頭徹尾的濫好人老爺爺。

之後，時間一分一秒前進。太陽早已下山，夜空中星星閃爍。時間來到晚上八點，空氣也稍微變冷了。

正當和也開始搓起手臂時，有個男人漸漸走近諸岡的紙箱屋。和也凝神細看，但因為有段距離，加上四周黑漆漆的無法判斷對方是誰，但可以知道男人穿著西裝。既然如此，就不是了吧。

不對，那是諸岡。他戴著鴨舌帽。西裝大概是勉三給他的那套。

和也起身，走向男人。當男人彎身準備進入紙箱屋時，和也從背後出聲攀談：「你好。」男人的肩膀明顯震了一下。他回頭，看到和也後戒備地問：「怎樣，幹嘛？」

「我是勉三——遠藤的朋友，可以問你一些事嗎？」

「遠藤?誰啊?我不認識。」

「你是諸岡先生吧?我有看到你跟遠藤在一起啊。」

諸岡瞪大眼睛。才覺得他跟白天看到時有哪裡不同,原來是留得長長的鬍子已經剃乾淨了。這樣一看,諸岡或許意外的很年輕,大概快五十吧。

「你為什麼知道我的名字?」

「我問別人的。」

「我不是很清楚你要幹嘛,但我真的不認識什麼遠藤。」

怎麼回事?諸岡感覺不像在說謊。不過,和也馬上想到了。「就是給你西裝的那個人。」

「啊?你說佐野啊?」

果然。勉三對諸岡用了假名。不過,遠藤這個名字也很可疑就是了。

「沒錯,是佐野,佐野。身高很高,鏡片度數很深的傢伙。遠藤是他以前的姓。」

「以前的姓?啊啊。」

諸岡不知為何,想通似地點點頭。

「所以怎樣?就算你是佐野的朋友好了,找我有什麼事?」

「你不用那麼戒備啦,我不是危險人物。」

「別廢話,我問你有什麼事。」

「其實——」

「啊，還是等一下。」諸岡匆匆環顧四周一圈後說：「我們換個地方。」

語畢，諸岡跨出步伐，和也便跟在他身後。

兩人不發一語，在不忍通上走了兩分鐘左右後，諸岡靠在隔開車道和人行道的欄杆上。這裡行人雖少，卻有車子來來往往。原來如此，諸岡是想移到有人看得到的地方吧。

「所以你說怎樣？」

諸岡斜眼看向和也問道。

和也是這麼說的——佐野是自己從小就認識的朋友，但他最近怪怪的，讓和也很擔心，最後也聯絡不到人了。和也因此開始調查佐野的周邊，探究他到底發生了什麼事。

「哼嗯，可是，如果是這樣的話，你直接問佐野不就好了嗎？為什麼要來找我這種人？」

「我問過他了。但那傢伙什麼都不說，還避著我。所以我該說是跟蹤嗎，就是跟著他，結果恰巧看到他和你好像感情滿不錯的樣子，想說你可能會知道些什麼。」

「感覺還真複雜。不過，我什麼都不知道。重點是，我是上週才認識佐野的。」

「你們是在哪裡、又是怎麼認識的呢？」

「是……」諸岡吞吞吐吐，接著就那樣陷入沉默。

「白天時，那小子和你說了什麼？我看他好像拜託你什麼事的樣子。」

聽見和也的問題，諸岡用力撇過頭。「這也不能說。」

「為什麼？」

「我答應佐野了。」

「拜託。」

「不可以。」

在雙方一陣各持己見，互不相讓後，和也拿出了錢包，但諸岡看見錢也不屈服。即使和也說要把身上所有的錢都給他也還是不行。這個男人意外地很講義氣。勉三那麼聰明，應該是看準這一點才決定拜託諸岡的吧。

不過，和也也不能半途而廢。

「你很纏人耶，我明白你的立場，但這是兩碼子事吧?而且你還想掏錢出來買情報，果然很可疑。你真的是佐野的朋友嗎？」

「真的啦。」

「不，你很奇怪。我雖然頭腦不好但也不會被騙，先閃啦。」

諸岡丟下這句話便離開了，和也當然跟在他身後。與來時路不同，兩人前後走在穿過公園的小路上。

「你下次什麼時候會見那傢伙？」和也從背後拋出問題。

「就說了我不會說。」

「講一下什麼時候也沒關係吧？」

「不要。」

和也衝上前，繞到諸岡面前。

「幹嘛啦，讓開。」

「拜託你，我也很傷腦筋啊。拜託。」和也彎腰，深深鞠躬。

諸岡嘆了一口氣說：「我連佐野住在哪都不知道，也不知道他的聯絡方式，真的和他不熟。給我滾。」

諸岡厭煩地說，避開和也再次邁開步伐。

和也迅速看了周圍一圈，確認四下無人後右手探進口袋，再次跑向前。

諸岡對再次出現在眼前的和也嘖了一聲。「你夠了喔，我什麼都——」他的話只說到一半。

因為和也正拿著刀片指著他的脖子。

諸岡屏住氣。和也抬眼瞪著諸岡威脅：

「不想被刺的話就照我說的做。過來。」

會帶刀片出門是擔心萬一和勉三起衝突的不時之需。如果那傢伙真的是重大罪犯的話，就不可能讓知道他身分的和也活著吧。

和也制住諸岡的要害，跨過及膝的柵欄，把諸岡拖到周圍看不到的草叢死角。諸岡任憑和也擺佈，沒有抵抗的意思。

兩人重新對峙，和也將刀尖對準諸岡。諸岡臉色蒼白，嘴唇顫抖。

「老實回答我的問題我就什麼都不會做，但如果你不講話或是說謊的話，我就刺下去喔。聽懂了嗎？」

諸岡輕輕點頭。

「首先，你和那傢伙是什麼時候、在哪裡、還有怎麼認識的？」

「上、上個星期二，在WINS，他主動找我說話。」

「說了什麼？」

「他說給我一萬圓，問我能不能幫他跑腿。」

「跑什麼腿？」

「你先把這個收起來啦。」諸岡看向刀子。

「不行，快說。」和也揚了揚下巴。

諸岡猶豫了幾秒。

「……他要我去徵信社。」

「徵信社？」

——我想請你幫我委託徵信社找個人。

據說勉三是這樣講的。也就是勉三要諸岡代替自己當委託人。諸岡當然也想過為什麼對方要做這麼兜圈子的事。但諸岡一開使就答應了不探究任何事才收下錢，因此沒有將疑問問出口。

「所以那傢伙有說要你找誰嗎？」

諸岡從西裝內口袋拿出一張折成四折的便條紙交給和也。

和也繼續舉著刀，一隻手打開便條紙。

紙上寫著：笹原浩子。今年四十九或五十歲。新潟縣見附市人。

看來勉三正在找這名女性。儘管理所當然，但和也實在想不到這個人會是誰。

「我也不知道那是誰，是有想過會不會是他失散的母親。」

所以諸岡先前才對「以前的姓」這句話有反應嗎。

不管怎樣，只要做這些事就能拿到一萬圓的話，諸岡自然開開心心地去了徵信社。據說，勉三指定了一間位於上野御徒町的小徵信社。勉三給諸岡的找人理由，是笹原浩子是諸岡年輕時同居過一陣子的女性，當時因為諸岡太沒用所以分手了，現在想再見對方一面，向她道歉——

然而，徵信社沒有接受這份委託。

「徵信社的人不知道是不是懷疑我是跟蹤狂，找了一堆理由拒絕我。今天，我就老實跟佐野說這件事。我說『我照你說的做了，但徵信社不願意接。』然後，他就要我換上這套衣服，再去另一間徵信社。」

諸岡又收下一萬圓，再次前往徵信社。結果對方說，只有這些資訊的話無法擔保真的能找出來，但會試著調查看看。調查費用估計二十到三十萬。

「你跟那傢伙說了嗎？」

「嗯嗯，馬上就說了。」

諸岡說，他們講好以後每報告一次調查進度，佐野都會給諸岡一萬圓。

「全部就這些了，其他我真的什麼都不知道。」

和也盯住諸岡的眼睛，諸岡的確不像在說謊。

「欸，佐野到底是什麼人？為什麼會被你這種人追蹤啊？」

正當和也要回答時——

「算了，你還是不要說，我不想聽，我不想被捲進麻煩裡。」

「你以後和那傢伙——」

「不會見了，我也不會跟他聯絡。欸，拜託你把這個收起來啦。」

和也吐了一口氣，將便條紙塞到褲子口袋裡，放下刀片。

「很抱歉對你做這種事，我只是想問你話而已。你可以走了。」

諸岡似乎想抱怨什麼，可是最後又嚥了回去，輕輕點頭。他一離開原地便放聲大喊：「救命啊——」

那個混蛋。和也嘖了一聲，急忙跑離現場。

8

和也回到宿舍時已經是凌晨十二點後的事了。他瞄了一眼鞋櫃，看到了勉三的布鞋，那小子似乎已經回來了。這樣的話，也就是自己的跟蹤沒有露餡吧。

和也在自己房裡暫時休息一下後，下定決心，前往勉三的房間。

「有什麼事嗎？」

跟平常一樣戴著毛帽的勉三出來應門。

「你什麼時候回來的？」

儘管佯裝冷靜，和也的心臟卻噗通噗通地在胸腔劇烈跳動。因為，現在他眼前的這個男人其實是個怪物。

「剛剛回來的。」

「你去哪裡啊？」

「去平常去的家庭餐廳讀書。」

「……家庭餐廳。」

「怎麼了嗎？」

「欸，要不要去我房間喝一杯？我從便利商店買了酒和下酒菜回來。」

「抱歉，我想再看一下書。」

「一個晚上不看也沒差吧？偶爾喝醉也很重要喔。」

「我不會喝酒。」

「那就陪我喝。」

勉三瞇起了厚重鏡片後的眼睛。

「我們不是朋友嗎？」

「……」

「欸，來啦。」

勉三露出困擾的表情，「那我五分鐘後過去。」最後還是答應了。

和也先回到自己房裡等待勉三。他從塑膠袋中拿出罐裝啤酒，打開拉環，一口氣喝了一半。

他點了根菸，鎮定無法冷靜的心情，慢慢吐出煙霧。

你跟那個逃犯有點像耶——一句話。只要從頭到尾用一種開玩笑、輕鬆的口吻說出來就好。那小子會有什麼反應呢？老實說，和也已經把勉三當成鏑木慶一了。不，他很肯定。既然如此，就該馬上報警，別做多餘的事。只要打通電話就能拿到三百萬，三百個福澤諭吉，不得了的一大筆錢。

而且，和也無法保證自己不會因為施加不必要的刺激而遭到攻擊。勉三可是殺過三個人，很有可能突然性情大變。

然而——和也為什麼要為自己和勉三製造這樣的時間呢？和也越來越不懂自己的心情了。這就是所謂的心口不一。

不久，門外響起敲門聲，勉三來了。

「抱歉，我先開喝了。」勉三舉起啤酒罐說。

勉三點頭，在和也身旁坐了下來。

「你要喝什麼？」

「有水嗎？」

「水？誰會拿錢買那種東西啊？來，喝這個吧。」和也遞出罐裝氣泡酒。「這種的就像果汁一樣。」

勉三稍微猶豫了一下，拉開拉環。

兩人舉罐乾杯。這是他們第一次乾杯，以後一定也不會有第二次。這是和也第一次也是最後一次和勉三喝酒了。

和也不停地說話。

「——所以啊，我很神奇地接受了那個女人拋棄我離開的這件事。」

「你爸爸呢？」

「我老爸一定還在老家吧，他只認得那個地方。」

「那，如果你回老家的話就能見到他吧？」

「是啦。但事到如今我也沒有想見他的心情。」

「將來還是去看看他比較好喔。」

「為什麼？」

「你爸爸是親生爸爸吧？」

「跟那個沒關係。我不在，我老爸應該鬆了一口氣吧。」

「是這樣嗎。」

鏑木慶一不認識父母，因為他是在兒童安置機構長大的。

「——已經是亂扁一通了喔，你沒被人圍毆過吧？」

「我很慶幸沒有這種經驗。」

「途中我想說乾脆殺了我吧，要一直持續這種痛苦的話，還不如死了算了。」

「可是，還好你沒有被殺掉。」

「那是現在這樣想。但那一瞬間我真的很想死。以前都是同伴的那些傢伙毫不留情地對我動用私刑喔。就算我哭著道歉也不肯原諒我，沒有一個人相信我說的話，也不願意幫我說話。」

「大概就是群眾心理吧，人們一旦陷入這種狀況，好像就會無法合理思考。」

「我不知道那種東西，但總之就是很慘。啊，我先說，我才沒做把後輩甩下車這種事。」

「嗯，你不是會做這種事的人。」

和也不知道該怎麼回答。

你也不是會殺人的人吧——不是嗎？

或許是藉著酒勁，和也鉅細靡遺地揭露自己從未對人說出的過往。從自己的成長背景到為什麼現在會在這裡，將一切都說了出來。

不過，和也其實一點也沒醉，無論怎麼喝，酒精都發揮不了效用。

話說回來，和也為什麼要說這些話呢？他本來沒有這個打算的。和也想聽的不是自己的話，而是勉三的、鏑木慶一的話。他為什麼要逃獄？為什麼殺人？和也想聽一個能接受的理由。雖然或許不可能有那種理由，但和也想聽勉三的真心話。

「對了，你還滿能喝的嘛。」

勉三已經喝完第二罐氣泡酒了。

「我好像意外地可以喝。」

和也對這個說法很介意。

「你不會以前都沒喝過酒吧？」

勉三點了一下頭。

和也又驚訝又似乎能理解。仔細一想，鏑木慶一到現在也還未成年。

「欸，勉三，」和也望著低矮的天花板道：「我們是朋友嗎？」

「野野村先生自己剛才是這樣說的吧？」

「你是怎麼想的？」

「我覺得是朋友。」

「覺得嗎？」

勉三頓了一下後說：「我們是朋友。」

「我——」和也起身。「去撇個尿。」

和也離開房間，快步穿過走廊，進入公用廁所。廁所裡有兩個小便斗，兩間坐式馬桶間，裡頭空無一人，昏暗不明，唯有從小窗外照進來的微弱月光。廁所的日光燈很久以前就壞了卻沒人換，所以大家晚上都得摸黑上廁所。

和也走進廁所深處，在小窗前拿出手機。手機螢幕發出光芒，窗戶上映著和也被照得蒼白的臉孔。

和也慢慢地按下一、一、〇。

這麼一想，當時和也因為金子那件事想報警的時候，勉三要自己緩緩是為了別的原因吧。因為他不方便讓警察介入。

雖說是工人，但很少有像牛久保土木這種完全不問來歷的地方。勉三不想失去這份工作。所以，為了讓和也打消報警的念頭才會使出那種手段。

只是這樣而已，沒有什麼恩情可言。那種傢伙才不是朋友，他們什麼都不是。

和也按下綠色通話圖示。

他把手機放到耳邊。嘟嚕嚕、嘟嚕嚕、嘟嚕。

〈警視廳您好，請問是事件還是其他意外事故報案呢？〉

男人以冷靜的口氣說道。

然而，和也的嘴唇卻沒有動靜。他不知道要說什麼、又該怎麼說，彷彿失去言語功能一樣。

就這樣過了幾秒後——

〈請問您聽得到嗎？是事件還是其他意外事故報案呢？〉

「……沒事。」

和也掛掉電話。

為什麼，為什麼，為什麼——那個逃獄犯在這裡。只要這樣說就好，明明只要這樣說就好了。

自己會拿到錢，那傢伙則會再次回到牢裡，然後被殺掉。

沒錯，那傢伙是必須殺掉的人，國家已經決定要處死他了。

和也不經意抬起視線，瞬間，全身的汗毛豎了起來。眼前的窗戶映著自己的臉孔，在那之後還有一道人影。

和也慢動作轉身。勉三就站在幾公尺外的黑暗中，他那厚重的鏡片反射了些許淡淡的月光。在和也看來，就像肉食性動物面對獵物時發光的瞳孔。

和也沒有出聲，指尖顫抖，拚了命不讓手機滑落。

「電話，撥出去了嗎？」

勉三踏出一步問道。

和也搖頭。此時，手中的電話發出旋律，樂音在狹小的廁所裡擴散開來。和也看向電話，是一一〇打來的。和也馬上知道原因。報案會有來電紀錄，警察應該是因為剛才那通電話很可疑才回撥的吧。

和也關掉電源。

然後說：

「我沒說。」

和也聲音沙啞。

「我什麼都沒說。」

勉三面無表情地盯著和也，和也讀不出他的情緒。

最後，勉三不發一語，轉身離開了廁所。和也癱軟在地。

磁磚傳來刺骨的寒意。直到屁股凍僵、習慣那股寒意前，和也都沒有離開那裡。

最後，和也離開廁所，回到屋裡。勉三並不在裡面。

在那之後，和也再也沒有見過勉三。

9

勉三消失後大約過了十天，某天下午，警察來到了工寮。起初，來的是一台警車和兩名制服警察，但緊接著有十倍之多的刑事偵查人員蜂擁而至。那天，工地強制停工，警察針對牛久保土木和稻戶興業的所有工作人員單獨問案。

和也不曉得警察是如何得知勉三的蹤跡。可能是誰告密，也有可能是在偵查過程中掌握到他藏身在這裡的訊息。無論如何，這下子勉三就是鏑木慶一的事已經百分之百確定了。儘管本來就知道了，但不知為何，和也的內心就像是比賽連連失分、再也不可能逆轉一樣，非常不痛快。

警察對和也的問案長達兩個小時。身為和勉三最親近的人，警察對和也的態度不同於其他人。

「我完全沒發現。」

和也從頭到尾都這樣主張。警察雖然沒有懷疑，提問卻遍及各個層面，一一記錄和也說的話，似乎想盡可能從中掌握一些蛛絲馬跡。

幾名刑警裡，又以一名叫又貫的年輕警官最為執拗，眼神散發出異常的野心，觀察和也的一舉一動。和也忍耐著那樣的視線，繼續主張自己「沒有發現」。

和也也不是很理解自己的這種心態。他並不是想袒護那小子，只是有種很奇怪的感覺——他無論如何都無法將勉三和殺人魔連結在一起。

不過——

那傢伙真的有殺人嗎？

直到最後，和也都沒能問出這句話。

警察離開後，傍晚，和也被柳瀨叫去，前往工地的組合屋工務所。

「我問一下，你是真的不知道吧？」

坐在電腦椅上的柳瀨看著眼前的和也問道。柳瀨身邊還有個身穿西裝，年約五、六十歲的男人。和也雖然從沒見過這個人，對方也沒說一句話，但那或許是牛久保土木的老闆吧。

和也將回答警察那套的「完全沒有發現」搬出來後，柳瀨有氣無力地說：

「是嗎，那你可以走了。」

柳瀨抬了抬下巴示意，臉上散發一股悲壯感。牛久保土木會被追究雇用逃獄犯的責任嗎？雖然覺得不會有這種事，但或許會出現某些間接傷害吧。因為這間公司一直以來都無視勞基法的存在。

和也離開工務所，無精打采地走在路上。此時，有人從背後喊道：「喂，小鬼！」

一回頭，是稻戶興業的金子。他以憎恨的眼神瞪著和也。

「混蛋，你連我揍你的事都跟條子說了吧？」

「都到這個地步了，不可能不說吧？」

「又沒關係的事你嚷嚷個屁！」

「因為警察要我把和那小子發生過的事都說出來啊。」

金子咋舌。「託你的福，公司罰我減薪，你要怎麼賠？」

和也嗤了一聲，轉身再度邁開步伐。

金子再度朝和也的背影喊：

「你其實知道他躲在哪吧？」

和也停下腳步。

「知道的話就老實說出來，我會親手幹掉那個殺人魔。」

和也緊握雙拳。

然後轉身，朝向金子衝了過去。

WANTED

第三章

逃獄第一一七天

- Day 117 -

10

她死盯著筆記型電腦發出「嗯……」的沉吟。經過身後的花凜停下腳步，在她耳邊揶揄：「前輩，妳的表情好像鬼喔。」安藤沙耶香舉起手作勢要打人，趕跑了這個快三十歲的後輩。

沙耶香的目光再次看向筆電。已經可以了吧。沙耶香要自己接受，把信寄給了坐在她視線角落的室長——稻本美代子。

幾分鐘後，稻本喊了聲：「安藤。」沙耶香望過去，看見稻本在頭上比出了圈圈的手勢後，鬆了一口氣。

沙耶香馬上將獲得批准的文章上傳到自家公司的新聞平台，發佈時間設定在兩個小時後，下午六點。由於這篇文章鎖定的目標是ＯＬ，下午六點是最適合的時間帶。

「安藤。」

稻本再度呼喚。這次，她在頭上比了「三」，意思是還要交三篇文章。

沙耶香笑笑地低頭，悄悄嘆了一口氣。

沙耶香大約是八年前開始在這間辦公室設於澀谷的Trenders媒體股份有限公司工作的。

當時，稻本是沙耶香任職的廣告代理商客戶，經常出入她們公司。稻本比沙耶香大七歲，長得漂亮又精明能幹，只是有些難以親近，是沙耶香心存敬畏的存在。因此，當這樣的稻本約自己吃飯、說有事想跟她談談時，沙耶香非常驚訝。

稻本向沙耶香表明，自己的朋友創立了一間提供生活情報的新媒體公司，問她要不要過去。

「所以安藤小姐，妳要不要一起過來？」

也就是所謂的挖角。沙耶香並沒有什麼多麼出眾的能力，從沒想過這種事會發生在自己身上。

沙耶香雖然對當時的工作沒有什麼不滿，卻也感受不到它的魅力，至少她並不是每天都充滿幹勁。既然如此，去冒險看看也不錯——

就這樣，沙耶香來到現在的公司，在稻本手下工作。

公司草創時以澀谷區松濤的一間獨棟住宅為工作空間，接著漸漸搬到越來越靠近車站的地方，現在已經成長為在宮益坂一棟二十四層大樓裡獨立租下一層樓的公司。

員工有九成是女性，雖然總人數不到五十人，但所有部門的業績都蒸蒸日上。其中，沙耶香所屬的行銷部在六月中旬便已經快達到上半年度的目標營業額了。

相對的，沙耶香的工作十分辛苦。雖說上班時間是十點半，早上可以很悠哉，不過下班卻很晚，超過凌晨十二點才搭計程車回家也是常有的事。加上沙耶香從今年起頭銜變成了行銷總監，負責的屬下也隨之增加，每天都在跟時間戰鬥。

這種種的代價，讓沙耶香擁有令人滿意的高薪。去年，她的年收入是九百萬，今年應該會再上升吧。沙耶香身邊的朋友沒有人賺得比自己多，然而，她們卻擁有沙耶香所沒有的東西——家庭。

沙耶香今年即將滿三十五歲，這幾年也越來越少出席朋友的婚禮，喝酒也都是和工作上的同事一起。

我還有工作——沙耶香並沒有辦法看開到這種程度，以作為一個職業女性為目標。她仍是個追求一般人幸福的平凡女子。

沙耶香瞄了一眼工作用的通訊軟體，這個月新進的男寫手傳來了一篇原稿。內容是以部落格形式撰寫的美妝新品使用心得。誰能想到這種東西是男生寫的呢？冷靜一想，是會讓人起雞皮疙瘩的事。

稿子本身不好也不壞。以部落格文章而言，文體太硬了，用詞也有些不漂亮。不過，一想到作者是男生，而且還是個新人的話，算是篇佳作了吧。必須出現的關鍵字有達到沙耶香指定的次數，又像這樣遵守交稿時間，就算稱讚一下也沒關係。

沙耶香包山包海的業務之一就是管理公司外部寫手。把主題交給這些公司雇用的兼職人員讓他們寫文章，再由沙耶香修改潤飾，上傳平台。

雖說內容極為單純，卻非常需要對文章和趨勢的品味。撰寫原稿的外部寫手能力固然重要，但整合文章的編輯工作也很費力。話雖如此，連續八年做一樣的工作下來，沙耶香也掌握了相應的訣竅。

儘管公司平台經營的主題五花八門，但基本上皆以女性為主。多數文章都是美妝、服飾流行、減肥瘦身和性愛。雖然每年隨著時代潮流會有些變化，但本質沒有任何改變。沙耶香她們就是一次又一次地提供相同的東西。

有時，沙耶香會感到很空虛，懷疑自己到底在做什麼，而最近這種想法變得很頻繁。

「騙人！你們已經分了？」

沙耶香不小心拉高音量，迅速看了周圍一圈。因為這間公司附近的義大利餐廳即使位於熱鬧的澀谷，店內卻總是很安靜。

對面的花凜一臉若無其事地喝著紅酒。

沙耶香記得，這個二十九歲的後輩說自己開始和一個美術大學的講師交往應該是上個月底的事。

「妳會不會放棄得太快啦？又不是高中生。」

花凜上一個男友也是不到三個月就分手了。

「前輩，跟妳說的剛好相反。正因為是這個年紀了，才必須一發現不合就馬上跳下一個。」

「就算是這樣……所以，你們為什麼分手？」

「上星期放假他邀我去看電影。那部電影超無聊的，怎麼說呢？就是一股微妙的抽象感還有很強烈的隱含訊息。可是他說電影很棒，非常感動。」

「啊？就這樣？」

「簡單來說是這樣。可是，我認為這種價值觀的差距是很大的問題。他跟我說：『妳先從了解意識型態的概念和定義開始吧。』我就覺得不可能了，就像什麼都不會開始一樣。」

花凜的玻璃杯已空，沙耶香笑著幫她斟酒。

「對了，前輩，妳下星期要不要和我去聯誼？」

「不要，我已經受夠了。」

大概是今年初春時的事吧，花凜纏著自己一起去參加五對五的聯誼，結果實在糟糕透頂。對於男生那邊漸漸頻繁的黃腔，沙耶香雖然還能忍耐，但當他們到KTV續攤、提議要玩國王遊戲時，她實在覺得很噁心。沙耶香藉著要去洗手間的理由離席後，就直接搭計程車回家了。

「那次真的很失敗，而且錢還是對分。不過我們要相信，這次一定會遇到很棒的人！」

「不用了。」

「前輩，」花凜猛地朝自己探出身子。「只有新戀情才能填補失戀的空洞。」

「別用一副了不起的表情說這種每個月都出現一次的話。」

「我在今天登的專欄上也這樣寫了。」

儘管不同組，但花凜每天的業務也幾乎跟沙耶香一樣。

沙耶香很喜歡這個比自己小六歲的後輩。花凜表裡如一，喜怒哀樂直接表現在臉上，那是注重形象的自己完全做不到的才藝。

不，正確來說，是「現在的自己」做不到。沙耶香過去也像花凜一樣——對朋友毫不保留，心理狀態不好時能夠坦率地說自己「不好」，是個秉持「沒有祕密」的人。

曾幾何時，她神奇地開始會做表面工夫，難過的時候會笑，有了祕密。

「學姊，妳現在還會想到前男友嗎？」

「完全不會。」

看吧，就像這樣。

「可是你們交往了八年耶。」

「因為是我甩了他嘛。」

「啊啊，這樣啊。不過我覺得分手是對的，竟然隱瞞自己有欠債，不可原諒。」

在知道交往八年的男人有鉅額債務後，果斷分手了——半年前，沙耶香以這個理由告訴身邊包含花凜在內的所有人。實際上卻不是這樣。沙耶香交往的對象、那個大自己十歲的男人其實有家室。他們是婚外情。

沙耶香是交往後兩年才知道男人已婚的。知道真相時，沙耶香驚愕、氣得抓狂，覺得過這麼久都沒發現的自己實在太蠢了。

然而，沙耶香之後繼續相信男人「會跟妻子離婚」的說詞六年，總共和他持續交往了八年之久，真的是無藥可救。

結果，這段感情結束得極為草率，因為男人的妻子查出丈夫外遇。沙耶香請律師居中調停，最後付了兩百萬圓的賠償金。儘管損失慘重，卻沒有男人妻子使出全力對沙耶香打的那一巴掌來得衝擊。「妳這種女人一定會一輩子不幸！」即使現在想起來，沙耶香的心頭仍會湧上一股難以筆墨的苦澀。

然後，即使歷經這麼慘痛的遭遇，沙耶香至今仍忘不了那個男人，對自己無可奈何。最近，她甚至已經自我厭惡到可憐起自己了。

「妳再這樣悠悠哉哉下去的話，會變得跟室長一樣喔。」

花凜將起司放入口中，說出失禮的話。

室長稻本是單身。本人無畏地公開說自己「已經放棄結婚生子了」。

「前輩就不是那樣吧?妳想結婚吧？」

「嗯……」

「那就不要等待，必須主動出擊。」

「我覺得妳出擊過頭了。」

變得跟室長一樣——這句無心之言令紅酒變得極為苦澀。

沙耶香以前曾問過稻本為什麼會邀自己來這間公司。稻本這樣回答：

「妳寫的文章很有sense，而且——」

稻本帶著愁緒的眼神看向自己。

「妳跟年輕時候的我，很像。」

之後，沙耶香和花凜移動到她們常去的惠比壽酒吧，喝到凌晨兩點。每個星期五的晚上都是這個樣子。在回家的計程車內，沙耶香呆呆望著依舊人來人往的街道，心想大家活在世上都在想些什麼呢？

隔週起，雨下個不停。儘管時值梅雨季也是無可奈何的事，但通勤時間潮濕不透氣的電車實在讓人吃不消。雖說住在三軒茶屋的沙耶香只需要在擠滿人的電車裡晃個五分鐘，但那五分鐘就是地獄。

與煩悶的心情相反，辦公室這週每天都很熱鬧。因為外部寫手會在這星期來公司拿薪水，由負責的員工將稿費以現金的形式交給住在關東圈的寫手。Trenders媒體是從三年前開始採用這種方式的。

本來顧名思義，外部寫手就是想在公司外部、在家裡工作的人。寫手中有許多家庭主婦也是基於這個原因。不過，公司只有在每個月一次領稿費時，會特地請他們來一趟。

這麼做不論對寫手還是對沙耶香他們而言，都是很麻煩的一件事。

儘管如此，會採取如此人工、不現代化的措施有兩個理由。第一個理由，是希望編輯能和平常不會見到面的寫手面對面溝通，直接聆聽他們的期望或不滿，讓工作進行得更順暢。

另一個理由則是預防寫手跑掉。簡單來說，所謂的外部寫手經常說失聯就失聯，寫不出稿子直接斷絕聯絡的情況多得叫人吃驚。以比例而言，大概有三分之一的人會在半年內以這種方式消失。儘管會覺得都已經是出社會的人了，怎麼還會有這種行為，但沙耶香也不是不了解他們的心情。這些寫手有些人還有別的工作、有的人是家庭主婦，說到底只是把寫手的工作當成副業。當他們被要求交付截稿時間緊迫、內容又困難的文章，或是還要被沙耶香他們催促的時候，會產生「算了」的心情可說是很自然的事。因為和自己接洽的人連一眼都沒見過面，良心方面也不會那麼過不去。

不過，若想到是從見過面的人手中直接收下稿費的話，放棄前便會有一瞬間的猶豫吧。儘管會跑掉的人還是會跑掉，但自從導入這種方式後，寫手鬧失蹤的人數確實減少了。順帶一提，想到這個方法的人就是稻本。

傍晚時，沙耶香收到一樓櫃檯小姐的內線：〈和您約好的那須先生已經來了。〉沙耶香離開座位。

那須是這個月加入的外部寫手，今天是第一次拿稿費，所以也是沙耶香第一次看到對方。基本上，外部寫手不用面試，單純以網路上的談話決定錄取與否。

那須是個二十三歲的男生，在以三、四十歲女性居多的寫手陣容中非常稀有。雖然沙耶香現在還只能分派簡單的文章給那須，但他嚴守截稿時間，回訊息也很快。這種似乎能在未來成為戰力的人才，得好好打招呼才行。

沙耶香在電梯前等候。不久，一名高佻的金髮男子走了出來。男子右手持黑傘，左手拉著一只小型行李箱，白色七分袖襯衫搭配簡約俐落的卡其褲，褲管反折，穿著淺藍色懶人鞋，並戴了一副時下流行的方框眼鏡。眼鏡後的眼睛和沙耶香對上視線。

「你是那須先生……對吧？」

男子的胸前掛著寫有「GUEST」的識別徽章。

「您好，我是那須隆士。」男子垂下金色的腦袋。

「我是安藤，謝謝你特地過來一趟，這邊請。」

沙耶香佯裝冷靜，內心卻十分驚訝。因為是年紀輕輕就從事外部寫手工作的男生，沙耶香原本的想像是更陰沉的青年。但眼前的男生氣質清新，帥氣時尚，一副像是有在當讀者模特兒的打扮。

沙耶香帶對方來到僅是由隔間屏風圍起來的簡易接待室，遞給他一杯冰咖啡。

「怎麼樣，工作習慣了嗎？」

沙耶香以這個切入點開啟對話。

「完全沒有。我還抓不到方法，非常煩惱呢。」

「大家一開始都是這樣。不過，你寫稿速度很快，又很認真遵守規定，幫了我們很多忙。」

「很高興能聽到您這樣說。」

那須害羞地說道，整齊潔白的牙齒閃閃發亮。他今年好像是二十三歲，但實際看起來更年輕，要說是二十歲也不會有人覺得奇怪吧。

沙耶香還注意到那須有戴瞳孔變色片。方框眼鏡後是一對暗藍色、微微擴大的瞳孔。那樣的眼瞳和那須深邃的五官十分相配，營造出淡淡的歐美氣質。那須也很中性，是現在流行的那種「無性別男子」嗎？仔細看，他還有上一層淡妝。

不過，為什麼這樣的年輕人會想當外部寫手呢？他履歷上的應徵理由是怎麼寫的？

沙耶香一問，那須便有些難為情地回答：

「其實，我的夢想是當小說家。」

沙耶香想起來了，他的履歷的確是這樣寫的，還說想以這份工作訓練自己。

那是個讓沙耶香露出苦笑的應徵理由。

公司的外部寫手裡，有幾名不暢銷的小說家和編劇這種專業寫作者。不過，若說這些人是不是優秀的話，答案是否定的。事實就是他們的文章會透露出作者的個性和主張，很難用。這份工作只要以公司交代的方式寫下公司交代的主題即可，完全不追求原創性。

談話接著進入確認稿費明細的階段。包含來澀谷的交通費，總金額將近三萬圓。話雖如此，很少有第一個月就拿這麼多稿費的外部寫手。

「那麼請你確認後，在這裡蓋章。」

那須取出連續章，在收據上壓下紅色的「那須」字樣。

接著，沙耶香詢問那須的期望，他說總之希望能工作賺錢。

「請問，貴公司最頂級的外部寫手一個月大概賺多少錢呢？」

「每個月會不太一樣，敝公司的頂級外部寫手大約是五十萬圓左右。」

不過，那樣的人是將外部寫手當做正職，一天至少寫五篇文章。如果要沙耶香做一樣的事她大概會瘋掉吧。那樣的人是所謂的「專家」，寫手等級照公司規定是A。即使寫的文章相同，根據等級，酬勞也會有所不同。

「那須先生現在的等級是E，只要再寫十二篇文章就會自動升級為D。之後我們每次都會考量文章技巧，給予審查。」

儘管如此，升到C的人並不多，成為A和B的人更是鳳毛麟角。

「我知道了，我會努力的，請盡量派工作給我。」

那須露出爽朗得令人幾乎無法直視的笑容回答。

最後，沙耶香請那須拿出身分證明讓公司留取影本時，那須很抱歉似地抓了抓後腦杓。一問之下才知道，那須沒有能證明身分的文件。因為長期欠繳保費，他甚至連健保卡都沒有，所以很傷腦筋。

「去醫院的話會很困擾吧？」

「嗯，所以我才必須趕快賺錢。」

既然如此，找個地方上班不就好了嗎？沙耶香在嘴裡嘟囔。不過，如果那須去上班的話，傷腦筋的人是沙耶香，因為她們永遠都缺寫手人才。

沙耶香突然想到，那須會不會也沒有家呢？所以才會在這樣的雨天拖著一個行李箱。年輕的外部寫手中，有不少人是在過一種宛如難民般的生活。那已經不是「在家」工作了，因為他們都住在漫畫網咖之類的地方，埋頭寫稿。

不過那須的履歷上有寫地址，現在這樣看著他本人，也實在不像是不得不過那種難民生活的年輕人。最後，關於身分證明的事，沙耶香暫時表示：「那就請你盡快給我了。」老實說，就算沒有身分證明影本也沒有問題，但規定是規定。

沙耶香送那須去搭電梯，就此分別。

真是個奇怪的男生。沙耶香下意識揚起嘴角。不過，似乎不是個壞人，講話也很有禮貌。而且，長得很可愛。

之後，沙耶香一口氣解決了累積的工作。倒不如說就是在這種日子，她還更能集中注意力。感覺今晚可以比平常還早回家。

沙耶香最後打開通訊軟體，看到有封那須傳給沙耶香的私人訊息。原本以為是為今天的會面道謝之類的內容，結果並不是。那須似乎把寫有「GUEST」的大樓識別證徽章帶回去了，所以詢問沙耶香處理方法。

這是訪客常發生的事，尤其是像那須這樣傍晚來公司的人特別多。因為他們來訪時，是從大廳從事櫃檯工作的女性手中拿到識別證，離開時，櫃檯已由中年警衛取代，他們不願意一個一個招呼訪客。

沙耶香回訊，請那須下一次發薪日時帶過來。

結果，她馬上收到「我現在在大樓前面」的回覆，嚇了一跳。仔細回頭看對話，第一封訊息是一個小時前發的。大概是因為沙耶香沒有回覆，那須又回來澀谷了吧。

沙耶香回訊：「我去接你，請在樓下稍等。」讓人家特地為了這種事回來公司，反倒是沙耶香覺得抱歉了。

既然如此，沙耶香決定順便下班，迅速整理東西後離開座位。「前輩，妳要回去了嗎？」花凜以責備她搶先一步的口吻問道。「我先走囉～」沙耶香刺激意味十足地回給花凜一記大大的笑容。

電梯來到一樓後，沙耶香在玻璃門入口外側看見了那須的身影。雨幕中，他撐著黑漆漆的大傘，服裝和雨傘一點都不搭的樣子十分逗趣。

沙耶香以唇形和肢體動作向那須表示「到後門去」。這扇正門自動門已經鎖起來了。

沙耶香來到後門外等待，沒多久，那須便小跑步過來了。

「抱歉，我沒來過這樣的大樓，一不小心就把東西拿走了。」

那須帶著十二萬分抱歉的表情將識別證徽章交給沙耶香。

「不會，我才抱歉，而且還是在這種雨天。謝謝你特地送回來。」

之後，兩人自然而然地撐著傘，並肩走向澀谷站。街道上，來來往往的雨傘彼此交錯。那須個子很高，張開的傘面稍微覆蓋了沙耶香的傘。

「你是回家以後才發現識別證的嗎？」

那須沒有回答這個問題，苦笑道：「我這個人很粗心大意。」

「我也一樣，常常出包。」

「原來大家都一樣嗎。」

「對啊，人類就是搞砸事情的生物。」

兩人以同樣的頻率發笑。

「你常常來澀谷嗎？」

「不太常。我有點怕人多的地方。」

「我也是。雖然每天來，但馬上就會覺得很累。」

「那我們真的很像呢。」

「對啊。不過，我覺得很少會有人喜歡擁擠混雜就是了。」

「也是呢。」

在這樣幾句不痛不癢的談話間，下行至電車站內的樓梯已然在眼前。

如果那須住在相模大野的話就不會搭地下鐵，要在這裡說再見了。

還想再多聊一會呢——沙耶香內心突然湧現這股想法。

「那須先生，你吃過晚餐了嗎？」

話語自然而然地從沙耶香嘴裡脫口而出。

「沒有，還沒吃。」

「那，要不要簡單吃個東西再回去呢？」

語畢，沙耶香的臉「轟」地燒起來。自己講了很不得了的話。

那須停下腳步，露出不知所措的表情。這是當然的吧？年紀大了一輪的阿姨邀自己去吃飯。

沒有什麼特別的意思，我偶爾也會跟感情不錯的外部寫手去吃飯，只是這個的延伸——沙耶香雖然在心裡這樣主張，但那聽起來卻更像藉口，所以她說不出口。

那須不發一語。四周只聽得到雨水敲打雨傘的聲響。

沙耶香將已經空空如也的竹籤收成一把，丟進竹籤筒裡。身邊坐的是嘴裡塞滿雞心的那須。

沙耶香不著痕跡地看著那須的側臉。

最後，那須答應沙耶香的吃飯邀約了。雖然很後悔自己強人所難的邀請，但那須後來的話卻讓沙耶香心跳加速了一下。

「有包廂的地方都可以。」

這是當沙耶香問那須想吃什麼時得到的回答。為什麼？沙耶香無法問出心中的疑問。

無論如何，年輕男生會喜歡、又有包廂的澀谷餐廳——沙耶香的名單中只有一家位於道玄坂的雞肉燒烤店。從前，她偶爾會和那個外遇對象一起去。

當店家很自然地將他們領進情侶座包廂時，沙耶香有些不知所措。儘管一般的座位比較好，她卻沒有說出口。沙耶香心裡有一絲竊喜，因為她和那須明明年紀差這麼多，卻被旁人看作是那種關係。

「你已經確認幾次了啊？」

沙耶香笑道。

每次串燒送上來，那須就會看向店家在座位前方為客人準備的小卡，確認那是雞的哪一個部位。

「因為這是很珍貴的經驗。」

聽那須這樣說，沙耶香忍不住笑出聲。為了平復激動的心情，沙耶香今晚喝酒的節奏比平常快了一些。

就算那須覺得自己是很會喝酒的阿姨也無妨，反正她以後又不會和那須有什麼發展。

知道那須是第一次來雞肉燒烤店，沙耶香嚇了一跳。

「真的是第一次來嗎？」

那須點頭。

一般二十三歲的男生，應該會和女朋友或是朋友來吧？

「那你平常都去哪裡喝酒呢？」

那須也有喝酒。已經是第四杯了，所以是個能喝的人。

「我不出去喝酒。」

他還說喝酒這件事，今天是人生中的第二次。

「騙人！」沙耶香忍不住提高音量。「你該不會是為了配合我才勉強自己喝吧？」

「沒有，我喝得很開心。」

這孩子果然很奇怪，好不可思議的青年。

「那順便問一下，值得紀念的第一次喝酒是什麼時候，在哪裡呢？」

「第一次是……」瞬間，那須的目光變得遙遠。「幾個月前，和朋友一起喝了氣泡酒。」

之後，沙耶香藉著酒勁對那須拋出了好幾個私人問題，像個對外甥多管閒事的阿姨。

然後，她得知了那須現在沒有女朋友。不只是現在沒有，還是目前為止從來都沒有那種人存在。沙耶香感到驚訝不已。

「為什麼？怎麼會呢？」

沙耶香急忙問道。明明是二十三歲的美男子……啊，那須該不會是——

「我沒有斷袖之癖。」

似乎是看穿了沙耶香的內心，那須搶先開口。儘管如此，用「斷袖之癖」這種說法又好好笑。沙耶香知道這個年輕人有趣在哪裡了，因為他的外表和用字遣詞很不協調，所以才滑稽。

話雖如此，但自從來店裡之後，自己就一直在笑。

之後，在沙耶香依舊不間斷的問題攻勢後，那須制止了她：「我的事就說到這邊，接下來換安藤小姐分享了。」

「阿姨的戀愛故事又不有趣。」

其實她不想叫自己阿姨，但在這個男生面前卻能毫不勉強地說出口，真的很不可思議。

「我喜歡聽別人的故事。」

那須說完，將身體轉向自己。沙耶香因此起了個頭，「那麼，這是我朋友發生的事。」接著娓娓道來。

有個女人，和有婦之夫持續八年的感情都已經破局了，卻還逃不出束縛，對人家念念不忘——

途中，沙耶香開始以第一人稱的口吻敘述。

好不可思議。我為什麼會說這些話呢？明明她連親密的同事、朋友還有家人都不曾說過這些話。明明這是絕對不能讓人知道的祕密。

悽慘難堪、見不得人的過往。能夠毫不勉強地說出這些的自己好神奇。講到分手時火爆的場面，她還笑著說「根本是地獄」。

因為那須是個跟自己年紀差很多的年輕男生、是外人的關係嗎？還是因為這個人身上有種脫離世俗的感覺呢？

「這世上還有這種亂七八糟的女人，學到一課了吧？」

沙耶香的話自然地走了樣。那須搔著太陽穴說：「我該怎麼回答呢？」

「笑一笑過去啊。」

「我想這應該不是能笑出來的話。」

「那你覺得很噁心嗎？」

「不，我絕無此意。」

沙耶香放聲大笑。那須的這種說話方式實在太令人愉快了。

這種夜晚很適合喝酒。然而，沙耶香瞄了一眼手錶。身為大人，得幫對方注意末班電車才行。相模大野的話，十二點離開應該回得去吧。

不過，這個年輕人的住處是否真的在那裡還是很可疑就是了。如果是現在的話，沙耶香似乎問得出口。

「欸，那須，其實你沒有家吧？」

沙耶香看了那須腳邊的行李箱一眼。

那須的表情暗了下來。

「沒事的，外部寫手裡也有這樣的人。而且，只要好好幫我們寫文章的話，沒有家並不是什麼問題。」

「……我正在找可以待的地方。」

「那就來我家啊。」

沙耶香本來只是想開個小玩笑，沒想到卻得到那須「可以嗎？」的回問。

啜著燒酒的沙耶香將玻璃杯放回桌上，看向身邊的人。

那須一臉嚴肅，方框眼鏡後，人工的深藍色眼瞳直直盯著自己。

彷彿被拋棄的小貓咪——這種形容，就是用在這種時候吧。

「晚安。」

沙耶香第一次用這麼奇妙的感覺說這句話。

她離開客廳，走進臥房，把燈關上後躺在床上。

但是，她怎麼可能睡得著。沙耶香的內心翻騰著難以言喻的罪惡感。

不管內情如何，沙耶香把一個第一次見面，而且還比自己小一輪的男生帶回家了。沙耶香在過去的人生中從未做過這種事。

沙耶香側耳聆聽，什麼都沒聽到。不過，那須的確睡在這道牆後的客廳。

沙耶香家裡有準備棉被，是以前為偶爾會來住的花凜買的。那組被子除了花凜，沒有人用過。外遇男是跟沙耶香一起睡在自己現在躺著的這張雙人床。這是充滿回憶的一張床。沙耶香也曾想過換一張新的床，但卻辦不到。不僅如此，房子裡依然擺著那個男人留下來的清潔用品和內衣褲。

回想起來，這間出租公寓也是為了跟那個男人生活才租的。房租不含管理費十八萬，雖然對現在的沙耶香而言不算負擔，但以當時的收入來看，這樣一房一廳的房子實在過於奢侈。沙耶香是為了一週只來一次的男人逞強租的。

如今，有別的男人來到了這樣的小窩。

沙耶香告訴自己，她又不是做什麼壞事。不過，她無法對別人說出口。就這樣，自己又有了新的祕密。

11

沙耶香在化妝間的鏡子前擦著粉底時，稻本走了進來。她站到沙耶香身邊，也開始補妝。儘管年過四十，但明明又漂亮又能幹，卻公開宣言自己已經放棄結婚生子。稻本這麼說的話，一定就是她的真心話吧。沙耶香無法理解為什麼稻本能這樣想，雖然每個人的價值觀都不一樣就是了。

「安藤，妳交新男朋友了吧？」

塗著口紅的稻本看著鏡子，突兀地問。

沙耶香停下手中的動作。「為什麼這樣問？」

「因為妳很好懂。」

「我沒交喔。」

「哎呀，是這樣嗎？」

「對，真的沒有。」

稻本透過鏡子給了沙耶香一道意味深長的微笑。

「我先走了。」

沙耶香逃也似地離開化妝間，快步回到自己的座位。

她沒說謊，那不是男朋友，只是同居人罷了。

今天是和那須一起生活的第十三天。七月已經過了一半，下得比往年還久的梅雨也已經放晴，迎來熱烈的太陽。沙耶香的心情也跟著這樣的氣候變化有了改變。

她變得很期待回家。

打開家門時說「我回來了」時，有個會對自己說「妳回來啦」的人。吃飯時雙手合十說「開動了」，睡覺時會道聲「晚安」。早晨從「早安」開始，在「路上小心」的叮嚀中離開家門。然後，再次回到「我回來了」——

這樣的例行生活令沙耶香幸福得不得了。黑白的黯淡日常有了色彩，綻放出光芒——說誇張一點的話就是這樣。

當然，那須不是她的男朋友，兩人之間沒有任何親密接觸，臥室也是分開的，他們之間根本沒有戀愛情愫。至少，那須心裡應該一丁點那種想法都沒有。

不過，這些都是小事。沙耶香只希望，這樣的生活能再持續久一點。

晚上，沙耶香將下次競稿用的企劃書印出來後，花凜從背後抱住自己說：「前輩，聽我說──」

一襲白色蕾絲上衣搭配鵝黃色喇叭裙的花凜，說的是昨晚聯誼失敗的故事。她以其他人聽不到的音量，連珠砲似地滔滔不絕。

雖然說了許多，但重點似乎是她和一個合得來的對象過了一夜。

「可是，他剛剛傳 LINE 說：『我結婚了，妳可以接受嗎？』接受個頭啦，開什麼玩笑。」

「工作上就常常跟妳說吧？事前確認不能偷懶。」

「才不是，他昨天說自己單身。這根本是詐騙吧？」

「那就是妳沒看穿他說謊，算妳輸。」

花凜意志消沉地嘆了一口氣。「前輩，今晚要陪我借酒澆愁喔。」

「抱歉，我有約了。」

「為什麼──」花凜皺起臉。「不會是男人吧？」

「是啊。」

「咦？真的假的？」

「只是招待而已啦。」

「什麼嘛。」

沙耶香收好印出來的企劃書，回到座位。她檢查信件，將收到的原稿看一遍。是這個時期常有的除毛美容廣告文。沙耶香修改文章，斟酌了幾次後請稻本確認，馬上得到批准。

之後，她沒有停下來，專心一意地處理業務。哪怕只是一分鐘，她也想早點回家。

最近沙耶香都很早回家，也不再工作超過晚上十二點了。事到如今她才深刻體會到，原來工作進度會因為心情有如此大的不同。

——算妳輸。

腦海閃過自己剛剛說的話。

沒錯，是我輸了。剛才那些話全都是對過去的自己說的。

不過，現在已經沒事了。傷口癒合得很好，連疤痕都消失得乾乾淨淨。

——只有新戀情才能填補失戀的空洞。

那句話果然是對的。不過，這應該不是戀情。

他們輕擊彼此的紅酒杯，「噹——」餐桌上響起清脆的音色。「是發出這種聲音啊。」那須表露極大的興趣。像這樣以紅酒杯乾杯，對他來說一定也是第一次吧，沙耶香現在已經不會驚訝了。眼前的青年看起來成熟，卻也有比同年齡層的年輕人更像孩子的一面，就是他不知道一些即使缺乏也不會對生活造成影響的事。

「不過，聽說紅酒杯本來是不能碰杯的。」

「這樣啊。」

「這在正式場合好像不禮貌。將杯子舉到視線高度才是正確的乾杯方式。」

「真可惜，明明互碰的聲音那麼好聽。」

「是吧？所以我們每次喝都來碰杯吧。」

餐桌上有生火腿沙拉、西班牙蒜味蝦佐長棍麵包、拿坡里義大利麵，這些全都是那須做的，每一道菜都很美味。

沙耶香一如往常地稱讚那須很有做菜天分，那須也一如既往地謙虛表示「我只是照著食譜做而已」。自從同居後，燒菜做飯都是由那須一手包辦。不過，他似乎從小學的家政課後就沒下過廚了，手法姿勢看起來都很危險，但味道是真的很好吃。結果那須像是體會到做菜的樂趣一樣，現在每天都挑戰不同的菜色。順帶一提，沙耶香也很喜歡做菜，不過平常沒時間做。

「我今天擦了陽台玻璃。」

「太感謝了，我自己一直提不起勁擦。」

沒錯，那須每天也會幫忙打掃房間，他說「妳讓我住下來，做這些是理所當然的」。家事裡唯有洗衣是沙耶香的工作，她實在不想讓那須洗自己的內衣褲。

「你今天完成了很難的文章，辛苦了呢。」

「整體成果怎麼樣？」

「嗯——七十分。」其實是六十分，因為那須的文字不夠柔軟。

「這樣啊，我會努力，總有一天能拿到滿分的。」

那須就像之前一樣繼續擔任外部寫手，和其他眾多寫手相同，沙耶香白天也和那須傳了好幾次訊息溝通，掌握他的工作狀況。

那須的一天從做早餐開始，送沙耶香出門後打掃家裡，接著著手工作。傍晚過後，他開始準備晚餐，等待沙耶香回家。他一直持續這樣一成不變的日子，幾乎不太外出。

「隆士，週末要不要去哪裡晃晃？」

一聽到沙耶香的問題，那須停下拿著叉子的手。「哪裡是指？」

「你沒有想去的地方嗎？」

「老實說，不太有。」

「我們去遠一點的什麼地方嘛。」

雖然那會是電車之旅就是了。雖然家裡附近有租車行，但那須沒有駕照，沙耶香則是空有駕照的無能駕駛。

「比起出遠門，我比較想跟上星期一樣。」

「反對。」

「安藤小姐，妳好像也有說過那是妳理想中的假日。」

「是沒錯啦。」

上個六日，沙耶香和那須一整天都在看外國影集。那是部很長的系列，原本他們每個晚上看一集，週末卻一口氣連看了好幾集。傍晚，兩人一起去了超市，外出的部分就只有這樣而已。

「啊，如果是因為錢的話，你可以不用在意喔。」

「不是因為錢，我很想知道後面的劇情。」

「隆士，你不太喜歡出去外面對吧？」

「對，我不喜歡。」

那須的回答直截了當。沙耶香「呼」地嘆了一口氣。

「換個話題。安藤小姐這個叫法，你差不多該換了啦。」

「那麼，要怎麼叫比較好呢？」

「自己想一下。」

那須瞇起眼睛。「沙耶香小姐。」

「沒創意。」

「沙小姐。」

「聽起來好像在罵人，不准加小姐。」

「……沙耶。」

「喔，這個好。」

那須一臉苦惱，挽著手臂說：「我喊得出來嗎……」

「這是習慣啦、習慣。來，練習。」

「沙耶。」

「怎麼啦，隆士？」

「我果然還是……可以不這樣喊嗎？」

「不可以。以後你喊我安藤小姐我也不會理你。」

今晚的晚餐一樣笑聲不斷，非常愉快。

碗盤是由那須清洗。儘管沙耶香說這點小事讓她自己來，但那須不接受。大概是覺得寄人籬下沒有立場吧。

之後，他們按照慣例一起看了外國影集。原本覺得回不了本的月租線上影音平台，如今大展身手。不過，這部戲還有很多集，他們現在還看不到總集數的三分之一。

追完劇之後是洗澡。沙耶香先洗，然後在她仔細地用臉部滾輪按摩儀和蒸臉機做臉部保養時，那須再進浴室。這也是每天的例行。

洗好澡的那須在脖子圍著毛巾走進客廳。他身上的 TENERITA 睡衣是沙耶香前幾天送的禮物，當時他非常惶恐。

「我喝一杯水。」

那須說道，打開冰箱。明明可以不用什麼事都跟她報告的。

「隆士，你一直都戴著眼鏡，視力這麼差啊。」

「嗯，很差。」那須背對著沙耶香說。

除了睡覺，那須不會拿下眼鏡。雖然他洗澡後會摘下變色片，但早上就已經配戴完畢，甚至連妝都畫好了。有次沙耶香說：「你明明又沒有要出門。」結果他回答：「不這樣我不放心。」真是的，所謂的無性別男子，比女人還女人。

「晚安。」

互道晚安後，沙耶香回到臥房。

沙耶香關燈，躺在床上。幸福的餘韻化為暖意，在被窩裡擴散開來。今晚，自己也能酣然入睡吧。

12

這樣的日子持續了一陣子，不久後，時間來到了八月。陽光日益猛烈，就算不是那須也會對出門感到猶豫，感覺一個大意就會瞬間變成小麥色肌膚。年輕時候的自己到底在想什麼，怎麼會過度暴露自己的肌膚不停地往街上跑呢？那是現在的沙耶香無法想像的事。

「跟妳小時候一模一樣。」

撐著陽傘站在身旁的母親瞇著眼睛說。母親視線前方，即將滿四歲的柚莉愛戴草帽，搖頭晃腦、蹦蹦跳跳地在公園裡跑來跑去。柚莉愛是沙耶香弟弟——篤人的女兒，也就是她的姪女。

沙耶香今天一早就回到名古屋的老家探親。雖然中元節連假是下個禮拜，但篤人因為工作的關係無法在下週休假，因此全家才會早別人一步團圓。順帶一提，沙耶香今天住一晚，明天傍晚就會搭新幹線回到東京。

「柚莉愛也馬上要當姊姊了呢。」

篤人的妻子裕子現在正懷著第二胎，預產期是今年十一月。也因為這樣，裕子現在在家裡休息。其實裕子原本也想來公園，但在玄關被沙耶香的父母阻止了，兩老說「現在的日頭對身體不好」，吩咐她留下來看家。另外，篤人自己則是跑去找老朋友了。

「啊啊，受不了了。媽媽，換班。」

父親滿身大汗，一張臉紅通通地回來。母親把陽傘交給沙耶香，代替父親前往柚莉愛身邊。柚莉愛擁有無限的體力，如果不這樣輪流當她的玩伴，身體實在吃不消。順便說一下，沙耶香也是從早上開始就被迫陪著柚莉愛玩，飽受折騰，現在已經筋疲力盡了。

「什麼啊，都不冰了。」

父親喝了一口一個小時前買的運動飲料，皺起眉頭。

「這種天氣沒辦法啊。」

一回到老家，沙耶香自然就會講起方言。不，或許她是有意識的。有一次，沙耶香說了標準語，母親就用輕蔑的眼神看著她說：「已經變東京人啦。」

「爸，聽說你要再出去上班？」

這是母親剛才說的。父親今年年滿六十，從工作了四十年以上的市政府屆齡退休。

「不工作沒飯吃啊。」
「有想好要去哪裡了嗎？」
「我正在跟美濃姑丈那邊談。」
那是父親的妹婿。沙耶香也曾看過那位姑丈幾次，記得對方的長相。
「我記得美濃姑丈好像是開建設公司嗎？」
「對，不是什麼大公司。」
「他有辦法雇用你嗎？」
「大概吧。」
「可是爸，你在他們公司要做什麼？」
「他說想請我幫忙會計的工作。」
原來如此，大概是沒有工作可以給父親吧。簡而言之就是當小尊的「門神」。或許，對方有意從前公務人員的父親身上取得公共工程的招標情報也不一定。
大概是地方特性的關係，在名古屋，地緣和血緣關係好用得誇張。沙耶香自己從小到大就見識過各式各樣的類似場面。老實說，弟弟篤人上班的食品公司也是因為母親的堂兄弟在裡面擔任管理職，託他介紹進去的。篤人學歷是高中畢業，在二十五歲前熱衷於樂團，夢想破滅後也不去上班，整天遊手好閒。
那樣的篤人現在有了家庭，即將成為兩個孩子的父親，工作似乎也很順利的樣子，聽說還有個區域經理的頭銜。

成績優秀又懂事的女兒和品行不良的任性兒子——這是他們十幾歲時呈現的構圖。如今則是大逆轉：拋棄故鄉，一個人在東京隨心所欲過日子的放蕩女兒，和住在父母身邊，讓父母得見孫子容顏的孝順兒子。這種說法或許太極端，但從父母的角度來看就是這樣。「我這樣也是一種人生」這種話對沙耶香的父母不管用，他們直截了當地說：「我們想抱妳的孩子。」

要滿三十歲時，父母瞞著沙耶香擅自幫她在結婚諮商所註冊，沙耶香實在忍無可忍，第一次正面指責父母：「我的人生是我自己的，不要做那些我不需要的事！」然而，父母並沒有因此退卻，經常以「雖然妳可能不喜歡我們多管閒事」為開頭，再度跟沙耶香提起相親的事。沙耶香一點都不想看對方是誰。不是她討厭相親，而是她當時有交往的對象，不過，父母並不知曉。要是告訴父母，他們一定會說要見面，誰有辦法帶有婦之夫回自己老家啊？如果知道女兒跟別人在談婚外情的話，父親和母親不是馬上昏倒就是會抓狂吧。

沙耶香抬頭仰望晴朗的天空，想到了在同一片藍天下的那須。

他現在正一個人在東京的大廈裡看家。當沙耶香跟那須說自己要回老家，有兩天不在家時，那須稍稍露出了寂寞的表情，這讓沙耶香很開心。

如果把那須介紹給父母的話，他們會有什麼反應呢？無論如何，一定會很不知所措吧。要不要用整人節目的方式試一次看看呢？當然，沙耶香只是想想，並沒有實行的勇氣。

不過，如果能真的那樣做的話一定很痛快吧。然後，也一定很幸福。

和那須在一起的生活才一個多月，然而，那須隆士這個年輕人對沙耶香而言，已經成為重要的存在了。

沙耶香幾乎每天都在問自己，她對那須有戀愛的心情嗎？或許，這個行為本身就已經是萌生情愫的證據了。沙耶香是在前往名古屋的新幹線上察覺這件事的。

這個瞬間，那須在做什麼呢？是在吃中飯嗎？還是在打掃？或是在工作呢？無論做什麼，一定不是在寫小說。

那須說，自己應徵外部寫手的動機是為了訓練寫作能力以成為小說家。但那一定是騙人的。

問那須的話，他會說自己白天在寫作，但其實他沒在寫那種東西吧。證據就是，即使沙耶香纏著那須讓自己看看內容，那須也以害羞為由擋了下來。就算問他是在寫哪一類的小說、故事內容是什麼，那須至今仍是說得不清不楚。最決定性的關鍵，就是那須沒有接受沙耶香要介紹編輯給他的提議。沙耶香的大學同學在出版社擔任文藝書線的編輯，她曾建議那須要不要把原稿給對方看看，他卻表示自己的文章還不到可以給人家看的程度，拒絕了沙耶香。

如果想當小說家是權宜的藉口，那真正的理由是什麼呢？如果只是想要錢的話，找份穩定正職就好了。那須的確有些奇特，但並沒有個性陰沉或是不擅長人際關係這類的溝通障礙。

不過，沙耶香沒有追究這點。雖然無論問那須什麼事他都會大略給個答案，但每到那種時候，他的表情都很黯淡，籠罩著陰影。

所以，沙耶香故意避開探究那須的過去或內心。她在等那須自己敞開心房的那天——雖然這樣說很好聽，但沙耶香其實是在害怕。不知為何，沙耶香總覺得，當自己知道那須的一切時，他一定會從沙耶香的眼前消失。

來到方格攀爬架頂端的柚莉愛朝他們這裡揮手，沙耶香和父親也揮了回去。

對了，沙耶香突然想到，那須喜歡小孩嗎？

「啊，對，姊妳也一起去吧。」

在坐墊上立起一隻腳，狼吞虎嚥吃著雞翅膀的篤人說著。

篤人說的，是下週舉辦的犬山煙火大會，那是自沙耶香的孩提時代開始就有的活動。過去，他們每年都會全家一起去看煙火，這是安藤家的傳統。飄浮在木曾川上的船隻連續施放大型煙火，將守護犬山城的夜空點綴得絢爛奪目。

「你下週不是要忙嗎？所以我們這週才會這樣回來聚啊。」

「晚上沒關係啦。只有那天的話我可以早點閃人——柚莉愛也想和姑姑一起看煙火吧？」

「想看。」

柚莉愛看著手邊說道。她正拚命用學習筷夾麵線。

沙耶香將柚莉愛那笨拙的手法跟那須的樣子重疊在一起。那須也很不會用筷子。吃飯時，常把食物灑得到處都是。順帶一提，那須的字也很醜。

「那就決定了，姊也一起去吧。」篤人說。

「抱歉，我下星期已經有安排了。」

「妳又要去歐洲嗎？」母親皺起眉插嘴。

「不是啦，只是跟朋友見面。」

「只是那樣的話也不能回來嗎？有個年紀近的女生在，對裕子來說應該也會有些幫助，對吧？」

遭點名的裕子露出苦笑。因為有了肚子，只有她是坐在椅子上。

「姊姊如果願意回來的話我的確會很高興，但不要勉強喔。」

篤人的妻子裕子才二十六歲，所以年齡和沙耶香並不相近。不過，裕子是個個性很好的女生，年輕又貼心，沙耶香的父母很快就喜歡上她了。

「我幫妳出新幹線的錢，妳下星期再回來一趟。」

「不是錢的問題。那是我邀別人的，沒辦法取消啦。」

「講這種話，妳還不是約好要跟我吃飯，又臨時要取消嗎？」

又在說那件事。幾年前母親來東京時她們約好一起吃飯，沙耶香卻在當天臨時取消。理由是外遇男的任性。對方說「我今晚無論如何都想見妳」，讓沙耶香無法拒絕。自己當時為什麼會對那個男人言聽計從呢？現在想起來，實在覺得很不可思議。

「跟媽媽早就約好的飯局可以取消，和朋友玩就──」

「媽。」篤人說。「可以了啦，姊難得回來，不要惹她不開心。」

儘管遭到指責，母親還是氣沖沖地說：「都幾歲的女生了，還跟什麼朋友玩。」接著踏進了廚房。

「對了姊，妳現在一個月薪水多少？」

篤人突兀地問著失禮的問題。不過，其實他是在體貼姊姊吧。他想拿沙耶香領高薪當話題，把姊姊捧到高位。曾幾何時，那個調皮搗蛋又以自我為中心的弟弟學會了體貼別人。時間真的會讓人成長。

「普普通通啦。」正當沙耶香閃爍其辭時，柚莉愛彷彿看準時機般打翻了裝著柳橙汁的杯子。「啊——」眾人齊聲大叫。

所謂的孩子，是多麼令人感激的存在啊。其實過年的時候，他們也是託柚莉愛的福躲過了嚴肅的話題。由於一切都以柚莉愛為中心，周圍的大人也因此得救了。

沒過多久，柚莉愛也睡著了，洗好澡的父親加入，客廳成了只有大人的空間。

大家邊喝日本酒邊聊些無關緊要的話題，談論的盡是某個人現在如何如何之類的。當這些話題也用罄後，沉默降臨，大家自然而然打開了電視。不過，沒有一個人認真看。最後，篤人趴在地上滑起手機。

「阿篤，這種時候不要玩遊戲。」裕子說。

「不是遊戲，我在看網路新聞。」篤人一副「所以沒關係吧？」的樣子。

這麼說來，裕子以前曾經找沙耶香商量，說篤人每個月都花兩萬圓在手機遊戲上課金，請沙耶香讓他別再這樣了。沙耶香就以姊姊的身分打電話給弟弟，給了一番忠告。

過了一會兒，看著手機的篤人一個人喃喃自語：「又不一定只會在日本。」

「什麼不一定？」父親回應。

「逃獄犯。專欄寫說：『鏑木慶一現在也潛匿在日本某處』。」

「啊啊，有可能不在日本了。」

「我倒是覺得他還在。」母親說。「他又沒有護照，沒辦法逃到國外吧？」

「媽，那種人都是搭船逃的啦，走私船之類的。」

「那這樣的話，已經逃走了吧？」

「不知道。」

「就說不知道了嘛。」

「重點是，誰會幫他啊？」

「我在想他是不是已經死了。」裕子也加入討論。

「妳說自殺嗎？不可能。」篤人一笑置之。「會自殺的傢伙才不會逃獄。害怕死刑所以逃走的人結果卻選擇自殺，太好笑了。」

「可是，一直找不到人啊。也有可能是他精神上被逼到極限就選擇死亡了吧。」

「一般人會這樣吧，但這傢伙不是正常人，不會這樣想。他沒多久就會犯下一起殺人案吧。」

「可是我看電視，覺得他或許不是那麼壞的人呢。」母親探出身子說。「有個沒有門牙的男人接受採訪的時候，哭得一把鼻涕一把眼淚，說他工作認真，為人也非常親切。拚了命地講，我看了都好心痛。」

「啊啊，那個阿伯啊。」篤人咧嘴笑道。「那個阿伯自己也有前科喔。」

「啊，是嗎？」

「對啊，網路上都在討論了。」

「什麼啊，原來是這樣，這樣不行。」

「話說回來，沒想到他會在東京吶。」父親將酒杯裡的酒一飲而盡。「該說他很大膽，還是神經很大條呢。」

成為平成最後一個少年死刑犯的殺人魔——那個少年在五個月前從神戶看守所脫逃，至今仍繼續逃逸中。他的名字，叫鏑木慶一。

大約三個月前，大家發現鏑木慶一曾待在有明的工地現場。不光是警方，這件事令所有人都驚訝不已。鏑木慶一似乎自稱「遠藤雄一」，混在其他作業員裡每天上工的樣子。附帶一提，有部分媒體沒有報導鏑木慶一參與建造了明年奧運的網球會場一事，引發議論。雖說是小事，但那些媒體不想將逃獄的死刑犯與神聖的奧林匹克扯上關係的事報出來。

「姊姊，你們公司也會寫這種社會新聞嗎？」

「不會，我們都是美妝和瘦身減肥那一類的。」

「姊，妳住在東京，搞不好有在哪裡跟犯人擦肩而過喔。」

「好怕喔。」沙耶香假裝發抖。

「他或許還在東京呢。」

篤人以這句話結束了這個話題。

沙耶香久違地在老家的浴缸裡泡澡，出來後父親還在獨自飲酒。時間接近十二點，母親和篤人都去睡了。

「爸，你是不是喝太多啦？」

「我沒喝那麼多。」

「你要注意喔，你已經不年輕了。」

「嗯。」

沙耶香坐到父親對面，打開裝著基礎保養品的小包包，把鏡子立在桌上。首先，先讓皮膚吸收化妝水。在父親面前完全不會害羞，但是在那須面前就會有些不好意思。

「沙耶香。」

父親突然喊了自己的名字，沙耶香抬起視線。

「妳皺紋變多了。」

「我要生氣囉。」

真的很破壞心情，那種事沙耶香自己最清楚。

稍微沉默後——

「我不是說要再去工作嗎？」

「啊，嗯。」沙耶香回應，雙手繼續忙碌。

「其實不去也是有辦法生活。當然，要省著點。」

「嗯。」

「而且那樣的話也會一直待在家裡。我又沒什麼興趣。」

「釣魚呢？」

「釣魚偶爾去一次就夠了。」

「是喔。」

父親每兩個月會找一天一大早出門去釣魚。即使成果並不豐碩，本人似乎也很開心的樣子，從以前一直持續到現在。

「明年我就要開始第二人生了。」

父親突然說這些話，令沙耶香停下動作，看著父親。

「妳過妳自己的人生就好。」

「幹嘛突然說這些？」

「對不起，以前一直跟妳囉唆。」

「……」

「只要不給別人添麻煩，什麼生活方式都好。爸爸永遠站在妳這一邊。」

「嗯，謝謝。」

還有，辛苦了。沙耶香在心底說道。

父親工作超過四十年，一直以來守護著家人。沙耶香到了這個年紀，稍微能理解那是件多麼了不起的事。

自己得孝順父母才行呢——沙耶香坦率地想著。

不久之後，父親也睡下了。夜闌人靜裡，沙耶香拿著手機走到庭院，坐在緣廊上。夏天的夜風十分舒爽，掛在天空中的那輪滿月彷彿夏蜜柑般，柔和了四周的黑暗。

「吶，你那邊也看得到滿月嗎？」

〈沒有，我窗簾關著。〉電話另一端的那須回了沙耶香一個無聊的答案。

「你打開看看嘛，很漂亮喔。」

〈等我一下。〉電話裡傳出移動的聲響。〈嗯，看得到。〉

「怎麼樣？很漂亮吧？」

〈嗯……對啊。〉

沙耶香忍不住噗嗤一笑。

〈有什麼好笑的嗎？〉

「隆士，你不是個浪漫的人呢。」

和夢幻的外表不同，這個青年的內在完全是根木頭。不過，那樣也好。那須隆士這個人就是有各種不協調的地方，這就是他的魅力。

「你今天一個人做了什麼？」

〈做工作。〉

「不只有工作吧？」

〈當然不是只有工作。〉

「那你仔細跟我說說你這一天是怎麼過的。」

就像女高中生纏著男友一樣，沙耶香試著那樣說道。自從和那須同居後，長久以來退到內心深處的少女心頻頻探出頭來。

〈我打掃房間、洗衣服、做飯。做一人份的食物意外地很難——〉

「等一下，你洗衣服了？」

〈嗯，洗了。〉

洗衣機裡應該放了很多沙耶香的內衣褲才對。

「那是我的工作。」

〈可是，因為積了很多。〉

「沒關係。我就是為了可以積很多才故意買大洗衣機的。」

一個人住的上班族只有假日能洗衣服，所以沙耶香才特地買了 BEAT WASH 這款巨大的直立式洗衣機。

〈對不起，妳不高興了嗎？〉

「與其說不高興……」其實是不好意思，只是這樣而已。「以後注意就好。」

之後，他們聊了些無關緊要的話題。沙耶香其實沒什麼重要的事，兩人明天就能在家裡見到面了，想說多少話都行。但只是這樣分開一天就好想聽他的聲音，自己真的變回少女了。

最後，他們以平常的「晚安」結束對話。不這樣，這一天就無法結束。

自己果然喜歡上他了吧。

沙耶香彷彿被吸引似地盯著滿月，感慨地想著。

13

沙耶香抵達品川站，從車站搭上計程車。雖然也擔心這樣是不是太奢侈了，但她決定放縱一下。每次回名古屋都是一身疲憊地回來，加上這次又有這麼大量的行李。

順帶一提，這些行李大部分是伴手禮。雖然也有給公司同事的份，但有一半是為那須買的。那須說自己沒去過名古屋，所以沙耶香想讓他吃些名產，東拿西拿，把東西放進購物籃裡後，沒多久雙手便塞滿了。

時間快到晚上八點。由於是星期天，路上的車子沒有那麼多。計程車行進在花房山通上，不時被紅綠燈攔下。

沙耶香靠著座椅，從包包中拿出手機打開 LINE。果然還沒看到訊息。從名古屋出發時，沙耶香打了「我現在要搭新幹線了」的訊息給那須，他雖然有回覆，但「我到品川了」的這則訊息卻連已讀都沒有。沙耶香按下通話圖示，結果也沒打通。這大概不是因為電話沒電，而是那須現在處於沒有網路的環境吧。

那須的手機沒有跟任何一家電信公司簽約。也就是說，他只有空機，只能在可以連到 Wi-Fi 的環境下使用網路，當然也沒有電話號碼。不過，要那須說的話，只能用公共 Wi-Fi 似乎也沒有哪裡不方便的樣子。還真像現在年輕人的風格。

無論如何，可以確定那須外出了。他到底去哪裡了呢？

不久，計程車抵達沙耶香住的大廈前。年約五、六十歲的司機幫沙耶香從後車廂拿出大量行李。話說回來，她還買了真多東西，連自己都不禁傻眼。

好！沙耶香打起精神，雙手提起行李走向大廈大廳。為了開大門自動鎖，沙耶香暫時將行李放到地上，從包包取出鑰匙，不過她沒有插進鎖孔，而是按了自家的四〇三號室門鈴。

五秒、十秒。看來，那須還沒有回來。什麼嘛，本來希望他能開門迎接自己的。沙耶香嘛起嘴巴。明明平常不出門，這種時候不出去也沒關係吧？等那須回來，沙耶香可要跟他抱怨一番。

沙耶香插入鑰匙，旋轉。大門解鎖打開時——

「沙耶香。」

有人從後方喊道。一回頭，沙耶香杏眼圓睜，倒抽了一口氣。

沙耶香的眼前站著一個男人。矢川直樹，沙耶香交往……不，是陪他婚外情八年的男人。

「好久不見，妳還好嗎？」

沙耶香出不了聲，取而代之後退了一步。

「妳不要那麼戒備啦。」

「……你來幹嘛？」

半年不見的矢川外表十分憔悴。曾經，身上散發的年輕活力讓他充滿魅力，如今的他卻像是一口氣衰老一樣，看起來就像實際年齡的四十五歲。

「妳回老家嗎?」矢川看了一眼沙耶香手上的行李。

「……請問你來是有什麼事嗎?」

「什麼啊,用這麼客氣的方式講話。」

「請回去吧。」

「聽我——」

矢川打住,因為有住戶從外頭進來。自動鎖大門打開了,對方道了句「晚安」,穿過沙耶香他們身旁。

「我只是來拿東西。」待住戶的身影走遠後,矢川再度開口:「我的東西一直擺在妳家沒拿。」

「你的東西我全都丟了。」

「妳說謊。妳現在戴的耳環是以前我送的吧?」

「……」

沙耶香耳朵上掛著的這對耳環的確是矢川送的禮物。她沒多想就戴了……不過,她之前想過這副耳環已經可以丟了。

沙耶香本來真的打算要在近期內將矢川放在家裡的東西的都丟掉。神奇的是,當她對矢川的感情消失後,那些東西是不是放在家裡,對沙耶香而言都成了瑣碎的小事,反而就這樣一直放著沒管了。

「我之後寄給你。請你回去。」

「我難得過來,不要這樣不理人嘛。我一直在這裡等妳耶。只要打包必要的東西,我馬上回去。」

又有住戶過來了,這次是從裡面出來。對方訝異地看著沙耶香他們,離開了大廳。

「拿完東西候，就請你真的要馬上離開。」

語畢，沙耶香提起行李跨出腳步，和矢川一起穿過自動鎖大門。「我幫妳拿一半。」矢川伸出手說。

「不用了。」沙耶香拒絕了。

他們搭進電梯。電梯門關上，向上攀升。

「好懷念喔。」

矢川喃喃自語，沙耶香沒有回應。

這個男人是拿什麼臉過來的呢？半年前，當矢川的妻子發現他外遇時，這個男人毫不猶豫地拋棄了沙耶香，還當著沙耶香的面明明白白地說自己「只是玩玩而已」。

當矢川的妻子朝沙耶香破口大罵時，他沒有為沙耶香說話。在沙耶香挨了一巴掌時，矢川把頭撇開了。

出了四樓電梯，穿過走廊，站到自家門前時，沙耶香真心覺得還好那須不在家。

沙耶香回過頭。

「請跟我說你需要什麼，我去拿來。」

「意思是妳不讓我進去？」

「當然。」

矢川嘆了一口氣。「那妳幫我拿我的一套西裝過來。」

沙耶香解開門鎖，打開家門。她一踏入玄關，矢川便跟在她身後也一起進來了。

「喂！」沙耶香轉身吼道。

「不要這麼冷淡。我自己打包。」

矢川說完迅速脫掉鞋子，擅自走進客廳。

矢川打開客廳電燈，看了一圈說：

「沒什麼變呢。」

接著，他在沙發上坐下。

「不要坐。」

沙耶香馬上說道。

「至少聽我說點話嘛。」

「你不是來拿東西的嗎？」

「好了，冷靜點。妳什麼時候變得這麼歇斯底里了？妳不是這種人吧？」

矢川的這種說法令人惱火無比。「沒事的話，現在馬上給我出去。」

「我就說有事啊。我希望妳聽我說。」

「說什麼？如果是什麼『很抱歉傷害了妳』的話，不需要。我已經忘記你，不想再想起來了。」

這是真心話。更進一步說的話，是「連想都沒想起來」。自從那須來到家裡後，沙耶香真的漸漸不再想起矢川。對她而言，眼前這個男人屬於遙遠的過去。

「那之後啊，發生了很多事。」

矢川手指交疊，自顧自地說了起來。儘管並非本意，情況卻變成沙耶香站著聽他說。

矢川開始長篇大論，重點似乎是他和妻子離婚了。

「我覺得如果沒有正視自己的心意，我會後悔一輩子。即使拋下妻子和孩子也要這麼做。」

矢川神色凝重地看向自己，沙耶香則是無動於衷地俯瞰矢川。

沙耶香的直覺告訴她這是謊話。離婚或許是事實，但矢川一定不是主動拋棄，而是被拋棄的那個人。

「作為一個了斷，我連工作也辭了。因為我轉念一想，想要與妳一起共度人生。」

這恐怕也是謊話，他大概是被開除了吧。

矢川過去在外資金融公司擔任業務。在婚外情曝光前，他工作上就被捲進了麻煩。矢川告訴沙耶香，他的直屬上司長年盜用公款，有可能會連累到無辜的自己。沙耶香當時很同情矢川，但如今想起來，就連這件事都很可疑。其實，盜用公款的人應該是矢川自己吧？

像這樣跳脫出來、冷靜地觀察矢川這個人後，沙耶香開始覺得他是個用虛偽外觀掩飾一切的人。追根究柢，他也對沙耶香隱瞞了自己有家室的事。

「沙耶香，妳要不要和我重新來過呢？」

就連這種話也不會再令沙耶香內心掀起任何的波瀾了。因為交往時被施下的魔法已經全部解除。

「抱歉，我辦不到。」沙耶香語氣冷靜卻十分明白地說。「知道你有太太和小孩，還繼續和你交往是我自己的決定。所以，我不恨你。不過，也請你以後不要再跟我接觸了。」

大概是沙耶香的回答出乎意料吧，矢川顯得狼狽無措。「我現在沒有太太也沒有小孩，我們能光明正大地一起生活喔。」

「重點不是這個，我已經對你沒有留戀了。」

「……妳有其他男人了嗎？」

「跟你沒關係。」

「告訴我，妳有男人了嗎？」

沙耶香頓了一下，點點頭。

「……麼玩笑。」矢川視線垂地，掀唇低喃。他是說開什麼玩笑嗎？

「我和你已經結束了，請你離開。」

沙耶香再次宣告。

不過，矢川沒有起身的意思。他咬住下唇，一直望著眼前的虛無的空氣。

「我拜託你回——」

「分手費。」

「啊？」

「我叫妳付分手費，如果要分手的話。」

沙耶不知道該怎麼回答，她無法理解矢川在對自己說什麼。

「我失去家庭和工作，為什麼只有妳一個人像是什麼事都沒發生過一樣重新出發啊？」

「我付了你太太賠償金。」

「那個我可沒拿喔。」

「開什麼玩笑，我為什麼要給你？」

怒意湧上沙耶香的心頭，身體頃刻被激動給填滿。

「你給我快點出去，不要再出現在我眼前了。」

沙耶香一說完，矢川馬上奮力起身。

沙耶香後退，卻立刻撞到牆壁。

「妳什麼時候能這樣跟我說話了？」

矢川步步逼近自己。

「你別過來。」

「沙耶香，妳其實還對我——」

矢川把手伸向沙耶香，沙耶香撥開他的手。

矢川臉色一變，露出憎恨。

沙耶香雙手手腕遭矢川擒住，以一股極大的力道。

「放開。」

沙耶香絆了一跤，和矢川一起倒在地上。矢川像摔角比賽般壓在沙耶香身上。

「放開我！」

「妳以前喜歡我激烈地上妳，對吧？」矢川在沙耶香耳邊吐著粗喘的氣息。

「不要——！」

矢川的唇在沙耶香的脖子上遊走，沙耶香拚了命地抵抗。然而，力量的差距無可動搖。在男人的暴力面前，女人無能為力。

身上的 T 恤被掀起來，然後是牛仔褲的扣子被解開，褲子遭扯下。沙耶香扭動身軀拚命掙扎，不讓褲子被脫掉。

就在彼此不斷展開的攻防中，矢川突然僵住，停下所有的動作。

沙耶香戰戰兢兢地從下方抬頭，只見矢川以立起上半身的姿勢脖子轉向一旁，瞪著走廊。

沙耶香順著矢川的視線看過去，倒抽了一口氣。

戴著棒球帽的那須正站在玄關，手上拿著印有熟悉標誌的塑膠袋。那是附近超市的袋子。

矢川鬆開沙耶香，站起身。沙耶香馬上整理凌亂的衣服。

「你們住在一起喔？」

矢川沒有特別在問誰，嘴角浮現淺笑。

「你快出去！」

癱坐在地的沙耶香大吼。

「好好好，打擾了。」

矢川忿忿不平地說，走向玄關。沙耶香瞪著他的背影。

最後那須在玄關和矢川相對而立。他迅速往旁邊一站，空出矢川的動線。

「你還真年輕耶。你喜歡年紀大的嗎？」

矢川問，那須沒有回答。

「跟這種女人生活沒什麼好事喔，這女人是瘟神。啊，反正你也是玩玩——」

矢川的話突然中斷。

他目不轉睛地盯著那須的臉看。那須像是避開矢川的視線般轉過身，脫鞋走向沙耶香。矢川瞇起眼，懷疑地看著那須的背影。

「你趕快給我出去！」

沙耶香再次大喊。矢川終於開門走了出去。

幾乎與門關上同時，淚水從沙耶香的眼裡潰堤而出。

那須什麼話都沒有說，只是跪在沙耶香身旁，一直輕撫她的背。

14

隔天下午。沙耶香和花凜一起離開她們的辦公大樓，準備去吃遲來的午餐。頭頂上的陽光還是老樣子，她們盡可能地走在有陰影的地方。

因為花凜想吃中華涼麵，兩人便走進一家店門口擺出「開始販售！」的簡餐餐廳。大概是下午兩點過後的關係，店裡相對空曠。

「咦？前輩，妳今天眼睛是不是腫腫的啊？」

入座後兩人一面對面，花凜便問道。

「我睡眠不足。我看了之前積的連續劇，結果不小心太晚睡了。」

沙耶香把手伸向裝了水的杯子。

「連續劇嗎?我這季一部都沒看。」

兩碗中華涼麵上桌，她們邊吃邊聊。花凜說她用七月進來的獎金買了一個價格高達九十萬的愛瑪仕包。雖然花凜的薪水也很高，但沙耶香覺得這樣還是超出了她自己的能力。當然，沙耶香不會說這種類似找碴的話。

「我想當成給自己的慰勞，發狠買了下來，結果好像錯了。」

「為什麼?」

「因為帶來上班會不好意思，不過要是帶去聯誼或約會的話，感覺會被認為是愛花錢的女生。」

「那妳幹嘛買啊?」

「我是後來才想到的啊。」

花凜皺起臉嘆了一口氣。

「妳光明正大拿著就好了吧?因為那是妳努力的證明。而且我覺得，男人就算認得出來愛瑪仕，也不至於知道那個包包多少錢。」

「說的也是呢。」

花凜雖然看起來是這樣，卻不是想要麻雀變鳳凰的女孩。當然，她似乎不喜歡對象的年薪比自己少，但花凜說過，那是因為考量男方的立場，若自己的薪水讓對方畏縮的話，對方好像很可憐。花凜說，只要對方做著一般的工作，好好愛自己的話那樣就好。

「我是沒有在等什麼白馬王子啦。」

花凜抱怨，「咻咻咻」地以光澤的嘴唇吸麵。

白馬王子……嗎——

那須的形象跟白馬王子很接近，是那種若是介紹他是新生代的帥哥演員，別人也會毫無異議認同的外貌。不過，其實那須沒有固定的工作，是個沒有家的人。

儘管如此，那須對沙耶香而言果然還是王子吧。

昨晚矢川離開後，沙耶香整整哭了一個小時。那須沒有要問任何事的表示，只是默默無語，靜靜地在一旁陪伴、支撐著自己。沙耶香不知有多麼感激。最後，她也覺得自己是為了那須的溫柔而哭。

之後，沙耶香將事情的經過一五一十全部告訴了那須。那須只問了一句：「妳要報警嗎？」雖然沒想過這一層，但那的確是性侵未遂。不過，沙耶香回答說不必。她不是忍氣吞聲，而是死也不想再和那個男人有任何瓜葛了，那只會讓她自己覺得很悲慘。雖然不能抹去八年的歲月，但她也不願再玷汙曾有的回憶。當沙耶香這麼說後，那須理解似地頻頻點頭。

然後，昨晚沙耶香第一次和那須一起睡覺，是沙耶香自己要求的。兩人在床上並沒有發生什麼事，連手都沒牽。

然而，只是感受著那須的溫度，沙耶香便能入眠、便能結束糟透的一天。

「好久沒去前輩家住了喔，這週末要不要去玩一下呢？」

先吃完麵的花凜說道。

「這週末……不行。」

「為什麼？」

沙耶香慌了，她沒有準備好理由。

「好可疑。」花凜向沙耶香投以懷疑的眼神。「這位小姐，妳最近不但都很早下班、拒絕跟我去喝酒，還說不能去妳家，怎麼想都很可疑喔。」

花凜以警察逼問犯人的口氣問道。

「老實招來，妳交新男朋友了吧？」

儘管沙耶香試圖敷衍，花凜卻緊纏不放。招架不住的沙耶香最後放棄，將家裡有個同居中男人的部分坦承相告。

「不過，不是男朋友那種感覺。」

「住在一起不可能不是男朋友吧？所以他多大？做什麼工作？你們怎麼認識的？」

花凜連珠砲似地發問。沙耶香告訴花凜對方和自己同年，在證券公司上班。她實在說不出同居中的男人是自家公司雇用的外部寫手，還有年紀很輕、比自己小一輪的這種事她打死也說不出來。

「住在一起卻不上床有點糟吧？前輩，他是不是沒把妳當女人啊？」

花凜丟出直球發問，而且還很大聲。

「要妳管。」沙耶香用食指抵著嘴巴。

「是前輩妳拒絕他嗎?欲擒故縱?」

「囉唆。這樣又沒什麼不好。」

花凜進一步詢問各式各樣的問題,沙耶香都沒有理她。

「話說回來,妳也沒找我商量就偷偷做這種事……」花凜鬧彆扭似地看向沙耶香。「總之,短期內要介紹給我認識喔。」

「以後吧。」沙耶香含糊地回答。雖然覺得如果是花凜的話應該沒關係,但那須一定不喜歡這樣吧。感覺他會說「請容我拒絕那種場合」。

餐後,沙耶香她們點了冰紅茶,正在喝時,沙耶香工作用的手機響了起來。是不認識的號碼。沙耶香想著大概是某個客戶,於是接起了電話——「喂,是我」結果出現了她認識的男聲,身體瞬間凍結。打電話的人是矢川。沙耶香說不出話。花凜很奇怪地看著沙耶香的樣子。

沙耶香向花凜比了個道歉的手勢,起身快步離開簡餐店。蒸騰的熱氣包圍著身體,沙耶香曝曬在刺眼的陽光下。

〈昨天很抱歉。〉

「你怎麼知道這支電話的?」

〈我打電話到妳公司他們說妳不在,我就拜託對方告訴我妳的手機。〉

沙耶香嘖了一聲。矢川一定假裝自己是工作相關的人吧。

「你再糾纏不清的話我就要報警了。」

〈意思是妳還沒報警吧？〉

「對，但要看你的表現。」

〈別擔心，我答應妳不會再做什麼了，所以昨天的事就讓它過去吧。〉

原來如此，矢川是害怕警察會介入昨晚的事嗎？

「我沒有打算報警。相對的，也請你不要再出現在我面前。」

〈嗯嗯。真的很抱歉。〉

沙耶香將手機拿離耳朵準備掛斷電話時，〈那個金髮的高個子是什麼來歷？〉矢川說道。

「跟你無關吧？」

〈我看他的外表才二十歲左右吧。是那種在玩樂團，紅不起來的人嗎？〉

「我說了跟你沒關係吧？」

〈那傢伙到底是哪裡來的？〉

「我要掛了。」

〈妳不覺得那傢伙很像一個人嗎？〉

「……像誰？」

〈那個逃獄犯啊，鏑木慶一。〉

沙耶香想回答「別說蠢話了」卻說不出口。

因為，那一瞬間沙耶香腦海裡勾勒的逃獄犯長相，跟那須很像。

〈託妳的福，我現在很閒，每天都在看電視。昨天白天播的wide show剛好也在談那個逃獄犯，可能是大腦不知不覺留下他長相印象的關係，昨天看到那個金髮的臉時，我就有種「嗯？」的感覺。後來我重新在網路上查了一下，覺得他們果然有種很類似的感覺。乍看雖然像不同人，但連身高都差不多吧？〉

「……」

〈喂，沙耶香，妳有在聽嗎？〉

「……你不要開玩笑。」沙耶香聲音顫抖。

〈我也不是認真的啦。所以，妳有好好了解那傢伙的來歷喔？〉

「當然有啊。他的駕照和護照我都有看過。」

〈什麼啊，是喔。〉矢川像是瞬間失了興趣。〈我還想說就算不是逃獄犯，妳這個人一定是被很糟糕的傢伙利用了。〉

這個男人也不看看自己，在那裡說什麼啊？

〈嗯，都這個地步了，那個逃獄犯也不可能潛匿在東京了吧？〉

「……這是當然的吧？」

最後，矢川做作地說了句「祝妳幸福」後，掛掉電話。

沙耶香無法動彈。明明暴露在強烈太陽光的直射下卻無法從原地踏離一步。

其實她並沒看過那須的駕照和護照。因為那須沒有任何能證明身分的證件。

難道說？不可能有那種事。那種離譜的事——

沙耶香提著一顆心。

她看向手中的手機，慢慢移動手指，打下「鏑木慶一」，以Google搜尋。

接著，她按下圖片按鈕，畫面馬上顯示出好幾個鏑木慶一的長相，都是沙耶香曾經在某個地方看過的內容。即使不願意，現在走到哪都會看到這個重大罪犯的長相。

可是——完全不像吧？起初，沙耶香雖然這麼想，但她的臉龐漸漸失去血色。因為，與矢川相同的感想正在沙耶香心底擴散開來。

乍看完全是不一樣的人，然而仔細看的話，的確很像。例如鼻子，還有嘴唇。只要把焦點鎖定在一個地方就會很清楚。眼睛也是，印象中，那須拿下變色片時的樣子跟手中的這張圖片極為神似。

之後，沙耶香呆站在那裡多久了呢？儘管思緒不停打轉，卻始終沒有向前，一直在原地踏步，大腦彷彿在拒絕思考。

「前輩。」

背後傳來聲音。一回頭，花凜就站在身後。

「因為妳一直都不回來我就出來了。」

「……結帳多少錢？」

沙耶香好不容易擠出這句話。

「我請妳啦，當作小小的慶祝。」花凜拋了個媚眼。

沙耶香沒有道謝，和花凜一起邁出步伐。

「快點回室內避難，要烤焦了、烤焦了。」花凜說。

沙耶香拚命擺動雙腳，身體彷彿不是自己的，感覺只要稍有放鬆，就會倒在這加熱後的柏油路上。回辦公室的路上，花凜好像一直在說些什麼，但沙耶香一個字也記不起來。

沙耶香將手放在T字型門把上停了下來。她第一次這麼害怕進去自己的家，甚至覺得呼吸困難。感覺就像是有毒蛇猛獸在門後等她一樣，沙耶香跟這份恐懼戰鬥著。

午後的工作一團混亂，沙耶香簡直像新人一樣，連續犯了好幾個粗心大意的錯，她很久沒有像今天那樣挨室長稻本的罵了。

沙耶香深呼吸一口氣，下定決心，壓下門把。

她比平常用力地打開家門，努力開朗地說：「我回來了——」

那須從屋裡的走廊現身，他每次都會這樣出來迎接沙耶香回家。

「沙耶，妳回來啦。」

聽到那聲音的瞬間，沙耶香不寒而慄。汗毛直豎指的就是她此時此刻的狀態。

沙耶香看著地板拖鞋，穿過那須身邊走向客廳。

途中，她在洗臉檯洗手、漱口。鏡子裡自己的臉龐僵硬得很明顯。沙耶香有意識地試著微笑，不過笑容歪七扭八的。

沙耶香移到臥房，換上家居服，走向客廳。那須背對著自己站在廚房。沙耶香坐進沙發。

「因為妳之前說喜歡吃辣，所以我今天就挑戰了一下甜辣味噌炒苦瓜冬粉，不過味道可能有點太重了。」

「感覺很下飯啊。」

「我試了好幾次味道，結果味覺好像漸漸麻痺了……聽起來很像藉口吧？」

「做菜常會這樣嘛。」

就連這樣的對話，沙耶香都是拚了命才說得出口。她不知道假裝若無其事是這麼困難的一件事。

不久，她坐到餐桌旁開始用晚餐，然而，沙耶香卻完全吞不下食物，明明肚子空空卻沒有一點食欲。

「味道果然有點太重了嗎？」那須抱歉地問。

「不會，剛剛好。」

沙耶香微笑，機械式地移動筷子，一邊定時看著那須的手。

那須右手中的筷子還是老樣子，夾漏了好幾次食物。

沙耶香原以為是那須的手不靈巧，但或許不是這樣。那須會不會其實是左撇子呢，跟那個逃獄犯一樣。

接著，沙耶香不著痕跡地將視線移向那須的嘴邊。那裡沒有痣。逃獄犯鏑木慶一的左邊嘴角有顆直徑三公釐左右，很明顯的黑痣。那須沒有。

然而，沙耶香很清楚。只有洗完澡後，那須左邊的嘴角就會出現一顆痣。

他平常都用化妝品隱藏起來。只要塗上深色遮瑕膏，簡簡單單就能蓋掉一顆痣。

沙耶香原本還以為那須大概是對那顆痣感到有些自卑，以為是違背他的審美觀所以才想蓋掉的。

用完晚餐，他們按照每晚的習慣一起看了外國影集。只是，唯有今天的內容沙耶香怎麼都看不進去。

她在腦海中不停地對身旁的那須問：

你到底是誰？你是什麼人？

沙耶香心中仍然半信半疑。沒有任何明確的證據顯示在這裡的那須隆士就是逃獄犯鏑木慶一。他們只是長得像，只是這樣而已。據說，世界上存在著三個和自己長相一樣的人。那些明星臉也有人像得分不出誰是本尊。沙耶香像是在鼓勵自己，反覆舉出那些迷信和特例。

然而，她內心深處或許早已放棄了。或許，也已經認定了。

因為，如果那須隆士就是那個逃獄犯的話，沙耶香平日裡感到奇怪的地方就全都有了解答。

那須沒有住的地方也沒有身分證。他不想出門，以及臉上總是帶著妝。要說小細節的話，還有很多其他地方，像是那須不在家裡收寄來的東西。這棟大廈設有宅配箱，收件人不在時東西就會放到那個箱子裡。儘管那須一直在家，他還是選擇去宅配箱取回沙耶香的物品。

此外，關於他年紀輕輕卻開始做外部寫手的事也能理解了。因為可以不用露臉賺錢。為什麼是沙耶香他們公司呢？大概是因為能親手領取稿費的關係吧。對沒有銀行帳戶的人而言，沒有什麼比這樣更值得慶幸的事了吧。

沙耶香在浴缸中也一直在思考這些問題。她越思考，那「只是剛好長得像」的一絲希望便越來越稀薄。兩人就是同一人的答案，不容撼動地重重壓向她。

不知不覺間，熱水變涼了。沙耶香按下加熱鍵，從浴缸起身。

「妳今天泡了很久呢。」

沙耶香邊拿毛巾包頭髮邊回答：「我好像不小心在發呆，大概是累了。」

「是中暑嗎？」

「嗯，感覺是。」

之後，那須拿著換洗衣物走向浴室。不久，浴室傳來沖水聲。原本一如往常在做臉部保養的沙耶香停下了手中的動作，站起身。

她迅速打開衣櫃。裡面收著那須的行李箱。沙耶香一拿出行李箱便感受到相當的重量，裡面塞得滿滿的。然而，行李箱上卻裝了一個小型掛鎖，這樣就沒辦法打開了。

沙耶香把行李箱放回原位。她的手改伸向那須擺在客廳角落的背包。她戰戰兢兢地看向裡面，包包裡除了衣服、錢包、化妝包外，還放了好幾本書。沙耶香抽出其中最厚的一本，原以為是字典的那本書原來是《六法全書》。那須為什麼需要這種東西呢——

此外，其他則是些失智症、阿茲海默症的相關書籍。沙耶香越來越不明白了。

接著，沙耶香拿起錢包，那是個貌似量販店在賣的便宜貨。打開來，裡面有三萬圓左右的鈔票和一些零錢，一張卡都沒放。僅僅如此便知道這是個異常的錢包。

接著打開的是化妝包。裡面裝了粉底、遮瑕膏、古銅餅、打亮餅、腮紅、彩妝噴槍、眼線筆、睫毛夾，品項齊全得連女孩子都汗顏。

沙耶香之後又徹底調查了包包的每一個角落，卻沒有發現特別值得提起的東西。重要物品和不能被看到的東西一定都放在行李箱內。

沙耶香抱著試試看的心情也去碰了那須擺在桌上的手機和電腦，但果然全都設定了密碼。那須的手機和電腦都是好幾年前的機型，大概都是二手貨吧。這種東西到處都有在賣，任何人都能輕易得手。

沙耶香之後也繼續按照順序、毫無遺漏地拿起那須為數不多的私人物品，甚至還翻了垃圾桶。

她雙手一邊忙碌、一邊想著自己為什麼要做這種事。明明只要直接問那須就好了。如果害怕的話，只要跟他說一句「我希望你離開」就好，那須肯定一句話也不會說就直接離開吧。不，重點是沙耶香應該報警才對，跟警察說逃獄犯就在我家——

沙耶香大概在尋找吧，但並不是那須隆士就是鏑木慶一的證據，而是事實並非如此的證據——

最後，沖水聲停了，沒多久，臉頰紅通通的那須走了出來，和往常一樣戴著方框眼鏡。

沙耶香不著痕跡地靠近那須觀察他的臉、他左邊的嘴角。

沙耶香再度絕望。那裡果然有著沙耶香不希望它存在的東西。

沙耶香稱自己身體不太舒服，比平常更早上床睡覺。「請多保重。」那須的這句話聽起來也還是有種可怕，以及淒涼的感覺。

沙耶香裹著棉被，在黑暗中品嚐深層的絕望。她沒有流淚，只是靜靜地用身體感受絕望。最後，一種內心似乎有什麼漸漸在崩壞、漸漸失去的感覺向她襲來。她像沙堆承受著風，形體隨風消散，越來越小……

半夜，沙耶香彷彿夢遊症病患般爬出被窩。她悄悄打開門，凝視著黑暗中的那須。那道在客廳中央、躺在被子裡的明確身影，呼——呼——發出規律的鼻息。

沙耶香就這樣站著，一直聽著他的鼻息。

由於睡眠不足，沙耶香隔天一整天都充滿了倦怠感。她完全無法投入工作，身旁的人都感到奇怪，然後又被稻本訓了一頓，慘不忍睹，但她毫不在意。那種事一點也不重要。

另一方面，沙耶香回家後就跟平常一樣度過。她和那須正常地聊天，一起吃飯、看連續劇，過著和之前並沒有什麼不同的兩人夜晚。反而是待在公司時會出現更大的恐懼與不安。

當然，沙耶香的腦海裡想過——這個男生殺了人吧。想著他是個被判處死刑後甚至還逃獄、十惡不赦的罪人吧。然而，她總覺得那一切和自己眼前的人以及這裡的現實有種脫離感。沙耶香的心很神奇地不會連結到恐懼。

是因為麻痺了嗎？沙耶香迎著蓮蓬頭的熱水分析自己。自己的內心一定打了麻醉藥吧？那或許是劑讓她遠離恐懼與道德倫理的猛藥。

「總覺得妳今天好奇怪。」

那須點了出來，沙耶香自然地露出笑容。

這晚，沙耶香再次邀請那須上自己的床。儘管那須很為難，沙耶香還是推著他，將他強拉到床上。

沙耶香緊緊擁著那須入眠。為什麼呢？只要這樣，沙耶香便能安心。明明一分開就會害怕，但只要貼在一起就不怕了。只有自己知道這股矛盾的心情和感覺。然而，其中的本質連沙耶香自己也不是很明白。

之後，沙耶香變得很沒動力去上班。從踏出家門的那一瞬間起，憂愁便緊緊纏繞心頭，直到回家前絕不鬆開，一直令她感到沉重、煩悶、難以呼吸。

儘管沙耶香每天都費盡力氣去工作，但她不知道何時會中斷。只要缺勤一次，自己一定就再也不會去公司了吧。

沙耶香覺得很沒意義。無論是工作還是日常生活，一切都很沒意義。只有在家裡的非日常，是沙耶香認真面對的空間。

15

這一天工作結束後，室長稻本邀沙耶香去吃飯。沙耶香當然有拒絕，但稻本並不接受。她拉著沙耶香的手臂說：「就算妳得流感我都要帶妳走。」大自己七歲的女上司展現前所未有的強硬。

沙耶香被強行帶上計程車，來到一間位於猿樂町，地點十分隱密的日式餐廳。稻本似乎有預約，店員帶她們走進一間雅致的包廂。

稻本和沙耶香各自點了啤酒和烏龍茶，舉杯乾杯。

稻本「咚」地一聲將玻璃杯放到桌上後，開響第一砲。

「妳知道我為什麼邀妳來吃飯嗎？」

沙耶香垂著頭說：「因為我最近工作一直出錯。」

「妳現在的工作狀態不是出錯這種程度。」稻本嘆了一口氣，探出身子盯著沙耶香的眼睛。「不過，工作什麼的並不重要。安藤，妳能把現在跟妳同居的人介紹給我認識嗎？」

沙耶香抬起頭。

「是楠木告訴我的。」

是花凜。

「是我逼問她的，妳不要怪楠木。她說妳是跟新男友同居後開始變奇怪的。」

「跟那沒有——」

「楠木哭了。她說她想幫妳，妳卻躲著她，問妳什麼都不回答。那孩子很仰慕妳，擔心得不得了。」

沒錯，沙耶香一直無視花凜。就算花凜找自己說話，但除了工作上的事，沙耶香一概不回答。好幾次的電話和LINE，沙耶香也都沒有回。

「我也一樣，邀妳來這間公司的人是我，妳也是我的屬下。可是，妳對我而言不只是這些。」

「……謝謝。」

「道謝就不用了。所以，發生什麼事了？」

「……」

「連我也不能說啊。」

「沒什麼特別的事。」

「那介紹妳男朋友給我認識。」

「……」

「不行嗎？不能讓我們見面嗎？」

沙耶香很生氣。這種質問的口吻算什麼？我怎麼可能讓那須見妳這種人？

「難道說，妳是和之前那個人復合了之類的嗎？」

「不是這樣。」

沙耶香馬上否認。稻本露出微微沉思的表情。

一陣沉默後。

「妳之前一直跟別人在談婚外情對吧？」

沙耶香很驚訝。稻本為什麼會知道？自己明明沒有跟任何人說過。

「果然。」稻本了然般地嘆了一口氣。「我一直有這種感覺。」

這位女上司的直覺有多敏銳啊。

「我之前也說過，因為妳跟我很像。」

也就是說，稻本過去也談過婚外情嗎？雖然事到如今這種事已經不重要了。

稻本直視著沙耶香，再次開口：

「接下來是稍微有點年紀的女人的說教——明知會不幸的戀愛，請自己結束。請去談會被周圍祝福的戀愛，去愛那樣的人。」

稻本口氣堅定。

「……我知道了。」

「妳真的懂了嗎？」

「嗯，懂了。」

「那就好。」

「抱歉讓妳擔心了，我會好好做的。」

「嗯，好好做。」

「好。」

「好，吃飯吧。」

之後，她們在餐廳裡待了兩個多小時。高級的餐酒和稻本的話全都讓沙耶香感到厭煩。我這個人什麼時候變得這麼扭曲了呢？對為自己好的人說的話充耳不聞，甚至一絲感激的心情都沒有。

沙耶香不禁覺得，設身處地為自己著想的稻本和花凜，終究是外人。

她一直抱著「好想趕快回家喔」的想法。

或許，稻本也有察覺自己的這種心情。不過，那樣也無所謂。沙耶香不需要別人擔心，拜託不要管她。

「對了，隆士，第一次見面的時候，你為什麼願意和我一起吃飯？感覺你會對和初次見面的人吃飯這種事敬而遠之。」

沙耶香在被窩中問道。雖然嘴上說什麼「對了」，但其實她一直很想問這個問題。好想問好想問，卻不敢問的問題。

因為可以利用妳——儘管沙耶香知道那須不會那樣說。

「因為我那時候肚子很餓。」

「你是認真的嗎？」

「嗯，認真的。」

「什麼啊，原來是這樣。」

雖然不知道是不是真的，但沙耶香決定坦率接受這個答案。

「還有——」那須停了一下，喃喃地說：

「或許是，我想和人親近……吧。」

沙耶香沒有回應，她的心揪成一團。

那須察覺到了吧？察覺到沙耶香發現了。但無論是那須還是沙耶香，都絕不會碰觸這個問題。

只是，那須最近不再戴眼鏡也不化妝了，那顆獨具特徵的痣一直浮在他左邊的嘴角。還有，他開始用左手拿筷子。也就是說，是那麼一回事吧。

和那須隆士一起生活就快三個月了，炎熱的夏天也終於看到了盡頭。

不久，人們就要迎接秋天，冬天會在不知不覺間來訪。迎來冬日後，便盼望溫和的春天，任思緒馳騁在遙遠的夏天。

她會和那須握著手描繪這樣的循環。明年一樣，後年也一樣，永遠……

我必須守護他。就算自己沒用又不可靠，但不可以示弱。

因為要是被抓到，這個人就會被殺死。

16

這一天從早上開始就有哪裡不對勁。妝也不知道該怎麼化，電車上的拉環也黏黏的。才剛換不久的電腦說不上來的卡，一直讓人很焦慮。

因為昨晚發生了好事，老天爺才要平衡一下嗎？

昨晚睡覺前，那須喃喃說了一句：「只要和沙耶在一起我就能放心。」沙耶香高興得泛淚。她從來沒想過那須會對自己說出這種話。雖然不明白他的心境產生了什麼變化，但感覺那是他下意識說出來的。如果是這樣的話，就更令人高興了。

話雖如此，那須對自己一定沒有男女間的情感吧。證據就是，即使他們這樣待在一起，那須一次也沒有對沙耶香出過手。雖然悲哀，但這也是沒辦法的事。比自己大一輪的女人一定不在他的考慮範圍內。現實不會像浪漫喜劇那樣發展。

即使是這樣也沒關係。如果沙耶香是他的精神安定劑的話，她樂於接受這個角色。

傍晚，沙耶香聲稱要和客戶開會，一個人離開了公司。當然，她和客戶沒有約，只是想直接回家。最近，沙耶香老是做這種事，同事們大概發現她在說謊了吧，但沒有一個人跟她說過什麼。感覺稻本最近就會念她了，不過反正到時候再用「我以後會注意」挺過就好。

沙耶香現在只做最低限度的工作。雖然包含屬下在內，多少給周圍的人添了麻煩，但自己是這間公司的元老，可以稍微任性一點。

不過，要注意不能任性過頭。要是太脫序的話，有可能被開除。

沙耶香原本覺得工作怎樣都無所謂，但最近改變了這樣的想法。要生活下去的話，就需要錢。自己必須賺兩人份的錢才行。

沙耶香從澀谷搭上電車，於兩人小窩所在的三軒茶屋下車，穿過已經來回好幾百次的閘口，走在熟悉的街道上。就連這樣平凡的光景，沙耶香也隱隱覺得哪裡怪怪的。到底是什麼呢？摸不清這種感覺的來源令人不安。是所謂的第六感嗎？希望不是壞的第六感就好。

回家途中，沙耶香瞄了一眼自己常去的酒舖。今天是她和那須小小的紀念日。兩人一起生活後開始看的外國影集只剩一集了。今晚，他們預定終於要來看最後一集。

昨晚，他們在被窩裡互相預測結局。「要是 happy ending 就好了。」黑暗中，那須吐露的這句話令沙耶香印象深刻。

沙耶香豁出去，在酒舖買了 Chateau Suduiraut。那是款帶著蜂蜜香甜的白酒，感覺很適合今晚。

啊，說到這，冰箱裡還有起司嗎？沙耶香從酒舖出來時猛地停下腳步。雖然感覺還有剩，但也有前幾天已經吃完的印象。

沙耶香決定打 LINE 給那須確認。

〈切達起司和藍紋起司還剩一點點。〉

「一點點大概是多少？」

〈對喔。〉那須停了一下說：〈大概跟橡皮擦差不多吧。〉

沙耶香笑了。「那我買回去比較好吧。其他還有什麼要買的嗎？」

〈不用了，因為今晚有很多菜。〉

「哦？真的嗎？」

〈嗯，預計比平常還豐盛。〉

「哇，好期待。那我再五分鐘到家。」

沙耶香掛斷電話。光是這樣小小的對話心頭就能泛起幸福。

不久。自家大廈的那棟水泥建築出現在眼前。遠方的夕陽成為背景光，為大樓鍍上一層橘邊。是不是該搬家呢？沙耶香突然想到。她想稍微遠離城市，和那須安靜、低調地生活。雖然考量到通勤時間會有些煩惱，但或許可以認真考慮一下。

就這樣，當沙耶香來到大廈附近時，發現兩個身穿西裝、體格壯碩的男人站在大廳外。一個大約五十出頭，另一個大概比沙耶香再小一點吧。沙耶香繼續前行，經過兩人身邊時，察覺到他們的視線。

就在沙耶香走進大廳，把手伸向信箱上的密碼鎖時——

「不好意思。」

身後有人開口。沙耶香一回頭，原本應該在大廳外的兩人走了進來，年長的那個男人露出了和藹可親的老爺爺笑容，年輕的男人則是面無表情。

「請問是住在四〇三號室的安藤小姐嗎？」年長的男人問。

「啊，我是。」

兩個男人互看，以眼神點點頭。

「請問——」

「啊啊，抱歉。我們是這個。」

沙耶香的心臟立刻像遭電擊般跳了一下。年長的男人從胸前亮出類似警察手冊的東西給沙耶香看了一眼。

「啊啊，請不用戒備，我們只是——」

「你們要做什麼？」沙耶香打斷對方。

「我們有事想詢問您的同居人。」

「啊？我一個人住啊。」

兩人再次看了對方一眼。

「您真的一個人住嗎？」

「嗯。」

心臟像是要衝出胸口般地劇烈跳動。為什麼？為什麼被發現了？

「奇怪。」年長的男人皺起眉頭。「這樣的話，那個通報果然——」

「我們稍早前就在這裡了——」年輕的男人打斷同伴說道。「我們剛才從外面看到房間的窗簾是拉起來的——對吧？」

年輕男人把話題丟給年長的男人。

年長的男人瞬間露出措手不及的表情，之後點了兩下頭。

騙人。他們想引自己上鉤。

「你們不要說那麼可怕的事，我真的一個人住。」

「那就是看錯間了吧。畢竟這麼豪華的人廈有很多房間。」

擺明了是在演戲。

可是，為什麼會被發現。難道是矢川？不，那個男人遇見那須已經是一個月以前的事，不會現在才去告密。那是為什麼？是某個在路上看到那須的人報警的嗎？雖然那須幾乎足不出戶，卻不是完全不出門。前幾天，他才剛和沙耶香一起去買東西。是那時候有人看到那須的長相，覺得可疑嗎？不，既然知道我們家，就有可能是這棟大廈的住戶。

儘管現在想這些也無濟於事，但沙耶香還是忍不住思考。

「不好意思，請問您現在有交往中的男性嗎？」年輕男人問。

「沒有。」

「真的嗎？」

「我為什麼要說謊？」

「那麼，有沒有像是會到府上的男性友人呢？」

「……也不是沒有。」

沙耶香這麼回答後，年長男人便搔著下巴說：「啊啊，那是不是那個人啊。」

「你們到底要做什麼？」

沙耶香露出懷疑的表情。「請讓我們到外面解釋。」年輕男人示意。他們離開大廳，走到大廈旁的小路。

確認四下無人後，年長的男人揉了揉脖子道：

「那個，其實啊，希望您聽了不要不高興——局裡的同仁接到通報，說出入府上的男性——我們原本猜會不會是您男友的那位，好像跟我們在追查的嫌犯長得有一點像，所以才會這樣來詢問。」

沙耶香拚命忍耐，不讓自己當場癱下。

「什麼啊？請不要開玩笑。」沙耶香忿忿地說。

「是的，我們當然也明白不可能有這種事。不過您看，我們這種工作既然接獲市民通報，基本上是不可能不調查的。」

「到底是誰說了那麼過分的話？」

「很抱歉，這點我們沒辦法透露。」對方擺出抱歉的手勢。「那麼，可以請您配合調查嗎？」

「要配合什麼？」

「如果能讓我們稍微去一下府上的話，實在感激不盡。」

「怎麼這樣？你們突然說這種話我很困擾。」

「能不能拜託您幫個忙呢？」

「可是我已經說過裡面現在沒有人了吧？」

「話是這麼說——」年輕男人插嘴道：「但我們也不能讓步。」

年長的男人驚訝地看向身旁的同伴，想要說些什麼卻被年輕的男人伸手制止。這兩個人，該不會年輕的這一個才是長官吧？

「你們的意思是我藏匿了那名嫌犯嗎？」

「不，絕對沒有這回事——但還是請您配合。」

這麼強勢算什麼？真正的刑警調查時都這麼粗暴嗎？

「我身體不舒服，可以請你們之後再來嗎？」

一聽到沙耶香這麼說後，年輕的男人瞇起眼睛，指著沙耶香的手說：「身體不舒服卻買白酒？」

「這是我的自由吧？」沙耶香面露慍色道。

「是沒錯。」年長的男人用力點頭。「又貫課長，我們先——」

「閉嘴——安藤小姐，能請妳幫忙嗎？」

又貫？好奇怪的姓，但沙耶香最近好像才在哪裡聽過。不過，這些事現在都不重要。

「抱歉，我要走了。」

語畢，沙耶香快步走向大廳。「安藤小姐，能請妳幫忙嗎？」背後傳來聲音。

「請你們不要跟著我，鄰居會覺得我很奇怪吧？」

「只要幾分鐘就好。」

「這種情況應該是看當事人意願，不是強制的，對吧？」

「是的，當然，所以我們才會這樣努力拜託。請務必協助我們調查。」

「不要，我拒絕。」

又貫突然臉色一改，雙眼變得冰冷無情。

「這樣啊，您不能配合嗎……神警官，我想我們今晚似乎不能回去了。」

又貫對年長的男人嘆了一口氣。

「你打算做什麼？」

「保險起見，我們會埋伏在外面，以防嫌犯溜走。」

「什麼保險起見，你們在開玩笑吧？」

「我們會避免造成困擾。」

「這樣一定會造成困擾啊。」

「我們會盡量保持低調。」

「重點不是這個，你們這樣會讓人很不舒服吧？」

「我們也是拚了命在工作。」

「我要叫——」

警察囉——沙耶香差點脫口說出蠢話。

冷靜！冷靜！沙耶香在心中提醒自己。

因為頑強抵抗而被盯上的話或許更危險。相反的，若能克服這道危機，就可以撕掉可疑的標籤。這兩個人大概也不是真的認為沙耶香家裡有逃獄犯，否則就不會是兩個人，而是更大群的警察湧進來，也不會等自己回來了。他們頂多只是收到眾多通報的其中之一才過來而已。

這樣的話或許還有辦法。他們大概只會大略看一圈房間，判斷沒有人在家後就會回去了吧。當然，這麼做有風險，但總比真的被貼上「需要觀察」的標籤好。

沙耶香下定決心，一定要突破現況。

「我知道了。」沙耶香嘆了一口氣說：「我配合。」

從剛才到現在，又貫第一次露出笑容。「這真的幫了我們很大的忙。」

「可是，請跟我保證，你們看完後馬上回去。」

「是的，我保證。」

他們再次走到入口大廳，沙耶香從包包中拿出鑰匙，準備打開大門自動鎖，當她準備將鑰匙插入鑰匙孔時，「等一下」，又貫從旁制止了她。

「可以幫我按一下四〇三嗎？」

「為什麼？」

「以防萬一。」

沙耶香和又貫直直對視。

「我不想做沒有意義的事。」

沙耶香插入鑰匙，解開大門自動鎖，她不敢看又貫的表情。讓他們進來家裡果然是錯誤的決定嗎？但她已經無法回頭了。

他們穿過自動鎖大門，一起搭進電梯。

「對了，我還沒問，你們追的到底是什麼嫌犯？」

電梯上升時沙耶香試著詢問。

「是扒竊慣犯，那傢伙是個很差勁的混蛋。」年長的男人說。

還真是睜眼說瞎話。警察才不可能從民眾那裡收到那種小角色的密告吧？

「一般這種通報多嗎？」

「嗯，多得要命。」年長的男人夾帶著嘆息苦笑。「雖然很感激，但我們人手也不夠，每天都人仰馬翻。」

「神警官。」又貫出聲勸阻。

網路新聞說，有關鏑木慶一的通報從全國各地湧進警察單位，目擊情報多如繁星。雖然大概是因為少年死刑犯逃獄這件事很聳動的關係，但有部分也是懸賞金升級跳所導致的吧。上個月，警方終於對鏑木慶一的人頭祭出了五百萬的賞金。聽說因為這樣，使得目擊情報真真假假，難以辨別，反而阻礙了偵查，本末倒置。

出了電梯，穿過走廊，一行人站在沙耶香住的四〇三號室前。

「我屋裡有曬內衣褲，請讓我先把那些收起來。」

沙耶香轉頭道。

又貫像是確認真偽般盯著沙耶香的眼睛。接著，他轉向年長的男人，以眼神打了個暗號。年長的男人馬上說了一句「我先離開」，掉頭離開。

「他要去哪裡？」沙耶香看著年長男人的背影問道。

「我也不知道，大概是忘了什麼東西吧。」

沙耶香忍住咂嘴的衝動。絕對不是忘記東西。他是要那個人繞到大廈後面，以防萬一真的有嫌犯時，嫌犯從陽台逃走吧。

「那我就在這邊等妳。」

沙耶香取出鑰匙，解開門鎖。她將門微微拉開，側身滑了進去。沙耶香立刻鎖門，穿著鞋直接走進客廳。

那須出現，「妳回——」止住了話語。

因為沙耶香把食指抵在唇上。

那須看著穿著鞋子的沙耶香和她臉上的神情，大概是察覺到狀況，瞪大了雙眼。

沙耶香緊緊抱著那樣的那須。

「聽我說。」沙耶香在那須耳邊低語。「現在刑警來到門外，等一下一定要進來。沒事，他們只是接到通報過來確認而已，並沒有認定你人真的在這裡。因為我堅持說自己一個人住，只要明白這點，他們應該就會回去了，好嗎？你等一下躲在我房間的衣櫃。我三分鐘就趕人走。」

「……」

「絕對沒問題。絕對。」

沙耶香像是在說給自己聽一樣。

「沙耶，妳果然發現——」

「你是那須隆士，對我而言就是這樣。什麼過去都沒關係。」

「……」

「這樣一來，就必須搬家了呢。我們去遠一點的哪個地方生活吧。」

沙耶香放開那須後，兩人迅速但安靜、小心翼翼地動作。那須打包自己為數不多的行李，沙耶香則將準備好的料理一盤盤丟進垃圾袋。儘管心痛卻不能說出口。將垃圾袋緊緊打結避免洩漏味道後，沙耶香開始收拾廚房周邊。不能留下一點痕跡。沙耶香渾身爆發腎上腺素。

她環顧四周，觸目所及的地方大致上都整理好了嗎？這樣能讓人相信是一個女人獨居的樣子嗎？

接著，沙耶香推著那須來到臥房。她打開衣櫃，把乾洗店塑膠套包著的長大衣類撥開。

「你躲進去。雖然覺得警察不可能開我的衣櫃，但萬一就算打開了，你只要把氣息藏好就好，我會說不准碰我的衣服。來，進去。」

然而，那須沒有移動，他手抵著下巴，凝神看向漆黑的衣櫃深處。

「快點。」

儘管如此，那須還是沒有動作。

接著，那須迅速轉身，離開臥房。

「等一下，你要去哪裡？」沙耶香著急地追在那須身後。「陽台不行喔，還有一個警察——」

然而，那須的目標是洗臉檯間。他打開洗臉檯旁的洗衣機，將裡面的衣服全部拿出來。

「不會吧？你難道想進去？」

就算這是台大型洗衣機也不可能吧？如果是沙耶香的話或許還有辦法，但那須雖瘦，身高卻有一百八十公分，物理上是絕對不可能的。

然而，那須不理會沙耶香的制止，單腳伸進洗衣機中，接著，他拉起身體，雙腳都放了進去。那須彎曲膝蓋，硬是蹲了下去，儘管發出喀啦喀啦的悶響，他還是進去了。那須的身體真的完全收進了洗衣機裡，沙耶香覺得自己好像在看某種特技表演。

「沙耶，把妳的內衣褲盡量都塞進來。」那須表情痛苦地說。

沙耶香馬上理解他的意圖，停從那須的吩咐行動。她從抽屜櫃裡抓出全新的內衣褲，塞進洗衣機蓋住那須。就算警察打開洗衣機，看到是女性的內衣應該不會碰才對。

沙耶香拚上性命。一個大人做這種可笑又瘋狂的事，卻是再認真也不過。

最後，沙耶香關上洗衣機蓋，將那須稍微冒出的頭壓下去。洗衣機在結構上應該無法從裡面打開。

「你呼吸得到空氣嗎？」沙耶香擔心地問。「沒問題。」洗衣機傳來悶悶的回答。

沙耶香離開洗衣機，最後再檢查了一次客廳和臥房後走向玄關。總共花了三分鐘，不，五分鐘。以只是收內衣褲的時間而言或許有點久，但應該也不會不自然。沙耶香這樣對自己說。

她深呼吸，解鎖，打開家門。門外是又貫，從表情看不出他的情緒。

「久等了，請進。」

「打擾了。」又貫馬上踏進屋內。

「好漂亮的房子。」又貫脫鞋，說著客套話，像是來參觀的人一樣邊點頭邊穿過走廊。

「好大的客廳喔，這裡有幾坪啊？」

「很普通吧，沒什麼特別的。」

「您是什麼時候開始住在這裡的呢？」

「大概五年前。」

「住很久了呢。」

「是啊——啊，請不要隨便亂碰。」

又貫正將手伸向空調遙控器。

「安藤小姐，您是什麼時候開冷氣的？」又貫看著遙控器問。

「啊？」

「房間很涼快。以妳剛剛回來開冷氣而言，房間涼得很快呢。」

多諷刺的口吻。不過，這是在動搖沙耶香，對方大概只是想看她的反應而已。

「冷的話要關掉嗎？」

「不，這樣就好，因為外面還是很熱。」

之後又貫在客廳到處走動，行為舉止實在很厚臉皮。儘管沙耶香表示拒絕，又貫卻像個物色目標的小偷，一個個打開抽屜，確認其中內容。與其說他在找人，不如說是在尋找痕跡。還好那須的行李少得很極端。

「可以請你有點分寸嗎？你沒有說會這樣翻東西喔。」

沙耶香實在看不下去，表示抗議。

「抱歉。」

儘管嘴上這樣說，又貫卻沒有收斂的樣子。

又貫接著走進廚房，目光落向水槽，在這裡停了下來。沙耶香很訝異。她剛才整理過，水槽裡應該什麼都沒有才對——她在嘴裡嘖了一聲，又貫或許是對濕答答的水槽感到介意。

此外，又貫還頻頻抽動鼻子。他在聞味道。飯菜應該都丟了，但是不是還微微殘留一些味道呢？

沙耶香提心吊膽看著又貫的一舉一動。拜託，快點走——

接下來，又貫打開窗戶來到陽台，沙耶香也跟上前。沙耶香把頭探出去一看，欄杆外，那名年長的警察正在下方的立體停車場抽菸。果然是這樣。「神警官。」又貫從上方發出譴責，年長的警察連忙熄掉香菸。

又貫從陽台回到屋內。

「已經看夠了吧？」

沙耶香一開口，又貫便說：「方便的話，我希望也能看一下臥室。」

「這實在是……你可以不要這樣嗎？我是女生耶。」

「這樣的話，我們之後就得再來府上打擾。我們也希望今天看完就好。」

沙耶香緩緩嘆了一口氣表示自己的不悅。「請。」

將又貫帶入臥房後，又貫說完「好大的床呢。」便立即覷向床底。

「下面沒有空間放人。」

又貫不予回應，起身後指向衣櫃道：「可以打開這邊的衣櫃嗎？」

「就算我說不行你還是會要我開吧？」

「抱歉。」

沙耶香打開衣櫃，把掛著的衣服向後壓，表示裡面沒有藏人。還好那須沒有躲在這裡。對方應該想不到洗衣機裡有人吧？

現在，那須正在逼仄的黑暗中屏息以待，對他而言，一定每分每秒都宛如拷問般煎熬。沙耶香必須盡快趕走這個男人。

又貫究竟懷疑自己到什麼程度呢？他真的覺得鏑木慶一在這裡嗎？不，絕對不可能。他大概只是覺得沙耶香舉止可疑，有事隱瞞。儘管沙耶香竭力試圖冷靜，但內心的動搖大概隱藏得不夠徹底吧。

此刻，又貫停下動作，盯著枕頭不放。他在看什麼呢？又貫伸手捏起了什麼東西。他的指尖上有絲金髮。沙耶香倒吞一口氣。

「這是？」又貫將指尖移向沙耶香。

「只是頭髮吧？」

「是金髮呢。我們正在追捕的男人現在可能是金髮。」

「你想說什麼？」

「為什麼一個單身居住的黑髮女性床上，會有金色的頭髮呢？」

「我說過了吧？偶爾會有男生朋友來家裡。」沙耶香自信地笑道。「那個人是金髮。」

「但是，為什麼那位的頭髮會在這張床上？」

「也是有這種可能吧，大家都是大人了。」

「原來如此。」

沙耶香懊悔不已。由於太過慌亂，她不小心採取了類似反駁的態度，她應該表現出一問三不知的樣子帶過去就好。過度回應反而會有反效果。儘管理智上明白，內心卻無法保持冷靜。

又貫調查完臥房後——

「好了，請回吧。」

「最後，也可以讓我看看廁所和浴室嗎？」又貫說。

「你無論如何都想坐實我藏匿嫌犯這件事耶？」

「不，沒這回事。」

「是嗎？我覺得你簡直把我當犯人對待。」

「您覺得不舒服嗎？」

「這是當然的吧。」

又貫低頭道：「這是最後了。」

沙耶香已經到極限了。這個男人故意用這種口氣動搖沙耶香，自己為什麼不能更沉著面對呢？

沙耶香先帶又貫來到洗臉檯間。

這裡是關鍵——沙耶香的心臟如牛仔競技賽中的動物般狂暴，彷彿就要從乾燥的嘴裡跳出來。

沙耶香站在洗衣機前轉身。她的背後是那須。

「你反正也是要看浴室吧？」

語畢，沙耶香主動打開浴室的磨砂玻璃門。絕對不能讓這個男人將注意力移到洗衣機上。

「失禮了。」又貫踏入浴室，掀起浴缸的蓋子確認。

接著，他拿起T型剃刀問沙耶香：「這是刮鬍刀吧？」沙耶香幾乎要咂嘴了。那是那須的刮鬍刀，她剛才沒有注意到這邊。

「那是用來除毛的，這把很好用。」

不知道又貫是否接受這個答案，他模稜兩可地點點頭。

前所未有的緊張感令沙耶香噁心反胃。拜託！自己的正後方、屁股碰到的這台洗衣機，千萬不要發出任何聲音。沙耶香帶著祈禱的心情拚命維持平衡。她感覺自己只要一放鬆，就會當場癱下來。

「好大一台洗衣機呢。」

又貫一出浴室便看著沙耶香的身後道。

「嗯，因為我都假日才一起洗衣服。」

「我們家有四個人，這台洗衣機比我家的還大。」

「很方便喔，大一點什麼都能裝。」

糟了，剛才這句話是多餘的吧。又貫的眼睛瞇成一條線。沙耶香受不了又貫那種打量的目光，避開他的視線說：

「你不要叫我讓你看裡面喔，我裡面還放了內衣褲之類的。」

「嗯，我不會做到那個地步。」

沙耶香以眼神示意又貫離開，又貫轉身。就在沙耶香鬆了一口氣時，她和又貫透過洗臉檯的鏡子視線交會，沙耶香安心吐氣的樣子被看到了。

又貫停住腳步。

「請快點出去。」

又貫頓了一下，跨出腳步離開。他直接步向走廊，打開廁所門往內看了一眼後迅速關門，走向玄關。

結束了。這樣就結束了。

「感謝您的配合。」又貫套上皮鞋後轉身道。

「你可以留下名片嗎？我等一下要跟你們局申訴。」

「如果造成您的不愉快，我在這邊道歉。」

「要道歉的話，就不應該這麼亂——」

「請您理解，這就是我們的工作。」

又貫語氣強硬地說道，然後從胸口取出名片、遞了過來。沙耶香收下名片看了一眼。

「警視廳世田谷警察署 刑事部第二課 警部組長 又貫征吾」

這麼年輕就是警部還是組長。沙耶香雖然完全不了解警察組織，但這傢伙是所謂特考組的人吧。不管怎樣，她果然在哪裡看過又貫這個奇怪的姓氏——

沙耶香隨手將名片丟到櫃子上。

「請不要再來了。」

又貫深深一鞠躬，開門離去。

沙耶香立刻將門鎖上，然後像失去支撐般癱坐在地。膝蓋碰到冷冽的磁磚，寒意竄了上來，她拚命吸入氧氣，手掌壓著左胸。心臟不停敲打，彷彿要衝出來似的。

宛如地獄般煎熬的時間。雖然又貫逗留的時間大概就幾分鐘，沙耶香卻從來不曾覺得時間過得如此之慢。

沙耶香一驚，急急忙忙起身，快步走向洗臉檯間。

一進去，沙耶香馬上掀開洗衣機蓋。接著，那須金色的頭馬上像地鼠從地底探頭般躍了出來，哈、哈、哈地大口喘氣。

「已經沒事了。」

那須輕輕點頭，額頭上滲出斗大的汗水。

那須大概花了一分鐘的時間從洗衣機出來。由於本來就是勉強硬塞進去的，所以不太能拉直身體。那須的臉皺成一團，一定非常痛吧。

那須費了一番功夫，好不容易從洗衣機裡解放出來後，沙耶香和他一起走向客廳。那須嚴重耗損，腳步搖搖晃晃。雖說只有幾分鐘，但在那麼狹窄的空間裡膠著不動，會這樣也是理所當然的。

那須仰倒在沙發上，沙耶香控制力道，輕輕覆在他身上。

沙耶香和那須都沒有開口。兩人默默感受著彼此的體溫和鼻息。

那須在發抖。不，發抖的人或許是沙耶香自己。兩人像是要分攤又像是要平息那份顫抖似地，抱著對方不放。

就在這個時候，玄關響起叩、叩、叩的敲門聲。

沙耶香和那須停下動作，屏住氣息。

接著，他們同時起身。

「誰？」

沙耶香自言自語般地掀了掀唇瓣低語，接著她看向那須說：

「保險起見，你先隨便找個地方躲起來。」

語畢，沙耶香走向玄關。她在走廊中間回過頭，看見那須走進了臥房。

沙耶香從大門貓眼看向外面走廊，門外站著幾分鐘前還在屋裡的又貫。

沙耶香嘖了一聲。這個男人——這次到底要幹嘛？

沙耶香微微開了個門縫露臉。

「怎麼回事？我說過請你不要再來了吧？」沙耶香一開始便氣勢洶洶。

「實在很抱歉，我的警察手冊好像落在府上了。」又貫冷靜地說。「大概是剛才走來走去的時候掉到哪裡了——」

「我家沒有那種東西。」沙耶香打斷又貫，她很想朝他大喊：「你在搞什麼鬼！」

「您怎麼知道呢？」

「那你又怎麼知道是掉在我家呢？」

「因為府上的可能性最高吧。我來這裡前，手冊的確在身上。」

「可是沒有就是沒有。」

「能不能讓我稍微找一下呢？沒有手冊，我會很麻煩的。」

開什麼玩笑？沙耶香怎麼可能讓他進來。

「反正你這一定是藉口吧？明明沒有掉那種東西。你的意思是還沒調查夠嗎？」

「不，我的手冊是真的掉了。」

「如果是這樣的話，我幫你找。」

「那怎麼好意思。」

又貫微笑，然後——他突然粗魯地拉開門。在門內抓著門把的沙耶香遭門扇拉了出去，上半身衝向外走廊。

又貫鑽過沙耶香身側，走進屋內。

儘管因為又貫突如其來的舉動嚇傻了眼，沙耶香還是馬上回神。

「真不敢相信，你在做什麼！」

沙耶香朝著又貫的背影大喊。

「我說請您——」又貫邊說邊脫鞋，「讓我找警察手冊。」

「我說我不想吧？請你不要這樣。」

沙耶香抓住又貫的手臂卻馬上被他甩開。這男人是怎麼回事？他真的是警察嗎——又貫大步穿過走廊。「我要告你非法侵入喔！」沙耶香拍打又貫的背，又貫頭也不回地說：「我會以妨害公務罪逮捕妳。」

又貫直直走進洗臉檯間，迅速回頭。

「剛才蓋住的洗衣機蓋子現在打開了，裡面空空的。」

他雖然面對沙耶香，卻像在自言自語。

「那又怎樣？」

「不，沒什麼。」

又貫用力推開沙耶香。這次，他走向客廳，雙手一口氣翻開窗簾打開窗戶，探頭到陽台。他迅速左右掃過一遍後再度轉身。

一連串的動作明顯是在找人。到底是怎樣——這個男人實在太脫離常軌了。沙耶香站在臥房前喊道：

「夠了，住手！」

又貫筆直走向沙耶香。

兩人面對面僵持著。又貫的個子雖然不高，體格卻十分壯碩，眼瞳充滿令人害怕的血絲。

「可以麻煩您讓我進去嗎？」又貫瞪大眼睛道。

「不要。」

「我的手冊一定是掉在臥房了。」

「不關我的事，你快點出去。」

又貫嘆了一口氣。「請您讓開。」

「啊？」

「給我讓開！」

又貫在近距離內朝沙耶香大吼，口水往她臉上飛濺。這個男人到底哪裡不正常，他瘋了。可是，沙耶香絕對不會讓他通過。

沙耶香張開雙臂，擺出「禁止通行」的姿態。然而，一切毫無意義。又貫抓住沙耶香的雙肩，奮力將她掃到一邊。

跌倒的沙耶香馬上站起身，追向又貫。

又貫粗暴地扯開床上的棉被，再次覷向床下。

接著，又貫雙手伸向衣櫃。沙耶香雙臂圈住又貫的腰制止他，卻馬上又被狠狠摔到床上。

又貫用力打開衣櫃。

瞬間，又貫的身體飛了起來，朝沙耶香身上落下。沙耶香立刻抬起雙臂保護臉部。

那須就站在那裡。衣櫃打開的同時，那須以身體撞向又貫。

「鏑木——！」

又貫大喊。吼聲響起的同時，那須衝出臥室。馬上站起來的又貫追在他身後。沙耶香也起身，繼兩人之後離開臥室。

客廳裡，那須和又貫隔了大約三公尺的距離以備戰姿勢對峙。那須手裡握著酒瓶，是沙耶香剛才買回來放在桌上的白酒。今晚，本來預定要用那瓶 Chateau Suduiraut 乾杯的，應該要兩人一起共度甜美夜晚的。

結果卻是這副德性。沙耶香對眼前的光景感到無法置信，沒有一點真實感。

又貫和那須睜大了眼互相瞪視對方。那須甚至還露出齜牙咧嘴的模樣，那是沙耶香至今從未看過、宛如野獸般可怕的樣貌。這就是那須真實的樣子——？

「你已經逃不掉了，放棄吧。」

又貫說，把手伸向西裝內側。接著，沙耶香的身體反射性地動了。

那是下意識的舉動。等回過神，沙耶香已經衝向又貫。

「快逃！快逃！」

沙耶香和又貫纏在一起，用盡力氣大喊。

那須轉身，打開身後的窗戶衝出陽台。他踏上圍欄扶手，使力站起身軀。

有那麼一瞬間，那須回頭，和沙耶香視線交錯。不要。聲音出不來。

「讓開。別——！」

又貫喊道。

彷彿被那道聲音推了一把，那須隆士的身體輕飄飄地飛向天空，消失在扶手另一側。

WANTED

第四章

逃獄第二八三天

- Day 283 -

17

啊！才這麼驚覺，偌大的廚房便響起刺耳的哐啷聲。

主廚從裡面冷著一張臉探頭出來，原本大概是想抱怨吧，但看見罪魁禍首後便一聲不吭地退回去了。

渡邊淳二自言自語地說著「對不起」，開始收拾地上散亂的盤子殘骸。這是他連續第二天打破盤子了。開始工作後的這一週內，他已經毀了五個盤子。

淳二過去五十三年來，從來不知道剛從洗碗機拿出來的瓷器會這麼燙。由於和自己一樣在這裡打工換宿的年輕人全都若無其事地觸碰那些餐具，淳二不禁懷疑是不是只有自己的皮膚特別怕燙。

不過，這些都構不成理由。工作就是工作。

「Don't mind. Don't mind.」

臉上畫了濃妝的亞美鼓勵淳二，鼻翼上的鼻環閃閃發亮。

亞美正在淳二身邊將醃菜放到大量的小碟子中，但這原本也是淳二的工作。做完自己工作的亞美是看不慣中年男子吃力的樣子才來幫他。

在這裡，不僅是二十三歲的亞美，每一個人對年長的淳二都很體貼。感激的同時，淳二的心裡也很難受。

我到底在這種地方做什麼？即使淳二要自己別想卻還是辦不到。淳二是抱著覺悟，知道一定會有這種痛苦的心情開始工作的，但現實卻遠比他的預想嚴峻，每件事都有股難以言喻的空虛和自憐向淳二襲來。

五十三歲在旅館打工換宿——凌晨太陽還未升起便開始準備房客的早餐，九點開始收拾善後與打掃客房，大約在中午過後告一段落，接著有五小時左右的空檔，下午五點開始準備晚餐，接著又是收拾善後。結束所有工作是晚上十點。每天都是一樣的生活。

「不知道今天雪況怎麼樣呢。」

亞美望著小窗外頭，言語夾雜著嘆息。小窗的外面是一大片純白的滑雪場，身穿鮮豔雪衣的人們正在上面滑行。

「妳還要去滑嗎？」

「當然囉，我就是為了這個才在這種地方工作的。」

淳二一問，亞美馬上小聲回應，說完便呵呵笑了起來。亞美幾乎每天一到休息時間就會扛著自己的滑雪板前往滑雪場。

位於長野縣菅平高原的旅館「山喜莊」，會發給打工換宿的人免費的纜車通行券。雖然淳二這樣的人完全不覺得這有什麼值得感激，但亞美充分再充分地接受了這個恩典。因為她本來就是以此為目標才來到這間旅館的。

順帶一提，亞美說自己夏天時是在沖繩離島的某間民宿工作，在那裡也每天玩水肺潛水，所以簡而言之，她大概十分熱衷季節限定的運動吧。亞美說她追求的是如何能更便宜地享受這些運動，結果就變成這樣了。

不過，亞美身邊沒有合得來的朋友，總是隻身前往目的地，是個充滿冒險心和行動力的小姑娘。「我也一個人去拉麵店。對我來說這就只是去拉麵店的延伸而已。雖然也有人說我很奇怪，但誠實面對自己的生活方式比較幸福不是嗎？」露出虎牙的亞美這麼笑著說道，真的非常瀟灑。

同時，淳二也感到沮喪無比，感嘆同樣是打工換宿，境遇竟然會如此南轅北轍。儘管自己一開始比較的對象就很奇怪，卻還是忍不住意志消沉。

今年三月前，淳二在都內一間中型律師事務所工作，是貨真價實的律師。

不過，淳二不擅長說話，覺得自己有對人恐懼症，年輕時不停地後悔自己為什麼會選擇這份工作。淳二也曾被揶揄為「手帕律師」，因為他在法庭上會一直擦拭額頭上的汗水。

相反的，淳二很擅長數字，對企業財務和金融案件很有自信，在業界也獲得了一定的評價。那種類型的案件是和龐大的資料作戰，那樣單調的作業比較適合淳二。

律師沒有退休年齡，淳二原本打算只要還有餘力就會一直做下去，以為自己會在司法界結束這輩子。

然而，一切卻輕而易舉地瓦解了，因為那起惡夢般的事件——

之後，淳二一直關在家中，一步也不肯踏出去。

看著那樣的丈夫，淳二的妻子應該十分焦慮吧。一有機會便會對淳二說些鼓勵的話。或許是擔心哪天連那些鼓勵也會成為丈夫的負擔，也或許是覺得外行人無法處理丈夫的問題，妻子也會蒐集附近心理諮商診所的簡介，放在淳二看得到的地方。為了讓妻子放心，一方面也抱著「如果能讓心情稍微輕鬆點也不錯」的想法，淳二實際去了診所一趟。光是這樣，就已經擠出他所有的勇氣了。

負責淳二的資深心理諮商師是位女性，果不其然，非常善於傾聽。不知不覺間，淳二便將一切坦誠相告。一旦將事情說出口後，累積在心底深處的情感便決堤而出。儘管淳二是名律師，卻和「條理分明」差了十萬八千里，不斷任由情感帶著自己說話，落下一顆顆眼淚。

淳二覺得自己得救了。他活到這把年紀才知道，說出自己的心情以及有人接受這份心情是如此令人感激的事。

然而在最後，心理諮商師一句不經意的話卻毀了一切。

「渡邊先生，已經沒事了，你不會再犯錯了。」

說出這句話的瞬間，心理諮商師露出「糟了」的表情，察覺到了自己的失言。「不，我不是那個意思——」儘管對方舉出各式各樣的藉口，卻都從淳二耳裡流了出去。

諮商師一定是鬆懈了吧。即使再怎麼專業，淳二卻滔滔不絕、大幅超過了原訂的諮商時間，對方大概覺得很厭煩吧。

不過沒關係。因為心理諮商師吐露的這句話一定是她的真心話。

到頭來，她並沒有相信淳二。明明淳二說的應該是自己沒有犯任何錯。

淳二跟妻子說：「還好有去，我得到了一些鼓勵。」大概是沒有察覺丈夫的勉強吧，妻子毫不掩飾地露出放心的表情。

不過，淳二也微微覺得，或許真的是「還好有去」吧。因為，這讓他再次體認到沒有人願意相信自己的事實。

即使是妻子，淳二也不知道她最真實的想法。即使口中說著相信丈夫的清白，也不知道她心裡是怎麼想的。這一點，和夫妻倆住在一起、今年二十四歲的女兒也一樣。

丈夫（父親）是不是真的有做那件事呢——

自殺吧。淳二也曾冷靜地這麼想過。然而，那是喪家之犬做的事。一旦死了，就會變成承認自己沒有犯下的罪行。即使不可能洗刷汙名，只有自己必須相信自己——你絕對沒做！

既然不能死，理所當然就只能活下去了。淳二縝密地在筆記本上寫下回歸社會的計畫。這讓他得以全神投入。能夠寫這些東西的話，自己的精神應該正一點一滴逐漸好轉。

當然，有時候淳二會覺得那份計畫是迂腐的夢話，有時幾乎要被負面情感壓垮。另一方面，隔天他又會充滿沒有根據的自信，相信自己能東山再起。淳二的心情就像骰子一樣，每天變來變去。所謂的躁鬱大概就是這種狀態吧——能夠稍微冷靜分析的自己是淳二的救贖。

就這樣，日復一日，時間終於來到了年末。淳二擬定的計畫裡，預計在今年踏出回歸的第一步。淳二的本能告訴他，他不能就這樣過年。過了年，自己這個狀態可能會繼續拖拖拉拉下去，永遠出不了門，他可能會完全脫離社會。淳二已經充分休息夠了，一定沒問題。

既然如此，就必須採取具體行動。淳二下定決心應徵地方旅館的打工換宿，大約是十天前的事。招募資訊上寫著：募集十八歲以上、六十歲以下的健康男女。純體力活、附三餐，額外附贈滑雪場免費纜車券，可使用旅館內的溫泉。相對的日薪很低，不過這倒是無妨。雖然能拿到錢再好不過，但幸好淳二也不是處於經濟上走投無路的狀態。

不過，這個時間點已經大幅偏離計畫了。淳二本來的計畫是在通勤範圍內擔任補習班的兼職講師。不過他仔細思考後發現，擔任補習班講師有幾個障礙。首先，理所當然的必須講自己兼職的原因。這把年紀應徵補習班講師一定會被探究過去。即使淳二隨便找個理由搪塞，運氣好獲得錄用，但萬一補習班的人看了那個四處流竄的東西，讓學生覺得自己是罪犯的話——思及此，淳二便打從心底感到恐懼。

果然，回歸社會的第一步還是在沒有人認識自己的地方比較好、不會有人對自己是哪裡的什麼人有興趣的環境比較好。首先先從和他人與社會產生連結開始。淳二調查後發現，菅平這個地方似乎標高一千三百公尺，彷彿位於雲端之上。這種遠離塵世的位置正適合現在的自己。

老實說，淳二也是想離開妻子和女兒。用如坐針氈來形容或許有點誇大，但自己在家裡的確沒有容身之處。妻子和女兒說的話或是不經意的舉動，感覺都好像在憐憫自己……這或許是淳二的被害妄想，但他想要暫時一個人。他想重新檢視自己這個人，仔仔細細將支離破碎的心拼湊回來。

然而，現實果然殘忍又殘酷。

為什麼自己要在這種地方？為什麼必須做這種事？淳二不停想著這些問題。

不——忍耐。現在要忍耐。淳二一邊努力地拿抹布擦著熱盤子、一邊對自己說。

只要想成是在這個年紀做新的社會學習就好。這份經驗一定可以成為復活的墊腳石。

可是，真是這樣嗎？就算認真做這份工作好了，回到東京不還是一樣嗎？不是回到起點而已嗎？那麼，這段時間不就沒有任何生產性、毫無意義了嗎？

不，不是這樣的。淳二踏出了第一步，這會成為邁出第二步的力量，是正式回歸社會的助跑。彷彿有兩個自己在打躲避球一樣，淳二無止盡地自問自答。

太陽下山後，工作暫時中斷。因為所有打工換宿的人都被叫去後方的辦公室集合。說是所有人，也就是六個而已，這裡就由這麼一點人手負責照料旅館內三十間房間和大約一百名的房客。

「——就是這樣。有人有想到什麼嗎？」

和淳二同年齡層的旅館老闆娘環顧在場的所有人。

根據老闆娘的說法，剛才有位男房客申訴錢包被偷了。那位男房客說，他吃完早餐和朋友一起去了滑雪場，傍晚回到屋裡後，收在背包裡的錢包就消失了——

「你們都沒有嘴巴嗎？」老闆娘像是在罵小孩一樣。「大前提是，旅館對客人的遺失物品沒有責任，也沒有義務賠償。我對客人粗心大意把貴重物品放在房裡就出去這點也不太能認同。但就算不管這些，這也是件大事。因為，客人有確實將房間上鎖。這樣的話，小偷就變成是我們這些能夠拿到鑰匙的工作人員之一了吧？今天打掃二一一號房的人是誰？」

「是我。」

舉手的是一名叫袴田勳的高個子青年。

「你進去打掃的時候錢包在嗎？」

「我不知道。除了寢具和衛生用品，其他東西我都沒碰。」

「你也不知道房裡有錢包？」

「對，不知道。」

「我可以相信你吧？」

老闆娘的話實在太過分、太無禮了，淳二義憤填膺地想。明明這種時候才更應該謹慎再謹慎才行。

「我覺得袴田不是小偷。」

大概是看不下去，亞美插嘴。

老闆娘擺出有如夜叉般的表情瞪向亞美。

「一般人不會偷自己打掃的房間。因為那樣的話，不就會被懷疑——」

「沒錯，所以我才請你們全部的人集合。因為你們每個人都可以拿到鑰匙。」

全員再次陷入沉默。

旅館的工作人員不只淳二他們吧。包含主廚在內的廚師們也是工作人員，另外也有幾名地方上的主婦來這裡工作。重點是，就可以拿到鑰匙這點而言，老闆和老闆娘自己也有嫌疑。

而那位老闆現在正在辦公室後面安靜地做著文書工作，同時偷覷著這邊的情形。

之後，老闆娘一個個質問大家中午過後的休息時間在哪裡做了什麼事，調查不在場證明。但老闆娘也不是警察，應該也不知道大家證詞的真偽。

然而，淳二卻對某個人的證詞有些介意。那是個三十多歲、名叫三島花苗的女性的證詞。她說：「我一直在房裡睡午覺，沒有走出房間一步。」

那是騙人的。因為休息時間淳二要去公用廁所時，在走廊上看到了這名胖胖女性的背影。但他並不打算在這裡提起此事。

淳二他們這些打工換宿的人，每個人也都配有一間房間，位於和客房另外分開的地點。兩坪多的房間裡僅僅放了寢具、電視和小型煤油暖爐，十分簡樸。話雖如此，房間既沒有不乾淨，從小窗戶望出去的景色也很好，沒什麼好抱怨的，唯一令淳二感到不滿的，只有必須男女共用一間位於走廊上的廁所這點。他只是單純會在意這種事。

淳二在走廊上看到花苗時，她站在離廁所跟房間都有些距離的位置，所以淳二當時以為花苗大概要是去哪裡吧。

「大家都沒有什麼印象是吧？」老闆娘手臂交叉，點頭說道。「好，我相信你們。不過，只要發生這種事，第一個會被懷疑的就是你們。這點請大家好好放在心上。好，可以回去工作了。」

儘管這麼宣告，老闆娘卻自己先行離開。

眾人因為老闆娘那過分的說法錯愕不已，呆楞在原地。

「那是怎樣？」

最後，亞美露出氣憤的表情。

「又不是我們做的。」

「就是說啊。」花苗道。

此時，在後方處理文書工作的老闆弓著身體走過來，一臉愁苦。

「對不起，因為平常很少發生這種事，我家那位一定也很驚慌，才會用那種說法……」

淳二第一次見到這位老闆時，十分敬佩他謙和的態度，但經過一週後，淳二現在已經知道老闆單純只是個性懦弱。淳二看過好幾次老闆被老闆娘痛罵的場面。

「被人那樣說還真不爽。」

說話的是和花苗同年齡層，名叫茂原一馬的男性。茂原操著一口博多腔，平時沉默寡言，眼神銳利，但黃湯下肚後就會像換了個人似地，變得開朗又能言善道。三天前的深夜，茂原突然單手拿著一升瓶的酒，來找幾乎沒什麼講過話的淳二說：「邊哥，來喝一杯吧。」幸好茂原沒有發酒瘋纏著人不放，但因為他待了很久，使得淳二那晚沒有獲得充分的睡眠。

順帶一提，茂原的背部和肩膀上紋了滿滿的和風刺青。淳二是使用旅館內的溫泉時遇到恰好也在場的茂原，才會看到他赤裸的身體。要是知道這件事的話，老闆娘剛才的態度大概也會有所不同吧。

「本來客房鑰匙放在那麼明顯的地方就不太對啊。那樣子誰都可以快速拿走，只要再偷偷放回來的話，誰都不知道吧？」

指著辦公室後面發言的，是十八歲的田中悠星，也是打工換宿裡最年輕的一員。他很自豪地跟亞美說自己在一年前高中輟學時，人在一旁的淳二也偷偷聽到了。悠星雖然不是不良少年，卻給人一種憧憬不良少年的印象。大概是因為這樣，悠星莫名地仰慕茂原，總是跟在他身邊。

悠星指出的問題再正確不過。客房的備份鑰匙就並掛在辦公室後面的牆上，只要是工作人員，任何人都可以輕易拿出去。因為這間辦公室大部分的時間都沒有人。

「的確是呢。那個樣子很難說是有在保管鑰匙。」花苗說。

「以後客房清掃請我們之外的人做不就好了嗎？找你們可以信任的人。」

亞美諷刺地說。「這個方法好。」悠星像是聽到妙計似地立刻同意。茂原和花苗也頻頻點頭稱是。

成為眾矢之的後，老闆顯得不知所措。和自己同年齡層的男人遭到群起撻伐勾起了淳二的憐憫之心。

正當淳二看不下去，準備開口之際——

「發生過的事已經沒辦法了。」

一直沉默的袴田說道。口氣雖然冷靜，卻有著能夠壓制住全場的音量。所有人的視線自然而然聚集到這名年輕人身上。

「以後，請你們嚴格保管客房鑰匙。我們要拿鑰匙時，也希望能採用許可制。老闆和老闆娘那裡可以明確知道是誰、在什麼時候、又是拿走哪間房的鑰匙的話就省事多了。只要徹底執行，我們也可以不用蒙受不白之冤，能夠放心努力工作。那麼，我們回去工作了。」

語畢，袴田立刻瀟灑地離開辦公室。所有人都呆楞著一張臉目送他的背影。

現場的氣氛因為這麼一搞而有些尷尬，餘下的人嘆了一口氣，紛紛對老闆說「真的拜託了」之後，離開辦公室。

「啊——好不成熟喔。」

亞美停下手中的掃把感嘆。話語迴盪在空蕩蕩的餐廳裡。

房客們剛結束熱鬧的晚餐，淳二他們著手打掃餐廳。淳二將一張張椅子搬到餐桌上，亞美負責跟在他身後掃地。其他人也在各自負責的區域進行今天最後的工作。

「怎麼了？」

淳二回問。亞美有很愛喃喃自語的習慣。大概是受不了把話憋在心裡頭吧。

「我不小心霸凌老闆了。」

淳二馬上知道亞美指的是傍晚的事。「我覺得還不到霸凌的程度啦。」

「不，那是集體霸凌，把對老闆娘的怒氣撒到老闆身上。明明老闆又沒什麼錯。」亞美深深嘆了一口氣。「我還做了類似煽動大家的事。啊，煽動用在這裡對嗎？」

「嗯，對。」

「我真的很糟糕。」

「沒有，妳太誇張了。」

亞美恢復停下的動作，再度開始工作。

亞美天真浪漫、自由奔放，當然，那大概也是因為她不虛偽造作的關係，但原來她也會這樣反省自己，心情低落。淳二欣慰地想著。

沒多久，亞美突然坦承：

「我念書的時候曾經被霸凌過。」

這次她邊掃地邊說道。

「該說是我不太擅長配合身邊的人，總是單獨行動，結果不知不覺間就變成目標了。」

「加上感覺妳很醒目吧。」

淳二邊抬椅子邊說。

「不過，忍耐一陣子後大家就自己換目標了，開始霸凌另一個人。」

「這種事很常聽說呢。說霸凌的目標就像接力。」

青春期的孩子經常誤把他人當成是發洩壓力的出口。因為無法只靠內心處理開始萌生的自我和欲望，便以扭曲的形式釋放出來。

「沒錯。結果就是接力。只是，我把那根棒子交出去以後，自己也變成霸凌人的那一方了。」

「咦？妳嗎？」

「嗯。把人家的室內鞋藏起來，或是在對方抽屜裡放寫滿壞話的信。我問自己，明明不討厭那個人為什麼要做這種事？我想，果然是因為不想又變回被霸凌的那一方吧，還有，一定是我內心某處感受到了類似霸凌人的快感。」

淳二的手自然而然地停了下來。

「不過，不知道從什麼時候開始，那個人也從霸凌目標中除名了，棒子又回到了我身上……可是這時候，那個人完全沒有加入霸凌的行列，不僅如此，還會私底下跟我說話。」

「哇，真了不起。」

「我超羞愧的。怎麼說呢，就像是身為一個人類徹底輸了一樣。」

淳二應和，催促亞美說下去。

「所以，我那時候就發誓，也要成為一個能理解他人痛苦的人。可是，我傍晚的時候卻沒有做到。那時候，我沒能站在老闆的立場思考。」

亞美是個本性單純又直率的人吧。第一次見到亞美時，淳二因為她花俏的外貌而產生了偏見，淳二暗暗為那樣的自己感到羞愧。

「這一點，渡邊先生你就很了不起呢。」

亞美突然這麼說。「我嗎？為什麼？」

「因為那時候你沒有加入我們。」

「那不算什麼——不，這麼說的話，我覺得袴田更了不起。」

「為什麼？」

「他那時候不著痕跡地救了老闆吧？」

「救了老闆？」

「他不是這樣說嗎？『我們要拿鑰匙時，也希望能採用許可制。』我認為，那是委婉地在向老闆傳達『我們不會抵制你』，以及要大家別那麼做的訊息。」

「咦？是這樣嗎？」

「我想一定是這樣吧。年紀輕輕卻這麼厲害，我很佩服他。」

這是淳二的肺腑之言。淳二認為，那名青年以最高明的方式解除了危機。亞美他們那時火上心頭，不惜發動抵制，再怎麼安撫也只會產生新的爭議。因此，他堅定地向老闆提出要求，表示只要老闆能徹底做到，大家就會照常工作。當時，他說了好幾次的「我們」，一定是故意的吧。

然後，他像是在說「就這麼決定了」一樣，迅速離開現場。如果這一切都是經過計算後才做出的行動，那他真的是一位相當優秀的青年。

「啊，說到救——」亞美食指輕輕抵著下巴說：「在那之後，袴田跟我道謝。」

「道謝？」

「老闆娘懷疑袴田的時候，我不是說『我覺得袴田不是小偷』嗎？」

亞美的確有那樣說。

「他說他很高興。」

「啊啊，原來如此。」

「可是，該說我有點承受不起嗎……因為，我不是特別要幫他說話，只是想跟老闆娘傳達——如果偷了自己打掃的房間，自己一定會被懷疑，應該沒有人會做那種蠢事吧？可是，他卻特地過來跟我說我救了他，甚至還鞠躬。明明不是那麼大不了的事。」

「哼嗯。」

「那個人看起來雖然不壞，但有點奇怪呢。」

「是嗎？我覺得就是一般的年輕人啊。」

「你不覺得他看起來不像是會在這種地方工作的人嗎？有種知識份子的感覺。」

淳二腦海裡浮現袴田的姿態。袴田的年紀大概跟亞美差不多吧，身材纖細高䠷，剃了個帥氣的七三分頭，鼻樑上掛著一副小小的圓框眼鏡，嘴邊留著精心打理的落腮鬍，是時下年輕男生常見的風格。感覺的確比較適合知識型勞動的工作。

儘管如此，袴田對工作卻比任何人都更得心應手。淳二來山喜莊時，袴田就已經在這裡工作了，一開始教淳二工作方法的人就是他。袴田似乎從十一月中就來了，是打工換宿者中最資深的元老。

「嗯，但你好像也是這樣。」

「嗯？」

「我是說，你也不像在這種地方工作的人。」

淳二語塞。

「茂原先生、三島小姐，還有悠星，感覺就像是會在這裡工作的人。嗯，說這些話的我也很像。」

之後，兩人靜靜工作，打掃告一段落後——

「啊，關了。」

亞美看著窗外。窗戶外是一整片滑雪場，原本一整排亮著的夜間照明就在剛剛熄滅了。

「能不能快點放假呢？」

亞美迫不及待似地瞇起了雙眼。只有休息時間滑雪似乎還是不能讓她滿足，亞美說她打算下次放假時，要一整天待在滑雪場。就算再年輕，這麼嬌小的身體是從哪裡冒出這種體力的呢？淳二每天都覺得疲憊不堪，別說是休息時間，平常只要找到片刻閒暇，就會專心讓身體休息。

「我沒有特別的意思，只是滑雪板哪裡好玩呢？」

淳二隨意一問，亞美便像是在說「問得好！」一樣，眼睛閃閃發亮。接著，她語氣激動，滔滔不絕地敘述了滑雪板有多好玩。「你會變成風，和雪一起跳舞！」亞美這番帥氣的發言令淳二不禁笑了出來。

「話說回來，渡邊先生沒有滑過雪嗎？」

「嗯，如果是雙板的話，有滑過一點。」

「咦？真的嗎？那我們一起去滑嘛。」

「不，我只是有滑過的經驗，不代表我會滑雪喔。」

淳二這個世代的人，誰都有滑雪的經驗吧。大約在淳二二十歲時，《帶我去滑雪》這部電影大受歡迎，日本因此爆發滑雪熱潮。大家爭先恐後地前往雪山，別說是滑雪場了，甚至演變成連高速公路都因而堵塞的事態。

儘管如此，也不是人人都會滑雪。當時，淳二也在大學友人的邀約下挑戰了幾次，不過他完全不行，就像是專程去把自己摔到硬梆梆的雪裡一樣。

順帶一提，這股滑雪風潮維持不到十年便一路衰退，完美吻合泡沫經濟描繪出來的曲線。如今，聽說連年輕人都不太玩冬季運動了。

「這樣的話，就再挑戰一次嘛。這次玩滑雪板。」

「不，我都這把年紀——」

「啊，不可以拿年紀當藉口喔。」

「咦？」

「人類不管幾歲都可以嘗試新事物，都能改變。」

「……」

「不是很多人都這樣說嗎？名言佳句那種的。」

亞美調皮地笑了笑。

「說的沒錯。」淳二點點頭。「不過，滑雪板就讓我婉謝吧。妳去邀更年輕一點的人怎麼樣？這種事就應該邀袴田他們。」

「那個人看起來很討厭運動吧？」

「這樣的話我也是啊。」

「那如果袴田滑的話你就滑嗎？」

「不，重點不是那個——」

「那我去邀邀看。」

「等一下，亞美。」

亞美向淳二眨了一下眼睛，拿著掃帚和畚箕離開餐廳。淳二伸出去的手停在半空中，無處可去。太神奇了。這孩子為什麼會照顧他這種陌生的中年男子呢？不只如此，亞美在工作上也經常幫淳二的忙。淳二一方面感激、一方面卻百思不得其解。這可以用一句「怪人」來解釋嗎？

淳二吸了吸鼻子，邁出步伐。他把手伸向牆壁，「啪」地關上餐廳電燈。餐廳籠罩在黑暗之中，感覺更加寂靜了。

18

亞美不容分說。

隔天下午，淳二穿著從雪具出租店租來的深藍色樸素雪衣，甚至扛著過去從未碰過的滑雪板，被帶向了銀白色的世界。

不過，不只淳二，還有一個跟自己一模一樣打扮的男子——袴田。

一問之下才知道，袴田也是被亞美硬拉來的。淳二感到很抱歉，袴田會出現在這裡都是自己提了他名字的緣故。

「看，開始興奮了吧？」

亞美在三人座纜車的中間晃動雙腳，喜孜孜地說。

淳二的心情離興奮還有很大一段距離。淳二本來就怕高，他已經三十年沒有坐過搖搖晃晃的纜車了，最先感受到的情緒是恐懼。幾公尺下方，鋪著一片純白的雪地毯，看起來雖柔軟，但摔下去會怎麼樣呢？

平常這個時間他都在房裡休息的。淳二因為炫目的太陽瞇起眼，嘆了一口氣。重點是，等會兒還有工作在等著他。

另一方面，坐在亞美另一側的袴田則是頻頻上下左右轉動腦袋，原以為他興致缺缺，但或許意外地不是如此。據說，他之前從來沒接觸過冬季運動，連纜車都是第一次搭。

「纜車很晃呢。」

袴田看向淳二這裡說道。大概也是跟雪具出租店租的吧，袴田戴了一副遮住半張臉的大雪鏡，由於是反光型鏡面，上頭映著亞美和淳二的臉。

纜車沿著斜坡緩緩上升，視野也隨著高度漸漸開闊，能望到遙遠的另一端。放眼望去，群山皆覆蓋上一層白雪，朝兩旁綿延的崎嶇稜線隔開了藍天。天上的太陽為這一切照下光芒。儘管早已熟悉，淳二卻再次震懾於眼前壯闊的景色。

他們現在已經遠離地面好幾百公尺了吧，淳二發現雲朵如薄霧般繚繞在纜車旁，彷彿與他們同高，又好像微微在他們之下。

初來菅平高原時，淳二馬上切身體會到它的海拔高度。不管打開幾次耳咽管，裡面馬上又積蓄了空氣，那一整天都為耳裡「嘰——」的聲音所擾，造成心理上的負擔。此外，一踏入那唯一一間的便利商店，便看見所有零食包裝都漲的鼓鼓的樣子。儘管造成這些現象的原因根本不用去想，淳二還是很擔心自己是否能適應這個地方。

然而，淳二的身體根本不理會那份不安，馬上就習慣環境了。不僅耳鳴消失，也不再有倦怠感。他深深體會到原來人類的身體構造是如此柔軟有彈性。

和身體相比，內心就差遠了。儘管對不習慣的勞力工作感到不知所措，但淳二和亞美以及周遭的人們之間都沒有什麼特別的問題，可以說每天都過著安穩的日子。但無論如何，只要一想到自己被逼到這步田地的可憐樣，內心就會湧起一股難以形容的激動和自憐。

「咦？那我比你大耶。」

亞美驚訝地說。

她剛剛才知道袴田今年二十二歲，比自己小一歲。

「你感覺很穩重，我還以為你大概二十五歲呢。」

以他的歲數而言，這個青年待人處事的確非常沉穩。不過，仔細看的話，他的肌膚還帶有少年的緊實和光澤。是知識份子風的眼鏡和落腮鬍讓他看起來很成熟吧。

「袴田你是學生嗎？」

淳二稍微探出腦袋問。

「對。我在都內念大學。」

淳二一問大學的名字後嚇了一跳，因為竟然是自己的母校。袴田現在念的，是淳二三十年前念了四年的大學。所謂的巧合實在太驚人了。

不過，袴田顯得比淳二更吃驚。

順帶一提，袴田現在大四，利用寒假來這裡打工。

「你是哪一個學院？」

「理工學院。」

「那在生田。」他們似乎不同學區。「我是法學院，在駿河台。」

沉默降臨。在袴田和亞美的腦海裡，大概浮現了為什麼這樣的人會在這種地方打工換宿的疑問吧。

「反正我是高中畢業啦。」

亞美嘟著嘴開玩笑地插入話題。亞美的這種溫柔再次令淳二感到淒涼。

纜車終於抵達中繼站，在這裡下車的話就是初學者路線，繼續搭上去則會被帶向進階者路線。當然，淳二他們預計在這裡下纜車。

「懂了嗎？像這樣左腳在前，落地的瞬間把右腳放到雪板上。這樣板子就會自己向前滑，順利下車了。」

講得還真簡單。光是這樣淳二就緊張得全身僵硬了。

然後就是現在，左腳先讓雪板碰到雪面，再將自由的右腳放到雪板上，「嘿」地站起來。喔喔，成功了。

然而，下個瞬間，淳二便失去平衡，摔得四腳朝天。纜車發出「嗶——」的聲響，同時停了下來。人已經在幾公尺前方的亞美拍手大笑，身邊還站著袴田。看來，袴田似乎成功漂亮地下來了。

「固定器沒扣緊的話，板子滑到一半就會鬆開。」

三人並排坐在起點的一個角落，邊聽亞美的滑雪講座、邊將右腳固定在雪板上。舉目望去，周圍雖然也有和淳二同樣年齡層的人，但似乎都是和家人一起來的樣子。而他們的腳上都是雙板，滑單板的大叔一個也沒有。這樣一來，如果滑得好的話還頗有那麼一回事，但淳二的情況並非如此，所以顯得很悲慘。

淳二再次俯瞰眼前一整片的下坡雪道。由於是初學者路線，坡度很緩，但他無法想像自己在上面滑行的畫面。

準備完畢後，亞美俐落起身。

「那我們先從直線滑行開始，看我做。」

語畢，亞美原地輕盈地跳了一下便直接滑下雪坡，前進約十公尺後輕輕一個迴轉，揚起雪塵，面向淳二他們停了下來。

「來，你們試試看。」

就這樣，亞美的滑雪課開始了。當然，辛苦的是淳二。因為他雖然能前進，卻無法煞車。淳二停下雪板的手段只有屁股著地這個選項。

「真是的，我都說幾次了，煞車的時候身體要這樣轉。」

亞美扠著腰說。

「就算腦袋知道，身體卻不跟著照做嘛。」

淳二倒在雪地上哀怨地說。自己在這一個小時內究竟躺在雪中幾次了呢？

「不要找藉口，你這樣永遠不會進步。」

淳二本來就沒有想進步的欲望。撇開這些不論，原來亞美意外的是個斯巴達教育式的老師。

「你看袴田。」

亞美指著下方，袴田正在那裡緩緩地連續轉彎。儘管動作生澀，卻巧妙地保持平衡滑行。

「那個人很有 sense。」

亞美佩服地說。

「妳拿我跟那樣的年輕人比也沒用。」

淳二忍不住不服氣地回嘴。

話雖如此，但就算扣除年輕這點，袴田的學習能力還是高得驚人。他能立刻理解亞美教的東西，自然而然地實踐，他一定原本就有很棒的運動神經吧。淳二就算變年輕應該也做不到那種程度。

儘管因為毛帽和雪鏡看不到表情，但袴田很明顯是樂在其中的。他已經一個人搭纜車來回好幾次了。

「渡邊先生，你要躺到什麼時候啊？來，快起來。」

過了一段時間後，淳二也稍微會滑了。儘管煞車和轉換方向的樣子都很難看，但已經辦得到了。一切都是亞美的指導和自己努力的成果。他也稍微有了餘裕可以開始享受速度。

「那之後請你自己努力囉。」當淳二沉浸在這股喜悅之中時，亞美突然宣布要放他一個人玩。

這也無可厚非，亞美自己也想滑。如果只是這樣當中年男子的褓母肯定很無聊吧。「謝謝妳，妳好好玩吧。」淳二送她離開。

就這樣，前往進階者路線的亞美離開後，大家便以各自的步調繼續滑雪。淳二和袴田雖然同樣都在初學者路線，但因為技術已經有了差距，淳二也覺得分開滑比較輕鬆。

淳二在纜車乘車處遇見了袴田，兩人便一起共乘。三人座椅上，他們空下中間的位子，分坐兩側。

「老實說，我本來是不甘不願被迫過來的，但雪板其實還滿不賴的。」

纜車開始上升，淳二主動開口。

「對啊，真的。原來這世界上還有這麼有趣的東西。」

袴田誇張地說。

「你迷上雪板了呢。是不是明天開始就會天天來滑雪場報到啊？」

「不，我只滑今天。」

「為什麼？」

「每天滑的話會沒錢。」

原來如此。即使有折扣，但雪衣和雪板的租金可不是開玩笑的。像亞美這種自己有整套雪具的例子就另當別論了。

「我也是只滑今天吧，我是沒體力的關係。」

腦海裡閃過之後等著自己的工作，憂鬱突然襲來。因為今天他們也還是得工作到很晚。

此時，一個看起來不到十歲的男孩以猛烈的速度通過纜車正下方。動作明顯很熟練，一定是當地的孩子吧。

「這附近的小孩都很熟悉雪地吧。」

「感覺是這樣。」

這次，換成一對年輕的情侶並肩滑了過來。女生縮手縮腳地大喊「好可怕」，帶著她的男生發出笑聲。

「這麼說來，下週就是聖誕節了。」

「啊，這麼一說……」袴田好像現在才想起似的。

「平安夜和聖誕節當天的房客好像大部分都是情侶。」

前幾天來旅館打工的地方主婦們曾這樣說過。

「好像會很吵鬧的樣子。」

袴田的口氣似乎不太喜歡。

「袴田沒有女朋友嗎？」

淳二以輕鬆的心情問道。袴田瞬間沉默下來，接著冷冷地說：「前陣子分開了。」

「啊啊，這樣啊，抱歉。」

「不會，沒關係。」

兩人之間出現片刻沉默。由於討厭這樣的沉默，淳二又開了多餘的玩笑：「亞美感覺還不錯啊。」

「玉代小姐是很棒的人，不過她也有選擇的權利。」

袴田打了個太極。玉代是亞美的姓。

「對了，你們感情很好呢，是以前就認識了嗎？」袴田問。

「怎麼可能？我們是來這裡才認識的。而且說是感情好嘛，該怎麼說呢……是她不知道為什麼在各方面都會幫助我，我也覺得很不可思議。」

「因為玉代小姐是很親切的人吧。」

「嗯，雖然有時候很強勢。」

兩人笑了開來。

「說到這個，亞美是用什麼理由邀你過來的？」

一聽到淳二的問題，袴田勾起嘴角說：「她說：『如果我是你的恩人，你不是應該聽我的話嗎？』」

淳二放聲大笑。說是恩人嗎？袴田因為小偷事件被第一個懷疑時，是亞美出聲替他說話的。順帶一提，事隔一天後，他們現在還是沒有收到找到錢包的消息，當然，竊賊也一樣。

「偷東西的事不知道有沒有報警啊。」

淳二自言自語道。「聽說還沒有。」袴田回答。

「為什麼不報警呢？」

「好像是因為錢包裡面只有六千圓，被偷的客人也覺得報警手續很麻煩就算了。」

「麻煩？不是只要去派出所就好了嗎？錢包裡應該還有一些卡片吧？」

「菅平沒有那種派出所喔。離這裡最近的是下山後的上田警察署，他們應該是權衡過報警要花的力氣和損失的金額吧。不管怎樣，只是錢包被偷，警察應該也不會幫忙偵查，最後只能被當成遺失物品等人家送回來。被偷的客人會不會是認為既然這樣，之後再報警也不遲。」

原來如此，很合理。想下山不是開車就是得搭一天只有十班的公車。光是這樣，單程就要花上將近一個小時。被偷的客人大概是不希望報警這件事奪走他們珍貴的旅行時間吧。話雖如此，讓淳二驚訝的是袴田還真是消息靈通。

「到底是誰偷的呢？雖然感覺老闆娘從一開始就認定小偷在我們之中就是了。」

「因為是從上鎖的房間裡不見的，懷疑我們也情有可原。」

「你真成熟耶。」淳二笑道。「啊，對了。」

淳二開了個頭，講出三島花苗的事。說自己在走廊上看到聲稱沒有出過房門一步的她。

結果袴田說：「其實我也有看到。」

「那，該不會就是她——」

「這個嘛——」袴田打斷淳二。「可能單純是三島小姐記錯了，或是她不想被懷疑才那樣說。大前提應該是以無罪推定為原則。」

淳二點頭同意，反省自己的莽撞。他不該散布輕率的謠言。重點是，那是被有罪推定的自己最不該做的事。

不久，纜車來到了中繼站。看時間這應該是最後一次了。當淳二擺出落地的姿勢後，袴田說：「那先再見了。」

「你要直接去中級路線嗎？」

「嗯，想說最後挑戰看看。」

「這樣啊，你現在已經是去那邊會比較好的等級了。那等會見。」

就這樣，淳二先行下了纜車。袴田的背影隨著上升的纜車，漸行漸遠。

滑雪後的工作比平常加倍疲累。淳二的身體發出前所未有的悲鳴。「馬上就肌肉酸痛證明你還很年輕喔。」儘管亞美說得輕鬆，淳二卻很害怕明天的到來，痠痛情況一定會比現在更嚴重。

〈你怎麼了？〉

淳二在電話中跟妻子傳達自己初次體驗滑雪板後，她的第一句話就是這個。不過，她的聲音也帶著欣喜。這幾天淳二都沒有聯絡，妻子一直很擔心。

〈你那邊的冷應該是東京完全無法相比的吧？〉

「嗯，晚上根本沒辦法出去。不過，我一天有一半以上的時間都在室內。」

〈你有好好吃飯嗎？〉

「旅館有提供員工餐，很好吃喔。」

〈這樣啊，太好了。〉淳二知道妻子深吸了一口氣。〈那個啊，郁惠說有個人想讓爸爸看一下。〉

「那是……」

〈嗯，應該是那樣。〉

盤腿坐在墊被上的淳二慌慌張張地散開視線。單調狹窄的房間裡，只有煤油暖爐的運轉聲。

淳二隱隱約約知道女兒郁惠有交往的男朋友。不過，女兒才二十四歲，他擅自覺得結婚還是在稍微之後的事。因為郁惠大學畢業，開始在日本橋的製藥公司當業務還不到兩年。

「什麼時候呢？我今年年底前都必須在這裡工作，得等過年之後。」

〈所以對方說想在年初的時候來家裡打招呼。〉

「嗯，那個時候就沒問題。」

〈你可以嗎？要不要我跟郁惠說再晚一點？〉

「不用，我沒問題。不過，他們會不會突然說要結婚什麼的？」

〈郁惠說結婚好像還要再等一下。不過，他們是以這個為前提交往的，說明年想開始同居。〉

原來如此，對方是想來為同居的事打招呼嗎？淳二稍微鬆了一口氣。

「對了，對方是做什麼的？」

妻子沉默下來。

接著以「瞞著你也沒用」開了個頭，說道：〈我就說了，聽說是在補習班打工當講師。〉

「打工？」淳二忍不住重複。「意思是沒有固定工作嗎？」

〈這是有原因的……〉妻子吞吞吐吐。〈那個人好像想當律師，現在在準備司法考試。〉

淳二倒抽一口氣，嚥下唾液。女兒的男朋友想當律師——？

〈今年二十六歲，現在在岡山的樣子。〉

「岡山——那應該是他來東京對吧？」

〈沒有，是郁惠去岡山。〉

「妳是說認真的嗎？」

〈其實郁惠一直很煩惱，覺得跟公司合不來，所以想趁這個機會辭職，在岡山重新找工作。〉

淳二的腦袋一片混亂，各種訊息接二連三而來，他的情感跟不上。

「郁惠煩惱的事我之前都沒聽說過。」

〈嗯，她一直在忍耐，已經快到極限了。〉

「妳之前就知道了嗎？」

〈大致上知道。〉

「那為什麼不跟我商量呢？」

〈因為……你為了自己的事也很辛苦啊……〉

淳二透出急促的呼吸。「難得可以在好地方上班，不是很可惜嗎？」

〈那裡對郁惠來說不是好地方。〉

「那她要去岡山做什麼？」

〈所以才說去那邊之後再考慮——〉

「我不太認同就這樣倉促地決定要過去。郁惠本來就只有在東京生活過，突然要去外地住是不是有點太欠考慮了？話說回來，那個男人也還沒有正式的工作——」

〈等等，你不要對我發脾氣啦。〉

淳二拿開電話，用力吐出紊亂的氣息。他現在心亂如麻，女兒要辭職、離開家裡，開始跟住在外地的男朋友同居。他實在太震驚了。

不，不是這樣。自己現在最不安的，是女兒的男友想當律師這件事。

淳二並沒有因為這樣就覺得討厭，他絕沒有這樣的想法，但內心為何卻無法保持平靜呢？

最重要的是，淳二該如何面對那個男人，該以什麼表情和他抗衡。無論是問他或是自己被問到工作上的事都令人難受。重點是，女兒的男友知道嗎？知道交往對象的父親曾經是個律師，以及被解雇的理由嗎——不行。淳二完全沒辦法見那個男人，無論對方知不知道都一樣。

「抱歉。他來打招呼時，我想還是要請妳自己應對，可以嗎？我不是不允許他們同居……」

〈……嗯。〉

「也幫我跟郁惠說聲抱歉，我之後一定會好好跟他見個面的。」

〈我知道了，我一定會跟郁惠說。〉

「真的，很抱歉。」

〈不會啦，你不要心情不好。郁惠也不是小孩子了，她會理解的。〉

妻子最後以〈再跟我聯絡喔，小心不要感冒了。〉結束了通話。

淳二就這樣握著手機，一動也不動地坐在墊被上，彷彿在思考，卻什麼都無法去想。

過了一會兒，淳二覺得有些呼吸困難，他站起身。由於是在狹窄的房間內開煤油暖爐，不勤快點為房間通風的話就會引起一氧化碳中毒。

淳二看向起霧的窗戶，上頭模模糊糊映著一個淒慘的男人，正以悲哀的眼神看著自己。

淳二抹了抹窗戶後，男人的身影消失，露出外頭的景色。細雪正緩慢、不間斷地從夜空中飄落。

淳二將窗戶打開幾公分，彷彿雪女氣息般冷冽的空氣馬上襲了進來。淳二站在窗前將自己暴露在寒冷的氣息裡，直到臉頰發痛。

19

三百六十度繞了一圈，許許多多的人圍著淳二，其中有他認識也有不認識的臉孔，還有無臉妖怪。因為被團團圍住，無法後退，淳二只能自己原地打轉。不過，大家似乎沒有敵意，只是以可憐的眼神靜靜盯著中間的淳二。

淳二知道這是夢，身體確實在睡覺，卻有一部分的大腦是醒的。淳二從來沒體驗過這種狀態。不過，即使知道是夢，恐懼依然一樣。

不久，淳二發現某個人的嘴巴在動，定睛一瞧，是自己學生時代的恩師。如今，他們雖然只剩賀年卡的往來，但仍維持著關係。恩師的嘴唇斷斷續續地開闔，淳二聽不見聲音，凝視對方的嘴巴。最後，淳二明白恩師在說什麼了，他說「很遺憾」。

老師，不是這樣的——淳二想訴說卻發不出聲音。

接著，恩師兩旁的人也開始張開唇瓣，不，是所有的人都在說話：

很遺憾。很遺憾。很遺憾。

不是，不是我！

很遺憾。很遺憾。很遺憾。

我沒有做，沒有！

淳二想大喊卻不知道該怎麼發出聲音，陷入了困境。

突然，淳二在眾人之中發現妻子的身影，但妻子也和周遭的人一樣。

很遺憾。很遺憾。很遺憾。

只有妳一定要相信我，我沒有那樣做。

淳二踏著搖搖晃晃的腳步走向妻子，捉住妻子的雙肩。妻子的身體不動如山，連表情也沒有改變。只有嘴唇像其他生物一樣不停開闔。

淳二想摀住她的嘴巴，接著，他發現了一件事。

妻子，不，其他人也一樣，原來他們不是在說「很遺憾」。他們說的是——

你是犯人。

戰慄的同時，淳二的身體從被窩裡反射性地彈了一下。接著，身體漸漸不聽使喚，從腳尖到頭頂，淳二所有的神經都麻痺了。

是所謂的鬼壓床嗎。淳二只有視覺正常運作，他看見黑暗中低矮的天花板，連四處的汙漬也都清清楚楚。房間冷得刺骨，全身上下卻汗水淋漓。

大概持續了一分鐘左右，儘管身體還是一樣，淳二卻漸漸恢復冷靜。一定是疲勞累積的關係吧，兩天前去滑雪可能也有影響。淳二的肌肉至今還在痠痛，所以才會做這種惡夢，呈現鬼壓床的狀態。

當他能夠像這樣分析狀況後，淳二的指尖就可以稍微動作了，接著是膝蓋可以彎曲。身體的神經一步步找回正常狀態，不久後，淳二已經可以翻身，接著很快就完全恢復正常了。

淳二安心地嘆了口長氣後起身，打開房間的電燈，發現自己穿的不是睡衣而是工作時的衣服。他搜尋著記憶。

對了，他沒洗澡。昨晚工作結束後，淳二在房裡稍微躺了一下，結果就那樣睡著了。

淳二拿起枕邊的手錶一看，凌晨三點。他嘖了一聲，醒在一個不上不下的時間。由於五點要開始準備早餐，淳二平常都是四點半起床。淳二該繼續睡，還是該洗個澡呢？

稍微煩惱後，淳二決定去洗澡。畢竟躺下去也不知道睡不睡得著，加上他也想洗去昨日的髒污，而且現在也像這樣滿身大汗。

淳二拿著換洗衣物來到走廊，聽見某間房裡傳來男人的談話聲。是茂原的房間。聽起來，似乎是悠星在茂原房裡。

就在淳二準備經過時，茂原的房門打了開來，悠星探出頭。

「啊，你好。」悠星點頭打招呼後，馬上轉身向在房裡的茂原報告：「是渡邊先生。」

「邊哥要不要也來喝一杯？」淳二準備離開時，走廊響起茂原洪亮的聲音。

走廊上只有他們腳步聲的回音。原本走在茂原身後的淳二稍微加快腳步，移動到他的斜前方。茂原身上的酒臭味實在太重了。

當淳二以要去洗澡為由婉拒茂原的邀約後，茂原便回答：「那我們也去泡個澡醒醒酒吧。」兩人便一起跟了過來。

「你們每天晚上都喝到這個時候嗎？」

淳二問。由於周圍一片靜悄悄，說話聲聽起來特別響亮。

「不，今天特別。我聽這小子說話，結果就搞到這麼晚了，我很想睡。」

一旁的悠星苦笑。其實，應該是悠星被茂原逮住不放吧。

順帶一提，悠星沒喝酒。雖說對十八歲的他來說這也是理所當然的，但沒喝酒的理由很有趣。好像是茂原跟他說：「未成年就給我喝果汁！」

不久，寫著「男」、「女」的門簾出現在眼前。旅館內的溫泉浴場只要是在對房客開放的時間之外，員工都可以自由利用，是他們小小的奢侈。不過，淳二是第一次在這種深夜裡使用。

淳二他們掀開男浴場的門簾，一走進脫衣處，悠星便說：「咦？有人在裡面。」幾個籃子中，的確有一個放著摺好的衣服。

「啊啊，是那傢伙啦。袴田小哥。」茂原道。「那傢伙都是在這種時間洗澡。」

淳二之前都不知道。這麼一說，淳二從來沒在浴場裡遇過的人只有袴田。

悠星嘖了一聲。淳二訝異地看向悠星，茂原豪爽地笑著說：「因為是情敵啦。」

茂原一脫掉衣服，背上威風凜凜的阿彌陀如來便現出了身影。雖然淳二已經是第二次看到，但還是感到魄力十足。仔細一看，茂原的腰際也有傷疤。

「真的好酷喔。」悠星嘆息。「我以後也一定要紋。」

「你放棄吧，像這樣只會帶來不便而已。」

「我是要刺青啦。」

「那也不要——對吧，邊哥？」

「呃，那個……還是仔細考慮後再決定比較好。」

「邊哥，大人講話要更乾脆一點啦。要是可以消掉的話，我自己倒是想去掉。」

「這樣啊？」

「是啊，我也已經退休了。」

光溜溜的三人前往浴場後，裡面確實有道狀似袴田的背影，在蒸騰的水蒸氣之間泡著半身浴。

察覺到淳二他們氣息的袴田猛然回頭，驚訝得瞪大了眼睛。大概是沒有眼鏡的關係，袴田看起來感覺跟平常不太一樣。

「嗨。」淳二微微舉手。「我們等一下也要來泡。」

「這樣啊。我差不多要起來回去了。」

語畢，袴田站起身卻遭茂原打斷：「小哥，我們好歹是吃同一鍋飯的夥伴，你不陪我們一下嗎？」這個男人一喝酒就會變這樣。

「抱歉，我泡得有點暈了。」

「不，不行——悠星，你也有話要對袴田小哥說吧？」

被點名的悠星尷尬地低下頭道：「我沒有什麼話要說。」

「搞什麼？你剛剛還氣呼呼地說要決鬥什麼的，真難看。」

決鬥？淳二不明白他們在說什麼。

結果袴田被迫留下來陪淳二他們，四人浸在浴場中間寬敞的池子裡。在溫度恰到好處的白濁色池水裡，硫磺香氣通過鼻腔，全身的肌肉漸漸放鬆開來。

「——事情就是這樣。袴田小哥，你怎麼說？」

茂原愉快地向袴田問道。

「問我怎麼說也……至少我並沒有那種想法，你可以放心。」

袴田的後半句是對著悠星說的。由於袴田頭頂垂著一條手巾，從淳二的位置看不清他的表情。看樣子，悠星似乎迷戀上亞美了。不過，這個少年懷疑亞美是不是喜歡袴田，一直在吃醋。淳二心不在焉地聽著。

順帶一提，說到悠星是從哪裡產生這種想法，似乎是因為兩天前亞美邀約去滑雪的人不是自己，而是袴田。說到亞美邀約的人，淳二也是，不過悠星實在沒有把這個中年男子看成競爭對手的樣子。

「悠星，這樣的話只能正面對決了吧？去給亞美小妞一個突擊！」

茂原朝悠星背後拍了一掌。

「可是我比亞美小五歲，感覺她不會把我當對象。」

悠星憂心忡忡地嘆了口氣。

「你又說這種話！跟你講幾百遍了，談戀愛跟年紀沒有關係，只要你表現得像個男人就好。」

青春正盛的少年接受金盆洗手黑道的戀愛指導，這樣的畫面實在很有趣。

不過，悠星之後還是猶豫不決，茂原朝他潑水。

「渡邊先生，你可以幫我試探一下嗎？」

悠星拿毛巾擦了擦臉問道。他似乎是想請淳二不著痕跡地詢問亞美對自己的看法。不過為什麼要找淳二呢？

「因為你和亞美感情最好不是嗎？」

「就算這樣，找我做這種事……」

淳二這把年紀了，實在不想攪和進年輕人的感情問題。不過，悠星一直「拜託啦，拜託」死纏爛打地懇求，淳二最後也不小心講了：「好吧，如果只是問問看的話。」接受了請求。但後悔馬上襲來——這把年紀的自己到底被拜託了什麼事啊。

「啊——真難看。是男人的話，就應該像野豬一樣勇往直前才對吧？聽好了，我年輕的時候——」

接下來茂原開始講起過去的事。茂原以前喜歡的女人對藥物成癮，還讓混混包養當情婦，身心破爛不堪。茂原說他讓那個女人戒了毒，趕走混混，把她從深淵中拯救出來，還和那個女人結了婚。淳二有種自己被迫聽了什麼童話故事的感覺。

「一開始啊，她連瞧都不瞧我一眼。可是我每天黏著她，不停對她說滿滿的情話，結果她不知不覺就喜歡上我了。順序就是這樣。」

「這不是洗腦嗎……一個不小心就會變成跟蹤狂耶。」

「跟蹤狂？很好用不是嗎？只要最後贏了就好。」

「可是，結果那個女人在你服刑的時候跑掉了吧？」

悠星有點挖苦地說。小子不知天高地厚也要有個分寸。不過，茂原似乎並沒有因此不高興的樣子。

「唉，沒辦法，因為我放她一個人在那裡十年啊。」

茂原露出有些憂傷的表情。

話說回來，這個男人到底是做了什麼才被抓呢？大概是淳二的表情浮現出疑問的關係，悠星莫名驕傲地告訴淳二：「他去敵對幫派的辦公室射噴子喔。然後對方的成員全滅，噹——阿彌陀佛。」悠星的腦袋馬上挨了一拳。「普通的小鬼頭不要講什麼噴子這種黑話！」

「而且沒人掛掉，不要隨便把人變成殺人兇手。還有啊，真正幹那檔事的人不是我，是我大哥。我只是因為他答應會照顧我老婆和小孩才頂罪的。結果他只有一開始幾個月有幫我寄生活費，後來就一副不關他的事的樣子。我絕不會原諒那個男人。」

此刻，茂原的臉上透出狠厲，淳二乾咳一聲撇開了視線。

悠星還是一樣說了多餘的話：「那你一定要找出那傢伙做個了斷吧？」

「我不會找他。」

「為什麼？」

「見面的話，我又會回去蹲牢房了吧。所以我不想見到他。」

茂原眼神縹緲，掬了一把熱水抹了抹臉，接著又補了一句：「反正現在見到面，我也認不出來他是哪一個。」

悠星詢問理由後，茂原回答：

「聽說他幾年前被發了票子，之後就換了一張臉逃走了。現在大概在某個地方用不同的身分過日子。」

至今一直沉默不語的袴田開口：「票子是指通緝令嗎？」

「對。那個男人是搞很大的通緝犯，你們可能也有在派出所之類的地方看過他的照片吧。」

「那樣的人有辦法去整形嗎？」

「怎麼樣都有辦法吧。當然，不可能在什麼正經的地方做。」

「也就是俗稱的密醫嗎？」

「嗯嗯。內科、外科、整形外科醫生，在做黑的世界裡也很齊全。」

「不會怕那些人去報警嗎？」

「基本上不會。要是被發現他們告密的話之後就沒辦法再做生意了，而且去除掉密醫這個稱號，那些傢伙本來就都是垃圾，不會跑去跟條子爆料。」

袴田邊聽邊點了底頭，表情被擋在手巾下，看不清楚。

「我差不多了。」袴田起身，先行離開了浴場。大概是他真的泡了很久的關係，茂原也沒有再阻止。

「那個小哥，身上有隱情。」

茂原看向脫衣處。磨砂玻璃後方，袴田正在穿衣服。

「怎麼說？」淳二問。

「沒有根據，但我就是知道。」

淳二不是很明白，但仍出聲應和了一下。

接著，在三個人的池子裡，茂原繼續話當年，淳二則是被迫聽著那些內容。不過，茂原很會說故事，把悲慘的過去說得像相聲一樣有趣好笑，淳二也因此漸漸消除了對這個男人的恐懼。

「啊——酒醒得差不多了。現在幾點啦？」

「大概剛四點吧。」

「那數到一百就起來吧。」

「一——二——三——」

「你不會在心裡數嗎？吵死了。」

淳二楞楞地眺望天色未明的夜空，不知不覺也開始在心裡默數起來。

彷彿裹上銀砂的星星一閃一閃發亮，每一顆都比淳二在東京看到的還清晰。在這樣的夜裡，甚至是這樣的雪山中，和茂原、悠星這樣的人一起泡溫泉，是多麼不可思議的瞬間啊。

數字數到七十時。

「亞美什麼時候洗澡呢？」

悠星盯著層層堆疊的石壁，彷彿要看穿石頭似地說。石壁的對面是女湯。

「這個色小鬼，之前好像爬到那邊的石頭上去偷看。」茂原勾起嘴角向淳二說道。「結果嚇了一大跳，因為在那裡的是三島阿姐的裸體。」

淳二忍不住笑出聲。悠星皺著眉頭說：「那根本是惡夢。」

「你那是報應。不過，你應該要付錢給那個阿姐，因為你白白看了人家身體。」

「開什麼玩笑？誰要給那個肥婆小偷錢。」
「小偷？怎麼回事？」
「啊啊，是那傢伙啦，偷錢包的人。」
由於悠星說得輕巧，淳二嚇了一跳。「你怎麼知道？」
「茂原哥說的。」
悠星看向茂原，茂原咧嘴笑著說：「十之八九是她。」不過，茂原也沒有證據，只是又搬出一樣的話：「我就是知道。」
淳二決定不向兩人提及自己在休息時間看到三島的事，以免流言又變得更有可信度。

從浴場出來後，淳二速速開始了這一天的工作。總覺得身體比平常輕盈，早上泡澡似乎也不壞嘛。
終於，房客用完了早餐，淳二開始在廚房善後。他和亞美站在一塊，勤奮地擦盤子。
「對了。」淳二看著手邊的盤子打開話題。「悠星好像也想滑雪板喔。」
不著痕跡地試探亞美對自己的印象——畢竟已經答應人家，就必須說到做到。儘管如此，淳二卻不知該用什麼方法試探。總而言之，只要製造兩人獨處的時間，他就能擺脫任務了吧。
「喔，那就去滑啊。」
淳二側眼覷向亞美。他還以為亞美一定會乾脆地回答：「那我去邀他。」
「他好像也沒有經驗，是不是也需要老師教啊。」

「他那麼年輕，看旁邊的人滑自己就會了。」

看來，亞美似乎沒有要帶悠星入門的意思。她之前明明一直纏著自己去滑，為什麼會有這種差別待遇呢？

淳二苦思時，亞美搶先一步說：「我不是來這裡交男朋友的。」

淳二停下手邊的動作，看向身旁的女孩。

「是悠星拜託你的吧？他好像對我有興趣。」

「不是，那個……」

「呵呵，渡邊先生，你是那種想法全都會寫在臉上的類型。」

淳二搔了搔腦袋。要是淳二說別看他這樣，自己之前可是律師的話，亞美會相信嗎？

亞美「呼——」地嘆了一口氣。「好，我會去邀他滑雪。不過，請你一定要先跟他說好，我沒有在徵男友。」

「啊，嗯。」

這下麻煩了。淳二可以照實跟悠星說嗎？悠星似乎意外地是那種個性纖細的人，感覺他會很沮喪。

之後，在無聲的工作中，亞美以幾不可聞的音量低喃：「我對年紀小的男生沒興趣。」淳二假裝沒聽到。

不會吧？有些女生會對年紀大到可以當父親的男人抱持好感。亞美是不是有那種癖好呢？

不不不，他在想什麼。不管是誰來看，自己都是個平凡無趣的中年人，亞美不可能喜歡這種男人。

亞美像是連淳二這樣的想法都能看穿似地說：「不過，年紀太大也沒辦法就是了。」制止了淳二的臆測。淳二很擔心自己有沒有臉紅。

「大概還是同年齡層的比較好吧。」

「那像袴田呢？」

「他也比我小啊，小一歲。」

看來，袴田也不在亞美的考慮範圍內，淳二打算把這件事告訴悠星。不過，亞美又說：

「老實說，我原本有點覺得他不錯，但袴田有喜歡的人了。」

「啊，這樣啊。」

「他有個不久前剛分手的女朋友，他說自己還喜歡著對方。」

這麼說來，袴田之前說過類似的話。

「他們好像有部一起看的連續劇，只剩最後一集沒看就分開了。他說希望將來有一天能夠和對方一起看。我看他還念念不忘的樣子，瞬間就滅火了。」

因為是亞美，一定是追根究柢問出來的吧。無論如何，悠星的感情路似乎會很崎嶇。

不過，一到休息時間，悠星便來到淳二身邊，眼神閃閃發亮，握著淳二的手說：「渡邊先生，你真的是神耶。」

好像是亞美馬上就去邀悠星滑雪板了。看著悠星歡喜興奮的樣子，淳二實在無法跟說出他是沒希望的。相反的，淳二默默在心中為悠星加油，因為也不是完全沒有可能性。

接觸到年輕人的青春令淳二想起久遠的過去。自己的確也有過酸酸甜甜的青春時代。他開始漸漸覺得，能來到這裡真是太好了。

20

聖誕節的山喜莊正如聽說的那樣，湧進了大批年輕情侶。打掃完客房後，三島花苗鼓著臉碎念：「這裡又不是汽車旅館！」

這一天，悠星一早就比平常加倍鬧騰。好像是他請了十天能有一次的半休，從中午到晚上都要在滑雪場度過。和亞美一起。

上週起，只要一到休息時間，悠星便經常和亞美一起去滑雪場。他甚至砸下所有打工薪水，買了一套雪板和雪衣。由於他對雪板本身「還好」，所以應該是把那些當做追求戀愛的一種投資吧。

淳二開始準備這天的晚餐。扣除亞美和悠星的打工換宿者在各自負責的區域勤奮工作。由於有兩人不在，當地的打工主婦今晚也加入支援，但因為不熟悉工作內容，似乎做得很吃力。也因為這個原因，今天的工作結束得比往常還要晚。

淳二在房裡稍做休息後準備去洗澡，結果老樣子，一出走廊就被茂原逮住。「難得的聖誕節，來喝個一杯吧。」淳二就這樣被茂原給拖進房裡。

就在淳二和茂原開始飲酒後，穿著雪衣的悠星走了進來，不過，卻是一臉垂頭喪氣。悠星有氣無力地宣布：「我被拒絕了。」

「不行不行，你這樣沒有傳達出誠意。而且，亞美小妞也不會覺得你在告白。」

茂原一張臉紅通通地打槍。聽悠星說，他用了「我可能喜歡上妳了」這種曖昧的說法，亞美的回應則是「哼嗯」了一聲。

「我中意妳——妳別管那麼多就跟老子交往！老子一定會給妳幸福——來，說一遍！」

「我中意妳——妳別管那麼多就跟老子——」

「你不會用自己的話說嗎！」

「我喜歡妳——」

悠星重複了十次後，茂原朝他擺擺下巴說：「好，去講吧。」

「現在嗎？」

「當然啦。等到明天你又會怕東怕西。你看，聖誕節的魔法就快要結束囉。快去！」

悠星磨磨蹭蹭了一會兒，最後像是下定決心般，還莫名向淳二他們敬禮，離開了房間。不過，他馬上就回來了，因為亞美不在房裡。

「奇怪，難道她還在滑嗎？」

「你們沒有一起回來嗎？」

「沒有，我因為被拒絕所以很尷尬，就自己先回來了。」

「她不可能還在滑。」淳二插嘴。「夜間照明早就已經關了。」

「那就是去洗澡了吧。」

「對喔。」

就這樣過了一個小時，悠星再次前往亞美的房間，但她依然不在。

「我去後門看一下。」悠星說。他說亞美平常都會把滑雪板立在那裡。

「不會是遇難了吧。」茂原說著不吉利的話，淳二笑道：「怎麼可能？」

不過，幾分鐘後淳二就笑不出來了。因為回來的悠星臉色蒼白地說：「亞美的雪板不在那裡。」

沉默籠罩整個房間。淳二看向窗外，雖然不大，但外頭還是颳著風雪。接著他看向手錶，就快要十二點了。

「也就是說，她還沒回來嗎？」

茂原靜靜地確認後站起身。

「悠星，你沒有亞美小妞的手機嗎？」

「我是知道LINE，但她怕手機壞掉，滑雪時沒帶在身上。」

茂原嘖了一聲。「總之，先去問問看袴田小哥和三島阿姐吧。」

淳二一行人前往兩人的房間，但他們果然也都沒有看到亞美。茂原支使三島花苗去女湯看看，但她回來後乾脆地回報：「亞美沒有在裡面喔。」

「都怪我自己一個人回來。怎麼辦？」

悠星一副快哭出來的樣子。據說，他在和亞美分開大約五分鐘後，聽到了滑雪場播放的閉場旋律。閉場是晚上九點。假設亞美遇難的話，代表她已經在這極寒的夜晚雪山裡徘徊三小時以上了。

淳二腦海裡浮現亞美挨著凍，獨自走在雪地裡的身影，嚥下口水。

「現在還沒確定亞美小妞遇難了吧？」

「可是，雪板不在就代表她真的沒有回來啊。」

「可是，一般人不會在滑雪場裡遇難吧？」花苗說。「又不是去登山。」

「我們今天去的是叫達沃斯的山區，有很多種滑雪路線，也有很多岔路。而且我們滑的時候，最後的地方幾乎沒有什麼人了。」

「可是，那裡也有雪場員工和救援隊的人吧？」

的確，那些人在閉場前應該會巡一圈。

「或許——」袴田撫著下巴說：「玉代小姐可能去了別人不會注意的禁滑區。像她那樣的進階者或許就是想挑戰那種地方吧，然後在那裡遇到什麼意外，身體動不了之類的。」

「啊啊，有可能。」茂原大力點頭。

「如果是這樣就分秒必爭了。我們聯絡警察，請他們派救難隊吧。」

悠星馬上撥打一一〇。接通後，茂原說：「給我，我比較知道怎麼跟他們打交道。」接著搶過了手機。茂原冷靜仔細地說明狀況，最後說了聲：「那就拜託了。」然後掛掉電話。

「他們說會派救難隊過來，好像還會出動直昇機。」

事情好像瞬間鬧大了。要是亞美此時突然回來的話會怎麼樣呢？不過，就算淳二他們魯莽誤判狀況也無妨，之後能把一切都當做一場笑話是最好不過的。

「好，我們也去找人吧。」

茂原環顧眾人後說道。

「三更半夜的，一般人沒辦法做這種事啦。」花苗說。

「妳就算不怕我也不會帶妳去。妳在這裡等，男人去就好。」

「氣象預報說菅平接下來的天候會變差。」袴田以冷靜的口吻說道。

「這樣更應該去吧？人越多越好——悠星，你會去吧？」

「當然。」

「邊哥呢？」

「我也去。」

淳二毫不猶豫馬上回答。出去找人或許危險，但他實在坐立難安，就這樣在這裡等待簡直是酷刑。雖然淳二才認識亞美不到一個月，卻一點也無法將她當成毫不相干的人。

「袴田小哥，你怎麼樣？」

茂原詢問。袴田沉默不語，沒有回答。

「那袴田小哥、三島小姐，你們就聯絡老闆和老闆娘，然後請他們也拜託當地居民幫幫忙。」

「不——」袴田說：「我也去。」

就這樣，四個男人從山喜莊出發前往雪場。大家都穿上了防寒衣、雪地專用長靴，手裡拿著山喜莊的雪杖。另外，還各自借了一把手電筒以防停電。他們用手電筒照亮前方，用力踏在積雪的道路上前行。光線中，無數白雪紛飛，即使淳二不斷揉著眼睛，視野依舊濕潤模糊。因為，附著在睫毛上的水氣瞬間便會結凍。這點，茂原和悠星也一樣。

四人中，唯有袴田倖免於難。上次滑雪板時戴的雪鏡似乎是他自己的，他戴著那副雪鏡，又戴了口罩，不說話的話根本無法判斷他是誰。

走了約莫十分鐘，一行人抵達悠星所說的達沃斯山入口。理所當然的，滑雪場一片漆黑，纜車也沒有運轉。黑壓壓的山脈高聳在眼前，彷彿在拒絕人類的入侵。

「救難隊的人好像還沒到的樣子。」淳二說。

「他們慢吞吞的在搞什麼，這樣會耽誤救人時機吧！」

耽誤——絕不能有這種事。

「亞美——」

悠星朝雪山放聲大喊。然而，聲音卻消逝在風中，完全傳不出去。

「好，上去吧。」

總之，一行人決定順著纜車方向爬到能爬的地方為止，之後再兵分二路邊搜索亞美邊下山。

沙、沙、沙。他們一步一步攀登雪坡，各自出聲呼喚。

每三分鐘就會有人失足跌倒。腳上的長靴雖然適合高低落差很大的積雪道路，但畢竟還是平地專用。帶雪杖來是正確的，沒有雪杖的話，淳二他們根本連好好爬坡都辦不到吧。

過了三十分鐘左右，淳二他們大概爬到了一半了。儘管下半身已經在哀嚎，卻不能說出喪氣話。

此時，後方傳來「啪啪啪」切開空氣的聲響，耳膜捕捉到那道聲音後，聲響瞬間變大，最後，一台直昇機從空中現身，照下光束。是救難隊的直昇機。

淳二他們朝上揮手，接著，直昇機發出的光線朝他們照了過來。刺眼的光芒令人睜不開眼睛。茂原手腳並用，向上面的人傳達他們一行人正在搜尋亞美的訊息。大概是懂了吧，直昇機往上方飛去。

幾分鐘後，滑雪場的夜間照明亮了起來，纜車也重新啟動，山下傳來好幾台雪上摩托車的引擎聲，還看到了大約十多名的人影。搜索行動正式展開了。

淳二他們也在途中搭上纜車，前往山頂。他從來沒想過自己會以這種形式再次搭上纜車。

「趁現在大家交換一下電話號碼吧。」

淳二說。茂原和悠星拿出了手機，唯有袴田沒有動作。一問才知道，袴田最近手機不見了。

「沒關係，只要能聯絡到邊哥就夠了。」

他們是兵分二路搜索，淳二和袴田，茂原與悠星一組。

下了纜車後，淳二和茂原他們道別，開始搜索。絕對要找到亞美才行。

搜索行動進行約一個鐘頭後，時間來到凌晨兩點半，眾人順利找到了亞美。她果然如袴田所料，位於禁滑區一處到處都長著白樺樹的地方。亞美好像是在那裡滑行時狠狠地撞上一棵樹，摔倒後就失去意識了。儘管亞美沒多久便甦醒過來，下半身卻連著滑雪板深深陷入新積的雪中，因為雪的重量無法將腳拔出來。入夜後，氣溫下降，加上雪也變硬了，於是亞美便陷入一個人束手無策的狀態。她一邊和死亡的恐懼戰鬥、一邊祈禱救難隊的到來，持續等待著。

發現亞美的是救難隊員，他們在禁滑區找到滑雪板通過的些許痕跡，順著痕跡找到了亞美。淳二他們應該也有經過那附近，不過卻沒有注意到。果然專業的就是不一樣。

亞美看到淳二他們時雖然虛弱，意識卻很清楚，還有辦法吐著舌頭說：「今年是最糟糕的聖誕節。」不過，在挨了茂原一記低吼「小妞，給我差不多一點」後，亞美馬上向大家道歉：「真的非常對不起。」

聖誕節的騷動就這樣平息了。

幸好，亞美似乎沒有明顯的外傷也沒有凍傷的疑慮，不過保險起見，她還是被送上救護車，前往菅平高原下的上田綜合醫院。與她同乘的有悠星和淳二。儘管茂原對淳二說：「邊哥，這種時候不是要有眼力一點嗎？」但淳二覺得不能只有未成年的少年隨行，才決定一同前往醫院。

順道一提，說到袴田，在收到救難隊發現亞美的通知後便一個人回山喜莊了。他似乎是身體不太舒服，留下一句「我先回去休息」，途中便和淳二他們分別了。

亞美的母親也趕到了醫院，不同於女兒，感覺是個樸實的婦人。她和淳二聊了幾句，淳二這時才知道亞美的父親已經不在了。

雖然不知道容易得意忘形的悠星是怎麼看待這次的騷動，但他的腦袋裡似乎全都是未來的事，說著：「感覺我現在告白的話，好像會成功。」一切都是因為亞美平安無事的關係。亞美活下來了，真的是太好了。

亞美只住院檢查一天便馬上回到山喜莊。她的合約到二月底，似乎是想完整做到那時候為止。不過她說這個冬天自己不會再滑雪板了。

另一方面，淳二在山喜莊剩下的生活還有五天，合約是到年底，除夕夜傍晚他便會搭乘新幹線返回東京，與大概經歷一個月、漸漸了解彼此的大家分開。淳二今後恐怕再也不會見到他們了吧。一思及此，他的內心泛起了淡淡的哀傷。

21

過了不久，十二月三十日來臨了，包含今天在內，淳二在雲上的生活也只剩下兩天了。這一天，亞美的樣子有些奇怪，總覺得對淳二很見外。平常的她總是話匣子停不下來似地找淳二閒聊，今天在淳二旁邊工作卻是完全不說話。雖然淳二開口的話她還是會有回應，但十分冷淡。問她是不是發生了什麼事，她也只是露出僵硬的笑容：「什麼事都沒有。」

奇怪的不只是亞美，茂原、悠星、三島也一樣，這三個人很明顯是在躲著淳二。三島毫不避諱地以嫌惡的眼神看著自己，淳二最後問悠星「我做了什麼嗎？」也遭到無視。淳二完全摸不著頭緒。

「袴田，可以來一下嗎？」

確認四下無人後，淳二將在廚房工作的袴田帶到剛關門的餐廳。所有人之中只有袴田以平常的態度對待淳二。

「其實，昨天晚上——」

淳二把事情說出來，問袴田知不知道些什麼後，袴田尷尬地開口。

他說，昨晚悠星去了每個人的房間，也到了袴田那裡。然後，他嘰嘰喳喳興奮地說：「我找到了很不得了的東西，這個這個。」悠星握著手機說：「總之，你先看。」袴田便在半強迫的情況下看了影片。

影片裡——映著那天的淳二。

淳二幾乎快當場癱坐在地，感覺身體某處開了一個洞，不停地流出血液。

悠星一定是偶然發現的吧。事件發生後，那部影片馬上在網路社群中散播開來，也有被轉到 YouTube 上。淳二自己也曾看過一次，影片顯示的觀看次數高得令人發暈。

「渡邊先生，您沒事吧？」袴田屈身，擔心地看著淳二。

淳二陷入過度換氣狀態，心臟怦怦怦地劇烈狂跳。

「你先回去吧。」淳二摀著胸口說。

「可是——」

「拜託，讓我一個人靜靜。」

袴田垂眸，最後離開了餐廳。

淳二重重地靠在牆上，像是滑落般蹲坐下來。他雙手抱頭，用力揉著頭髮。

淳二的思考無法順利運轉，大腦陷入短路。

當激動平息，猛烈的心跳平靜後，淳二打從心底並且冷靜地想要一死了之。淳二心裡一直有這個想法，卻不曾像此刻這麼清楚地意識「死亡」這件事。

到頭來，只要有那個東西在就不可能順利。無論做什麼、無論怎麼掙扎都無濟於事。大約十個月前，淳二跌進了泥淖裡。一潭烏漆墨黑、深不見底的泥淖。一旦掉落，最後再怎麼掙扎也無法抽身。

既然如此，只要放棄抵抗，任由身體下沉就好，直到頭頂被淹沒。

冰冷的房間裡，淳二將棉被蓋在頭上，蜷縮起身體。在小小的黑暗中，他如走馬燈般回憶自己過往的人生。

淳二的人生或許在他人眼裡不值一提，但他依舊有屬於自己的跌宕起伏，其中存在著許許多多的喜怒哀樂，也有好幾個只有自己才知道的故事。

這段人生並不差。淳二遇見了許多朋友，找到了伴侶，上天還賜與了他孩子，也能陪伴父母走完最後一程。

儘管在最後的最後遭遇了悲劇，但就當沒那回事吧。不可以添進他的個人史裡。

一路走來好歹跟司法有關係的人或許不該自殺，這麼做或許違反了人倫道德。淳二過去其實也一直這麼相信著。然而，這個想法是不是錯了呢？自殺或許是上天特別賜給人類的專屬恩惠。

話雖如此，淳二並不是個信仰虔誠的人，因此也不會想像死後的世界。死掉的話，肉體將回歸塵土，靈魂離開，成為完全的虛無。這樣就好。他只是想結束、想趕快逃離這個現實。

「你大概也不想被曾經作惡多端的男人這樣講吧？但只有那種行為我怎樣都不能接受。」

剛才，茂原和淳二在走廊上擦肩而過時這麼說道。茂原大概是想表達「大家躲你是有理由的」。

淳二沒有否認。反正茂原一定不會相信自己。

看了那支影片後，到底有誰會相信淳二呢？如果淳二是第三者的話，應該也會跟大家一樣嫌惡這個男人，不想接近他。因為無論誰來看，都會覺得那件事的犯人就是淳二。

淳二迅速闔上眼簾，將自己帶向更深層的黑暗。

「你剛剛摸我對吧？」

眼前的人捉住淳二的手腕說道。穿著制服的女高中生眼睛充血地瞪著自己。

淳二無法理解她對自己說的話是什麼意思。

「請在下一站跟我下車。」

手腕被抓得牢牢的。周圍的人對自己投以冰冷的視線。

淳二解釋，女高中生卻不願意聽。

淳二完全無法冷靜，陷入焦慮。他作夢也沒想過自己會被捲入這種冤枉事裡。

當時，淳二完全忘記自己是個律師了。

不久，電車到站，車門開啟。女高中生拉著淳二的手腕強迫他下車。

此時，淳二採取了一個連自己也無法相信的舉動。一回神，淳二撞開了女高中生。女高中生跌倒在地，淳二則是敏捷地衝出車站閘口。不過，他馬上被周圍的男子捉住，遭到警方逮捕。

之後，恢復冷靜的淳二堅決不認罪。儘管他真心對撞開女高中生逃走這件事感到抱歉，但他打死也沒辦法將沒摸說成有摸。要是說出來的話，自己最後就會變成罪犯。回想自己的行動，情況雖然對淳二不利，但只要他不承認就一定是無罪，也不會引起訴訟。

那名女高中生剛開始雖然大喊：「不要講藉口！」但在淳二仔細說明狀況後，最後也承認過失說：「有可能不是這個人。」

然而，問題不在這裡。整場騷動被一般民眾的手機錄了下來。撞開女高中生逃走的男人怎麼看都像是色狼。即使法律上無罪，在世人的眼中也有罪。而這就是全部。

影片後來以驚人的速度散播開來，是一名認識的律師告訴淳二這件事的。不知道是誰發現的，淳二是律師的事也被查了出來。

哪裡會冒出這種橫禍呢？誰又能想像自己會因此而絆倒？所謂的晴天霹靂、人間地獄即是如此。

當然，淳二竭盡所能地做了一切能刪除影片的行動，不過卻沒完沒了。無論怎麼刪，影片還是以令人望塵莫及的速度被轉傳出去。這就叫「數位刺青」，曾經在網路上公開過的東西永遠也不會消失。

所以，已經夠了。所有能做的事淳二都做了。他想打起精神像這樣重新出發，最後卻還是成了過街老鼠。自己的未來完全毀了，人生已經破滅。妻子和女兒一定能體諒他的。

接下來就只剩要什麼時候、在哪裡了結了嗎？

淳二緩緩從棉被裡爬出來，默默做著出門的準備。他穿上防寒衣，戴上毛帽，在抓了好幾個暖暖包時笑了出來。這種東西帶了也沒用。

就這樣，淳二隻身離開了山喜莊，將錢包和手機都留在房裡。

淳二一步一步踏在寒冷刺骨的積雪道路上。由於時間接近晚上十點，路上幾乎沒有行人。今晚沒有風，細雪從夜空輕輕落下。一整排間隔相同的路燈將雪花照得更加清晰寒冷。

淳二邊走邊吐出白色的氣息，感受神奇的命運。自己是不是為了今天要這樣死去才會來到這處雪國的呢？儘管覺得有些牽強，但也不禁感受到冥冥中的安排。

淳二的心情不可思議地平靜。雖然對死亡有所恐懼，但活著更加可怕，單純只是這樣吧。

「渡邊先生。」

身後突然出現一個聲音。淳二屏住氣息，停下腳步，慢慢地回頭。袴田就站在自己後方幾公尺處，淳二剛才完全沒有發現。

「我從房裡看到您要出門。這麼晚了，您要去哪裡？」

袴田以溫和的眼神問道。

淳二無法回答。

「你身體怎麼樣了？」

因為淳二稱自己身體不舒服，申請工作早退。袴田才剛結束工作不久吧，他的身上還穿著工作服，顯然不是外出服。

「託你的福已經好多了，所以才想去散個步。畢竟這是我在菅平的最後一晚了。」

儘管淳二這麼回答，袴田卻沒有回應。

沉默在兩人之間流轉，沒過多久，袴田以中指推了推眼鏡再次開口：

「我一個晚輩這樣說很抱歉，但別這麼做。」

做什麼？淳二問不出口。

兩人再次沉默，只是雙雙吐著白煙，緊盯著彼此。

最後——

「……我沒有做。」

淳二突然說道，那不是他的意思，嘴唇自己動了起來。

袴田不語。

「如果我說那是冤枉的，袴田，你相信嗎？」

「那是冤枉的嗎？」

「嗯，我沒有做。」

「那我相信。」

淳二對袴田乾脆的回答嗤了一聲。「沒關係，你不用勉強。」

「不，我相信。」

「夠了。」

「我相信您。」

「我說夠了。不要隨隨便便……說那種話！」淳二的胸口突然升起一股激動，一口氣爆發，視野濕成一片。「你、你懂我的心情嗎？你懂因為根本沒犯過的罪受到制裁的屈辱嗎？從以前累積到現在的一切瞬間消失……有、有這麼不講理的事嗎？嗚嗚……我、我什麼都沒做。可是為什麼，為什麼——」

淳二的膝蓋倒了下來。他壓低臉，兩手撐在骯髒的雪面上，淚水落在雙掌間。無處宣洩的憤怒與悲傷的淚水不停泛出眼眶，每落下一滴淚，便在雪地上壓下一個小窟窿。淳二慟哭的聲音迴盪在四周。

最後，袴田沙、沙、沙地踏著雪，來到淳二面前。淳二緩緩抬頭，發現袴田和自己一樣淚流滿面，盈滿的淚水也再度從他的雙眼落下。

袴田雙膝輕輕跪在地上，然後抱著淳二。

「我懂。」

袴田在淳二耳邊低語。雖然帶著哭腔卻不可思議地有力。

淳二虛脫無力，連一根手指都動不了。淳二將自己交給袴田，任他散發的溫暖包裹自己，就像受到保護一樣。淳二完全使不上力，內心也是，朦朦朧朧，逐漸放鬆。袴田的體溫與鼻息確實令淳二鬆了一口氣，得到療癒。淳二像個被母親擁抱的孩子。

袴田是個年紀還不到自己一半的年輕人。他現在是帶著什麼想法擁抱自己呢？是知道了中年男子的悲劇，觸動感傷而同情淳二嗎？淳二不懂袴田真實的想法，只知道內心祈求著他能像這樣再抱著自己一下。

是住在雪山裡的野獸嗎？遠方傳來高亢的嚎叫聲。明明不可能有那種野獸，但這麼一想後，所有的現實感都離自己而去了。

22

營業用洗碗機響起「嗶——」的聲音，淳二迅速從洗碗機裡拿出杯盤。所謂的習慣真的很厲害。儘管餐具很燙的事實依舊沒有改變，但淳二現在已經可以耐得住了。回想起來，他這一星期都沒有打破盤子。回東京後也買一台家庭用的洗碗機吧。妻子從來沒有用過，大概會對洗碗機的便利大吃一驚。

「亞美，可以幫我拿一下那邊的抹布嗎？」

亞美將抹布交給淳二，不過卻不發一語，連看都沒有看淳二一眼。

事到如今雖然已經無可奈何，但可以的話，淳二原本希望至少不要讓亞美知道那件事。希望兩人能和樂融融地分別。

淳二嘆了一口氣，開始擦起盤子。這間廚房也是要在今天分別了。傍晚，淳二會搭新幹線回東京。從明天起，再次開始過去的生活。

結果，還好自己有來到這裡、來到菅平高原吧。因為淳二認識了袴田勳這一個人。

如果他當時沒有攔住自己的話，淳二現在會成為附近雪山裡的一具遺體嗎？還是途中會因為恐懼而自己停下腳步呢？即使再怎麼想也沒意義，但昨晚的自己是真心尋死的。

不過，淳二也覺得，只是被一個剛認識不久的年輕人攔下就斷了尋死的念頭，昨晚自己的覺悟到底算什麼呢？然而，袴田的擁抱就是有那樣的說服力，一股難以名狀的力量。

當時，淳二和袴田的心靈是相通的。他覺得袴田能夠深深理解自己的痛苦、憤怒和絕望。不是妻子，也不是心理諮商師，而是那名青年，只有他能夠理解。

接下來，自己還是會面臨障礙、會煩惱吧。淳二所處的狀況並沒有改變。或許，當他意志消沉、嘆息度日時，會再次向死亡伸手。儘管如此，淳二覺得每到那個時候，他一定都會想起昨晚的事情，不會跨越那一條線，可以再堅持下去。淳二現在真真切切地這麼認為。

望著小窗外的滑雪場，淳二瞇起雙眼。雖說是除夕，滑雪場上卻人山人海好不熱鬧。他們打算在這裡迎接新年吧。

再過不久，二〇二〇年就要來了。淳二真心期望明年會是美好的一年。

中午過後，淳二結束了在山喜莊的最後一件工作，就在他開始打掃相處了一個月的房間時，老闆來到房裡。

老闆又是來說服自己的嗎？淳二心情有些沉重。旅館似乎還沒找到接替淳二的打工換宿員，於是從上週起老闆便不停地拜託淳二，希望他能做到旅館找到人為止。不過，那也是因為淳二態度曖昧不明的關係吧。其實，淳二內心某處原本也覺得再延長一下工期也無妨。不過，在那支影片氾濫的現在，已經沒有這個選項了。

不過，老闆來找淳二完全是為了別件事。

「啊？你的意思是？」

淳二訝異地尋求解釋。

「所以就是，沒有了。」

老闆以幾不可聞的聲音說道。

他說，淳二工作至今的薪水沒了。正確來說，應該是裝有老闆準備好的現金的薪水袋不見了。

薪水袋似乎是保管在辦公室裡老闆的桌子抽屜內。

「其他人的薪水呢？」

「我還沒準備其他人的份。因為你要先離開，我也就提前準備了。」

「你抽屜有上鎖吧？」

「那個……」

老闆說，桌子抽屜是有鎖的，但鑰匙在幾年前就不見了，所以，也就是任何人都能打開的狀態。

淳二實在無語，輕忽隨便也要有個底限。雖說是低廉的日薪，但他這一個月以來幾乎都沒有休息，少說也有快二十萬吧。竟然將這麼一大筆錢放在沒有上鎖的地方保管。更何況，旅館沒多久前才剛發生過竊案。

「所以，你希望我怎麼做？」

「我當然會付薪水，不過想請你給我一些時間。能不能之後用轉帳的方式……」

「這樣的話，可以給我一個期限嗎？」

淳二絕不是為了錢在這裡工作的，但事情講得不清不楚的話，他也會很困擾，因為他今後需要錢。因為，淳二選擇了要活下去。

結果，老闆答應淳二一週內會支付薪水。此外，淳二也要求老闆立下字據。

老闆最後這麼說：

「請務必對我太太保密，拜託了。」

「保密是沒問題，但你不報警嗎？」

考量到受損金額應該要立刻報警才對，然而，老闆卻說不會那麼做。一旦報警，老闆娘自然就會知道，老闆將會被恐怖的妻子究責，這是老闆最討厭的事了吧。

「還有，這個可以麻煩你嗎？」

老闆拿出一張薪水收據，希望淳二在上面簽名蓋章好騙過妻子。

淳二當然拒絕了，他無法在簽名上造假。「也是喔。」老闆垂頭喪氣地離開了。

然而，過了一段時間後，老闆再次來到淳二房裡。原以為是他找到薪水袋了，結果並非如此，而是要所有打工換宿的人都到餐廳集合。可能是老闆娘馬上就發現真相了。淳二一詢問，老闆便面容憔悴地點點頭。大概是淳二沒有在收據上簽名的關係吧。

在各自房裡休息的人都來到走廊，前往廚房。全員都在，一個也沒少。要是之前的話，每到休息時間亞美都會去滑雪場，但自從那次意外後，亞美便離雪板遠遠的。當然，悠星也沒有去滑雪板的理由了。

餐廳裡，怒氣衝天的老闆娘正紅著一張臉嚴陣以待。她讓淳二他們坐在椅子上，站在眾人面前開口說道：

「這到底是怎麼回事？」

開響第一砲的老闆娘還是老樣子，一開始就認定小偷在淳二他們當中，完全失去了理智。找不到薪水袋就是旅館的損失——老闆娘情緒化地控訴理所當然的事。

期間，淳二在視線一角捕捉到茂原不停瞄向三島花苗的畫面。照茂原所說，上次的偷竊事件是三島花苗幹的好事。雖然茂原無憑無據就是了。

「好過分，為什麼只懷疑我們呢？說到底，東西被偷是你們的疏失吧？」

亞美發出不滿，悠星跟在後面說著：「沒錯沒錯。」

「這也沒辦法吧？因為你們最來歷不明。」

老闆娘這番發言令現場氣氛緊繃。

「等一下，這句話我不能當作沒聽到。」茂原以低沉的聲音插嘴。「你說我們來歷不明？夠了，我現在立刻走人。」

「卑鄙小人。」

「卑鄙小人？」茂原扯翻椅子，猛地起身。「大姊，妳再說一遍看看？」

「你是做了虧心事才想逃走吧？」

「妳這個臭老太婆，我受夠了。妳想被扁嗎？」

「茂原先生，你先冷靜一下吧。」

淳二伸手制止，茂原粗暴地揮開淳二的手。

「邊哥，其實是你自己偷的吧？」

突然被這麼一說，淳二手足無措。「為什麼我要做這種事——」

「你就是那種行為卑鄙的人。」

胸口竄過刨心般的痛楚。「不……不是我，我什麼都沒做。那件事我也沒做。」

「渡邊先生，你這樣有點勉強囉。」花苗輕蔑地說。「那件事不管誰來看，都是你做的吧？」

「不是，我沒有。」

「那你為什麼要撞開那個女生逃走？真沒做的話，堂堂正正面對就好了吧？」

「那是因為……我當時陷入驚慌狀態。可是我真的什麼都沒做。」

「是嗎？」花苗冷笑。「就像茂原先生說的一樣，做那種事的人也會偷錢吧？」

「你們到底在說什麼？」

之後，眾人持續著幼稚的口舌之爭。悠星像是想到什麼突然說了一句：「三島小姐果然很可疑。」歇斯底里的花苗極力爭辯，場面愈發混亂。

淳二也是，比起偷竊這件事，已經更執著於陳訴自己的冤屈，不斷振聲疾呼：「我絕對沒有做！」

「夠了！」老闆娘大喊，壓制場面。「我要報警，請警察把你們一個一個調查清楚。」

「啊，好啊。管他條子還是流氓，儘管過來。」

「你們不要逃！」

老闆娘撂下這句話後，大步流星地離開餐廳。一直縮著身體的老闆追了上去。

留下來的淳二等人默默無語。餐廳只剩下空調的運轉聲。

最後——

「那個……我大概在一年前曾經偷過人家東西，結果被逮到，當時對方報警了……」

悠星自言自語。

「所以？」亞美回應。

「警察不會懷疑我吧……」

「你那樣說的話，第一個會被懷疑的人是我。只要發生事情，大家一定都會注意有前科的人。」

亞美驚訝地看著茂原。她不知道茂原的事吧。

此時，始終安靜的袴田迅速起身。

「小哥，你要去哪？」

「我去洗手間，馬上回來。」

袴田開門步出餐廳，淳二不自覺地目送他的背影。那是淳二看到袴田最後的身影。

之後，他再也沒有回來。

23

不久，來到山喜莊的制服警察問案進行得非常乾脆俐落。因為每個人都認定小偷是消失無蹤的袴田。

淳二無法相信。他怎麼想都不認為袴田會做那種事。「沒想到是那個小哥做的，我看人也不準了嗎？人心難測啊。」儘管茂原這樣說，淳二果然還是無法接受。就算是袴田偷的錢，應該也有相應的理由才對。因此淳二現在才會像這樣還留在山喜莊，祈禱袴田再次回來。

淳二取消了原本預定搭乘的新幹線，向妻子報告要再留在山喜莊一天，為自己讓妻子孤單過年的事道歉。

由於確定了犯人，先前的爭吵也就不了了之，此外，老闆娘算是賠罪，讓大家傍晚後再開始工作。由於一個勁的乾等也無濟於事，淳二決定也去工作。不過，他一直心不在焉。如果是袴田偷錢的話，淳二想聽袴田說他的理由。根據那個理由，淳二就算把錢給他也無妨。

淳二就這樣機械式地完成工作，當他一個人走回房裡時，在走廊上遇到了茂原、悠星、亞美和花苗。四個人像在談論什麼的樣子。

「喂，你聽說了嗎？」茂原大聲問道。

淳二歪著腦袋表示不解。

「偷錢的人不是小哥。」

「真的嗎？」淳二的音量也不由得大了起來。「那到底是誰？」

「是老闆。」

「老闆？」

「嗯。說是本來就沒有準備你的薪水。那個大叔自己盜用旅館的錢，手上又沒錢給你，所以就自導自演了。他在說明的時候前後矛盾，警察一追問，就什麼都招了。」

也就是說，一切都是那個男人的騙局，所以他才會那麼執拗地拜託淳二留在旅館。因為淳二離開這裡的最後一天才會一次領取全部的薪水。那個男人一副好好先生的樣子，結果竟是個差勁透頂的人。

不過，比起生氣，淳二更像是鬆了一口氣。因為袴田不是小偷。

可是，這樣的話就更搞不懂了。袴田為什麼會突然失蹤呢？意義不明啊。

「可是老闆那傢伙說，之前客人錢包被偷的那件事不是他做的。」

「是這樣嗎？事到如今，就算他那樣說也沒人會相信他了。」

「話說回來，那個人為什麼要做這種事呢？最後都是由旅館負擔這筆錢，他早晚都要拿錢出來不是嗎？」

「小妞，對那種男人來說，最可怕的是老婆啊。那個人應該是不想被太太發現自己盜用公款吧，他想的都是這個才會搞這麼一齣。那對夫妻以後會很悲慘。」

就在眾人談話間，淳二插嘴道：「那袴田去哪裡了？」

茂原聳聳肩。

袴田究竟為什麼會消失呢？是突然發生什麼事了嗎？

正當淳二苦惱之際，亞美說道：「啊，警車的聲音。」淳二側耳傾聽，遠方的確傳來警笛聲，聲音越來越大，是朝旅館而來嗎？所有人的視線自然而然轉向窗外。

當看到來到旅館的警察數量時，所有人都懷疑起自己的眼睛。兩台警車、兩台貌似偵防車的轎車停在大門前，從裡面冒出好幾名男子。

「這是怎樣？」

茂原雙手貼著窗戶低喃。

「老闆要被抓了吧？」

「白痴，那種事情嚴正警告一下就了結了。警察不會為了那個大叔這麼大驚小怪。」

「那現在是怎樣？」

「不知道。」茂原瞇起眼睛。「簡直像是大型逮捕。」

警車的紅色燈光在黑暗中發出威嚴的光芒。

24

再過三十分鐘，日本各地便會響起跨年的鐘聲。但就連這種事，淳二都覺得很遙遠。為什麼呢？淳二陷入一種彷彿只有這裡被世界遺留、隔絕在外的愚蠢錯覺。因為他一直沒有什麼真實感。

不只是淳二，大概所有人都處於類似的狀態吧。驚訝、迷惑、不安，在經歷一輪這樣的情緒後，如今每個人都鬆了一口氣。

袴田勳就是鏑木慶一——轟動社會的逃獄犯、死刑犯。

警察會發現這件事是因為悠星拍的影片。當初，由於袴田有竊盜嫌疑，警察請淳二他們提供能辨識袴田長相的物品，但袴田在這裡沒拍過任何一張照片，淳二等人完全沒有那種東西，除了悠星。

淳二來到山喜莊不久，當打工換宿者聚在一起吃員工餐時，悠星悄悄用手機拍了影片，說穿了就是偷拍。雖然影片的目標是亞美，中間卻偶然切到了袴田的身影。

得到這支影片的警察一定也沒有馬上察覺袴田的身分，才會隔了一段時間才想起來。淳二他們立刻開始接受偵訊。警察們的表情明顯不同於幾個小時前偵詢竊盜案時的樣子，全都瞪大了眼睛聆聽淳二他們的話。

旅館客人好像也察覺到了這股騷動，但由於老闆娘向警察要求「請對客人保密」，所以房客們並不知道詳情。當然，淳二他們也被下了封口令。不過，到了早上，全日本都會知道這件事了吧，因為已經有貌似媒體的人到這裡來了。二〇二〇年的一月，新聞談話節目一定會贏得收視率。

現在，淳二這些打工換宿者圍在餐廳的桌子旁。不是誰集合了大家，而是大家一個個自然而然地聚集到了這裡。

餐廳內，空氣凝重，除了淳二以外，所有人都一臉疲憊，沉默不語。至於淳二，他正瞪著手機畫面，忙碌地移動手指。淳二正在搜尋鏑木慶一一案的相關資訊。

「怎麼會沒有發現呢？」

發出咕噥的人是悠星。

「其實我一直覺得那個人像誰，可是沒想到——」

「馬後砲。」茂原打斷悠星。

沉默再次降臨。

淳二他們沒有發現也不奇怪。袴田勳的容貌跟外頭流傳的鏑木慶一照片簡直判若兩人。雖然以先入為主觀念來看的話會知道兩者就是同一個人，但不知道的情況下根本就察覺不出來。尤其是淳二。

這一年來，淳二徹底從電視、雜誌和網路的身邊逃開，刻意排除那些媒體，以免得到刺激性的資訊。鏑木慶一成功逃獄、舉世譁然的那時候也是。因為在那幾天前，淳二自己才因為那起被冤枉的事件處於極大的危機狀況當中。當時，無論爆發戰爭或是經濟蕭條對淳二來說都是枝微末節的小事吧。

就連那樣的淳二也隱隱約約知道鏑木慶一犯下的案子和逃獄戲碼，從這裡就能明白所謂的媒體力量有多麼強大了。儘管不願意，卻會單方面將資訊砸過來。不過，淳二現在想正確地了解那些資訊。

「欸，我可以抽菸嗎？」

花苗問。儘管沒有人回答，她還是自顧自地點了火。由於這裡是房客使用的餐廳，照理說應該不能抽菸，卻沒有人有責備她的意思。

「那個男人現在會在哪裡呢？」花苗吐著煙低語。

當然，警方應該嚴陣以待，佈下重重臨檢站了吧。然而，袴田離開山喜莊已經是十個多小時前的事，有這些時間的話，想去日本國土的哪裡都可以。

過了一會兒，茂原向花苗要求「可以給我一根嗎？」也點了火。他深深吸了一口菸，自言自語：「十年沒抽啦。」

不久，茂原將菸蒂丟進空罐，一個人離開了餐廳。幾分鐘後，再次返回餐廳的茂原手上握著一升瓶的酒。「要喝嗎？」儘管發出邀請，眾人卻搖搖頭。

茂原咕咚咕咚地將酒倒進杯子裡一飲而盡後，又再次把杯子斟得滿滿的。

「雖然這樣說有點那個，但那個男人真的很了不起，總是在千鈞一髮的時刻逃走，是不是永遠抓不到啊。」

花苗又點了一根菸說道。

「他上次好像是從高樓跳下來吧？」亞美說。

「對。他之前藏在女人的屋子裡，在那裡和警察搏鬥，跳下陽台逃走了。四樓耶，四樓。」

沒錯，鏑木慶一從陽台跳下，掉落在下方的車頂上。當時雖然也有一名警察在那裡待機，最後卻被鏑木慶一摔了出去，讓他給逃了。

「而且啊，有傳言說現場兩個條子的其中之一，就是警察廳官房長官的兒子。」

「是這樣嗎？」

「實際上怎樣我不知道。不過，如果是的話，就是那對父子的奇恥大辱。畢竟老子是警察的門面，被媒體和人民批得那麼慘，兒子為了老子一定是拚了命吧？但結果也只是更丟人現眼罷了。」

就算不是那樣，警察的臉一定也全丟光了。

「我記得那個住在一起的女人到現在都還在幫他說話。」花苗嘆了一口氣。「很可悲吧？但總覺得能理解那個女人的心情。女人啊，不管是殺人兇手還是什麼的，只要對方對自己溫柔就好。」

「他在這裡也是一個很正常的好人啊。我到現在還是無法相信那個人是殺人魔。」亞美說。

「是嗎？我倒是一直覺得那傢伙陰森森的。該說是不知道在想什麼嗎？就是那種會笑著刺人一刀的類型。」

「悠星，那種人這世上多得是。我身邊都是那種傢伙。」

「可是，他們攻擊的對象也都是壞蛋吧？」花苗說。

「竟然說是壞蛋啊？不過也是，我說的人裡面沒有連嬰兒都殺的畜生，那是從骨子裡就不正常。」

茂原皺著鼻子用力說道。

沒錯，鏑木慶一連被害者夫妻的獨生子，一個未滿兩歲的嬰兒都下手了。

「可是，我記得好像也有報導說他的頭腦好像很好。」

「有有有。如果接受智力測驗的話，應該會出現非常高的數字吧。為什麼要把那樣的頭腦用在壞的地方呢？」

「哼！」悠星不悅地哼了一聲。「不管怎樣，他都是不該誕生到這個世界上的混蛋。」

「各位，我可以說句話嗎？」

再也忍耐不下去的淳二開口。所有人的目光都看向他。

「袴田——就讓我這樣叫他，他真的有犯罪嗎？」

大家同時露出怔愣的表情，接著馬上皺眉。

「你說的犯罪是指殘忍殺害那一家子的事嗎？他當然有啊。」

「可是，這世上也有很多冤獄。」

「就算是又怎麼樣呢？」

「我自己也因為完全沒做的事，被當成色狼抓起來。」

「你的狀況怎樣我是不清楚，但那個男人沒有任何問題吧？聽說，當警方趕到現場時，他不是就渾身是血地站在那裡嗎？新聞也報導說凶器上都是他的指紋。」

「就算這樣，我還是無法相信。」

「邊哥啊，你在這裡跟我們發洩你的那種個人情感很傷腦筋耶。你想怎樣？」茂原嗤笑。「你要那樣想是你的自由，可是不要說出來，給我在心裡想想就好。」

淳二奮力拍擊桌面，發出巨大的聲響，驚得所有人彈了一下。

「我說自己那件事是冤枉的之後，他相信我的話，跟我說『我懂』。」

「所以說你想怎樣啊？你想說你們同樣都是被冤枉的受害者，所以互相理解嗎？你現在說的內容跟小孩子沒兩樣，不要突然講蠢話！」

「他在法庭上說自己沒殺人，主張自己無罪。」

「可是最後法官還是判他死刑吧？也沒有再審。」

「他有聲請再審，可是好像被駁回了。」

「所以，就是法官認為沒那種必要吧？」

「從以前到現在，日本的司法犯過好幾次錯誤，而且是連那種絕對不能發生、關乎一個人一輩子的事都誤判。過去也發生過好幾件這種事。」

「欸，邊哥，你冷靜點。你怎麼突然這樣啊？」

「而且，那個人不是認過一次罪嗎？結果卻在途中開始主張無罪了，不是嗎？我記得不是很清楚。」

「妳也夠了，不要再講那些舊事了。」

「沒錯。」悠星朝三島花苗探出身子。「鏑木慶一一開始想假裝精神異常來脫罪，但知道行不通以後，突然就說自己沒有殺人。我對這個案子很有興趣，在網路上查了一堆資料。」

「而且，我記得還有一個沒有被殺害、存活下來的太太吧？好像是跟男主人住在一起的媽媽。那位太太不是說得很清楚嗎？說那個男人是兇手。」

淳二咬緊下唇，視線鎖定悠星說道：

「悠星，如果有人讓你背負殺人犯的罪名，你會怎麼做？」

「啊？什麼啊？」

「我問你會怎麼做。」

「當然是說我沒做那種事啊。」

「如果跟你說你認罪就可以活下來，不認罪就殺了你呢？即使如此你還能繼續主張自己是無罪的嗎？」

「簡單。我是不會跟威脅屈服的。」

「如果知道那不是威脅，而是事實的話呢？所有的證據都指向你是兇手。即使這樣，你有辦法為了正義而死嗎？我希望你能發揮一下想像力。」

「……」

「人類是很軟弱的。一旦被逼到盡頭，就什麼都搞不清楚了。更何況，被逮捕時他還是個十八歲的少年。悠星，跟你現在年紀一樣喔。」

「大叔，你夠了喔。」茂原惡狠狠地說。「為什麼我們一定要聽你演講啊?想說的話，你就去外面給我對著雪山吠！」

「茂原先生，你說過你因為自己沒犯的罪而服刑對吧？」

「我不要再跟你說話了。」

「你親身經歷過這種事，為什麼就不能理解呢？」

「你這傢伙，那件事和這件事完全不一樣吧？」茂原不耐煩地說。「那時候，條子也很清楚我沒做。可是啊，如果不犧牲誰，事情就沒辦法收拾。黑道的世界跟這裡完全不一樣。」

「他也有可能跟你一樣是在包庇誰吧。」

「那他為什麼要主張無罪？」

「……」

「看吧，你已經沒招了。好，沒用的辯論大會結束。」

「我只是講了好幾種可能中的其中一種可能。」

「司法驗證了所有的可能性之後宣判死刑了吧?又不是演電影，不可能逆轉無罪。」

「歷史上也曾經發生過好幾次不可能發生的事。」

「你真的很愛唱反調耶，你這裡沒問題吧？」

茂原咚、咚、咚地敲著太陽穴問。

淳二知道。他非常清楚自己並不冷靜，也知道這些對話一點價值都沒有。儘管如此，淳二還是無法不說出來。因為他無論如何都不想承認，他絕對不想承認袴田殺了人。

「三島小姐，之前房客錢包被偷時，妳說妳沒有出過房間一步對吧？」

「幹嘛突然說這個？」

「我休息時在走廊上看到妳了。然後，袴田也說他有在旅館內看到妳。」

「那又怎樣？你想說我是小偷嗎？」

「我那時懷疑妳，可是他不一樣。他向我指出無罪推論原則。」

「所以？」

「他是一個能那樣思考的人，這種人會殺人嗎？」

「就說他殺人了吧，你從剛才就一直在說些什麼啊？」三島伴著嘆息吐出煙霧。「話說回來，我們認識那個人才一個多月吧？這麼短的時間是看不清一個人的人格的。」

「我看得出來。」

「啊，是喔，好厲害。」

「人無法靠相處時間的長短來評量。」

「啊啊，夠了，我放棄。我跟這個人講話會發瘋。」三島起身。「渡邊先生，一切就像你說的一樣，你不是色狼，那個男人不是殺人犯，錢包是我偷的，這樣你滿意了吧？」

三島丟下這句話，離開了餐廳。

「我們也走吧。」茂原朝悠星抬了抬下巴。「你就一個人在這裡玩律師遊戲吧。」

茂原也帶著一升瓶酒起身，朝門口走去。悠星看著留下來的亞美猶豫了一會兒，最後追上茂原。

寂靜突然降臨。亞美一直看著地面轉移視線。淳二的肩膀上下起伏，激動始終不肯平息。

最後——

「渡邊先生，對不起。」

亞美喃喃道。

「我看了那個影片後擅自對你感到厭惡……可是，如果你說你沒做的話，我相信你。」

亞美看著淳二的眼睛說。

淳二深深點了頭。「謝謝。」

「可是——」亞美再次低頭。「袴田他果然……」

亞美沒有繼續說下去。

淳二向亞美探出身子。

「亞美，妳遇難的時候，最先提議向警察請求救援的人是袴田。」

「咦？」

「妳覺得他為什麼要那樣做？」

「那是因為……」

「因為比起自己，他把妳的生命看得更重要。」

「……」

「我相信他，就像妳說願意相信我一樣。」

之後，大概過了五分鐘吧，亞美起身緩緩靠近窗邊，就那樣望著外頭的黑暗。

淳二再次用手機查詢鏑木慶一的資訊。

「我爸爸在三年前離開了。」

亞美突然開口。淳二停下手邊的動作，看向亞美的背影。

「他生意失敗，破產了，後來，他一直關在家裡不出門。我實在受不了再看到爸爸那個樣子，有一次，豁出去跟他大吵，說了很過分的話。之後，爸爸就再也沒有回家了。」

亞美以硬梆梆的口吻斷斷續續地說。

「他一定已經死了，因為他就是那樣的人。自尊心高，絕對不會在別人手下工作。他常常說，不想活得那麼悽慘。可是——」

亞美回頭，看著淳二。

「我有種想法，或許爸爸就和渡邊先生一樣，像這樣在某個地方工作——很抱歉，擅自把你和我爸爸重疊在一起。」

淳二輕輕搖頭。

亞美再次轉身，看向窗外。

「如果爸爸現在也在某個地方活著就好了。」

此時，角落的老時鐘發出「噹——噹——」的低鳴，在寬敞的餐廳裡迴盪。

這一刻，舊的一年過去，新的一年來臨了。

「新年到了呢。」

「是啊。」

淳二和亞美都沒有向彼此說新年快樂，只是一直聆聽時鐘的音調。

WANTED

第五章

逃獄第三六五天

- Day 365 -

25

時鐘的指針比預想的還要向後十分鐘，近野節枝急急忙忙地開始出門前的準備。她迅速梳了梳頭髮，隨意抹上粉底後畫了眉毛。今天的妝容只到這邊。節枝確認瓦斯爐和門窗，最後看向和室。

「爸爸，我出門了，傍晚會回來。」

床上的公公只有脖子微微靠向自己這邊，擠出一聲「喔」。

節枝離開家門，坐進掛著天童市車牌號碼的 Daihatsu Mira，前往鎮外的 Minori 製菓麵包廠。那是節枝工作的地方，位於距離家裡車程十五分鐘的位置。

節枝以稍微飆車的感覺奔馳在大馬路上，一個月後，兩旁的櫻花樹應該會盛開得美不勝收吧。車子一下子就超過了一群背著皮革書包的小學生。

『——今天是死刑犯鏑木慶一逃獄滿整整一年的日子。該名嫌犯仍然持續逃亡中，至今下落不明——』

車內的廣播輕輕流洩著新聞播報，節枝卻完全沒有聽進去。

當可以遠遠地看到目的地所在的工廠時，車子被紅燈攔了下來。「真是的。」節枝下意識出聲咕噥。就算遲到一分鐘，出勤卡上面也會記成十分鐘。

正當節枝的手指叩、叩、叩地敲著方向盤時，一輛熟悉的輕型車停在鄰邊的車道。是節枝打工的同事，大久保信代。

節枝和信代彼此都同時降下副駕駛座和駕駛座的車窗。

「早安，我一恍神結果出門就遲了。」節枝出聲。「我是賴床，不小心就睡了回籠覺。」信代苦笑著說。

儘管如此，信代的臉仍是明顯的睡眠不足。比節枝年長一歲、今年五十六歲的信代一週也有兩天在別間食品工廠工作。那邊似乎是夜班，可能是因為生活不規律的關係，信代總是在打呵欠。

「不知道來不來得及……」

「來不及囉。」

這麼笑著說的信代在號誌轉為綠燈的同時「咻」地衝了出去。儘管節枝的 Mira 也跟在後面，卻是緩緩啟動。節枝聽說，如果在停止狀態猛踩油門的話，汽油會掉得更快。雖然不知道是真是假，節枝還是會注意要小心地發動汽車。買下這台 L700 的 Mira 已經是十五年前的事，行走里程數已經來到十四萬公里。

節枝開進廠區後，把車停在後方停車場，小跑步進入麵包廠。

更衣室裡，先一步抵達的信代已經穿好白色工作服。節枝也穿上工作服，將頭髮塞進帽子，戴上口罩，再仔細以肥皂和酒精清潔雙手，套上手套，前往作業區。全身上下在途中經過空氣浴塵室設備的洗禮後，一踏進作業區，便看到同事們都已經集合在一處了。總計四十人。

「現在開始點名——」

負責監督的工廠職員古瀨雙手背在腰後說道。好險，趕上了。

古瀨一一唱名，當喊到節枝時，她「有」了一聲。

「嗯——傳達事項方面，今天也有幾位派遣人員會來，其中也有人是第一次做這樣的工作，再請兼職的各位教導他們工作流程和方法。另外，今天起會加入新產品葡萄乾小餐包，這部分由我直接整合做法。最後，請蛋糕組的人再稍微提高草莓的挑選標準。外形不佳的草莓蛋糕賣不出去，聽說有好幾間進貨廠商向總公司的人抱怨了，請特別注意。那麼，今天也請大家好好加油吧。」

所有人解散到各自的崗位。

當腦袋放空，手上一個勁地工作時，會突然覺得自己好像變成了機器人。節枝在輸送帶運來的草莓蛋糕上擺上草莓，好幾個小時裡只是不停地反覆進行這個動作。偶爾，她的注意力也會跑掉，不小心弄壞蛋糕，而那些蛋糕會立刻被丟進垃圾桶。起初，節枝也會很心疼，覺得那樣很浪費，但很快就沒有任何感覺了。節枝在這間工廠工作已經三年，屬於兼職人員中資深的一群。

「要是那樣的話啊，我們就『這樣』了。」

信代用手刀做出砍脖子的姿勢，接著咬了一大口菠蘿麵包。

在餐廳裡圍著桌子坐成一圈的有節枝、信代和笹原浩子。浩子是大約一年前左右來的五十歲女子，大概是跟節枝和信代很談得來吧，像這樣和她們成了一起吃午餐的夥伴。

順帶一提，餐廳裡的瑕疵品麵包是可以隨便吃的。瑕疵品麵包顧名思義，就是因為有某些缺陷而無法出貨的麵包，這裡每個人都拿那些麵包當午餐吃。雖然偶爾也會有人帶便當，但光是那樣就會被偷偷說成是「資產階級」。

「不過，廠裡現在是人手不足喔，應該不會裁員吧。」

節枝說。

「現在是這樣吧，但明年就不知道了。」

根據信代的說法，工廠最近會更換新機器，更新後，過去靠人力進行的工作就不再有必要，也不需要作業員了。因為其他已經導入新機器的工廠似乎展現出成果，預估會大幅削減人事成本。

「如果那樣的話就傷腦筋了。」

浩子表情凝重地說。

「工作的地方當然也是問題，但因為我們家人很多，瑕疵品麵包實在幫了很大一個忙。」

「我們家也是。」節枝說。「在這裡工作後，我沒有再買過麵包。」

瑕疵品麵包是可以自由外帶的。其實規定是一個人最多拿三個，但沒有人在遵守。與其遭到丟棄，麵包一定也覺得被吃掉比較幸福。

「啊，是古瀨先生。」信代起身道。「古瀨先生，你來一下。」

被點名的古瀨走了過來。信代拉開身旁的椅子拍了拍，示意古瀨坐下。

「古瀨先生，聽說這裡也要採用新機器了，是真的嗎？」

信代開門見山地問，古瀨瞪大眼睛。

「不愧是大久保太太，知道得真清楚呢。」

「所以，是真的嗎？」

「是的，不過我想應該還要好一陣子。」

「好一陣子是多久？」

「唉呀，像我這種一般員工要知道確切的時間有點難啊……」

「那如果進新機器的話我們會被裁員嗎？」

古瀨笑道：「怎麼會？到時候反而是希望你們介紹人過來呢。那我先走了。」

古瀨說著站起身，逃也似地離開了。「很可疑。」信代看著古瀨的背影，瞇起雙眼咕噥。「那個男人說的話不能相信。」

三十九歲的古瀨至今有三次無故缺勤的紀錄，失去了兼職員工們的信任。然而，古瀨卻會抱怨兼職員工遲到或請假，因此招致眾人的反感。

話雖如此，古瀨也有值得同情之處。管理兼職員工是他的工作，公司一定命他要嚴格監督吧。本來，古瀨會無故缺勤就是因為他一直不斷被迫聽兼職員工發牢騷，以及被捲入員工間無聊的爭吵而疲憊不堪，最後精神上出了狀況。成為夾心餅乾的中階主管實在很不容易。

「唉，討厭。未來再過不久，人類就要被機器人追過去了。」

信代感嘆，她咬一口麵包，配著牛奶吞了下去。

節枝在廚房準備晚餐時，丈夫博回來了。雖然丈夫在地方上的房仲公司擔任分店店長，近幾年回家的時間卻非常早。節枝曾問過他一次理由，但由於丈夫一臉不高興地說：「先生不可以早點回來嗎？」從此就再沒過問了。不過，節枝猜丈夫一定很閒吧。丈夫的薪水不斷減少，去年甚至沒有獎金。

聽說，全日本現在有八百五十萬間空屋。據說是因為過去身為房屋所有者的父母若過世，兒女理所當然會繼承，如今卻不再是如此，結果房子就丟在那裡不管了。隨著人口減少，也沒有人要租房，更麻煩的是，要是把房子拆掉變空地的話，便會有房屋稅和地價稅的問題，負擔金額差了六倍之多，很多孩子不想繼承也很合理。無論如何，房仲業界的未來絕對不光明。

「你跟爸說了嗎？」

節枝向對面的丈夫出聲問道。丈夫邊喝著氣泡酒邊回答：「還沒。」

「不快點說的話，那裡可能也會額滿，這樣又必須從頭開始找——」

「關於這件事啊，我們還是自己在家照顧吧。」

「……」

節枝有股丟筷子的衝動。他們之前討論過好幾次，最後明明決定要把公公交給養護型長照中心了。為此，節枝上週還請假，兩個人一起去參觀了長照中心，結果卻……

「老實說，我看了那邊以後心情很悶。那麼狹窄的地方躺了好幾個癱在床上的老年人，根本是戰地醫院了。一想到要把爸放到那裡，就覺得這世上沒有兒子這麼不孝的。」

「可是，爸爸自己也是癱著不能動，也沒辦法吧？」

「就算是這樣，我覺得爸很可憐。」

還真敢說。博把照護公公的工作全都丟給節枝，完全沒有想照顧自己父親的意思。侍候公公吃飯、換尿布這些事從來都沒做過。博的藉口是：「爸也不想讓兒子幫他做這些。」

「而且啊，」丈夫探出身子。「爸日子一定也不多了，所以我們也再稍微忍耐一下吧。」

忍耐的是我不是你！如果能說出來該有多輕鬆啊。然而，兩人一直以來並沒有建立那種夫妻關係。節枝扮演了三十年順從的妻子，這已經成為標準了。

「對了，妳這週末也要去那個奇怪的會嗎？」

丈夫一臉不悅地轉移話題。

「不是奇怪的會，是救心會。」

「叫什麼會都不重要，我不准妳加入喔。」

「都說不會加入了，我是陪信代去的。」

丈夫哼了一聲。「那種宗教一點用都沒有。」

明明什麼都不知道。節枝升起一股想反駁的心情。

上上個星期天，節枝和浩子在信代的邀請下，第一次參加了一個名叫救心會的新興宗教佈道活動。信代是幾年前入會的，說是「妳們去一次看看，真的會有豁然開朗的感覺」，一直纏著邀請她們。儘管節枝和浩子都興致缺缺，卻都因為拒絕不了，點頭答應了。

最後，節枝雖然沒有豁然開朗，但那卻是個比她想像中更輕鬆自在的歡樂聚會。雖然教主不在，但代理師父說的內容非常有幫助，妙語如珠，時而帶點幽默，一點都不會讓人想睡覺，回過神時才發現活動已經結束。至於一起參加的浩子，似乎比節枝更深受感動，問了信代許多關於入會的具體問題。

信代告訴她們，這週末救心會又會在相同地點舉辦佈道大會。第一次參加雖然免費，但第二次開始就要付參加費五百圓。節枝雖然窮，但這點錢還付得出來。

結果，關於公公的安置問題不了了之，丈夫就先去睡覺了。丈夫回來後沒有去看過一次公公。自己到底為什麼會嫁過來呢？年輕時的自己做錯了一個很大的決定。

節枝搭著信代的車一起前往佈道大會。由於前往會場大約需要一個小時的車程，共乘比各自開車還要省錢。不過，信代有收取三百圓作為油錢。

「只有會員可以見到教主。不過，教主實際上有看到你的機率大概一年就一、兩次吧。」

駕駛座上的信代握著方向盤說。

「教主果然是很了不起的人嗎？」坐在後座的浩子問。

「當然啦。我第一次看到教主的時候，眼睛自然而然就泛淚了，因為覺得教主跟我們不是一樣的人類。」

哇——節枝和浩子一起發出嘆息，不過其中有一半是演的。信代習慣什麼事情都講得很誇張。

話說回來，所謂的救心會，是為了正確宣揚佛教、於七年前創立的新興宗教。創會教主在某天的修行中得到天啟後開悟。他說，人們不該逃避俗世的苦惱和煩憂，唯有正面面對、劃清界線後方能悟道解脫。所謂的劃清界線，簡單來說就是寬恕。不是放棄，是寬恕。凡夫俗子的節枝還不是很能體會，只是因為代理教主的那位師父說話很有魅力才會來的。照信代說的話，「一開始這樣就好」。

不久，車子進入貫穿大片森林的道路，穿過知名的高爾夫球場。

坐在副駕駛座的節枝看向後照鏡。大約在五十公尺後方，還是看得到輕型機車的身影。節枝幾十分鐘前就發現這輛輕型小綿羊了，那輛車一直跟節枝她們走同樣的路線。雖然對方戴著全罩式安全帽，但從身形來看，應該是名年輕男子吧。

「後面的機車還是跟我們同路耶。」節枝說。

「啊啊，真的耶。可能是救心會的會員吧。」

「救心會也有男會員嗎？」

「當然有啊，只是很少。」

當車子開到山腳下時，救心會的道場驟然出現眼前，外觀構造就像老舊的公民會館。這裡本來就不是救心會建設的道場，而是將屋裡留下來的設備繼續沿用的樣子。至於這裡之前是什麼，節枝並不清楚。順帶一提，此處是救心會的分部，總部位於東京的秋留野市。救心會的分部遍布全國各地，會員數現在已經超過了三萬人。

由於會館的停車場已經沒有空位，工作人員要節枝她們停在空地上。但那塊空地也擠滿了車輛，一行人為了找車位繞來繞去了好幾次。

就這樣，三人進入會館後，一踏進鋪著榻榻米的大廳，便看到比上次更多的人群，熱鬧不已。總共大概有一百人吧。其中，大部分都是和節枝一樣的中、老年女性，男性屈指可數。

節枝她們找到空位後，鋪好坐墊坐了下來。所有人都喋喋不休地到處串門子，也有許多人和信代打招呼。會員彼此間感情好像很融洽的樣子。

當代理教主的尾根師父終於現身後，場內的喧嘩戛然而止，氣氛變得嚴肅，彷彿學校的早自習時間。尾根師父跟上次一樣，身穿一襲刺眼的螢光黃袈裟。由於師父年紀大約六十歲上下，身材圓滾滾的，節枝第一次看到他時覺得他就像某種吉祥物，十分好笑，但神奇的是，第二次見到師父，便覺得他看起來神聖不可侵犯。

「歡迎大家來到這裡。」

低沉的聲音傳遍寬闊大廳的每一個角落。尾根師父的特徵就是中氣十足，說話像機關槍一樣。

「哦，有好多人戴口罩呢。唉，現在這個時節花粉很嚴重也沒辦法吧？順便跟大家說，我不怕花粉。為什麼呢？因為我眼睛小、鼻子塌，花粉根本沒辦法入侵。」

場內爆出哄堂大笑。的確，即使說得客氣一點，尾根師父的長相也稱不上端整，就像隻臉扁扁的狐狸。之後，尾根師父繼續以幾個自嘲與時事話題逗大家開心，緩和會場的氣氛，感覺就像在聽單口相聲一樣。

「好了，一直這樣胡鬧的話，教主會罵我的，差不多該聊聊正經事了。那，首先——來，眼睛看著我的佐藤太太。」

被點名的佐藤是一位三十幾歲、很樸素的女性。她迅速起身，將自己的煩惱赤裸裸地坦承出來。上一次也一樣，佈道大會的進行方式就是像這樣，大家一起傾聽會員們日常生活的煩惱，尾根師父再給予建言。

佐藤吐露的煩惱令節枝感同身受。佐藤的婆婆個性尖酸刻薄，煮飯、洗衣、打掃……對於所有家事一定要抱怨才痛快。佐藤的丈夫站在婆婆那一邊，兒子則是喜歡親近寵孫子的奶奶。佐藤流著淚說自己每天都感到孤獨和空虛。

節枝自然而然地應和佐藤。她也曾被婆婆欺負得很慘。節枝曾發現丈夫外遇，當時，婆婆追究的人卻是節枝，說所有責任都在節枝身上。當那樣的婆婆因病過世時，節枝在內心發出喝采。

「我懂。」

尾根師父一臉凝重地說著那一百零一句台詞。無論什麼煩惱，尾根師父的第一句話都是「我懂」。如同救心會的教義，師父的建言就是寬恕。尾根師父說，不要心懷憤怒與憎恨，反而是寬恕能拯救心靈。

「當然，這並不容易。不只佐藤太太，大家也都還在修行的階段——所以，佐藤太太，妳不能忘記的是，妳絕對不是一個人。無論家裡有多麼艱辛，這裡都是妳心靈的家，好嗎？」

「好。謝謝師父。」

之後，也有好幾人將自己的心事坦言以對。儘管煩惱五花八門，但經濟窮困可說是所有人一致的煩惱，甚至還有連電費都繳不起的人。節枝家雖然沒有窘迫到那個地步，卻不改貧窮的事實。他們的存款從十年前開始便全完全沒有增加。

「接著是——來，大久保太太。」

信代被點到了。

信代也跟其他人一樣，訴說經濟上的窮困。她向尾根師父吐露不知道老了以後該怎麼辦，一想到未來就喘不過氣等等，臉上是平常不會向節枝她們展現的脆弱。信代連現在工作的工廠如果引進新機器，自己就有可能被裁員的事也說了。

「我懂。」尾根師父深深點頭。「雖然這樣說有點誇大，但科學和機器的開發日新月異，不停加速我們生活的便利性對吧？如果只有自己國家停下腳步，就會被世界拋在後頭、排除在外。所以，每個國家都在競爭發明新技術，想要採用新科技，追求更加便利的生活。」

尾根師父緩緩踱步，邊往大廳移動邊說：

「可是啊，無論我們的生活變得多便利，說到富足的程度是否也是成等比例增加，答案卻是否定的。這邊說的富足是指心靈。請睜開眼睛看看這個世界，有好多慘案吧？此刻，世界各地也都有爭執在發生。明明這個世界如此富裕和方便卻還是這樣，實在很不可思議吧？也就是說，如果以經濟為基礎來思考，無論多久都無法得到真正的富足和幸福。只有能用另一個層面思考的人才能獲得幸福。那就是我平常一直在說的『解脫』。」

放眼望去，黑壓壓的人頭如波浪般震動，所有人頻頻點頭。

「還有，我也很常講，就是我不需要金錢。我啊，以前過的是相對富裕的生活，但從教主身上獲得啟示後，將所有財產都獻給了救心會。雖然生活從那刻起變得貧窮，卻得以安穩度日，能夠像這樣和各位連結在一起。我萬萬無法跟教主相比，各方面也都望塵莫及，但也像這樣體會到了解脫——大久保太太，請捨去妳的煩惱，拋棄追求奢侈的心。」

「師父，我絕對沒有追求奢侈的——」

「講極端點，只要有水就可以了。」尾根師父明明白白地說。「只要在日本生活，就絕對不可能餓死。

請在最低限度的生活中一點一滴積德。最後，那將成為妳心靈的支柱。明白了嗎？」

「是，我明白了。」

「看，妳這樣就離解脫更進一步了。」

佈道大會結束，出口的方向排了長長的隊伍。尾根師父一一和眾人握手，目送大家離開。

「怎麼辦，我這次要不要買呢？」

在隊伍中等待時，浩子煩惱地說。她指的是救心會的念珠。上次的佈道大會也有販售，但節枝和浩子都沒有買。

「可是買的話，就會順勢加入了不是嗎？」節枝說。

「嗯，我有在考慮入會。」

「浩子！我好高興。」

信代在胸前雙手合十，手腕上當然有念珠。

「啊，可是還沒決定——」

「節枝，妳呢？」信代忽略浩子未盡的話，向節枝試探。

「我還有點……」

「為什麼？」

「我先生再三叮嚀說絕對不可以入會。」

信代撐開鼻孔，重重噴出一口氣。「節枝，妳之前是不是說過妳先生有在打高爾夫？」

「嗯，那是他唯一的興趣。」

「那個去一次多少錢？至少也要一萬五千圓吧？」

「我不是很清楚詳細的金額……」

「救心會的會費是每個月三千塊，有能力布施的人再布施就好。像我也加入四年了，只布施過兩次，恰恰好就是一萬塊。」

「……」

「妳先生那個只是興趣，這邊則是人生的指南，更何況金額只有他的五分之一，他沒道理抱怨。」信代像個要簽約的業務，一句接一句地說。「妳看看其他宗教，每一個都是以賺錢為目的，一直吵著要人買這個、布施那個的。救心會從來沒說過那種話，連會費繳不出來都願意讓會員延後再交。」

「嗯、嗯。可是，我還是要再考慮一下。」

信代一臉不滿意地咕噥：「我是覺得越早加入越好啦。」

就這樣，終於輪到節枝她們來到出口。

「哦，兩位上次也有來吧？」

尾根師父看著節枝和浩子問道。師父有記住自己令節枝感到很高興。

「是我帶她們來的喔。」信代挺起胸膛。「她們正在猶豫該不該入會，師父也推她們一把吧。」

尾根師父苦笑。「我不會這樣做，我希望大家是根據自己的意志加入，請兩位仔細考慮。」

「師父，我在想是不是先買念珠就好。」浩子說。「這樣半吊子是不是還是不太好呢？」

「沒這回事，我要跟妳說謝謝惠顧呢。」

尾根師父打趣道。念珠的價錢是兩千七百圓，節枝雖然不清楚其他宗教的狀況，但這應該算便宜吧。就如信代所說，救心會並沒有以賺錢為目的。

浩子拿出錢包時，身後出現一個聲音：「我也可以買嗎？」一回頭，節枝她們後面站著一名高䠷的年輕男子，白色口罩上是一雙細長的眼睛，眼皮格外浮腫。男子的服裝讓節枝發現，這個人就是節枝她們過來時在她們後面騎著小綿羊的男子。

「嗯——你今天是第一次來對吧？」尾根師父說。

「是的，師父的話讓我受益良多。」

「你是怎麼知道救心會的呢？」

「我母親的朋友是救心會的會員，所以她也很有興趣，想來參加佈道大會。可惜我母親身體不太好，無法出門。所以就由我這個兒子代替她來。」

「原來如此，原來如此。」尾根師父嘴上雖這麼說，表情卻還是有些戒備。「真懂事。」

之後，浩子和年輕男子買了念珠，結果也當場入會了。雖然浩子是遲早都會入會，但年輕男子可能有一部份是被信代說服的。不過，會買念珠的話，代表他本來就有興趣了吧。

兩人在介紹人的部分填了信代的名字。節枝事後才知道，如果介紹兩名朋友入會，介紹人似乎可以免一年的年費。這樣一來就了解信代熱衷傳教的理由了。

不過，這也不是壞事吧。因為救心會是個好地方。

節枝對自己的偏見感到羞恥。從前，她一直覺得所謂的新興宗教是假借宗教名義的斂財生意，以歧視的觀點認為熱衷其中的人都是弱者，只是想依賴某種東西罷了。所謂的無知實在愚蠢不已。

無論從哪個角度來看，救心會都不是以營利為目的，只是單純想將迷惘的人們導入佛道正途。

我是不是該趁這次機會加入呢？節枝在回程搖搖晃晃的車上，有些後悔地想著。

「妳在開玩笑吧？妳在想什麼啊？」

當節枝透露想加入救心會的想法後，丈夫立刻停下手中的筷子，兩眼圓睜。

「就說了，那裡跟你想的不一樣，不是那種怪地方——」

「囉嗦！」丈夫拍了一下餐桌。「我早就說了吧？我就是怕事情會變成這樣。我說過，像妳這種沒見過世面的人去參加那種讀書會的話，一定兩三下就會被吸收。」

「不是讀書會，是佈道會。」

「管他什麼會。說到底，妳為什麼要去聽不認識的陌生人說教啊？妳去把那傢伙帶過來，我來跟他說教。」

節枝錯了。她不該跟丈夫說的，節枝覺得自己是笨蛋。

「聽好了，我絕對不同意。要是讓我知道妳偷偷加入那種地方的話，我就離婚。這不是威脅，妳給我做好覺悟。」

我才想離婚——節枝過去不知道想過幾次，只是沒有實行的勇氣。她沒有那種膽量也沒有那種行動力。雖說薪資微薄，但丈夫每個月還是有賺生活費回家。節枝光是想像經濟無法獨立的自己之後要一個人生活就忍不住發抖。

雖然照尾根師父說的話，這種想法就是被俗世的欲望所困。如果節枝能捨棄那些的話，真正的幸福也會來到自己身邊嗎？

「……節枝。」

和室拉門內傳出微弱的聲音。是公公。

「欸，在叫妳。」

丈夫抬起下巴示意。節枝嘆了一口氣起身。

節枝拉開門，打開電燈後問：「怎麼了嗎？」

「我餓了。」沙啞的聲音說。

「爸爸，您剛剛吃過飯了。」

「我沒吃。」

「您吃了煮芋頭、蘿蔔乾絲還有——」

「沒有，我沒吃。」

來了。公公這一年來失智症急速惡化，大概是連飽食中樞也受損的關係，再怎麼吃也不會說自己飽了。過去，曾經有搞笑藝人演出同樣情境的短劇，少女時期的節枝看了捧腹大笑，但現在她絕對笑不出來。

「節枝。」

公公費盡九牛二虎之力移動右手，朝節枝伸了過來。節枝將那隻手塞進棉被裡。不知道是退化成小孩亦或是男人本性，公公變得異常想觸碰節枝的身體。對此，丈夫一笑置之說：「太好了，證明妳還是個女人。」

公公身上散發穢物的味道，節枝打開窗，憋著氣幫他替換尿布。途中，公公仍是不斷喊著要吃飯。處理告一段落回到客廳後，節枝沒看到丈夫的身影。他已經逃去洗澡了。

此時，餐桌上的手機響起旋律。一看，是兒子拓海打來的。

〈爸在旁邊嗎？〉

「他在洗澡。」

電話另一頭的兒子鬆了一口氣。

〈媽，抱歉，借我三萬塊。〉

果然，是打電話來要錢的。今年要三十歲的獨生子拓海，除了拿錢從來不會和家裡聯絡。這個浪蕩子上大學後去了東京，之後便一直留在那裡，至今仍是單身，不停換工作。每次他都說「現在這個時代，去條件好的地方是很理所當然的事」，以此正當化自己的行為。因此，他的錢包總是空空如也。

節枝一問兒子借錢的原因，他果然馬上以無所謂的口吻宣布「我上個月辭職了」。

「你不是說這次去的地方努力多少就能賺多少，很適合你嗎？」

〈進去之後才知道那都是騙人的，根本是間血汗公司。沒腦子的主管不停在開沒用的會議，說大家都

很散慢，明明他自己對業務一點幹勁都沒有好不好。還有，同事們也都是白痴，對那種主管說的話不停點頭稱是。〉

拓海的這種個性大概是像爸爸。丈夫博平常也都瞧不起身邊的人，隨便就會說別人「沒用」。因為全世界他們認為「有用」的人，只有自己。

「可是媽媽也沒有錢啊。」

節枝沒有說謊，家裡真的沒錢。

〈至少比我有錢吧？而且我以後會還啊。〉

「從以前到現在，你還過一毛錢嗎？」

〈我不是一直跟妳說會一起還嗎？〉

「那是什麼時候還？」

〈所以啊——〉

之後，節枝和兒子深談了五分鐘左右就結束了通話，被迫答應明天要匯三萬塊過去。

不管是兒子還是自己都好丟臉——一定是我把拓海養成那種人的，沒用的我。

一想到兒子的將來，節枝的心情就沉落谷底。拓海掛掉電話前咕噥了一句：「到頭來，只要是領人家薪水就永遠賺不了大錢吧。」如果兒子真的因為這樣要創業的話就慘了。明眼人都看得出來會一敗塗地，只有拓海自己不知道。

賺不了大錢也無所謂，節枝打從心底只希望兒子能腳踏實地，盼望他能過平凡的人生。

「欸——沐浴乳沒了喔——有新的嗎——」

浴室傳來丈夫的呼喊。

「對不起，我明天去買。」

丈夫用力咂嘴，接著「碰」一聲，粗魯地甩上門。

呼——節枝閉上眼睛，腦海裡浮現的是不曾謀面的教主身影。

26

隔週，節枝在工廠裡發現了一名眼熟的青年。

「那個男生，我記得是佈道大會——」

「沒錯，是我介紹來的，他說他在找打工。」

這麼說來，那天信代和青年交換了聯絡方式。兩人當天才認識，青年卻以信代作為介紹人的形式入會，或許是因為這樣，信代才覺得這點忙一定要幫吧。不過，青年不是直接由Minori製菓直接雇用，而是透過人力派遣公司過來的。

「我跟他說不要去那種亂來的地方比較好，但他說如果是公司直接雇用但很快就辭職的話會不好意思。」

原來如此，這是明智的判斷。在適不適任這方面，沒有什麼工作比麵包廠更一翻兩瞪眼了。甚至還有因為這種工作而神經衰弱的人。

順帶一提，信代口中「亂來的地方」指的是把青年送來的人力派遣公司，那真的是間非常散漫的公司。雖然聽說他們雇用了許多臨時工，卻總是不按工廠指定的人數派人過來，影響也波及到節枝他們這些兼職人員。聽說古瀨每次都會向派遣公司表達不滿，對方卻說「臨時工本來就是這樣」，一點也沒有不好意思的樣子。儘管如此，由於廠內人手不足，好像也無法和對方中斷合作。不過，等引進新機器後就難說了。當然，這點節枝她們也是一樣。

午休時間，信代邀青年加入，所以這天是四個人在餐廳圍成一桌。

「我叫久間道慧，今年二十一歲，再次請大家多多指教。」

青年報出自己的姓名後深深鞠躬。雖然他的眼神有些銳利，感覺卻是個有禮貌的孩子。因為他是國中時搬來山形的，所以講話沒有口音。順帶一提，節枝和浩子都是嫁到丈夫的故鄉才來到這塊土地，她們之中在山形土生土長的只有信代。

「這樣說的話，久間很了不起呢。你比我們的小孩都還小，卻有心學佛。」

「我之前也參加過幾個宗教的佈道大會，但覺得都不適合自己。救心會是最合得來的地方。」

「沒錯。其他那些都是騙人的。」

久間苦笑，咬了一口麵包。大概是因為跟他說麵包可以隨便吃的關係，久間面前堆了座瑕疵品麵包山。因為是年輕男生，不管多少都吃得下吧。

「這邊的工作怎麼樣？一直在做同樣的事很煩吧？」

「不會。老實說，這邊的工作雖然不有趣，但或許很適合我。因為可以一邊發呆想事情一邊工作。」

「啊啊，太好了。不是這種個性的人就做不了這裡的工作。」

「而且，有認識的人在果然會很放心。」

聽到久間這麼說後，信代瞇起眼睛點頭表示贊同。「因為我們已經像一家人啦，有什麼煩惱都可以找我們商量。」

沒錯，節枝他們都在救心會這把傘下，靠這把大傘克服無謂的塵世牽掛和紛爭。

三天前，節枝加入了救心會，當然，她沒有對丈夫說。絕對不能讓他知道。不過一問之下才發現，救心會的會員中，似乎也有許多人跟節枝一樣沒有得到家人的理解，瞞著家人入會。

「這裡也有其他會員嗎？」久間迅速環顧周遭一圈後問。

「沒有，只有我們。啊，對了久間，我先跟你說，你不可以邀這邊的人入會喔，被發現的話會馬上被炒魷魚。」

節枝和浩子互看一眼，露出苦笑。上個月，信代向職場裡的每一個人都出聲詢問，這件事似乎傳到了古瀨耳裡，因此遭到嚴重的警告。古瀨明白地告訴信代，要是再有同樣的事就要請她離職。

「對了，你說你母親生病……」節枝含蓄地問。

久間垂下眼眸，嘆了一口氣回答：「對。是有點麻煩的病。」

「麻煩的病……你介意我問嗎？」

「沒關係，我不介意。大家知道早發性阿茲海默症嗎？」

那瞬間，本來一直低著頭吃麵包的浩子猛然抬頭，看著久間。

「當然知道，所以你母親……？」

「嗯嗯，她在幾年前發病，現在正慢慢惡化。」

「可是啊，你媽媽比我們年輕吧？她今年幾歲啊？」信代問。

「我母親今年四十五歲。」

「啊，這麼年輕？所以才說是早發性嗎……」

據說，久間平常都在家裡照顧母親，似乎是只有母子二人的單親家庭。

節枝打從心底同情久間，也能理解為什麼一個才二十一歲的年輕人會向宗教尋求救贖了。久間一定是一心想找個什麼來倚靠吧。

「下次讓我們見見你媽媽吧，我們至少可以陪她聊天。」信代說。

「沒關係的，妳們不用太在意。」

「沒事啦，不用對我們客氣。」

「那之後就拜託了，我母親一定也會很高興。」

聽了久間一席話，節枝為吊兒郎當的兒子感到羞愧，明明拓海都要三十歲了。

如果節枝罹患阿茲海默症病倒的話，拓海會照顧自己嗎？就算不用每天照護，他會向自己伸出一點點援手嗎？思及此，節枝的心情便一片慘澹。

工作結束後，節枝邀浩子去咖啡廳。那是間一杯咖啡一百八十圓，可以免費續杯兩次的店，店家完全沒有要賺錢的意思。咖啡廳由一對老夫婦經營，但其實是做興趣的吧。店內擺設呈昭和時代風情，可以看到懷舊海報等物件。

節枝會邀浩子是因為覺得她今天一整天都很沒精神的樣子。如果有什麼想不開的事，希望她願意傾訴出來。儘管認識時日還不長，但浩子是節枝重要的朋友。

「沒有，我沒什麼特別的事……」

「這樣啊，那就好。」

「節枝，謝謝妳。還有，不好意思讓妳為我擔心。」

浩子鄭重地說。

「哪有什麼，我們不是朋友嗎？」

「嗯，謝謝。」

兩人啜了一口咖啡。將杯子放回碟子上後，節枝問道：「浩子，妳要不要吃燉牛肉燴飯？」

「可是等一下就要吃晚餐了。」

「我也是，所以我們點一份一起分吧，我之前吃過一次，非常好吃。」

節枝向老闆招手，點了燉牛肉燴飯。餐點幾分鐘內便來了。節枝將燴飯分成兩半，裝在小盤子裡。

「啊，真的好好吃。」

浩子吃了一口燴飯後說。

「對吧對吧？」

看到浩子展露笑容，節枝也很開心。她們這些家庭主婦很少有機會吃別人做的菜。所以偶爾像這樣吃到便會更加充滿感激。

吃完燉牛肉燴飯，稍微休息後——

「其實，我有個祕密瞞著妳。」

浩子以凝重的表情說。

節枝和浩子四目相對，浩子的眼睛微微晃動。

「妳願意告訴我嗎？」

「當然。」

「還有就是——」浩子微微皺眉。「可以幫我對信代保密嗎？」

「嗯，好。」

本來節枝沒有找信代就是因為只要有她在，浩子和自己就會有所保留。當然，信代也是她們喜歡的朋友，但只要信代在場，話題就總是繞著她打轉。

浩子和自己一定很像。她們都是從別的地方來到這裡，還有膽小內向的個性也一樣。

然而，浩子卻忸忸怩怩，開不太了口，似乎在煩惱該從何說起的樣子。

最後她說：

「現在有個逃獄犯在到處逃竄對吧？」

節枝蹙眉。浩子為什麼突然說這個呢？

「嗯——妳是說鏑木慶一？」

浩子點頭。

「我當然知道這件事啊。」

雖然最近討論的熱度似乎終於冷卻下來了，但還是會看到相關的新聞。這一年來，這個逃獄犯在日本引起了軒然大波，人們只要碰面，談及這件事的頻率就跟討論天氣一樣，一點也不誇張。不管怎麼說，畢竟是少年死刑犯逃獄，而且警方至今都還沒有捉到他。

「那個逃犯殺害的那一家人——」浩子突然眼眶泛淚。「是我的，親戚。」

在這個瞬間，節枝不明白這句話的意思，待她理解後又啞然語塞。過了幾秒，節枝總算說出口的話是「怎麼可能」。

之後，浩子拿手帕按著眼角，斷斷續續道出了一切。

浩子說，鏑木慶一殺害的是她的外甥、外甥的妻子和孩子。與他們同住在一起的姊姊好不容易才逃過一劫。

雖然無法相信，卻也只能相信。節枝竭力保持冷靜，不讓自己的動搖顯露出來，卻沒有可以成功辦到的自信。想不到浩子竟然是那起命案的受害者家屬。

「我和外甥夫婦只是見過面的關係，所以聽到他們被殺害的時候，老實說不太有真實感。當然我知道事情很嚴重，也很震驚。」

節枝應和，鼓勵浩子說下去。

「對我來說，最擔心的是小由。小由實在太可憐了。」

「小由是妳姊姊嗎？」

「啊，對。抱歉。」

「不會。」

浩子點頭。「那件事過後，姊姊在我家住了一陣子。」

「這樣啊。」

「嗯。是我來 Minori 製菓工作前，很短的一段時間，因為姊姊變得無依無靠。本來，在那件事的幾年前她先生就因病過世了，所以她才會麻煩我外甥，住到兒子家。」

節枝光是聽都覺得不忍。

「還有，我姊姊生病了，是早發性阿茲海默症。」

節枝真的不知道該說什麼才好，那是白天才剛聽過的病名。

「不過，我姊姊沒有那麼嚴重，只是有點健忘而已。她很清楚我是誰，也能聊過去的事。身體方面也都很健康，自己的事都能獨立完成。所以，我自己是很想就那樣和姊姊一直生活下去，可是我家有先生和公婆在，最小的孩子才剛念高中，現實上還是……」

「妳姊姊現在在哪裡呢？」

「她現在在千葉縣我孫子那裡的一間團體家屋。」

「團體家屋好像是老年人聚在一起生活的地方對吧？」

節枝剛好因為公公的關係搜尋過照護機構，因此有些常識。團體家屋是一些跟節枝的公公相比，比較不需要他人照顧的老年人共同生活的地方。

「嗯，可是她能去的地方只有那裡。那是我先生的遠房親戚開的，特別收容了我姊姊。」

「這樣啊。不過，姊姊和老年人一起生活也很辛苦呢。」

「嗯。」

「而且千葉離這裡很遠。」

「嗯，很遠。」

浩子低頭道。

糟了。我幹嘛讓浩子難過啊？節枝為自己的神經大條感到生氣。

「妳偶爾會去看她嗎？」

「一個月一次，搭新幹線去。我對自己的駕駛技術沒自信，不敢開車出遠門。可是，交通費加上要給那邊的人伴手禮等等的，也都很不容易。」

「這樣啊，對喔。不能兩手空空的去。」

稍微沉默了一會後，浩子突然跳了一個話題：「節枝，妳先生的公司有在徵人嗎？」

「我記得妳先生是在房仲公司工作吧？」

「嗯，沒錯。」

「我先生的公司啊，大概最近會倒閉。」

「什麼，妳先生不是在大公司上班嗎？」

「大的是母公司，我先生的公司很小，說是業績不好、已經不行了。」

「那母公司什麼的不能收留員工嗎？」

「好像也不會這樣。聽說，他們好像有介紹一些年輕的員工去集團其他公司，但像我先生這種超過五十歲的就很難。」

「怎麼這樣？明明年紀大的人要轉職比較辛苦啊。」

「真的。就是這樣他才必須找工作。所以我才想說妳先生那裡有沒有在徵人。雖然我先生之前一直都是做業務，但他本人說只要願意雇用，他什麼都做。」

「可是——」

「果然，一定要有不動產經紀人資格才可以嗎？沒有機會嗎？」

「那個……我想應該不是這樣，只是我先生他們公司的業績好像也不好，我才想或許也沒有在徵人。聽說他們今年連一個新鮮人都沒招。」

「就算這樣，可以請妳幫我問問看嗎？」

「嗯、嗯。我知道了，但不要抱太大希望喔。」

浩子的表情沉重迫切得令人難過。

原來，浩子的處境比節枝更加艱難。雖然這樣說不太好，但節枝以前覺得浩子是個生活更加有餘裕的女性，結果卻大錯特錯。浩子懷抱許多煩惱也無法告訴別人，一定很痛苦。節枝打從心底同情浩子。

還有，雖然沒見過面，但浩子的姊姊也實在太可憐了。如果人生非得背負這種不幸的話，豈不是只有痛苦可言嗎？出生在同一個國家、和自己生活在同一個時代的女性為什麼會遭遇這麼悲慘的事呢？

「我都會期待，會不會將來出現一個天才醫學專家，開發出那種像魔法一樣，能瞬間治好阿茲海默症的藥。」

浩子看著遠方說。

「這果然是一種逃避現實的想法吧？」

「不是。將來一定會有人開發出那種藥，因為人類是很優秀的嘛。」

浩子孱弱地笑了笑。

「這樣一來，妳姊姊還有久間的媽媽都會痊癒的。」

「啊啊，久間的媽媽。」

「他也很辛苦吧，小小年紀的。」

「嗯，真的。」浩子吐出一口氣。「不過我可能……有點怕面對那個孩子。」

「為什麼？」

「我不太好說……還是算了。」

「什麼，妳說嘛。」

浩子微微皺眉道：

「一開始看到他的時候，我覺得他有點像那個兇手。」

「兇手，妳說鏑木慶一？」

浩子點頭。

節枝在腦海裡回想鏑木慶一和久間的臉。「完全不像吧？」

「嗯，仔細看後完全不一樣，但我總覺得有那個樣子。雖然這樣說很失禮……」

「的確，久間有點可憐。」

「對吧？抱歉，忘了這些話吧。我一輩子都不會忘記兇手的臉。」

浩子說，審判時她曾經親眼看過鏑木慶一，說他長得十分冷酷，彷彿身上流的不是人類的血液一樣。

「我姊姊跟我不一樣，是一個笑口常開、很開朗的人。我無論如何都不會原諒奪走她笑容的兇手。」

「這是當然的。無論是為了姊姊還是為了妳，都一定要趕快抓到他才行。」

「嗯。」浩子視線落到手錶上。「啊，已經這麼晚了！得快點回家準備晚餐了。」

「我也是，超市的限時特賣要開始了。」

由於是自己約人家的，所以由節枝來買單。浩子原本堅持說不行，但最後還是妥協說了謝謝，把錢包放回包包裡。

分開時，浩子叮嚀：「真的不要跟別人說喔。」當然，節枝完全沒有打算要跟誰說。這種事情，她絕對說不出口。

另一方面，節枝也覺得自己和浩子之間有了更深的羈絆。浩子只願意對自己敞開心房。人類是互相扶持的生物，無法一個人獨自生存。

晚飯時，節枝詢問丈夫博工作的地方有沒有在徵人後，馬上換來嗤笑。

「那個女人臉皮也很厚，一般人才不會跟朋友的先生拜託這種事。」

「沒有那麼誇張，她只是請我稍微問一下而已。」

「就算這樣——」丈夫倒進杯子裡的氣泡酒逐漸增高。「又是邀妳去奇怪的宗教、又是要妳先生介紹工作，妳交的到底都是哪種朋友啊？」

節枝雖然想反駁但還是放棄了。不管說什麼她都講不贏丈夫。

「而且，我們公司自己都在猶豫要勸退誰了。」

據說，丈夫的公司因為削減人事費用想開除員工。

「你沒問題吧？」

「我？我為什麼要被裁員啊？公司都是有我在才能撐下來的耶。」

節枝聽了都不好意思，她從來都不認為丈夫很優秀，丈夫只是一張嘴很會說罷了。況且，若丈夫的公司是因為他才存活下來的話，要怎麼解釋薪水都沒增加以及沒有獎金的事呢？

晚飯過後，節枝幫公公換尿布時發現公公身體出汗，肌膚發燙，正在發燒。體溫計一測，超過三十八度。由於公公平常體溫偏低，因此節枝十分擔心。雖然本人似乎沒有那種感覺，嘴裡說著「沒事」，但節枝還是放心不下，便對洗好澡的丈夫說想帶公公去醫院。

然而，丈夫卻用一副拒絕的態勢說：「我喝酒了。」

「車子我開，你只要一起來就是幫忙了。」

「沒有人三十八度就去醫院的，妳先讓他吃感冒藥。」

「年輕人的話可以這樣，但爸爸年紀已經很大了，就算是小感冒——」

「那就叫救護車。」

比起憤怒，湧上心頭的是更多的空虛。前幾天說爸爸去照護機構很可憐的那些話算什麼呢？

「如果爸爸因為這樣死——」

節枝沒有再說下去，因為她的腦海閃過一道邪念——假設這句話的下文成真的話，對節枝而言或許不是件壞事吧？甚至，正合她意不是嗎？

之後，一股極致的自我厭惡向節枝襲來。她覺得自己是一種醜陋不堪的生物。

節枝踏著不穩的腳步走向臥房，她已經和丈夫分房了。

節枝拿出藏在抽屜裡的救心會寶典——《聖旨》。要是讓丈夫聽到就不好了，因此節枝只是開闔唇瓣，專心無聲地誦經。

27

之後，大約過了一個月。櫻花花瓣墜落，氣候也已變得十分暖和。鎮上的孩子們已經有人穿起短袖。

節枝這天休假，上午，她和救心會的幹部在附近的咖啡廳面談。聽說，這種面談是定期舉行，節枝今天是第一次。

白天回到家裡稍微休息一下後，節枝接到了浩子的來電。

〈節枝，妳面談怎麼樣？〉

浩子今天也有去Minori製菓工作，因此是利用午休時間打電話過來的。她明天要進行面談。

「大概一小時多一點點吧，一下子就結束了。」

〈這樣啊，他們問了妳什麼？〉

「大致上就跟信代說的一樣。感覺就是順著先前提出的書面資料，聊聊家裡的事和現在的煩惱。」

〈會問得很細嗎？〉

「嗯，問得還滿細的。」

〈妳都照實回答嗎？〉

「嗯，算是吧。」

雖然幹部是比節枝要稍微年輕一些的女性，但非常善於傾聽。節枝在訴說煩惱的過程中情緒漸漸激動，將對丈夫的不滿、對兒子未來的擔心以及照護公公的疲憊全都鉅細靡遺地坦承相告。

〈這樣啊，我能說到什麼地步呢？〉

節枝不知道該怎麼回答。浩子擔心的，是坦白家中情況和煩惱與談論她姊姊這件事密切相關。就算對方是救心會的幹部，浩子一定也不想說。

〈還有就是，如果讓妳覺得不舒服的話我很抱歉……〉

「什麼事？」

〈節枝，我姊姊的事妳沒有跟任何人說吧？〉

「我沒說啊，我一句都沒有跟別人提過。」節枝沒想到浩子會這樣問，不小心大聲起來。

〈對吧？抱歉，問妳這種怪問題。〉

「發生什麼事了嗎？」

一問之下才知道，原來，久間最近頻繁地在浩子面前談論母親的病情，浩子才會懷疑他是不是知道些什麼。

〈該怎麼說呢，總覺得他好像在試探我……剛才他還問我說：「笹原阿姨，妳身邊有沒有人跟我母親一樣有類似的病症呢？」我想他是不是知道些什麼才這樣問……〉

「可是他之前也問過我一樣的問題喔。他一定只是想要交換意見或是相關資訊而已吧。」

〈妳說的對，一定是這樣——啊，休息時間差不多要結束了。下班後我可以再打給妳嗎？〉

「嗯。上班加油。」

結束通話，節枝吁了一口氣。久間最近和節枝他們在一起的時間變長了。因為他在同樣的地方工作，也加入了救心會，這也是理所當然的。上週的佈道大會，他們也是搭信代的車，四個人一起過去。

久間的處境應該也很艱難，卻總是保持積極正面的態度。他和節枝她們不同，不說喪氣話不發牢騷，也不會抱怨工作。小小年紀卻能體貼他人，所以即使身在她們這群中年女子當中也能融入得很好，不顯突兀。

這麼令人有好感的年輕人卻有一件匪夷所思的事，那就是他完全沒有讓節枝她們接近家裡的意願。去佈道大會時也是，久間指定了遠離家裡的地方會合，送他回家時，儘管那天下著傾盆大雨，他還是說「在這邊就好」，不想讓車子開到家門前。即使信代主動提起「機會難得，讓我們跟妳媽媽打個招呼吧」也被拒絕了。

因此，節枝她們三人私下認為，久間其實可能不想讓她們見母親。儘管如此，久間卻又經常在節枝她們面前談論母親的話題，這又令人想不通了。

和室門內傳來聲音。節枝一驚，糟了，自己回來後還沒去看過公公。

「節枝……節枝……」

節枝拉開門，走近臥床的公公身邊。確認尿布後，尿布果然如預期的一樣沉。節枝在罪惡感中迅速為公公換上新尿布。

然而，今天這樣算好的了，平常節枝去打工的日子，會將公公丟在房裡近八小時——一個失智症臥床不起的老人。節枝知道這種事是不能被允許的，然而，若是一整天在家和公公相處的話，感覺發瘋的人會是自己。所以，節枝會去打工兼差，除了家計問題外，有一部分大概也是為了逃離公公吧。

果然，只能把公公送進照護機構，這才是健全妥當的處置。

丈夫回來後，節枝再次和他商量公公的事，結果丈夫立刻明顯地皺眉，露出不悅的神情。

「結果妳就是想擺脫爸而已。」

「可是，這樣下去很不好吧？爸爸一直一個人在家耶，要是發生什麼事我們都無法應對吧？」

「那妳把打工辭掉。」

「怎麼這樣？」

如果辭掉打工，以後要怎麼餬口？

「或是換成在家裡做的工作怎麼樣？」

這個人真的只會說些自私的話。

像是要結束話題般，丈夫離開餐桌，坐到沙發上打開電視。電視播著新聞談話節目。節枝嘆了一口氣，準備做晚飯。每次都不了了之。節枝就是這點沒用吧，儘管有自覺卻改不了。

節目似乎正在探討奧運的問題，預估奧運期間能提供來訪外國人住宿的地方會漸漸不足，記者一臉得意地講著這種事到如今才提出的問題。如果日本真的有那麼多空屋的話，只要善加利用那些房子不就好了嗎？雖然節枝這個外行人的想法可能不太實際就是了。

大概是看膩了這個話題，丈夫拿起遙控器轉台。不過，這一台也是在報奧運的新聞。「為什麼要在同一個時間報同樣的東西啊！」丈夫嘖了一聲。

但沒多久，電視台便切換成今天的社會新聞。節枝一邊做菜一邊趁空檔跟著看。

〈昨日深夜，闖入群馬縣太田市民宅殺害母子二人的男性兇嫌，在警方追緝後，已於稍早被逮捕歸案。〉

「喔，抓到了。」靠在沙發上的丈夫探出身體道。

「咦？抓到鏑木慶一了嗎？」節枝從廚房問。

「不是鏑木。說了是昨天晚上的命案了啊。」

昨天晚上有發生那種命案嗎？節枝完全不知道。

「兇手殺了太太和小孩嗎？」

丈夫無視節枝的問題，入迷地盯著電視。節枝也走出廚房，在丈夫身旁坐了下來。

新聞切換到現場畫面，不過，好像不是LIVE直播。畫面是一間獨棟住家的門前，因為大批警察和媒體到來而顯得亂糟糟的。〈警方現在進入男子家裡了。各位觀眾可以看到，男子家附近聚集了許多人。〉一名男性現場記者單手拿著麥克風，表情嚴肅地說。〈啊，警察出來了。〉畫面中有七、八名警察，正中間，一個身材纖細的年輕人被兩個壯碩的男子抓住手臂帶著走。大量足以刺痛雙眼的灼熱閃光燈朝他們閃爍，鏡頭拉近了年輕人的臉孔。

那是個外貌隨處可見、十分普通的年輕人。不過，他沒有要遮臉的意思，面無表情的樣子十分嚇人。最後，年輕人被押入警車後座，途中，記者依然不停朝他按下連續快門。

警車發動後——有一瞬間，年輕人的嘴角看起來好像上揚了。

「那傢伙剛剛笑了對吧？」丈夫似乎也注意到了。

之後，新聞也不停重播那個畫面。年輕人的確笑了。他嘴角微勾，露出自信無畏的笑容。

年輕人名叫足利清人，二十四歲，無業。現在還不清楚他的動機為何。

主播一切換到下一則新聞，丈夫便叼著電子菸說：

「果然出現模仿犯了，我就想最近一定會發生這種事。」

「模仿犯？」

「鏑木慶一啊。一年到頭都在報他的新聞，那種東西一直播的話，就會出現被感召的白痴。那傢伙做的事一模一樣喔。」

「那個人是模仿鏑木慶一犯案的嗎？」

「雖然本人和媒體都沒有這樣說，但這個兇手是下意識被洗腦了。」

儘管出聲應和丈夫，節枝卻不太能接受。鏑木慶一做的事並不特別。雖然哀傷，但闖入民宅殺人的人絕對不少。

不過，丈夫還是繼續搬出「我早就說了」這句話，彷彿自己先知灼見似的。

「說到鏑木慶一，聽說他的懸賞金額好像提高到七百五十萬了。」

只要報案，就能獲得丈夫年收入兩倍的金錢。

「他現在一定在某個地方過著平常的生活吧。」

「為什麼他身邊的人都沒有注意到呢？」

節枝想起浩子。不管是警察還是誰都好，希望他們能盡快抓到鏑木慶一。

「之前電視上的專家有說，那傢伙是變裝高手。現在也一臉若無其事地在外頭過日子——欸，再一杯。」

丈夫輕輕舉起空罐說。節枝起身，走向冰箱。

大概是兩個月前的事吧，警方根據目前為止的目擊證詞畫出了幾張鏑木慶一的肖像畫，向大眾公開。單看那些肖像畫，根本看不出跟原本的照片是同一人，此外，每一幅畫感覺都像不同人。專家說，鏑木慶一巧妙地隱藏了自己的長相特點，並加上新特徵以此欺騙他人，他在所到之處徹底變身成另外一個人。

節枝覺得鏑木慶一還真厲害。比起技術和發想，他的心理強度更為驚人。

節枝打開冰箱，把手伸進去後，身後的丈夫說：

「也有一個說法是他現在可能已經換了一個長相了。」

「意思是他整形了嗎？」節枝走回丈夫身邊問道。

「嗯。他前陣子好像待在福岡，有可能在那裡整形了。」

「可是，一個犯人有可能去整形嗎？」節枝將氣泡酒遞給丈夫。

「有心的話，自己也辦得到吧。」丈夫打開拉環。「妳記不記得，大概十年前吧，不是有個傢伙用刀片還是剪刀，自己換了一張臉到處逃嗎？」

這麼說來，很久以前確實有發生過那種案子。雖然不打麻醉、自己改變五官這種事令人無法想像，但的確有人這麼做。節枝光是想像就不寒而慄。

「鏑木要是那樣的話就找不到了，會這樣一輩子逃下去。」

「怎麼會？不行。一定要抓到他。」

「嗯？妳幹嘛生氣？」

「我沒有生氣。可是，我不能接受逃走就算贏這種事。」

丈夫停下動作，意外地看著妻子。大概是節枝難得會有這種發言吧。

丈夫喝了一口氣泡酒後說道：「我是覺得有一個這種傢伙也不賴。」

「什麼意思？」

「如果他就這樣逃掉的話很有趣啊，像電影一樣。」

這個人，事不關己個什麼勁啊。「一點都不有趣。」

丈夫愉快地笑說：「妳知道嗎？現在竟然還有人成立了『支持鏑木慶一』的團體喔。」

「支持？那是什麼？」

「想幫助他逃跑啊。代表這世界上怪人一堆。」

如果是這樣的話，那些人就不是怪人，而是一群胡鬧又沒血沒淚的傢伙。他們一點也沒想過受害者遺屬的心情吧。而節枝的丈夫也是其中一人。兇手逃掉很有趣這種話，就算是玩笑也不該說出來。

浩子看到這則新聞一定很痛苦吧，大概也會想到自己的姊姊。

傍晚時，結束工作的浩子和節枝通了電話，說她即使會跟救心會提到姊姊的病情，但關於命案的事會先保密。儘管節枝覺得坦白可能會比較輕鬆，但她無法勸浩子。

「對了，拓海那小子新工作還順利吧？」

「誰知道，才剛進去，應該是拚命在適應吧。」

大約兩週前，兒子來了聯絡，說自己確定要去電子新創公司工作了。

丈夫哼了一聲。「那小子也快三十了，再不定下來以後就沒有人要用他了。」

「這些話請你跟他說。」

「我說的話就會吵架啊。」

就是因為他一直以來都像這樣逃避面對兒子，拓海才會變得吊兒郎當。不過，按丈夫說的話，是因為節枝太寵兒子了。到頭來，是他們夫妻自己的責任吧。

只要看到光說不練的拓海，就會覺得身邊任何一個年輕人都很優秀。節枝甚至想拿久間的口水給兒子吃，要他學學人家的榜樣。

儘管如此，拓海是節枝和丈夫親生骨肉的事實不會有任何改變。拓海會有懂事的一天嗎？在節枝許許多多的煩惱中，這或許是最嚴重的。

28

黃金週過後，媒體只專注報導奧運話題的情況又進入了一個新境界，因為再過兩個月，世界上最大的運動慶典就要在這個國家舉行了。就連節枝這個鄉下地方的家庭主婦也日益亢奮，希望日本選手可以大展身手。

「久間，你平常不運動嗎？」

在信代的車裡，節枝發問。今天，四人的固定班底正前往佈道大會。信代開車，久間坐副駕駛座，後座則是節枝與浩子。

「完全沒有耶。我念書的時候也都是回家社。」

「哦?虧你個子很高,看起來像是有在打排球的樣子呢。你有喜歡的運動嗎?」

「喜歡的運動啊……」久間陷入沉思。「硬要說的話,大概是雪板吧。」

「雪板?好意外喔。」

「就算這麼說,我也只滑過一次而已。」

眾人笑起來。

「不過,我們這次是夏季奧運。」

「對啊,真可惜。」

車子就在這樣的對話中前進。輕型車裡坐了四個大人,車身有種沉重感。天空陰沉沉的,回程時一定會哭泣吧。

「為什麼抓不到呢?」

信代突然喃喃低語。剛才,直到前一刻為止,車裡的廣播播的都是新聞,探討逃獄犯鏑木慶一的事情。不過,由於節枝要求換一個頻道,現在車裡播放的是J-POP。浩子現在也在場,他們不能談論這個話題。

「廣播剛才也說,希望警察一定要在奧運前逮到人。總不能讓外國人看日本的家醜吧。」

沒有一個人回應信代。

「再這樣放著他不管,以前說日本警察很優秀的這些評價也會改變吧?」信代的自言自語沒有停止的跡象。「我啊，就算有救心會的教誨，但只有這個兇手不能原諒。因為他殺了好幾個不認識的人，沒有贖罪還逍遙法外。哪有這麼便宜的事，對吧？」

車內依舊沒有任何回應。

「嗯？大家怎麼了？」

信代微微轉向後方道。

「就是說啊，警察一定要快點抓到他。對了信代，昨天下班後妳和古瀨說了很久的話吧？你們在說什麼？」

節枝改變話題。

「啊啊，對。」信代想起似地用力點頭。「昨天不是有個新來的兼職嗎？我和那個人站著稍微講了一下話，古瀨就過來了，說：『妳該不會又在邀別人做奇怪的事了吧？』」

「什麼啊？」

「真的是什麼啊。雖然新興宗教不管怎樣都很容易被講得不好聽，但這實在太過分了吧？最後古瀨還說：『想信仰什麼宗教是個人自由，但請不要牽連別人，造成他人的困擾。』所以我也有點忍不下去——」

大概是回想起當時的心情，信代怒氣沖沖地一句接著一句。其餘三人一個勁地附和。

終於抵達救心會活動會場，佈道大會開始了。這是節枝目前為止參加過聚集最多人的一場佈道大會，大廳呈現沙丁魚罐頭的狀態。救心會的會員似乎不停在增加。

「——我真的覺得自己很沒用，沒臉面對天上的先生……我怎麼會這麼笨！」

一名六十多歲、姓山田的女人泣不成聲，將最近遭遇的不幸赤裸裸地說了出來。身旁的人也都不禁為她感到同情與難過。

這位太太的丈夫在上個月因病去世了，之後她收到了一封倉庫出租公司的通知。通知上寫到，她的丈夫在倉庫保存了大量兒童色情類的物品，想和太太商量要如何處置。具體而言，通知上以禮貌的文字寫著他們可以幫忙處理，但在那之前，要太太繳清丈夫長期拖欠的租金六十萬圓，還說如果不付錢的話就要報警。

山田太太立刻付款。過了一段時間才發現那是詐騙。

為什麼會被這麼無聊的話欺騙呢？雖然節枝對這位太太的膚淺感到無言，但也不是不懂她的心情。身為妻子，當然想掩埋亡夫的不名譽。

「通知上寫了我先生的名字和出生年月日，也知道我們家的地址，所以我也沒懷疑……而且，因為先生剛過世，我的心情也很沮喪……」

山田太太的辯解空虛地迴盪在大廳裡。

「我懂。」尾根師父點頭。「這世上存在著這種抓住人性弱點的卑鄙之徒。雖然哀傷，但就是有這樣的人。在火災現場趁火打劫的人、偷奠儀的人，聽說最近甚至還有把受災地區當下手目標的盜匪，真的令人無可奈何。」

尾根師父十指交扣在腰際，以徐緩的步伐穿梭在信眾間。

「可是要我說的話，做這些壞事的人也都只是無知罷了，他們只是不知道正確的佛理。人類單憑藉信仰和善行便能得救。只要知道這點，任何人都能理解，偏離人倫道理的人反而更吃虧。」

「師父——」此時，另一位年長的女性舉手。

「照您剛剛的說法，如果那種壞人參加救心會的話，也能獲救嗎？」

「當然。」尾根師父毫不猶豫地回答。「不過，只是加入是不行的。若能虔誠信仰，學習正確的佛理，誰都可以重新來過。如果各位身邊有那樣的壞人，請帶對方來這裡一次。」

尾根師父的玩笑引起了眾人的笑聲。

此時，坐在節枝身邊的浩子突然說道：「殺了人的人也是嗎？」浩子的聲音絕不算大，尾根師父卻聽見了的樣子

會場鴉雀無聲。尾根師父瞇起眼睛，斜眼睥睨著浩子。

最後——

「對，殺人者也能得救。」

浩子沒有回應也沒有點頭。另一旁的久間側眼看著這樣的浩子。

回程的天空如預想的一樣在哭泣。漆黑的烏雲一路壓向遠方，雨勢漸漸增強。車內瀰漫著尷尬的氣氛。

剛才，信代責備浩子，說她對尾根師父態度不佳，結果卻遭浩子反駁：「可是我無法接受。」浩子平常比任何人都加倍溫馴，她出乎意料的反抗令信代氣憤難當。

不停左右擺動的雨刷「嘰——嘰——」地發出刺耳的聲音，可能是膠條老舊的關係，撥水的效果很差，視線也因此不太好。然而，信代的車卻開得很兇狠，一輛接一輛地超越前方的車子。節枝雖然想提醒她一聲卻說不出口，任由車子擺盪起伏。

身體前傾握著方向盤的信代突然開口。

「浩子，對於救心會的教誨，妳是心存敬仰的吧？」

「嗯，是沒錯。」

坐在後座的浩子回答。

「那妳質疑尾根師父很奇怪吧？難道不是嗎？」

「……」

「我認為大家都覺得妳剛才的態度很失禮。」

幾秒的沉默後——

「那是因為……妳沒有親人被殺害。」

浩子輕輕低語。

疑惑在車內擴散開來。車內後視鏡裡映著信代訝異看著後方的眼睛。

突然，副駕駛座上的久間大吼一聲：「危險！」車子緊急煞車，節枝的身體飛了起來，緊接著是「砰」的一陣衝擊。

節枝的頭部衝向副駕駛座的頭枕。車子馬上停了下來。

腦震盪了。節枝暈頭轉向，視野搖晃不清，身旁的浩子似乎也處於一樣的狀態。

過了一會兒，節枝的身體稍微恢復過來，她看向擋風玻璃前方，隨即瞪大眼睛，倒抽了一口氣。

距離車頭前方大約七、八公尺的路上，躺著一把黑傘和扭曲的腳踏車。腳踏車旁則倒了一名穿著制服、看似國中生的男孩。

久間猛力打開車門衝了出去。他奔向男孩，跪在馬路上，在男孩耳邊大喊。

「騙人……不要。」

發出聲音的是握著方向盤的信代。

「不要，不要。」

信代宛如夢囈般喃喃自語。

她迅速看向後方，臉色蒼白。

「是那孩子突然跑出來的對吧？妳們都有看到吧？」

節枝剛才並沒有確認前方，因此不知道當時路上的情形。她唯一記得的是那一瞬間，車內後視鏡裡映著信代看向後方的眼睛。

「欸，妳們看到了吧？啊？」

信代瞪大眼睛，懇求般地說。

節枝和浩子都無法回應她。

此時，久間回到車旁，一打開車門便喊道：「叫救護車！」他表情僵硬，瀏海滴落水珠。

「我來打。」

節枝說道。她剛從包包裡拿出手機，久間便立刻關上車門，再次跑向男孩身邊。之後，浩子也下車往男孩的方向移動。

〈119您好，請問需要救護車還是消防車？〉

節枝一邊說明狀況和所在位置一邊瞪向前方。漸漸有好幾台車停下，人們下車聚了過來。

信代雙手抱頭，一直喃喃念著什麼。直到掛斷電話，節枝才知道信代口中念的是佛經。

29

車禍後過了一週。雖然被撞的國中男生頭部裂傷、左手骨折，傷勢並不輕，但還好沒有性命之憂。據說，就讀國三的這名男孩隸屬學校羽球隊，以參加縣大賽為目標努力練習，但這個夢想如今已無法實現。節枝去探病時，他顯得非常沮喪。儘管怎麼道歉都不夠，節枝也只能不停地說對不起。

相反的，駕駛車子的信代和男孩的父母大吵了一架。信代不承認自己有疏失，主張「是你們的兒子衝出來的」。關於這點，警察要求同乘的節枝和浩子說明情況。節枝她們跟警察說，由於當時沒有看前方，所以不知道正確的情形。節枝沒有說謊，她真的不知道。不過，她也沒有將信代視線看向後方的事說出來。

另一方面，警察沒有第三名同乘者久間的證詞。因為當救護車抵達時，久間不在現場。沒有人知道他是什麼時候不見的，他就像神隱般地消失了。

自從那天以後，節枝她們便沒有再看過久間。

「那孩子到底是怎麼了啊？」

工作結束後，浩子在更衣室說道。那孩子指的當然是久間。

昨天，節枝和浩子前往派久間來麵包廠的公司說明狀況，請公司告訴她們久間的住址。原以為這是個人資料可能會遭到拒絕，但負責人卻輕而易舉地告知她們資料。據說，這名負責人也正在頭疼聯絡不到久間。

不過，那個地址和過去節枝她們去接久間的地方完全不一樣。此外，那裡也不是他家。節枝和浩子前往地址所在地拜訪時，出來的是與久間毫不相干的陌生人。

「是有什麼苦衷嗎……」

恐怕就是這樣吧。偽造住址是很不得了的行為。節枝和浩子是擔心久間才前往他家的，原本只是這樣而已，卻面臨意想不到的發展，因此感到十分迷惘。

或許，連久間道慧這個名字也是假名吧。他的真實身分究竟是誰呢？

「不過，我覺得他一定不是個壞孩子。」先換好衣服的浩子說。「車禍時，看著那孩子拚命照顧傷患的樣子，我覺得自己好丟臉，只是一直害怕不安，什麼都做不了。」

「這點我也是。」

當時，節枝真的六神無主。不過，即使處在那樣的狀況中，依然有些許自保的想法。節枝的腦袋有一角在思考，這場車禍會連累自己到什麼程度。

「不知道警察有沒有在找他。」

「很難說。他們連那間派遣公司都沒聯絡的話，大概沒有在找吧。」據說，警察沒有接觸派遣公司的人。意思就是，他們認為從現場消失的久間並不重要吧。警察可能覺得這不是死亡車禍，又已經取得三名共乘者中兩名的證詞，沒什麼問題。加上雙方都已經和解了。

「信代會就這樣不做了嗎？」

沒錯，自從車禍以來，麵包廠也看不到信代的身影了。三天前，節枝和浩子去信代家拜訪，信代卻不願見她們。信代可能因為節枝她們不肯為自己提供有利的證詞，覺得遭到背叛了吧。

結果，整起車禍被歸為因信代的疏忽所引起。信代有買賠償受害者的車險是不幸中的大幸。

救心會那裡，信代和久間會怎麼辦呢？兩人會就這樣脫離嗎？明明這種時候才一定要尋求救贖才對。

兩天後，節枝在家裡用吸塵器打掃時，手機響了起來，是不認識的號碼。節枝接起電話，正訝異會是誰打來時，結果是一名在Miracle Hope這間公司工作，名叫加賀的男子。Miracle Hope是兒子拓海沒多久前才進去的電子公司。加賀說他是拓海的直屬主管。

〈近野平常幫了我很多忙。〉

「哪裡，他才是受到您的幫助。」感受到電話那頭非比尋常的氣氛，節枝嚥下口水。「請問，拓海做了什麼嗎？」節枝忍不住馬上問了這種話。

〈近野媽媽，能請妳冷靜聽我說嗎？〉

加賀的這句開場白令節枝的心情沉入谷底，並且坐立難安。

加賀說，拓海盜用公司公款，金額是九十萬圓。

「拓海現在跟您在一起嗎？」

節枝詢問後過了幾秒，拓海接了電話，不過拓海卻哽咽得非常厲害，聽不清他說的話。只知道他說了「對不起」、「我真的做了不好的事」。那個愛面子的拓海像孩子一樣嚎啕大哭。

「你怎麼會做那種蠢事呢？」

節枝也哭了出來。

加賀再次接回電話。

〈幸好，公司還沒發現。如果讓上層知道的話，不管怎樣都會變成刑事案件吧。還好第一個發現的人是我。〉

意思是他願意幫忙掩蓋嗎？節枝提出疑問，對方回答：「當然，這事曝光的話，我也會被開除。」

節枝無言以對。如果事情變成那樣的話，他們怎麼賠都賠不了。

〈沒事，我一定會想辦法的。〉

節枝稍微安下心。聽這位叫加賀的主管說話，有一種精明幹練的感覺。

「請問，我們該怎麼填補那筆錢呢？」

節枝先一步提起。當然，錢是一定要還的吧。儘管是筆大金額，但如果是九十萬的話還是有辦法籌得出來。

「我現在馬上匯到拓海的帳戶。」

〈太好了。不過，近野的帳戶現在不能用。他好像昨晚喝醉酒，整個包包都弄丟了的樣子，手機、錢包都不在身邊。〉

節枝扶住額頭。到底是怎麼回事?兒子的愚蠢真是沒有底限。

「那我匯到您的——」

〈這也不行。說起來不好意思，我的提款卡是由太太保管，我太太也在工作，很晚才會回來。〉

「那怎麼辦……這很急吧？」

〈當然，分秒必爭。所以，有一位叫平井的人現在正搭新幹線過去。平井是我和近野的共同朋友，如果您能直接把現金交給他的話就方便多了。〉

他都已經安排好了嗎。

〈平井大概再兩個鐘頭就會到府上了。〉

節枝表示自己會準備好現金後要求：「最後可以再換拓海講一下電話嗎？」

〈近野，你媽媽希望你接電話。〉電話那頭傳來加賀的聲音，但最後卻被拒絕了。〈不好意思，他現在的狀態好像不太能說話。〉

拓海還在哭個不停吧。雖說是自作自受，但一想到他的樣子，節枝的心便揪了起來。

「真的非常抱歉，給您添麻煩了。」

〈近野媽媽，近野雖然犯了錯，但工作上非常認真也很有前途。我一定會保護他。〉

節枝再次表達歉意和感謝後掛掉了電話。

她抹掉眼淚，拿著提款卡和存摺離開家門，驅車奔向銀行。

30

握著方向盤的浩子不停說著無關緊要的話題，副駕駛座上的節枝嘴上雖然應和卻心不在焉。浩子也是體貼節枝才說話的。

「節枝，要吃糖嗎？」

遭紅綠燈攔下來後，節枝將裝著糖果的袋子遞給節枝。節枝搖搖頭。

「打起精神來！今天佈道會結束後，妳的心情一定會稍微輕鬆點。」

節枝無力地點點頭。

節枝本來不打算去今天的佈道大會的，浩子卻說「妳一定得出門」，強行將她帶了出來。

五天前，節枝被詐騙了。自己為什麼沒有在途中發現呢？如今回想起來，整個過程有好幾個疑點。那個所謂拓海和加賀的共同朋友平井，是個感覺不到二十歲，將頭髮染成淺咖啡色的年輕人，看起來就像硬穿上西裝的樣子。節枝將裝有九十萬現金的信封以及五萬圓的車資交給了那位平井。面對不停道歉的節枝，平井只是像隻雞似地微微挺了一下下巴。

過了一段時間，感到不安的節枝打了電話給拓海，結果，拓海接電話了。兒子接起了那支理應不見的手機。「加賀?我沒聽過這個主管。」拓海說道。節枝陷入絕望,一切都是騙人的。

為什麼會把親生兒子的聲音和其他人的聲音搞混呢?為什麼當時不能再冷靜一點呢?受害後的幾天裡,節枝遭到無盡的後悔折磨,除了不甘心還是不甘心,既懊悔又丟臉,感覺胸口每天都在承受千刀萬剮。

丈夫大發雷霆,把節枝罵得體無完膚。節枝一句話也沒有反駁。丈夫是對的,自己這種人就是不諳世事的愚婦。

綠燈了。

「對了,我先生找到下一份工作了。」

浩子發動汽車說道。今天陽光普照,從擋風玻璃照進來的陽光令人眩目。

「這樣啊,太好了。」節枝坦率地回應。

「是西裝禮服的批發業。因為工作性質的關係,比起年輕人,好像比較想要中年的人才。不過,薪水大幅縮水就是了。」

「即使這樣也還是好事吧?」

「嗯,真的。我先生也變得很有幹勁。」

「妳先生好了不起。一般男人到了那個年紀,要開始新工作很需要勇氣。我覺得他很厲害。」

如果是節枝自己丈夫的話,應該會自暴自棄吧。那個人大概無法放下自尊。

「我先生有段時間心情也很低落,有氣無力的。沒去上班後,就一直躺在家裡。雖然他每天會出去散步一次,但一定都在很晚的時間出門。我沒問他理由,但我想他一定是在意鄰居的眼光吧。」

節枝想像了一下，覺得浩子說的沒錯。想工作卻無法工作應該很痛苦吧？尤其是男人，一定更加難受。

「可是啊，他偶爾散步的時間會很長，出門兩個小時都沒回來。我因為擔心，就問他那麼長時間都在做什麼，結果他說自己在跟陌生人抱怨和訴苦。」

「陌生人？」

「對，而且還是那麼晚的時間。我問他對方到底是怎樣的人，他說是個沒幾歲的年輕男生。」

浩子聳了聳肩膀說：

「我先生偶爾會看到對方，後來那個男生主動跟他說『我們很常遇到呢』。以這個為開端，兩個人就在公園的長椅上天南地北聊了起來。」

「哦，感覺好有趣。」

「我說抓一個那麼年輕的孩子強迫他聽大叔的煩惱很不好意思吧，結果我先生堅稱是對方想要聽。所以，我們家那位忍不住連我姊姊的事也都跟那孩子講了。」

「咦？真的嗎？這有點……」

「嗯，我也很生氣。可是，我先生的確因為這樣有恢復精神，所以我也沒辦法把話說得太硬。我覺得，向別人傾訴是很重要的一件事。」

的確如此。節枝也一樣，在向浩子坦承自己丟人現眼的事後，心情稍微輕鬆了一些。不過，距離傷口復原還有很長一段路。

「那，應該要感謝那個男生才行了。」

「可是，我先生最近好像都沒看到那個男生了。他很後悔沒有先跟對方交換聯絡方式——啊，又遇到紅燈了。」

車子漸漸減速。剎時，節枝想到了什麼，覺得有些介意。

「浩子，你先生說那個男生大概是怎樣的人？」

「咦？我想想他說了什麼……好像是個個子很高，二十出頭的男生吧。」

難道是久間——？不，不可能吧。如果是他的話，接近這對夫婦有什麼意義？

車子停下來後，節枝坐的副駕駛座車窗出現叩、叩、叩的聲響。節枝嚇了一跳，看向車窗，外頭是一名騎著輕型機車、戴著全罩式安全帽的男子。

男子一撥開安全帽鏡片，發現對方是久間的節枝驚愕不已。

「久間！」

節枝和浩子異口同聲。

節枝降下副駕駛座車窗。

「好久不見。」

節枝不知道該怎麼回應。這段時間他都在哪裡？為何失去了蹤影？為什麼突然在這種地方找她們說話？節枝的腦袋一片混亂。

「久間，你也是等一下要去佈道大會嗎？」

困惑再三後，節枝說出口的話是這個。

「不是。我有東西想交給妳們。」

久間從背包裡拿出一只褐色信封袋，遞進車內。袋裡裝的似乎是文件，頗具重量。

「呃——這是？」

「是統整救心會黑幕的資料。」

「咦？」

「救心會會徹底調查會員的身家，這是為什麼呢？因為能賺錢。他們似乎將會員的資料賣給了強迫推銷高價商品的公司、提案假投資的人和電信詐騙集團等等。對做壞事的人而言，個人資訊應該是夢寐以求的東西吧。打造名為宗教的入口聚集人群，獲得資訊再轉賣出去。這世上似乎存在著這種惡質宗教。遺憾的是，救心會是其中之最。」

久間以非常快的語速說道。儘管那些話語斷斷續續進入節枝的大腦，卻來不及消化。

節枝唯一清楚的是，自己已經被詐騙了，以及除了救心會的幹部，節枝從來沒有跟其他人仔細說過家裡的狀況和兒子的事。

然而，這實在令人難以置信。

「近期內，他們做的壞事一定會敗露在社會大眾面前。兩位也請多加小心。」

節枝不知道該怎麼回答。最後——

「你為什麼要做這種事？」駕駛座上的浩子戰戰兢兢地問。「難道你是為了調查這件事才潛伏進救心會的嗎？」

怎麼可能?他隱藏自己的來歷就是為了這個嗎?

這個年輕人到底是誰——?

久間吐了一口氣,淺淺一笑。

「我雖然想做那種事,但一切只是順其自然就變成這樣了。那麼,我要走了。雖然短暫,但感謝兩位的照顧。」

語畢,他拉下鏡片,發動輕型機車,一個迴轉,進入了對向車道。

已經綠燈了。叭、叭,後頭傳來短淺的喇叭聲。然而,浩子卻沒有發動車子的意思,節枝也茫然到不知所以。

叭——這次是長鳴。節枝的耳畔不斷響起聽起來很遙遠的喇叭聲。

WANTED

第六章

逃獄第四八八天

- Day 365 -

31

「照服員？好強喔！」

對面的男子瞪大眼睛，周圍的人也紛紛表露興趣，酒井舞趕緊補充：「我才剛開始，什麼證照都還沒有。」

「那，我也可以請小舞照護嗎——」

男子開玩笑說。「欸——徹，你明明有女朋友了。」彩菜用力指著男子。

昨天，從小認識的好朋友彩菜和裕美說：「我們吃個飯，紀念舞從東京回來吧！」然而，直到前一刻為止，都沒有人告訴舞這是一場三對三的聯誼。儘管兩人向舞道了歉，舞還是有一點生氣。有男生在場她就會選別件衣服了，妝也是，今晚，舞畫的是女生聚會用的妝容。不過，舞一點都沒有想在這裡找男朋友的意圖就是了。

而且，照彩菜剛剛的說法，男生那邊似乎也有女朋友的樣子，他們也只是來好玩的吧。重點是，彩菜和裕美都有男朋友了。

「所以小舞，妳是從那間美容學校畢業之後就當了照服員嗎？」

徹單手拿著啤酒杯問道。這裡是地方上便宜的居酒屋，周圍人聲鼎沸，鬧哄哄的。順帶一提，雖然三個女生都才十九歲，但只有舞一個人喝汽水。舞只要喝一口酒就會不舒服。

「我沒有畢業，是念到一半不念就回來了。然後就在想自己必須做個什麼工作。」

「所以就當照服員？」

「對，算是這樣。」

「我沒有想要畢業後踏入化妝師這一行。」

「是喔。」

「為什麼？化妝師感覺不是很華麗、很有趣嗎？」

「徹，你好像面試官喔——」

裕美吐槽，引起眾人大笑。舞也露出笑容，卻擔心自己沒有順利笑出來。

高中畢業後，舞獲得父母的同意進入位於表參道的美容專門學校，甚至請他們讓自己一個人在東京生活。結果舞卻中途放棄，回到茨城的老家。儘管母親有勸了她一下，但也只是形式上而已。比母親更加寵女兒的父親對女兒的歸來更是開心得手舞足蹈。雖然他們溫柔地對舞說：「沒什麼，就當作是人生的學費。」舞卻對父母充滿歉疚。

舞休學的起因是學校安排研習，讓他們實際到現場實習了幾天。那幾天與舞理想中的樣子大不相同。模特兒們耍任性，擅自改掉妝容，化妝師也會在背地裡說「既然這樣，一開始就自己畫啊」，不停講模特兒的壞話。舞看了好幾個工作現場，到處都大同小異。

當然，一定也有不一樣的世界吧。舞夢想中的那種工作環境一定也存在。然而，她卻無法想像自己身在其中的樣子。技術是一回事，加上舞也沒有那麼遠大的志向。過去，舞只是隱隱約約希望能夠在時尚帥氣的地方工作。「不只美容業，應該所有業界都一樣吧？」有個同學無所謂地這麼說。舞忍不住心想，就是要這樣的人才能在這個世界做下去吧。她領悟到自己終究無法變成那樣。老實說，就是她窺見了社會的現實面，受到嚴重的打擊。

「可是照護不是超累的嗎？要幫爺爺奶奶換尿布吧？如果是我，死都辦不到。」

舞過去也曾這麼想。剛開始換尿布時，舞的手還沾到了排泄物，讓她很想放聲尖叫。不過在做了幾次後，很自然地就習慣了。當然，這並不是舞會想主動做的工作，但她開始覺得，如果必須有誰來做這件事的話，那個人是自己也無所謂。

會在我孫子的團體家屋「青羽」工作，是母親看見徵人廣告後建議舞的，那是個距離家裡車程二十分鐘左右的地方。由於舞沒有其他想做的事，便決定乖乖照辦。老實說，舞有一部分是想藉由從事照護工作洗刷自己休學的汙名。雖然不是洗白，但這麼一來，休學就名正言順了吧。

雖然舞是在這種動機下開始工作的，但她現在每天都很開心。即使休假的日子也會去青羽露臉。舞的目標是打工兼職的前輩櫻井翔司，舞沒多久就喜歡上這個人了。無論問什麼，他都會仔細地教導自己，卻一點也沒有高高在上的樣子。

最重要的是，櫻井有一顆美麗的心，舞也深受吸引。櫻井看入住者的眼神總是很溫暖。

櫻井有女朋友嗎？這是舞現在最想知道的事。不管世界上所有的疑問和謎題，她只想知道這個。當然，就算知道他單身，會不會和自己交往又另當別論了。不過，舞打算全力以赴。

「喔，小姑娘，早安。今天一次就成功了嗎？」

舞從輕型車下車後，在庭院裡曬衣服的多梅出聲說道。

「我慢慢進步了。」

舞把車停進停車場的技術很差，平常總是要來來回回三次，今天難得一次就停好了。舞是高中時考到駕照的，在那之後從沒開過車。順帶說一下，這輛輕型車上有許多刮痕，是她停回自家車庫時反覆失敗的痕跡。

「今天也要加油喔。」

「是的，謝謝您。」

雖然多梅很疼自己，卻是個不能大意的入住者。前幾天，聽其他兼職人員說，多梅似乎在私底下表示很不滿意舞的指甲。舞只是擦了近乎透明的粉色指甲油而已。儘管他們跟舞說「背地裡說人壞話就像是多梅奶奶的老毛病，不用在意」，但舞馬上卸掉指甲油，把指甲剪短。

一走進辦公室，便看到對著電腦的正職員工四方田。打完招呼後，舞從置物櫃裡拿出圍裙穿上。

「那我開始報告交接事項。三浦爺爺今天早上開始有點不穩定，說要回家，在房間打包行李，請再注意一下。還有，今天是沐浴日，服部爺爺可能又會耍賴——不過有妳在，應該沒問題吧。」

名叫服部的這位爺爺有時候很討厭洗澡，不過不知為何，只要是舞的邀請他就會立刻起身。順帶一提，交接事項指的是傳達入住者當天的狀態，出勤時一定要報告。

「小舞，獨力協助沐浴對妳來說還是很難嗎？」

「是的，我還是會有點擔心，對不起。」

「不會，因為協助沐浴很不容易啊。那我今天也請櫻井負責，妳就在旁邊支援，跟他學習。」

太好了。今天的期待又增加了一個。

此時，四方田像是突然想到似地「啊」了一聲。「說到櫻井，下週起他負責的區域要從一樓換到二樓了，在那之前如果一樓的事有哪裡不明白的話，就趁現在先問他。」

「咦？」

「因為最了解入住者最近狀況的人就是他，加上他幾乎每天都會過來。」

「……」

「嗯？怎麼了？」

「不，沒什麼。」舞的心情瞬間委靡。「請問，負責樓層改變這種狀況常有嗎？」

「偶爾吧。」

「那，我也會去二樓的機會……」

「妳放心，不會的。」四方田露齒一笑。「因為妳加入我們，櫻井才會去二樓。」

糟透了，壞消息。雖說在同一個機構內，但舞幾乎沒有和二樓的兼職人員有交流，頂多就是打招呼的程度。雖然不是和櫻井分隔兩地，但可以確定兩人的距離變遠了。

舞一垂下肩膀，四方田便喊道：「小舞。」

「我想，這樣的工作會有許多辛苦和難過的事。遇到這些事的時候別悶著，什麼事都要跟我說喔。妳在我們這裡工作差不多快三週了吧？照護這種工作，有很多人在習慣之後內心會開始感到疲憊。尤其是我們這裡從來沒有像妳這樣十幾歲的兼職打工人員……」

「……謝謝，我會說的。」

「嗯，照顧兼職人員的心理也是我的工作，真的不要客氣喔。」

四方田溫柔的話語也成了耳邊風。因為舞的煩惱是戀愛煩惱。

離開辦公室來到客廳，便看見櫻井和入住者們並肩坐在沙發上看時代劇。雖然舞完全感受不到時代劇的有趣之處，但櫻井意外地很喜歡的樣子。他之前曾說：「因為是懲惡揚善的戲，所以可以很放心地看。」舞不管三七二十一，立刻用 Google 查了「懲惡揚善」的意思。

「早安。」

舞的第一句話是向入住者和櫻井打招呼，但只有櫻井回她「早安」。對於入住者，如果沒有一個一個看著他們眼睛打招呼的話，是不會獲得回應的。

當舞也一一向入住者打完招呼後，她向櫻井問道：「三浦爺爺怎麼樣了？」

「他現在在房裡睡覺，醒來後可能又會說要回家。如果還是處於不穩定狀態，洗澡後能帶他去超市的話會很有幫助。」

「好。」儘管這樣說，舞卻感到傷腦筋。之前，三浦爺爺逼自己買了大量麩菓子，後來四方田好像拿著收據去超市退貨的樣子。

「酒井，妳今天午餐好像是要做牛肉烏龍麵？」

「對，我是這麼想的。」

「太好了，那是三浦爺爺最喜歡吃的。」

為入住者做飯是兼職人員的工作。早班負責午餐，晚班負責晚餐，夜班則是早餐。由於舞是早班，待會要做午飯。順帶一提，員工也會一起吃。

舞看看時間，帶著幾位入住者去了廁所。儘管本人說不想上，但一坐上馬桶就會排泄出來。失智症這種病似乎連便意也會變得遲鈍。

過了一會兒，發生了一場糾紛。服部吵著說自己的枴杖被人掉包了。當然，服部手上的枴杖是他自己的。

「這不是我的，有人隨便拿這個換走了我的枴杖。」服部拿著枴杖咚咚咚地敲著地板。

「可是……那是您的枴杖啊。」

舞指出事實，服部卻不相信，怒氣沖沖地極力爭辯：「不是，妳騙不了我的。」、「給我去找出犯人！」

大概是看不下去吧，櫻井前來助舞一臂之力，他輕鬆地說：「服部爺爺，您的枴杖在我這裡喔。您之前不是拜託我把枴杖擦一擦嗎？」

「嗯……是嗎？」服部疑惑地歪著腦袋。

「是啊。我現在去幫您換過來，可以先把這支枴杖借給我嗎？」

語畢，櫻井收下服部的枴杖，離開客廳。

幾十秒後，櫻井再次現身，手中拿的是剛剛的枴杖。

「來，這是您的枴杖。」

枴杖沒有任何改變，因為是同一支。然而，服部卻綻放笑容說：「啊啊，就是這支。」拄著那支枴杖緩緩步向走廊。

「謝謝你幫忙。」舞道謝。櫻井微笑道：「不客氣。」

「你真的很會說謊耶。」

看見櫻井露出苦笑，舞急急忙忙訂正：「對不起，我是指很會安撫入住者。」

「但說謊這點還是沒有變。雖然方便，心情卻會不太好。」

「是這樣嗎？」

「嗯。說謊很累，如果可以的話，我希望不用說謊。」

之後，舞看準時間前往廚房準備做午餐，這也是必須盡早拓展的技能。由於舞有個很會做菜的母親，所以最近即使在家她也會和媽媽一起下廚，接受指導。

「怎麼樣？」

舞將完成的牛肉烏龍麵給櫻井先試味道。

「非常好吃。不過，麵或許可以再燙一下。現在這樣對我們來說雖然剛剛好，但再稍微軟一點入住者會比較好入口。」

舞遵照指示再煮了一次麵，重新請櫻井檢查，得到「很完美」的認證後，開始午餐。「我的有點少吧？」名叫悅子的老太太一如往常地鬧脾氣，給她一大碗後，心情就好轉了。不過，悅子的食量很小，每次飯菜都剩一半以上。

「丫頭，給我拿七味粉過來。」

鷲生抬了抬下巴示意。起初，這位入住者粗魯的言詞把舞嚇了一跳，但他基本上是位好爺爺。雖然他會性騷擾其他兼職的阿姨、摸她們的屁股，但舞從來沒碰過這種情形。他大概會看對象吧。

「鷲生爺爺，您加太多了。」

櫻井訝異道。鷲生灑的七味辣椒粉幾乎埋沒了烏龍麵的表面。

「這樣才好吃。嗯，味道出來了。」

鷲生不是失智症入住者。相對的——雖然這樣講好像不太恰當——他因為右半身癱瘓，行動受限。因此，鷲生左手拿的不是筷子而是叉匙。

「對了翔司，有傳聞說你要調去二樓，是真的嗎？」

鷲生瞇著眼睛說。櫻井停下手邊的工作。「對，的確是這樣。我原本打算最近跟您說的。」

「我不會答應這種事。」

鷲生很喜歡櫻井。因為鷲生的興趣是將棋，只有櫻井能陪他下，兩人總是在對弈。雖說鷲生有讓子，但櫻井前陣子似乎首度獲得了勝利。順帶一提，舞對將棋規則一竅不通。

「很遺憾，這是已經決定的事。」櫻井一臉無奈。

「哼，我會去跟老闆和四方田說，阻止這件事。」

「我會常常來一樓的。」

「不行，不可以。我不讓你去二樓。」

鷲生爺爺加油！舞唯有此刻為鷲生打氣助陣。

就在這個時候——

「傷腦筋耶，任性的爺爺。」

坐在稍遠位子的多梅咕噥道。

「妳說什麼，老太婆？有什麼不滿就直接說！」

「去二樓是沒辦法的事吧？公司也有他們的考量。話說回來，這個世界並不是以你為中心——對吧，須田？」

多梅向隔壁的須田尋求同意，須田簡短地答了句：「對啊。」雖然須田並不明白多梅跟自己說了什麼。九十歲的須田是青羽最年長的入住者，除了重度失智外還患有糖尿病。

「還以為妳只會在背後說別人壞話，看來不是嘛。我對妳刮目相看了。」

多梅的臉瞬間漲紅，拿著烏龍麵的碗起身道：「我要在房間裡用餐。難得好吃的麵都變難吃了。」又來了。多梅和鷲生每次都這樣破壞餐桌上的氣氛。沒有失智症也很讓人傷腦筋。不過，據四方田和其他兼職人員的說法，多梅似乎開始出現輕微的失智症狀了。

「鷲生爺爺，您說過頭了。」多梅離開後，櫻井嘆了一口氣勸道。

「是老太婆先找碴的吧？重點是，翔司，我是不會讓你逃走的——對吧，小姑娘？」

「咦！」話題突然轉到自己身上，舞動搖了一下。

鷲生瞇著眼睛看向舞，露出別有深意的笑容吸著烏龍麵。

午後，舞和櫻井一起讓入住者沐浴，之後，牽著三浦的手前往超市購物。一如往常，三補又想買一大堆麩菓子，但舞今天總算成功阻止。「喔，有成長喔。」得到四方田的稱讚，舞很開心。

在晚班兼職人員抵達後，早班的櫻井結束了工作。不過，他沒有馬上回家，而是走向二樓。他總是這樣。舞不太清楚櫻井在二樓做什麼。一次，舞有事到二樓，看到他和一位名叫井尾由子的入住者說說笑笑。

井尾由子——剛進來青羽時，舞以為她是兼職員工。當知道井尾由子是入住者時，舞吃了一驚。聽說她罹患早發性失智症，但因為舞不曾和井尾由子接觸過，不知道她病情的程度。看起來明明是個五十多歲、極為平凡的阿姨卻待在這裡，實在很不協調。

「小舞，下週起妳要一個人值夜班，沒問題吧？」

傍晚，結束工作的舞一到辦公室，四方田便問道。

「我一個人……嗎？」

光是想像就覺得緊張。舞只有三次夜班的經驗。

「本來應該等妳更習慣之後再這樣安排的，但我找不到人，很抱歉。」

四方田都這麼說了，舞也沒辦法拒絕。舞如果說不行的話，一定是四方田替自己值班吧，如此一來，就剝奪了四方田的休息時間。聽其他兼職人員說，這個正職員工一個月似乎只休三天。四方田看起來總是一臉疲憊。

「我知道了，我會努力試試看。」

聽到舞這麼回答，四方田露出鬆了一口氣的表情。

「那天二樓是櫻井值夜班，如果有什麼困難就找他幫忙。我也會先交代他，請他注意一樓的狀況。」

雖然能跟櫻井一起很令人高興，但舞的心情很複雜。櫻井果然要轉到二樓了。

「那個，今天鷲生爺爺說他不會讓櫻井去二樓。」

「他剛才也來找我了，說他會堅決阻止。」四方田苦笑。「那個人真的是很任性。」

「那怎麼辦？」

「我請鷲生爺爺一起搬到二樓了。他笑著說：『原來還有這招啊，哈哈哈。』」

四方田說，二樓前幾天有一位入住者過世，空了一間房下來，所以就讓鷲生去那間房。

無論如何，這樣一來，挽留櫻井的方法都破滅了。舞的肩膀自然垂了下來。

「小舞，妳好像沒什麼精神呢。」

「沒有，沒事。」

四方田擔心地盯著舞。

「對了，下次要不要去吃點什麼好吃的？轉換一下心情。」

「啊，好，一定。」

敷衍也要有分寸啊。四方田又沒有做錯任何事。

舞向四方田道別，離開青羽。儘管已經下午六點了，天色還很明亮。濕熱的空氣黏在肌膚上。

前幾天，時序來到七月，今年過了一半。時間一轉眼就過了，有些可怕。不過按大人的說法，未來似乎每次過年都會覺得時間越來越短。如果是這樣的話，十字頭的這最後一年或許相當珍貴吧。儘管舞現在沒有感覺，但總有一天，她就會發現這段時間就是青春吧。

舞坐進車中，繫上安全帶，發動引擎。

櫻井又不是辭職，也不是以後都見不到他了。

舞對自己說道，小心地駛出停車場。

「還有三個星期嗎，好久喔。」

吃完晚餐，開始小酌的父親一副迫不及待的樣子說道。這是父親最近的口頭禪。

父親抽到了奧運開幕式的門票。考量到機率，是宛如奇蹟般的一件事。父親高興地感嘆：「我用了我們家一輩子的運氣。」不過，門票只有兩張，是父親和母親的份。雖然他們說「妳將來還有機會」，但舞並不這麼認為。不過，舞也不是特別想看開幕式，所以無所謂。舞覺得很神奇，父母親明明不喜歡運動，為什麼會那麼想看開幕式呢？她也不覺得見證歷史性的瞬間很有價值。

「那孩子如果能撐到那時候就好了。」

母親憂傷的眼神落在客廳的角落，一隻喜樂蒂牧羊犬趴在那兒，牠是舞家裡的愛犬——波奇。

波奇來到這世上大約有十七年半的時間，換算成人類的年齡大概是九十歲。這一年裡，波奇急速老化，別說是散步了，連飯都不太吃，眼睛也因為白內障的關係，幾乎看不見。

任誰都明白，波奇大限將至，就算明天死掉也不奇怪。一想到波奇，舞的心便揪成一團。從舞有記憶以來，波奇就在家裡了。舞的大半人生都是和波奇一起度過，波奇就像她的弟弟一樣。悲傷時，波奇總是在舞身旁聽她說話，流淚時，波奇會輕輕為舞舔掉眼淚。

波奇若是不在的話，家裡會消沉好一陣子吧。

「對了，舞，妳工作怎麼樣？」

「我做得很開心啊。」坐在沙發上的舞邊滑手機邊回答。

「這是最重要的。妳去做照護工作爸爸很放心。」

「為什麼？」舞停下手中的動作抬頭問。

「這樣我就不用擔心老了以後要怎麼辦啦。」

「你想讓我照顧你嗎？我才不要那樣。」舞皺起眉頭。「照顧自己的家人非常辛苦喔。工作時的對象因為是陌生人，才可以將個人感情放在一邊去照顧，但如果是自己的父母，照護者每件事都會變得情緒化，那會很累吧。就是因為這樣，才會有照護機構的存在。」

四方田之前說過類似的話，舞是現學現賣。

「什麼嘛，妳好冷淡喔。」

「因為是事實啊。」

「沒關係，反正爸爸打算活得比妳久。」

聽到爸爸的無聊玩笑，媽媽拍手大笑。真是的，我們家還真是一片祥和。

此時，手中的手機發出震動，是彩菜打了 LINE 過來。舞離開客廳，邊走向自己房間邊接起電話。

〈妳還記得徹嗎？頭髮挑染金色的帥哥〉

當然記得，前幾天聯誼時對自己東問西問的男生。他的確是帥哥，但不是舞的菜。

〈就是啊，徹拜託我告訴他妳的 LINE，我可以說嗎？〉

舞考慮了三秒後拒絕了。這世上沒有比跟沒興趣的男生聊 LINE 更麻煩的事了。

〈別這樣嘛，徹好像對妳有興趣喔。〉

「可是那個人有女朋友了吧？」舞坐到床上說。

〈現在吧。不過，他好像想分手，正在找新女友。喝酒的時候他不是也有說嗎？〉

這麼說來，那個人好像說過這類的話。舞當時沒什麼在聽就是了。

「這樣的話，順序上不是該好好分手後再說嗎？」

〈那我跟他說分手後再告訴他？〉

「不要，那樣我也很困擾。」

〈為什麼啊——又沒關係，只是 LINE 而已。〉

LINE 是已讀就必須回訊息。舞半年前分手的男友，如果訊息已讀卻沒有馬上回覆的話就會不高興地問：「為什麼不回？」舞就是討厭這樣才分手的。到底是誰發明「已讀」標示這種多餘的功能啊？

〈真是的，妳太認真了啦。〉

「不是認真，是對那個人沒興趣。」

〈妳有什麼喜歡的對象嗎？〉

「……嗯，不能說沒有。」

〈真的假的？誰？是我認識的人嗎？〉

「沒有，是妳不認識的人。」

之後，彩菜展開一連串的問題攻勢，舞便說出櫻井的事。在分享的過程中，反而是舞越來越激動，滿腔熱情地訴說櫻井有多好。

〈哼嗯。可是妳也不知道能不能和那個人交往不是嗎？〉

「是沒錯啦。」

〈順便問一下，那個人幾歲？〉

「大概比我們大一點點吧。」

〈大概？妳不知道他幾歲嗎？〉

「我問不出口嘛。突然問人家年齡什麼的。」

關於櫻井，舞知道的只有他的名字。既不知道他的年齡也不知道他住在哪裡。舞心想或許櫻井有在用社群軟體之類的東西，便試著上網搜尋他的名字，結果完全找不到。

〈可是啊，他是照服員而且還是兼職的吧？一定不是有錢人。〉

「那不重要。」舞有些生氣。「而且，聯誼的那些人也不是有錢人吧？喝東西的錢也是平分。」

〈徹他們還是大學生嘛，今後還有未來，但那個人此時此刻是照護兼職人員吧？我覺得，就算你們能交往，總有一天他也會離開妳。〉

「為什麼？我也是兼職人員，跟他立場一樣。妳也是做類似的工作啊。」

〈我們是女生啊，完全不一樣。〉

只要有這樣的女生，男女平等的世界就不會到來吧。所以女生才會被男生瞧不起。如果女生不改變意識，男女受到的待遇也不會改變。

之後，彩菜的一句「我覺得徹是績優股，至少比那個人好」讓舞真的怒火中燒。雖然彩菜是從小認識的朋友，但舞打算好好思考今後要怎麼和她相處。

掛掉彩菜的電話幾分鐘後，LINE 上面有個陌生人傳了一條訊息：「嗨，上次見面很開心。」舞看了看名字，發現對方是徹。那個女人真的太誇張了。

不過，無視訊息也很不好意思，舞便打了一句「嗯，很開心」，加上一張貼圖傳回去。

此時，傳來叩叩叩的敲門聲。母親探頭進來問：「我和爸爸現在要帶波奇去散步，妳要去嗎？」

「嗯，我也要去。」舞馬上回答。波奇剩下的時間不多了。

舞穿了件薄帽 T 出門。夜晚的鄉間小路充滿溫暖的空氣，父親和波奇打頭陣，以悠哉的步伐前進。四周黑漆漆的，斷斷續續傳來蟲鳴聲。波奇不時聞聞草木的味道，腳步卻沒有停下來。

「這小子今天狀況很好呢。」父親撫著波奇的頭說。

最近散步時，波奇都會馬上停下腳步不再前進。那時，就會變成父親抱著波奇散步。波奇本來就是牧羊犬，過去都是蹦蹦跳跳地四處亂跑。當牠去追投出去的球時，甚至跑得比風還快。

「對了，最近都沒看到向田家的小花耶，不會是走了吧？」

父親向母親問道。鄰居向田家名叫小花的柯基，年紀和波奇差不多大。散步時，兩隻狗經常碰面，波奇和小花總是會互相跑去聞彼此屁股的味道。

「沒有，小花應該還很健康，是向田太太有點……」母親意味深長地說。

「什麼啦，向田太太怎麼了？」

「我也是聽鄰居說的……」母親開了個頭後，微微蹙眉。「前陣子不是有個惡質宗教的新聞鬧得很大嗎？叫什麼會的。向田太太加入的好像就是那個。」

大約一個多月前，名為救心會的宗教團體引發了社會上的討論。這個宗教團體暗地裡好像做了許多壞事，有多名幹部遭到逮捕。告發者為一名原本是會員的中年家庭主婦，她的個資似乎也被救心會賣掉，成了電信詐騙的受害者。

「妳的意思是她因為受到打擊無法出門嗎？」

「向田太太也有推薦鄰居入會，我之前順利避開了，所以沒有聽細節。但她大概是因為這樣，沒有臉面對鄰居吧。」

「原來如此，真可憐。」父親嘆氣。「媽媽，妳最近帶波奇去他們家看看吧。」

「嗯，我會去看看。」

過了一會兒，波奇定住，不再向前。「很好很好，你今天很努力了喔。」父親抱起波奇，掉頭走回來時路。

「舞，在外面不要滑手機啦。」媽媽受不了地說。

「因為LINE有訊息嘛。」舞嘟起嘴巴。徹從剛才開始就不停發訊息，就是這樣舞才不想給LINE。不過，乖乖回覆訊息的自己也很不可取。

「男朋友嗎？」父親問。

「不是，我現在沒男朋友。」

「妳好像說已經分手了？」

「已經分半年多了喔。」

「咦？是喔。」

明明知道還故意裝蒜。

「舞現在有著迷的對象嘛。」母親調侃道。

「媽。」舞加重語氣。

「喔喔。」父親瞇起眼睛。「是什麼樣的人，跟爸爸說說。」

我家的父母總是這樣。母親什麼事都跟父親說，父親則是會想打破砂鍋問到底。舞希望他們能更尊重女兒的隱私。不過，最後都說出來的人也是舞。

「妳下次帶他來家裡啦，爸爸想見見那個男生。」

「就說了，我還只是在單戀。」

「舞要是和那個男生結婚的話，我們老後的生活就更安穩了，對吧，媽媽？」

「就是說啊，因為有兩個照護專家在。」

真是的，隨便啦。天底下沒有夫妻像我家父母這麼天真的。

不過，像父母這樣的夫妻非常理想。舞也想建構一個像自己家一樣的家庭。雖然她還是個小孩，但法律上已經可以結婚了。將來，舞也想要有小寶寶，還想養狗。不過，這都是很久很久以後的事了吧。

32

今晚是舞首次單獨值夜班的日子。她將事先寫好的「早上前待辦事項清單」放進圍裙，每做完一件事就用原子筆在上面畫兩條線。雖說都不是困難的工作，但一想到這裡只有自己一個人就什麼事都很緊張。

就這樣，深夜兩點，當舞在廚房煮早餐要吃的芋頭時，突然感覺到旁邊有股視線。身穿睡衣的悅子從牆壁旁探出頭，一直盯著這邊看。「咿！」舞發出短促的尖叫。

「悅子奶奶，大半夜的，怎麼了嗎？」

嚇人也要有個分寸！雖然本人應該沒有這個意思。

像這樣，深夜徘徊的入住者並不少。他們會在靜悄悄、黑漆漆的走廊上緩緩現身，感覺就像在鬼屋一樣。

「欸，妳知道我的存摺在哪裡嗎？」悅子皺眉問道。

「奶奶的存摺嗎？啊啊，是收在辦公室裡。」

「真的嗎？」

「嗯，真的。」

假的。這裡根本沒有悅子的存摺。那類貴重物品應該是由悅子的兒子在保管吧，但如果說實話的話，悅子一定會鬧脾氣。

不過，悅子似乎不太接受這個說法，這位老太太的疑心病非常重，此外，偷竊癖也很嚴重。只要發現廁所衛生紙消失的話，十之八九會出現在她的房裡。

舞決定改變話題。

「對了，我明天想做束口袋，您能幫我嗎？」

「束口袋？」

「對。我手很笨，沒有信心可以做好。」

「可是我沒有裁縫工具。」

「奶奶的裁縫工具也是收在辦公室。」這是真的。

「唉呀，這樣啊。」

「請指導我，拜託您了。」

悅子露出得意的笑容。「誰做了那麼多個都會變得很厲害的。那，妳明天來我房間。」

「好的。已經很晚了，您也回房裡好好休息吧。」

悅子和一分鐘前判若兩人，帶著溫和的表情走回房裡。

呼——舞吐了一口氣。自己應對悅子的技巧也進步了。

悅子過去經營一間裁縫教室。據說，有許多學生都想在悅子身邊學習，因此，悅子一定是位了不起的老師吧。舞曾經親眼看過悅子縫東西，那手藝讓人佩服得五體投地。

當時的學生要是看到現在的悅子會有什麼感覺呢？應該會受到不小的衝擊吧。

之後，舞巡視了每一位入住者的房間，舞鬆了一口氣，每個人都睡得很安穩。如果有人沒在呼吸的話就不得了了，但只要繼續這份工作，總有一天，舞或許也會經歷那種事。到時候，自己能保持冷靜嗎？至今為止，別說是身邊的人了，舞就連遠親中也沒有人過世。舞不曾接觸過人類的死亡。

時間來到三點半，舞在客廳的沙發上坐下，深深靠進沙發背裡。由於一直處於緊張狀態，儘管沒有睡意，身體卻疲憊不已。舞一直祈禱，希望能無事到天亮。

舞不經意看向天花板。櫻井應該和自己一樣在二樓值夜班，今天也是櫻井第一次負責二樓的夜班。沒有傳出任何聲響代表二樓也很平靜吧。

舞嘆了一口氣。她好想見櫻井，一瞬間也好，想要看看他的臉。如果有什麼事的話就能找櫻井幫忙，但什麼都沒發生所以也沒辦法。舞也不能沒事就跑去二樓——想到這，舞靈光乍現。假裝味噌或醬油沒了上樓借就好啦。自己或許是天才呢。

舞起身，走向位於走廊中間的樓梯。她來到二樓，樓上卻不見櫻井的身影，人也不在客廳和廚房。舞心想櫻井或許在入住者的房裡，她環顧走廊，看到一間洩出燈光的房間。舞不以為意地走近後，聽見微弱的說話聲。

直到舞站到門前，她才知道那不是說話聲，而是女人的哭泣聲。舞看向寫有入住者姓名的門牌——井尾由子。

「沒事的。」

是櫻井的聲音。舞偷偷從視線高度的玻璃窗覷向房內。青羽入住者的房門有著可以從走廊看見內部的特殊設計。

裡頭，是櫻井和井尾由子並肩坐在床上的身影。兩人的手在櫻井的膝蓋上交握，櫻井雙手攏住井尾由子的手。

為什麼呢？舞有種撞見不該看的畫面的感覺。或許是因為這樣，一回神，舞已經離開了那裡。

舞悄悄步下樓梯，回到一樓。她坐在沙發上平復心情。

剛才那個畫面是怎麼回事？井尾由子的肩膀在顫抖，的確是在哭泣。

一定是發生了什麼事吧，然後櫻井在安慰她。沒錯，那頂多只是照護工作的一環。

然而……舞總覺得很難受。那種場面如果是其他入住者的話便完全不同。可是，井尾由子還很年輕。

舞用力甩了甩腦袋。她在嫉妒什麼無聊的事啊？這不過是照護的一個場景吧。重點是，就算說年輕，井尾由子也比自己的母親年長。

「好。」

舞出聲趕走歪念頭，再次著手準備早餐。

當舞平安無事地迎接早晨，從拉開窗簾的窗戶看見美麗的晨光時，渾身上下充滿了難以言喻的充實感。因為，自己獨力守護了一樓一夜。雖然舞還是個半吊子，但有種自己是個優秀照服員、獲得認可的感覺。

早餐後來上班的四方田也大力讚揚舞的表現，一臉歡喜不已。大概是因為能夠值夜班的兼職人員並不多，這麼一來，人員安排方面就透出曙光的關係吧。仔細想想，夜班時薪高，工作時間又長，最適合賺錢了。唯一的擔憂就是生活作息會亂掉。

工作結束的尾聲，舞和櫻井一起向四方田和早班的兼職人員報告各自負責樓層的交接事項。首先由舞一邊看著筆記一邊說出一樓入住者的情況。關於和悅子縫東西的約定，四方田說：「雖然本人應該不記得，但要真的去做一下束口袋喔。」

接著是櫻井報告二樓的交接事項。

「今天早上，園部爺爺因為失禁受到打擊的樣子，所以我就先裝作沒發現，請之後再趁園部爺爺不在時更換床單。另外，他應該是把濕掉的內褲和長褲藏在床下。再來是川田爺爺，他半夜開了好幾次窗戶，手腳都被蚊子叮了，雖然我幫他塗了止癢藥膏，但爺爺現在還是稍微會去抓，白天時也請再注意一下他的狀況。小山奶奶——」

一如往常，櫻井的報告精準又流暢，不像舞會說什麼「呃——」、「這個、那個」的，這一點再度讓舞感到敬佩。

「——以上。」

舞側眼看向身旁的櫻井。他沒有提到井尾由子的事，井尾由子半夜在哭。是忘記了嗎？但是舞認為櫻井不可能會有遺漏。

舞帶著奇怪的心情和櫻井一同離開了青羽。畢竟值了一晚上的夜班，平常總是會待很久的櫻井似乎也馬上就要回家了。

「辛苦了，再見。」

櫻井冷淡的一句話。明明可以再多說幾句的。他大概想都沒想過眼前的少女對自己有興趣吧。

舞望著櫻井跨上自行車的背影，坐進車中。

不知道是沒有車還是根本沒有駕照，不管怎樣，櫻井似乎是騎自行車前往我孫子站，再從那裡搭電車回家的樣子。舞不知道他在哪一站下車。關於櫻井，舞有一堆的「不知道」。

「不介意的話，我送你回家吧？」

舞一個人在駕駛座上試著說道。櫻井乘著自行車的背影漸行漸遠。

如果自己真的說得出口、櫻井真的願意坐進這個副駕駛座的話，那該有多幸福啊。

不過，事情要是真的這樣發展，舞一定會坐立難安，她沒有自信能好好開車。重點是，雖然舞有滿滿的幹勁，卻不知道該跟櫻井說什麼話才好。

舞大大打了個呵欠。無論如何，回到家裡她要大睡一場。

舞從房間床上醒來是太陽下山後的事了，她每次值夜班都是這樣。儘管如此，一到晚上她又會再度浮現睡意，或許自己在睡眠這件事上很厲害呢。舞揉揉眼睛下樓來到客廳，看到剛回家的父親，便試著和他商量戀愛的煩惱。父親基本上也是屬於男人那個類別，或許了解男生的看法吧。

「所以我叫妳帶他來家裡啊，爸爸會好好助攻的。」

舞找錯商量對象了。這是父親對於舞「如果女生積極主動靠近的話，男生果然會倒彈嗎？」問題的回答。助什麼攻啊。

「別看爸爸這樣，我可是很擅長這方面的事喔。」父親邊鬆開領帶邊說。

「怎麼可能突然邀人家來家裡啊？」

「只要一開始跨越高門檻，之後就輕鬆了吧？就這樣在我們家吃同一鍋飯，就算不想，交情也會變深

——」

「媽，妳覺得該怎麼辦？」舞忽略父親，將問題拋給廚房的母親。

「妳知道他的聯絡方式嗎？」母親問。咚、咚、咚，菜刀在砧板上敲出聲響。

「不知道。他的 LINE 和電話我都不曉得。」

「那首先要拿到才可以。」

「我有辦法好好問得出口嗎？」

「對了，手賀沼的煙火大會不是快來了嗎？」父親插嘴。「你們兩個單獨去看煙火大會怎麼樣？」

舞再次忽略父親。因為自己正在尋求可以達到那一步的方法。父親的建議跳過了過程。

「LINE 那種東西只要很平常地說『請告訴我』不就好了嗎？」

「要是能那樣我就不用這麼辛苦了。」

「咦？舞有這麼膽小嗎？妳一直都是很積極行動的那一方不是嗎？」

「這次好像不行。」

「為什麼？」

「就是有這種感覺。」

「哼嗯。總之，妳先去梳個頭，頭髮翹得亂七八糟喔。」

母親提起後，舞前往洗手間。一看向鏡子，頭髮的確亂蓬蓬的，由於剛睡醒，眼皮也很浮腫，是她死也不能讓櫻井看到的樣子。

舞想讓櫻井看自己好好化妝的樣子。雖說中途休學，但舞可是在美容學校學會了應有的技巧，對化妝很有自信。不過，舞又不可能以那樣的妝容去青羽上班。

如果能像父親所說的那樣，一起去看煙火的話……舞深深嘆了一口氣。真是的，原來我這麼膽小消極嗎？舞還一直以為自己是很肉食系的女生呢。

一定是因為對象是櫻井的關係。該怎麼說呢？櫻井是個難以捉摸的人。明明那麼溫柔，卻總讓人覺得難以接近，還有一種神祕的氣質。

櫻井的嗜好是什麼呢？他對什麼有興趣、會為什麼而感動呢？他偶爾也會有捧腹大笑或是流淚哭泣的時候嗎？希望有一天櫻井能告訴自己。再貪心一些的話，哪怕一點點都好，希望他能在舞面前展露那些樣貌。

33

這一天是舞第二次值夜班的日子。由於已經有過一次經驗，舞的心裡也稍微有了餘裕。不過也因為這樣，睡意不斷襲來。舞從剛才開始就不停打呵欠。都怪自己沒有睡飽再上班。當然，夜班是不容許小憩的，因為一個人負責了九個人的性命。

今晚很手忙腳亂。本該就寢的入住者接二連三地爬起來，為各式各樣的事鬧脾氣。雖說舞也已經習慣哄他們了，但老實說真的很費力。舞很想大聲斥責他們，但她知道那並不會有好結果。

順帶一提，今晚的二樓也是櫻井值班。舞打算如果有應付不來的事就去請他幫忙。

就這樣，當時鐘指針來到深夜三點，舞在廚房為早餐備料時，電燈瞬間熄滅了。接著，是反覆的明滅閃爍。原本還想是不是靈異現象，但舞馬上就明白只是燈泡壞了而已。也不用在這種大半夜壞掉吧？這裡應該有替換的燈泡，舞找了一下，在櫃子裡發現目標。

不過，舞不知道怎麼換燈泡，在家裡，這種工作全都是由父親幫忙做的。重點是，矮小的自己就算站到椅子上，手還是碰不到燈。

舞稍微思考了一下就前往二樓。如果是高個子的櫻井，應該輕輕鬆鬆就能換好吧。舞因為有了個好藉口而興奮起來。

不過，跟上次一樣，二樓的客廳沒有櫻井的身影。然後有一間逸出燈光的房間——井尾由子的房間。又是這樣？舞緩緩穿過靜悄悄的走廊，沒有刻意卻還是躡手躡腳起來。

舞在房門前側耳傾聽。屋裡傳來兩個人的說話聲，是井尾由子和櫻井。

儘管有些心虛，舞這次還是一樣悄悄地從玻璃的部分往內覷。櫻井又握住井尾由子的手了。

「——所以啊，我最近在想，我會得這種病，或許就是老天爺巧妙的安排，讓我可以不用想起那些記憶。」

井尾由子今晚沒有哭。不過，她的側臉卻充滿哀愁。

「可是，您沒有忘記吧？」

櫻井盯著井尾由子的臉說。櫻井的臉看起來不可思議的嚴峻，至少，那不是他平常會露出的表情。儘管如此，舞完全搞不懂他們在說什麼。

井尾由子虛弱地笑了笑，喃喃道：「我忘不了啊，那種事。」

「我記得清清楚楚，彷彿才剛發生過一樣。重要的事忘記了，想忘的事卻不肯消失。老天爺果然很壞心眼呢。」

「是這樣嗎。」櫻井眼神若有所思地說。「您的那段記憶是不是能拯救某個人呢？或許，神明是為了這點才沒有從您身上奪走那段記憶。」

「某個人……事到如今，能救誰呢？」井尾由子笑道。「你講了很有趣的話呢。」

「……」

「而且我的記憶啊，在別人眼中是不可靠、模糊不清的。就算我說是黑的還是白的，都沒有可信度。」

「為什麼？您的話明明說得這麼清楚。」

「這個病就是這樣。」

櫻井咬住下唇。

「現在的我，是連晚飯吃了什麼都想不起來的人，記不得昨天是怎麼過的——櫻井，這些你都記得吧？」

「您不是好好記住我的名字了嗎？」

「那是因為你總是陪在我身旁。雖然可能是工作的關係……」

「不是工作。」

井尾由子不可思議地盯著櫻井。

舞轉身後退，悄悄離開門前。雖然舞完全搞不懂兩人在說什麼，但跟上次一樣，她心中湧起一股罪惡感，像是目睹了不該看的場面。

「來，請慢慢地回想。」

背後微微傳來櫻井的聲音，是一種彷彿在施展催眠術的口吻。

他們到底在說什麼呢？櫻井和井尾由子究竟是什麼關係呢？

舞的腦海被這些問題佔據不放。天空終於亮起，迎來了早晨。

然後，櫻井這次的交接事項依舊完全沒有提及井尾由子。

34

三天後，來上班的舞一到辦公室，便看到一對六十出頭、貌似夫婦的男女和四方田、老闆佐竹站著談笑的身影。狹窄的空間裡站著四個大人的感覺十分擁擠。

「啊，小舞，早安。」四方田打完招呼，馬上向那對夫婦介紹：「這位是最近剛加入我們的兼職人員，酒井小姐。」

「這樣啊，這麼年輕就從事照服工作。」丈夫佩服地上下點頭。「我是服部的兒子，感謝大家這麼照顧我父親。」

夫婦倆雙手拿著裝滿服部物品的紙袋。

聽說，服部過世了。昨天傍晚，服部在客廳沒了呼吸。據說，他原本是在沙發上打盹，由於一直沒起來，兼職人員便觸碰他的脈搏，結果沒有反應。

「家父能幸福地離開，都是託大家的福。」

儘管對方向自己深深鞠躬道謝，舞卻感到十分無措，只能點頭回禮。她完全沒有真實感。

夫婦倆的表情看起來十分明朗，是因為服部八十六歲，壽終正寢的關係嗎？舞無法判斷。

服部夫婦沒多久便回去了，中間仍不停鞠躬行禮。那對夫婦不會再來這裡了吧。

終於開始工作的舞首先前往服部的房間。

房間大概清理過了吧，乾乾淨淨的，只有本來就放在房裡的床鋪和衣櫃，服部的物品一件也沒留下。

當然，這裡也沒有服部的身影，甚至連味道都不留。

明天似乎會有新的入住者過來。雖說是理所當然的事，舞卻因為整件事太過輕而易舉而感到空虛，連沉浸哀傷的空隙都沒有。

儘管這樣想，但又是為什麼呢？看著這間單調的房間，舞的眼眶漸漸發熱。

舞想起了服部沐浴時的笑容。只要舞邀服部沐浴，他就願意去洗澡。面對舞做的餐點，服部會一邊說著「好吃，好吃」、一邊吃下肚。好不可思議，服部明明是個很需要費心照顧的入住者，但舞想到的卻都是美好的回憶。

舞對服部沒有特別的情感，他頂多就是青羽眾多入住者中的一人，兩人相處也才一個月左右，說起來是沒有關係的陌生人。最重要的是，服部甚至不認得舞。

儘管如此，為什麼悲傷會像這樣不斷湧現呢？

「小舞，妳在這裡啊。等一下大家要——」

四方田的聲音從身後傳來，卻中斷了，大概是因為他注意到舞顫動的肩膀了吧。

四方田的手輕輕放在那顫抖的肩膀上，這令舞更加控制不住淚腺。舞的眼淚撲簌簌地落下。所謂的死亡，就是消失不在了。舞活了十九年才知道，消失不在原來是件這麼寂寞孤單的事。

那天的工作是舞到青羽打工以來最痛苦的一天。那天並沒有發生什麼特別的事，跟往常一樣沒有任何不同，即使有一個人消失不在也沒有任何改變。就是這點令舞感到悲傷。

其他的兼職人員似乎已經習慣入住者的死亡，表現得泰然自若。至於其他入住者，大部分的人都沒有發現服部不在了。他們大概連服部這個人都不記得吧。在這裡，沉浸在感傷中的人只有舞自己。

「酒井。」

工作結束後，舞在夕照下拖著無精打采的步伐前往停車場，此時，背後傳來呼喊。舞回頭，是櫻井。晚班的他還在工作，身上穿著圍裙。

「服部爺爺的事，很遺憾。」

櫻井說。夕陽染紅了他的臉。

「服部爺爺在最後的階段能得到妳的照顧，應該很幸福吧。」

「這樣說的話，你的照顧也是。」

「嗯。我們和服部爺爺之間，一定有小小的緣分吧。」櫻井微笑說道。「請打起精神！」

舞目不轉睛地盯著櫻井的臉。櫻井是注意到舞情緒低落，才這樣找她說話的嗎？

本來打算說出「謝謝」的唇瓣卻意外吐出別的話語。

「人總有一天都會死，對吧？」

櫻井沒有說話，就這樣看著舞。

「抱歉，我在說什麼當然的話。」

櫻井搖頭。

「這樣說或許有點不恰當，但我認為服部爺爺離開的方式很理想。」

櫻井說道。

「如果可以的話——」櫻井瞇起眼睛，望向舞的後方。「我也想那樣死去。」

櫻井的意思是壽終正寢嗎？一定是這樣吧。

希望不是生病或意外，而是享盡天年後離開這個世界。每個人都希望如此。就這層意義而言，服部離世的方式或許真的很理想吧。

最後——

「我還在工作，先回去了。」

語畢，櫻井轉身返回屋子。「謝謝！」舞朝著他的背影大喊。櫻井回頭，露出燦爛的笑容。

自己會感到悲傷，是因為和服部之間有小小的緣分。

一定是這樣。

世上有許許多多的人，一生中能遇見的人微乎其微。不過，若是這樣的話，就代表自己和櫻井之間也有緣份。希望，這不會是小小的緣分——

35

難得的休假，舞一整天都在家裡無所事事。舞什麼也沒做，發個呆白天就過了，迎來了夜晚。平常工作那麼努力，偶爾一天這樣也沒關係。不過，舞也有些後悔浪費了少有的珍貴休假。

不久，父母回到家中，三人一起用晚餐，並肩坐在沙發上看電視。這是酒井家度過夜晚的正確方式。不過，舞忙於手上的手機，沒什麼在看電視。因為懶得回訊息把手機放了一天後，LINE累積了上百條的訊息。其中有一大半來自別人擅自將她拉進去的群組，她真的很想退出。

「這是應該的。」

身旁的父親突然咕噥一句。語氣和平常的他不太一樣，舞抬起頭瞄了一眼。父親正一臉嚴肅地盯著電視看。

舞的目光隨著父親的視線移向電視。直到剛剛為止應該還是奧運倒數特輯的節目不知何時切換成了新聞談話節目，播著年輕男子遭警察帶走的畫面。那是大概三個月前的影像，就連不怎麼看新聞的舞也看過好幾次這個畫面。看到畫面下方的字卡，舞了解父親說的意思了。

新聞報導，三個月前闖入民宅殺死一對母子的男人——足利清人，一審遭判處死刑。報導說，回顧過去，沒有這麼快就宣判死刑的案例，極為特殊。

這起案件震驚社會的程度遠高於其兇殘性，因為凶嫌足利清人供稱，自己殺害母子的動機是「很佩服鏑木慶一」。也就是說，足利清人模仿了鏑木慶一犯下命案。

平成最後的少年死刑犯、逃獄犯鏑木慶一。有源源不絕的年輕人憧憬這個人的狀況引起了討論。當然，舞身邊沒有那種奇怪的人，但社會上似乎有不少人都將鏑木慶一當成領袖來崇拜。

「我認為，大家會產生某種鏑木慶一在反抗體制的錯覺。可是，他實際上是個兇殘的殺人魔。鏑木慶一沒有任何信念，也沒有抗爭意識。最後，他逃獄並且還逍遙法外。年輕人只把焦點放在這塊，將其神格化，不禁覺得信奉他的人也越來越多了。雖然奇特又詭異，但以年輕人特有的心理而言，或許不是不能想像。」

這是其中一名評論員的論點，舞卻完全無法想像。不過，只要看社群網站，的確會看到類似支持鏑木慶一的發文。舞沒有搜尋相關內容都會看到的話，代表這類發言的數量相當多吧。當然，其中有大部分都是為了獲得關注，故意發表爭議性言論的笨蛋。證據就是，那些人全都是匿名。

不過，足利清人被補這件事，證明了世界上有真心憧憬鏑木慶一，並且深深為他著迷的人存在。這麼一來，要擔憂的就是下一起犯罪——也就是連鎖效應。

關於這件事，鏑木慶一有什麼想法呢？舞希望警察在逮捕鏑木慶一時，一定要問他這個問題。在處死他之前，一定要問。

不過，舞對死刑本身抱有疑問。她既不贊成、也不反對，因為她並不清楚。尤其是最近身邊的事，神奇地強迫舞去思考死亡這個議題。

「爸，死刑是理所當然的嗎？」

舞望著電視問道。

「嗯？當然啦。更何況這個兇手已經成年了。」

「我不是說這個，是在想，把殺人當刑罰對嗎？」

父親歪著腦袋看向自己。「妳是說贊成還是反對死刑嗎？」

舞點點頭。

父親稍微停頓了一下。

「我贊成喔。一想到遺屬的心情，就覺得死刑是不得不的存在。如果妳被誰殺了的話，爸爸一定希望對方被判死刑。如果沒有，爸爸就會去殺了那個兇手。」

父親極為冷靜地說著可怕的內容。

「可是那樣我也不會復活啊？」

「是這樣沒錯……」

不知不覺間，舞不再看著電視，而是盯著空中。

「我開始這份工作以後，發現人類是真的會死掉呢。就算放著不管，所有人總有一天都會死去，即使如此卻要強行讓人死亡，這樣好嗎？」

「不管那個人犯了什麼罪嗎？」

坐在另一邊的母親問道。

關於這個問題，舞沒有答案。因為她雖然能想像受害者和遺屬的心情，感覺卻十分遙遠。當然，舞自己從來不曾恨誰恨到希望對方被處死。

到頭來，我就是個天真的人吧，而且，也一定是個幸福的人。從未被誰深深傷害，沒有經歷過貧窮，也不曾對未來悲觀。她就像這樣，左右有父母，一直在守護中活到現在。

不過，死亡代表消失。如果有人是「可以消失」的話，那他是為了什麼誕生到這個世界上的呢？

舞之所以會神奇地思考這種根源性的問題，一定是因為從事這份工作，時常與死亡為伍的關係。這麼說來，四方田說過，照護的工作會在「習慣之後內心開始感到疲憊」。

舞雖然沒有疲憊，但或許有點憂愁吧。一想到自己如果因為這樣沒有談戀愛的話，便覺得有點可怕。

洗好澡後，舞和波奇一起玩耍。說是這樣說，卻只是舞單方面來回撫摸波奇的身體罷了。波奇雖然一直毫無反應，但舞的心意一定有傳達給牠。這麼一想，生命有終點的不只是人類而已。希望這隻老狗能盡可能地長命百歲。

就寢前，舞在床上滑著手機。要是就這樣被LINE綁住的話，她甚至都想刪帳號了。雖然好像有點恐怖，但也有種一旦刪除便能意外獲得自由的感覺。

『徹，你對足利清人被判死刑有什麼看法？』

舞故意回了這種訊息。由於徹傳了「最近好熱，都不太想動吧？」這種沒意義的內容，舞便回以顏色。在這之前，舞和徹的對話也盡是些沒有內容的東西。儘管舞暗示自己有喜歡的人了，徹卻毫不在意，令人十分困擾。他的神經到底是什麼做的？

結果徹的回覆完全超越了舞的想像。

『如果連這傢伙都逃獄的話不是很好笑嗎？』

舞愣住了。當然不好笑。不過，她也沒有感到憤怒，只是冷靜地心想要和這個人保持距離。因此，舞決定已讀不回。

然而，徹又傳來新的訊息。『妳對這種事有興趣的話，看一下這個，超好笑的。』訊息後貼了一個網址連結，似乎是YouTube。點開後，出現了一個平凡無奇的中年男子，舞姑且開始播放影片。

明明是男子自己上傳這種影片的，但他大概有對人恐懼症吧，一張臉面紅耳赤、講話結結巴巴。儘管男子自稱是律師，但他說話遠遠稱不上「流暢」。至於影片的重點，原來是針對鏑木慶一的死刑判決提出疑問。不過，男子並不是說鏑木慶一無罪，而是認為對他判處極刑言之過早，應該要更審慎評估才對。

影片的觀看次數超過二十萬次。這種影片為什麼有這麼高的觀看人次？舞一看留言區就知道理由了。這名中年男子過去好像因為色狼行為被抓過，收錄整個過程的影片也四處流傳。由於這樣的人上傳了影片，注意到這件事的觀眾便戰了起來。『你這樣說也沒有說服力！』感覺最上方的這則留言道盡了一切。

不過，影片傳達出了這名中年男子的拚命。大概就是這樣看起來才很滑稽吧。

『完全笑不出來。』

舞毫不留情傳了冷淡的回覆後，封鎖了徹，一點都不心痛。

明天是早班，得睡覺才行了。舞將冷氣設定為三小時後停止運轉，關上房間的電燈。

黑暗中，舞突然想到，櫻井也會看YouTube嗎？

36

「唉呀，真感動。」

浴缸裡的三浦心滿意足地說，蒸騰的熱氣裡是他喜悅的笑容。舞已經可以獨自協助入住者沐浴了。身為一個照服員，她穩健地在成長。

三浦在清澈的熱水中撫弄性器官。由於這對三浦來說很稀鬆平常，舞並不以為意。不只三浦，其他男性入住者也老是會撫摸跨下。舞不太清楚這是失智症的關係還是男人這種生物都是這樣。

舞從一開始就對於看到男人赤裸的身體沒什麼抗拒感。她沒有和任何人說，但這大概是自己直到國中期間都還跟父親一起洗澡的關係吧。

「妳來這裡很久了嗎？」

三浦突然問道。除了多梅和鷲生，其他入住者從沒喊過舞的名字。

「才一個多月。」

舞邊用毛巾擦拭額頭上的汗水邊回答。盛夏正午的浴室簡直跟三溫暖沒兩樣。熾烈的陽光從天窗照了進來。

「啊啊，這樣啊。很年輕啊。」三浦掬起熱水洗臉。「我是什麼時候來這裡的啊？」

「我聽說您是兩年前入住的。」

「嗯，這樣啊。」

「三浦爺爺，您差不多該起來了，不然會頭暈喔。」

其實是後面還有下一位入住者在等待。由於必須讓九人都沐浴，因此必須精準掌握時間。當然，脫水症狀也很恐怖就是了。

「還可以再一下吧？」

由於三浦板起了臉孔，舞便開朗地說：「那，數到一百。」

沒多久，三浦洗好澡，舞也接著完成入住者的沐浴工作。當她在客廳喝著冰麥茶時，辦公室的電話響了起來。鈴聲不斷，也就是說四方田好像外出了。舞小跑步前往辦公室，拿起話筒。

「我孫子團體家屋青羽您好，我是酒井。」

舞按照手冊上的指導應對。

〈我是笹原浩子，我姊姊井尾由子平常承蒙你們關照了。〉

是井尾由子的親屬。「啊，您客氣了。」

〈請問四方田先生在嗎？〉

「呃——」舞馬上看向一旁的白板，四方田的欄位上寫著「購物」。「他現在不在，但應該等一下就會回來了。」

〈這樣啊。方便的話，可以幫我傳個話嗎？〉

「請說。」舞打開便條紙，拿起筆。

〈請跟四方田先生傳達，我原本說是要明天過去的，但臨時有些狀況，這麼突然實在很不好意思，但我希望今天過去看姊姊。預計三點左右會抵達。〉

「好的，我知道了。」

〈臨時過去，真的很不好意思。〉

「不會，親屬什麼時候來看家人都沒有關係。」

只要不是深夜時段，探訪入住者的時間是很自由的。因此也有親屬是完全沒聯絡，順道就隨意過來一趟。如果有需求，親屬甚至可以在青羽過夜。

結束和笹原浩子的通話後，舞想盡早通知這件事，便打給了四方田。

〈今天來對我們反而比較好。〉四方田說。

據說，明天預計也有兩組其他入住者的家人要來，原本時間重疊在一起。

〈啊，小舞，井尾女士的妹妹等一下要來的事，可以也幫我跟田中和櫻井說一聲嗎？我大概還要一個小時才回去。〉

答應四方田，放下話筒後，舞馬上前往二樓。今天二樓的兼職人員是一位姓田中的中年女性和櫻井。櫻井一週到底上幾天班呢？舞不知道他哪天有休息。兼職員工這麼缺人嗎？

舞向田中和櫻井傳達狀況後，櫻井的表情突然暗了下來。為什麼？他看起來感覺也有些不安。

「櫻井，怎麼了？」

田中似乎也察覺到了。

「沒什麼。」櫻井雖然這麼說，但明顯不對勁，眼神游移。

時間過去當四方田終於回來時，櫻井從二樓下來，在走廊上向四方田搭話。人在附近的舞若無其事地注意兩人的動靜，但櫻井說話很小聲，舞不知道他們在談什麼。

「這樣的話就回去吧。我會到二樓，後續的事你不用擔心。」

舞隱約聽見了四方田的聲音。櫻井不好意思地鞠躬。

接著，櫻井走進辦公室，四方田則朝舞走來。

「櫻井怎麼了嗎？」舞立刻詢問。

「他好像不太舒服，所以我讓他提早回去。」

「啊。」舞擔心和失望的心情各佔一半。

「雖然好像沒發燒，但他身體出狀況還是第一次，我覺得滿嚴重的，希望能趕快好起來。」

真的。

「原本覺得是個好機會想介紹櫻井給笹原太太認識，沒辦法了呢。」

「那個……」舞悄悄窺探道：「櫻井和井尾女士感情很好呢。」

「嗯，櫻井常常幫忙照顧她。井尾女士好像也對櫻井敞開心房，兩個人很合得來吧。」

雖然的確是這樣，但半夜裡的那些對話還是成謎。

「井尾女士過去發生過什麼事嗎？」

一聽見舞的問題，四方田的表情明顯僵住。「怎麼了？」

「不，沒什麼。」舞瞬間詞窮。她可以說出自己在深夜看到井尾由子哭的事嗎？可以把櫻井和井尾由子的談話說出來嗎？

「妳看見或是聽見什麼了嗎？」四方田訝異地看著舞。

「那個，不是……」

四方田吐了一口氣。「井尾女士偶爾好像會想起一些過去不太好的事，有時候會因為這樣情緒低落。

不過，這種情況也不限於井尾女士啦。」

舞有種被敷衍打發的感覺。井尾由子身上一定有什麼不能對他人說的祕密。櫻井是不是知道那個祕密呢？

那個讓舞煩惱的櫻井從辦公室走了出來，他脫下了圍裙，背著背包。

「不好意思給大家添麻煩了。」

「不會，你保重。」四方田說。舞也接著說：「保重身體。」

櫻井點點頭，轉身快步走向玄關。

「櫻井先生有好好在休息嗎？」

舞目送著櫻井的背影，向身旁的四方田問道。

「完全沒有。我真的對他感到很抱歉。」四方田搔了搔腦袋。「對不起，妳的休假也很少。我們下週會再登新的徵人廣告。」

「我沒關係，我不是學生也不是家庭主婦，如果沒有青羽的話，就只是在家裡無所事事而已。」

「謝謝妳這樣說。」

「而且，四方田先生，你才是最沒有休息的人吧？」

「我是正職員工，和大家立場不一樣。」

換好鞋子的櫻井打開門出去了。舞悄悄嘆了一口氣。

此時，四方田咳了一聲，以鄭重的語氣開口：「對了，小舞……」

「下星期海之日……要不要一起去看手賀沼的煙火？」

意料外的邀約令舞不知所措。

「那個，我那天有值班耶」

「可是是白天班吧？」

「啊，對喔，煙火是晚上。」

「我那天應該也能在傍晚下班，要不要一起去看？」

這是約會的邀請嗎？還是四方田之前說的，照顧兼職員工心理的一環呢？

正當舞不知如何回答之際，「呀——」身後傳來悅子尖銳的叫聲。一回頭，只見悅子和多梅就在一旁相互拉扯。四方田趕緊奔過去。「我會被這個老太婆殺死——！」悅子尖叫。多梅也怒吼：「妳才是老太婆！」

四方田介入她們中間，將兩人分開。他問多梅：「發生什麼事了？」

「這個人啊，偷了我掛在那張椅子上的手帕。」

「我沒偷！」

「那妳肚子那邊凸凸的是什麼？」

多梅指著悅子的肚子。那裡的確鼓鼓的，罩衫下藏著什麼。

四方田嘆了一口氣，諄諄教誨道：「悅子奶奶，那是多梅奶奶的東西，請還給她。」

「不要，這是我的。」

「一定是因為那條手帕和您的太像了才會搞混吧？可以請您再確認一次嗎？」
悅子從懷裡拿出手帕，睜大眼睛。「咦？真的耶，這不是我的。」
「妳演什麼演，太假了。」多梅不留情地說。四方田安撫道：「好了好了。」
「快還給我。」多梅伸出手。「還有道歉！」
「吵死了！」悅子將手帕甩到地上。「這種東西我才不要！」
說完，悅子便快步穿過走廊，逃回自己的房間。
舞和四方田四目相對，露出苦笑。沒有方法能治治悅子那激烈的脾氣和偷竊癖嗎？
「啊啊，討厭。人變成那樣的話就完了。」
多梅搖頭嘆道。
之後，舞在四方田的指示下前往多梅的房間關心她。除了對悅子的憤怒，多梅也滔滔不絕地將日常的鬱憤一股腦傾洩而出。舞持續用「就是說啊」、「您說的對」這兩句話應和。多梅的話裡充滿許多記憶錯誤的部分，舞切身感受到這位老太太也開始出現失智的事實。當然，舞並沒有將錯誤指出來。
就這樣忙東忙西到了三點，先前打電話的笹原浩子帶著名產來到青羽。笹原浩子大約五十歲左右吧，雖然五官和姊姊井尾由子不太像，氣質和感覺卻一模一樣。
「啊啊，是剛剛接電話的那位，沒想到這麼年輕啊。」
舞在辦公室自我介紹後，笹原浩子摀著嘴驚嘆。入住者的家屬大致上都是相同的反應。自己的存在大概就是如此稀奇吧。

「我姊姊平常承蒙照顧了，她應該沒有給大家添麻煩吧？」

「完全沒有添麻煩。」

舞惶恐地舉起手在胸前揮舞。說到底，自己負責的是一樓，從來沒有和井尾由子接觸過。

「應該說，井尾女士還幫了我們員工的忙。」四方田從旁說道。「二樓入住者的衣服每次都是井尾女士幫忙摺的喔。」

「這樣啊？」笹原浩子微笑。「她現在在？」笹原浩子指著天花板問。

「對，應該在房裡休息。我們快點過去吧。」

在四方田示意下，兩人一起離開了辦公室。「兼職人員裡有位叫櫻井的年輕男生，井尾女士和他感情很好。我原本想今天介紹你們認識的——」外頭隱約傳來四方田的聲音。

舞也拿著收到的土產離開辦公室。土產的名字叫「山形旬香菓」，是色彩鮮豔的果凍。也就是說，笹原浩子是千里迢迢從山形縣過來看姊姊的嗎？從山形來到這裡要花多久時間呢？

原本打算明天才拿出來的果凍在放入冰箱前就被入住者發現，結果馬上被用來當做三點的點心。確認數量後，舞決定也跟著一起享用。雖然不夠冰，但是多汁的果凍裡加了滿滿的當季水果，十分美味。員工們私底下都很期待入住者親屬帶來的土產。

正當大夥在客廳吃果凍時——

「喔，什麼什麼？大家在吃好料啊。」

老闆佐竹來了。看來，舞剛剛聽到的車聲是佐竹的車子。這個人總是說來就來。

舞告訴佐竹那是笹原浩子帶來的土產，問他要不要吃後，得到「當然」的答案。佐竹甚至還指定口味，說要櫻桃的。

「舞舞，工作習慣了嗎？」

佐竹用湯匙挖了一口果凍，咕溜地吸入嘴中後問道。這位和舞父親同個年齡層的老闆親暱地以「舞舞」來稱呼自己。他總是很關心舞，舞很喜歡他。不只佐竹和四方田，青羽的員工沒有一個人是討人厭的。

「這樣啊，這是最重要的。」

舞回答自己工作得很開心後，佐竹瞇起眼睛點頭說道。

「四方田在樓上？」

「是的，他應該是跟來訪的笹原女士一起待在井尾女士的房間。」

佐竹看著天花板問：「今天二樓是誰負責？」

「是田中女士和櫻井先生。不過，櫻井先生身體狀況不好，剛才早退了。」

「那小子？」佐竹瞪大眼睛。「怎麼回事，是夏季感冒嗎？」

「我也不清楚，不過，他看起來不太舒服的樣子。」

「這樣啊。舞舞，妳也要注意身體喔。妳可能也知道，我們人手不足啊。」

「是的，我會注意的。」

「不過，絕對不可以勉強喔，尤其是感冒什麼的。」佐竹迅速環顧四周，壓低聲音說：「如果傳染給入住者的話，可是攸關性命的問題。」

沒多久，吃完果凍的佐竹喃喃自語：「這樣啊，櫻井不在啊……」

「老闆，您過來是有事找櫻井先生嗎？」舞一發問，佐竹便說：「不是老闆，是佐竹先生。」每次見面佐竹一定都會這樣提醒舞。他似乎不喜歡被叫做老闆。

「不是櫻井，我是來看舞舞的。」

「咦？我嗎？呃——為什麼呢？」

「開玩笑的。我是聽說笹原女士來訪才過來的，我有些事要和她談。等一下要借用辦公室。」

之後大約過了一小時，四方田和笹原浩子回到一樓。佐竹和他們彼此簡單打個招呼後，三人就直接進去辦公室了。連佐竹都特地過來加入談話，一定是很重要的事情吧。

舞望向牆壁上的時鐘，還有三十分鐘她的工作就結束了。今天是沐浴日，所以時間過得很快。回家時她得去超市一趟，購買家裡晚餐的食材。今晚，舞預計挑戰夏季時蔬肉醬咖哩。在青羽提供自己從家裡學到的菜色，舞就是這樣漸漸拓展自己的料理技能。

就在舞想著這些事情時，身後傳來「不好意思」的聲音。一回頭，井尾由子正站在自己身後。由於井尾由子平常很少來一樓，舞因此嚇了一跳。

「請問浩浩——我妹妹已經回去了嗎？」

「她在那邊的辦公室和四方田先生他們談事情。」

「談事情？啊，對喔。」井尾由子想起來似地在胸前撫掌。「她剛剛才說過，我也真是的。」

「您有什麼事嗎？要不要我去說一聲？」

「不用，我只是想她剛才明明都還在我身邊，不知道跑去哪裡了。她回去前應該會再來我房間一次，沒關係的。」

走廊傳來匆忙的腳步聲，二樓的兼職人員田中朝這裡而來。田中看到井尾由子，就鬆了一口氣。

「太好了，您在這裡啊。井尾女士，您要來一樓的話，跟我說一聲嘛。」

「妳以為我逃走了嗎？」

「我沒有那樣想。」

「但我有喔。」

井尾由子開起玩笑，讓田中哈哈大笑起來。

看來，井尾由子似乎是個很開朗的人，外表怎麼看也都很正常。即使現在與年紀比她小的田中站在一起，看起來甚至還比較年輕。

「難得下來一趟，可以讓我在這裡等我妹妹嗎？」

井尾由子說著，便在舞身旁坐下。「麻煩妳了。」田中在舞的耳邊悄悄說道。

之後，井尾由子開始一個個向坐在沙發上的入住者說話，現在正跟最年長的須田有說有笑，看起來就像一名照服員。

舞將冰咖啡遞給井尾由子，她便問道：

「小舞，妳今年幾歲？」

舞才想著她為什麼會知道自己的名字，但看到井尾由子的視線落在自己的胸前，所以她應該是看到名牌了吧。名牌上以平假名寫著「酒井舞」。

舞回答十九歲後，井尾由子驚訝地瞪大眼睛「啊」了一聲。

「這樣說的話，跟我最後教的一屆學生差不多呢。啊，我原本是老師，教古文的老師。妳古文好嗎？」

「完全不行。」舞難為情地說。

「那我下次教妳。只要好好學的話，古文是很有趣的。」

明明話說得這麼清楚，這個人真的得了阿茲海默症嗎？

井尾由子用吸管喝了一口冰咖啡。

「對了，櫻井今天休假嗎？他今天沒來吧？」

舞一傳達櫻井剛才先早退後，井尾由子的表情瞬間蒙上一層陰影，垂下了肩膀。接著，井尾由子便表情沉重，不發一語。

她這麼喜歡櫻井嗎？但舞稍微思考了一下後便明白井尾由子是因為別的原因意志消沉。雖說是早退，但櫻井從早上就開始工作，期間也有和井尾由子接觸。井尾由子是對忘記這些的自己感到失望吧。

「真的很討厭。」

井尾由子淺淺一笑，無力地低語。

「小舞，妳媽媽今年幾歲？」

井尾由子突然問道。

「四十六歲。」

「呵呵，比我小十歲呢。這也是當然的。」

舞原本想問井尾由子有沒有孩子，但因為有些失禮便作罷了。

「我還是回房間好了，謝謝妳的招待。」

井尾由子匆匆起身，走向階梯。看著她垂頭喪氣的背影，舞的心揪了起來。明明只是有點健忘、明明還那麼年輕那麼有精神，卻必須在這裡和高齡的老人們一起生活。雖然大概有苦衷，但舞還是覺得井尾由子太可憐了。

「小舞，妳差不多該下班了。」

廚房裡，晚班的兼職同事說道。舞看向時鐘，已經超過下班時間了。

舞向入住者們道別，前往放東西的辦公室，準備收拾回家。雖說他們在辦公室談事情，但進去一下應該沒關係吧。

正當舞伸出右手打算敲門時——

「——兒子媳婦被殺害，是很嚴重的事。」

辦公室傳來笹原浩子的聲音，舞僵在原地，停下動作。

「我很了解妳的心情，但照護的方式根據是否知情也會有所不同。而且，負責照護的員工隱隱約約都有所察覺。」

這是四方田的聲音。

「察覺命案的事嗎？」

「不，是察覺井尾女士有很深的心理創傷，但不知道那是什麼，只是疑惑不停壯大。這不是一個好現象。」

舞抬起的右手無處可去。

「我不是不相信這裡的員工……但我不想讓媒體知道姊姊在這裡，那些人到現在還會來我們家。要是那些人知道姊姊在這裡接受照顧的話，一定會蜂擁而至吧。我不想讓姊姊再痛苦了。」

「我們一定會嚴加禁止員工說出去。」

屋裡沉默了一段時間。

「至少，等抓到那個兇手之後再說不行嗎？」

沉默再次降臨。

「笹原女士，請妳再和井尾女士商量一次怎麼樣呢？」這是佐竹的聲音。

喀噹。不久，辦公室傳出椅子聲響，有人站起來了。舞急急忙忙離開原地。

幾秒後，以笹原浩子為首，三個人離開辦公室，穿過舞的前方步向走廊，朝階梯而去。看來，是要去井尾由子房間的樣子。

儘管如此，剛剛的對話——

舞在已經空無一人的辦公室裡匆匆整理回家的東西，離開了青羽。

井尾由子的兒子和媳婦遭某人殺害，是一起引發媒體騷動的重大命案，兇手尚未被逮捕——舞無法克制地想像，那究竟是哪起命案。

回家的路上，舞握著方向盤不停地思考這件事。本來途中應該要去超市的，但一回神就已經到了家門前了。

今晚，酒井家的餐桌不同以往。大家雖然都拿著筷子，手卻完全沒有動作。

「果然是那起命案吧？」父親面有難色地說。「只想得到是那個了。」母親也接著說。

回家後，舞將在青羽不小心聽到的內容告訴了父母，三人驅使了想像力。

儘管只有片段的資訊，但唯一能想到的就是那起命案。鏑木慶一犯下的那樁滅門血案。

決定性的關鍵，就是那起命案中有位唯一存活下來的女性。遇害男主人的母親跟他們住在一起，酒井家的三人猜想，井尾由子會不會就是那名女性。舞雖然用網路查了一下，但報導沒有公開女性的名字。不過，女性的年齡跟井尾由子完全一致，這下不會有錯了。

不過，沒想到那起命案的受害者遺屬就在自己身旁——

因殺害一對年輕夫妻及其幼子而成為少年死刑犯的鏑木慶一，從鐵牢中逃脫至今已經一年又四個月了。媒體每天不分晝夜地持續報導這起事件，一時之間，日本的大眾媒體清一色都是鏑木慶一。

儘管如此，舞還是覺得這起事件發生在某個遙遠的世界裡，感覺人們在遠離自己日常的地方騷動。而現在，那件事硬生生地擺到了她眼前。硬要說的話，就像告訴她原本的童話故事其實是部紀實片，片尾名單竟然還放了自己的名字一樣。

「我懂她妹妹的心情。」母親靜靜地說。「這種事，不會想讓任何人知道。」

「我覺得青羽老闆和職員的判斷是正確的。這種事果然還是得讓身邊的照服人員知道吧?雖然以妹妹的立場來說會想隱瞞，但最重要的應該是當事人的照護。」

「我覺得妹妹當然也知道這點，可是，媒體太可怕了。」

「也是。」父親嘆了一口氣。「就算再怎麼下封口令，也不曉得會從哪裡洩露出去。像現在，舞也知道了。」

「對吧──舞，妳覺得呢?」

母親把問題拋給舞，舞抬起一直低垂的頭說：「我不知道。」

舞是真的不知道誰才是正確的。話說回來，這件事好壞什麼的都是結果論，感覺沒有正確答案，因為兩邊提的都是一種解決方案。

比起那些，舞現在有件最在意的事，就是櫻井知不知道井尾由子的過去。

自己今天是意外得知的，但櫻井是不是在更早之前就知道了呢?不然就無法解釋兩人深夜時的那段談話。是佐竹和四方田單獨跟櫻井說了嗎?雖然很難想像他們會這麼做，但感覺只有這樣，整件事才說得通。

舞把屁股下的椅子推向後方，猛地起身。「我去打個電話。」

「打給誰?」

「四方田先生。都已經知道到這種程度了，我想弄清楚井尾女士是不是真的是那起命案的受害者家屬。」

還有櫻井是不是知道這件事。

「加上我也想對不小心偷聽的事道歉。」

「這樣的話，可以吃完飯再打啊。」

「我已經飽了，謝謝媽媽。」

舞離開客廳前往自己房間。她拿起手機，從電話簿中尋找四方田的名字。這是她第一次打四方田的私人手機。

接起電話的四方田在自己家裡，似乎正準備吃晚餐。

「不好意思，還是我等一下再打過來呢？」

〈不用，別介意，只是用微波爐加熱的空虛晚餐而已。〉四方田笑著說。〈所以，怎麼了？〉

舞深吸一口氣，「其實我今天——」

舞一五一十地將自己不小心聽到四方田他們談話，以及之後自己的想像都說了出來。四方田冷靜地聆聽，最後吐出一句：〈傷腦筋啊。〉

「對不起。」

〈不，是我們大意了。這種敏感的話題，應該好好換個地方談才對。〉

電話那端的四方田嘆了一口氣。

「所以，井尾女士果然是那件命案的……？」

一陣沉默後。

〈沒錯。〉

咚！舞感覺心臟被撞了一下。

〈因為再隱瞞也沒用，所以我就說了，那起命案的受害者是井尾女士的兒子、媳婦和孫子。〉

果然是這樣。

之後，四方田以稍微施壓的口吻要求舞還是要對其他兼職人員保密。傍晚四方田他們離開辦公室後，就和井尾由子本人重新討論此事，最後決定的方針似乎是不告訴其他兼職人員。

「請問，這件事除了四方田先生和老闆以外，沒有其他人知道嗎？」

舞最想問的就是這件事。

〈嗯，只有我和佐竹先生知道。〉

這樣的話，櫻井為什麼會知道呢？是井尾由子直接跟櫻井說的嗎？舞思考了幾秒，覺得有這個可能。不過，假設是井尾由子自己說的，這樣一來，又有無法解釋的部分了——櫻井為什麼沒有向四方田提這件事。即使在早上報告交接事項時，櫻井也對井尾由子的事隻字未提。就算是因為舞在一旁，也要另尋機會跟四方田說才合理吧。

〈妳跟井尾女士說過話嗎？〉

「今天你們在辦公室談事情的時候有跟她聊了一下。」

〈她感覺很正常吧？〉

「對，我是這麼認為的。」

接著，四方田頓了一下吐露道：〈偶爾想到井尾女士的人生，我就會覺得很難受。為什麼只有她要承

受這種災難呢。〉

「我也這麼覺得。」

〈井尾女士說自己很膽小懦弱。〉

「為什麼？」

〈一定是因為兒子他們遇襲時自己沒有去幫忙，以及只有那樣的自己活下來的關係。〉

「那種事——也無能為力啊。」

〈我也這麼認為，不過，井尾女士不能原諒自己。〉

如果是舞的話，自己會怎麼做呢？當父母遭受到某人的攻擊時，舞有辦法挺身而出保護他們嗎？

〈井尾女士還說，如果自己的症狀變得更嚴重的話，希望我們能讓她死去。她每次這樣的時候，我都會生氣地要她別說奇怪的話……但我偶爾也會變得迷惘。〉

「……」

〈她說，快樂的回憶和幸福的記憶變得七零八落，卻只有那件事無論如何也忘不了。我偶爾會想，如果最後井尾女士殘存的記憶只剩下那件事的話，就算活著也只是無盡的痛苦，不是嗎？〉

舞不知道該說什麼才好。第一次有比自己年長的男人這樣跟自己說話，雖然這或許是因為對方沒有把自己當成小孩看待，但舞並沒有能承受這些的胸懷。舞對這樣的自己感到羞恥。

〈抱歉，讓妳聽了這種事。〉

「不會。」自己為什麼不能說些更機伶的話呢？

〈或許，心理需要照顧的人是我吧。〉

四方田打趣地說。這句話舞也無法回答。

〈對了，煙火的事怎麼樣？妳還沒回答我。〉

對喔。那時因為多梅和悅子鬧了起來就不了了之，舞徹底忘了這件事。

〈小舞，妳忘了吧？〉

雖然被看穿了，但舞較真地說：「我沒忘。」

「不過，如果是手賀沼的煙火，青羽也看得到吧？」

〈沒有，只會聽到砰、砰、砰很大聲的聲音，看不太到煙火的樣子。〉

四方田好像知道一個無人知曉的祕密景點，據說那裡完全沒有人，卻可以近距離看到煙火。

〈所以，怎麼樣？〉

舞思考了兩秒。「我去。」

〈真的嗎？太好了。〉

兩人說好那天工作結束後，搭四方田的車一起過去。像孩子般興奮雀躍的四方田讓舞覺得有些可愛。

不過，舞也有一絲絲的罪惡感。因為自己想一起看煙火的對象是櫻井，如果四方田是對自己有好感的話就很抱歉了。四方田只是單純在找一起看煙火的人而已——舞決定用自己希望的方式解釋。

結束通話後舞前往客廳，簡短地告訴父母自己的猜想沒有錯。

「所以，爸爸媽媽絕對不可以跟別人說喔。你們兩個都是大嘴巴。」

舞雙手插腰，嚴厲地叮囑。

「我是沒問題，但媽媽就有點讓人不放心，感覺她會不小心跟鄰居說溜嘴。」

「欸，這麼說的話爸爸也是吧，在酒席上跟公司的人——」

「總之，真的不能說喔。如果謠言從我們家擴散出去的話，我就不能留在青羽了。知道的話就回答我。」

舞讓兩人說出「知道了」後，這件事暫告一段落。

之後，一家三口又和波奇一起出門散步了。途中，舞說了自己答應四方田一起去看煙火的事後，父親馬上鬧著說：「花心鬼，花心鬼。」讓她真的很怒。接著，父親又說什麼這週放假要和母親一起去青羽參觀，舞便威脅：「如果來的話我就真的和你們斷絕親子關係！」波奇吐著舌頭，抬頭望著對話中的他們。

「小小的緣分啊……的確是這樣呢。」

回程的路上，父親抱著波奇仰望夜空道。舞將服部死後櫻井對自己說的話告訴了父母。當時，舞既高興又感激。

「櫻井這個孩子，雖然年輕卻講了很棒的話呢。媽媽，為了看那個男生長什麼樣子，我們還是去一趟青羽吧。」

「好啊好啊。」

「我是認真的，你們不要來。又不是教學參觀，真的沒有兼職員工的父母來上班的地方參觀的。」

舞嚴肅地說。感覺一個大意，這兩個人真的會大剌剌地跑過來。

「對了，櫻井和爸爸誰比較帥？」
「這個問題沒有回答價值。」
老實說，櫻井的五官並不端正。眼睛細細的，鼻樑也歪成「く」字型，下唇外翻。不過，這些都不重要，因為舞迷戀的並不是櫻井的外表。
「舞，妳照一張照片給我們看嘛。」母親說。「一張就好。」
「要我說『請讓我照一張照片』嗎？不可能。」
「哈哈，他果然長得比我醜啊。」
舞使勁朝父親的後背擊出一掌，發出「啪」的一聲。「好痛！」夜空裡迴盪著父親的哀嚎。

37

第三次的夜班舞是在攝取充分的睡眠後才來的，因此不只身體輕盈，頭腦也很清晰，自己的身體一定慢慢變成夜型人了吧。雖然不是件好事，但因為是工作，所以舞沒有想太多。
而今晚負責二樓的人依然是櫻井。由於其他兼職人員都是家庭主婦，夜班對她們而言很不容易。儘管明白這點，舞還是覺得他們太把工作推給櫻井了。有時候，櫻井會接著繼續上早班，也就是說連續工作將近二十個小時。工作成這樣的話，為什麼不當正職員工呢？舞雖然感到疑惑卻沒有問出口。她雖然想嘗試縮短兩人的距離，但自從櫻井調到二樓後他們的交集減少，舞一直抓不到攀談的機會，就這樣一天過了一天。

凌晨十二點後，一樓寂靜得甚至可以聽見自己的呼吸聲。沒有一個入住者起來。據說，傍晚大家好像有去附近散步，大概是累了的關係吧。若是這樣的話，如果自己每次值夜班時，晚班的人都能帶大家去散步的話就太感激不盡了。

深夜一點，舞開始在廚房為早餐備料。咚、咚、咚，她規律地切著紅蘿蔔與白蘿蔔，一邊動作一邊思考井尾由子的事。自從知道井尾由子的過去後，舞不自覺地會一直想著她。

前幾天，井尾由子向舞搭話：「妳是小舞吧？我和妳說過話對吧？」舞一告訴她：「您的妹妹來訪時，我們說過話。」井尾由子的眼睛便開心地閃爍著光芒。她大概是因為記得而高興吧，舞也很高興井尾由子記得自己。

前幾天的新聞報導，鏑木慶一的懸賞金額終於拉高到一千萬，造成話題。舞心想，他們有那麼多錢的話就給井尾女士啊。青羽是自費照護機構的團體家屋，服務無微不至的同時，每個月也就需要多少費用。

鏑木慶一——只要是住在日本，已經沒有人不認得他的長相了。雖然不爽，但那個窮兇惡極的犯人有副端整的相貌，所以才會出現那些奇怪的信徒和想幫助他逃亡的蠢女人吧。明明要是鏑木慶一出現在眼前，那些人一定都會逃走。舞很想對他們說「給我在殺人狂面前開那些玩笑看看！」

早餐備料告一段落後，舞離開廚房，前往二樓。她今晚本來就有這個打算。

如果櫻井和井尾由子又再說那些謎樣對話的話，舞今天想知道真相。櫻井為什麼知道那件事？還有為什麼要向四方田他們隱瞞？這些問題舞至今還是不明白。

爬上階梯的舞站在原地，心想著果然如此。

井尾由子的房間透出燈光。因為櫻井又在那間房裡。同樣的事到了第三次，舞只覺得不可思議。

舞屏息靠近。雖然偷聽有罪惡感，但好奇心戰勝了一切。

舞一站到房門便聽見——

「可是，事到如今說這些也沒用了。」

井尾由子說。

「不，不是這樣的。」

這是櫻井的聲音。

舞悄悄從玻璃往內覷。跟之前一樣，櫻井握著井尾由子的手，兩人肩並肩坐在床上。櫻井靠近房門，井尾由子則坐在裡面，表情透露著疲憊。

「而且，我是阿茲海默症患者，說什麼別人都不會相信。實際上，我並沒有沉默，我跟警察說了好幾次喔。儘管如此，他們卻說『遇害男主人的母親罹患阿茲海默症』，不採納我的證詞。」

「我相信妳。所以，請再從頭按照順序——」

「不，不要，我不想回想。」

「我理解妳的心情，可是，能不能拜託妳試試呢？」

「吶，櫻井，為什麼？為什麼你對我的記憶這麼執著呢？」

櫻井沒有回答這個問題。

井尾由子緩緩搖頭。「話說回來，我根本對自己的記憶沒有信心。」

「妳剛剛不是說自己記得清清楚楚嗎？」

「我懷疑，那一切會不會也是我自己創造出的幻想。」

「不是。妳的記憶是正確的，沒有任何錯誤。」

「你為什麼能那麼肯定？」

「我可以肯定。」

井尾由子悄悄鬆開兩人交握的手，背向櫻井。

「我不懂。我不懂你。你為什麼這麼固執呢？可是我拜託你，不要再繼續了。」

沉默在房內持續了一陣子。

最後——

「因為我……沒有時間了。」

這一瞬間，舞覺得自己和櫻井的視線交會了。

舞急忙縮回腦袋，保持彎腰的姿勢離開原地。舞在走廊上快步移動，躡手躡腳地下樓。

大約走到樓梯中央時——「酒井。」頭頂傳來呼喚。

舞凍住腳步，緩緩回頭。

昏暗不明中，櫻井的眼睛瞇成一條細縫俯瞰著舞。

「妳有什麼事嗎？」

冰冷的語調。舞「咕嚕」一聲，吞下口水。

「那個，三浦爺爺尿床了，但因為看護墊用完了，我就想去二樓借一下……」

「看護墊？」

櫻井看著兩手空空的舞。

「可是，我上去沒看到你，想說等一下再問……」

「原來如此，妳等一下。」

語畢，櫻井轉身。舞待在原地無法動彈，心臟在胸腔內劇烈拍打。

幾十秒後，再次回來的櫻井手上拿著看護墊。收下墊子的舞，雙手濕成一片。

「怎麼樣，一樓還好嗎？」

「嗯，託你的福。」

什麼託你的福啊？舞逃也似地離開了樓梯。

為什麼舞會對櫻井產生恐懼呢？那一定是對未知的恐懼。那段對話到底是什麼？櫻井想讓井尾由子做什麼？

舞坐在客廳沙發上，運轉思緒。從剛才以及之前兩人的對話看來，櫻井似乎想讓井尾由子說什麼事。而那件事的的確確與那起命案有關。不過，舞完全想不到那究竟是什麼事。話說回來，舞連櫻井為什麼想那樣做都不知道。

難道說，櫻井也是跟那起命案有關的人嗎？若是這樣的話，那他在這裡工作就是為了井尾由子了，不可能是巧合。

不知道的部分實在太多，舞的腦袋一片混亂。乾脆豁出去直接問櫻井吧？或許，舞會得到出乎意料的答案。

關於那件慘案，舞知道的跟一般人，不、是比一般人詳細兩倍。自從知道井尾由子是受害者遺屬後，舞徹底調查了這件事一番。

命案發生於二〇一七年十月十三日，埼玉縣熊谷市的井尾宅邸。遭殺害的死者為男主人洋輔（二十九歲）、女主人千草（二十七歲）、兩人的兒子俊輔（兩歲）。

兇嫌鏑木慶一（當時十八歲）於下午四點，天色尚明時闖入井尾家，在客廳和女主人千草發生扭打後，以廚房裡的魚刀刺向女主人腹部，將其殺害，接著將女主人的兒子俊輔摔到地上，持刀狠刺其胸口致命。最後，當男主人洋輔回家後，鏑木慶一再悄悄由後方接近，從背後捅死男主人。

事後，鏑木慶一遭趕到現場的警察以現行犯逮捕。鏑木慶一與女主人千草發生扭打之際，聽到爭執聲響的鄰居向一一〇報了案。該名鄰居在接受媒體採訪時說：「我聽到隔壁傳來玻璃破掉的聲音和尖叫聲，因為感覺很激烈就報警了。只是，我原本想是不是夫妻吵架吵過頭……」

警方逮捕鏑木慶一數日後，一直堅稱「沒有殺人」的他終於認了罪，之後，檢察官決心起訴。然而兩個月後，在刑事訴訟一審的法庭上，鏑木慶一翻供，說先前的自白是因為警方施壓，主張自己完全無辜。關於動機，本來是企圖對女主人千草不軌，但鏑木慶一控訴這也是警察「逼他說的」。

不過，當然沒有人相信鏑木慶一的話。因為，那把凶器魚刀上沾有鏑木慶一的指紋，此外，他被逮捕當時渾身是血。

最重要的是，與被害者同住的井尾由子提供了證詞。在三名受害者遭到殺害的客廳旁有一間和室，井尾由子當時便是屏息躲在和室的壁櫥裡。不過，在兒子洋輔遇害後，井尾由子有從壁櫥裡探出身體，自微微拉開的門縫偷窺，確認了兇手的長相。井尾由子作證，兇手就是鏑木慶一「沒有錯」。

舞長吁了一口氣，她望著天花板，靜靜闔上眼，眼前出現完全的黑暗。

舞在黑暗中體驗奇妙的感受。七零八落的拼圖漸漸拼湊起來——只是，那幅成品就像蒙上一層薄霧似地模糊不清。

迷霧漸漸散開，畫面輪廓清晰起來。

這是——人臉？是誰？舞知道那是男人的臉，而且還是兩個人。腦海裡映著兩個並排的男人。其中一個是——櫻井，另一個則是鏑木慶一。

兩人緩緩接近——最後重疊在一起。

舞立刻睜開眼睛，猛地將靠在沙發上的上半身立起來。

舞暫時停下動作，維持這個狀態，呼吸卻逐漸急促。

櫻井和鏑木慶一是完全不同的兩個人，這明明是理所當然的事，舞的緊張卻完全沒有緩解的跡象。

鏑木慶一是白皙的光頭，櫻井則是一頭淺黑色短髮、瀏海蓋到眼睛；鏑木慶一是深邃的雙眼皮，櫻井是微微上翹，有些浮腫的單眼皮。至於眉形，相對於鏑木慶一濃密的弧形眉，櫻井是一雙細長的八字眉。鼻子和嘴唇也不一樣。鏑木慶一的鼻樑又挺又直，櫻井的則彎成「く」字型。鏑木慶一的嘴唇豐厚，櫻井的嘴唇外翻。櫻井臉上沒有鏑木慶一左邊嘴角那顆明顯的痣，相反的，鏑木慶一也沒有櫻井右眼下的那顆大淚痣。

兩人明明有那麼多相異之處，舞的焦躁為什麼會這麼強烈？

沒這回事，不可能有這種事。儘管這樣告訴自己，卻也有一部份的自己無法否定到底。雖然不想承認，但舞的本能在訴說──

櫻井和鏑木慶一是同一人。

因為，如果櫻井是鏑木慶一的話──

突然，耳朵深處發出「嗶──」的聲響，彷彿聽力檢查時細微的機械聲，差別是現在那道聲響十分清楚。

舞將手放到胸口上，心臟正以激烈的頻率反覆擴張和收縮。

舞喘不過氣，因為自己沒有在呼吸。不，正確來說她是不停在吐氣，無法吸入空氣。前所未有的恐慌降臨在自己身上。

舞不記得自己是怎麼逃離那股恐慌的。回過神時，天已經亮了。她就像阿茲海默症患者一樣，啪地掉了一塊記憶。

早上報告交接事項時，舞不敢看身旁的櫻井一眼。櫻井這次也沒有報告任何關於井尾由子的事。

「對了，小舞，妳還不回家嗎？」

四方田停下打字的手，不可思議地問道。

時間已經來到十點，櫻井也在一個小時前回去了。

「抱歉，我想待一下再回去。」

「不，妳想待多久都沒關係，不過，妳應該很睏吧？」

舞完全沒有絲毫睡意。

之後大約過了十五分鐘，四方田離開辦公室。

舞等的就是這一刻。

她在一個人的辦公室裡迅速翻找四方田的辦公桌。那張桌子只有最下面的大抽屜有上鎖。兼職人員的履歷應該就是收在這裡。

這次，舞開始尋找鑰匙。由於必要時不能打開的話會很麻煩，因此四方田應該沒有把鑰匙帶回家或是帶在身上。鑰匙一定在這間辦公室的某處。

舞馬上找到了那把鑰匙——就放在櫃子上的筆筒裡。

舞打開抽屜鎖，拿出裡面的大資料夾，在桌面上攤開。就是這個。最新的地方裝訂著舞的履歷，後面則是櫻井翔司。

舞用手機照下櫻井的履歷，將資料夾放回原處，鎖好抽屜，再將鑰匙歸位。

舞離開辦公室，小跑步奔向停車場，坐進車裡，發動引擎。

拜託，希望櫻井翔司一定要是櫻井翔司——

舞帶著祈禱的心情踩下油門。

38

世界上有些事不要知道比較好。例如伴侶劈腿、食品成分、還有自己的平庸。因為偷看男友的手機知道他有別的女人；因為好奇胭脂蟲萃是什麼去查詢後，不敢再喝最愛的草莓歐蕾；因為和周圍的人比較，體會到自己沒有任何才華。

人類為什麼就是學不會呢？明明不知道就能一直幸福下去。沒錯，明明過去經歷多少次慘痛的經驗了。

她這次為什麼沒有中途掉頭呢？是從小到大培養的危險感應能力沒有啟動嗎？照亮黑暗之處會有更深沉的黑暗。會認識到夜晚存在著影子。

如果能實現願望的話，舞希望能消除記憶。就算不是神明也無妨，誰都好，請將櫻井翔司這個存在從她腦海裡奪走。

舞躺在房間的床上不停思考這些沒有意義的事。她的思緒紛飛，不曾停留在一處，一直處於半夢半醒的狀態，好想睡，好想睡，睏得不得了。

看來，當人類面對巨大的高牆時似乎會很想睡覺。這一定是因為身體啟動了防衛本能吧。如果認真面對內心就會崩壞，為了避免這種狀況，人體會無止盡地運作思考，麻痺心理，好承受現實的痛苦。

舞突然想到，現在幾點了呢？旋即卻又覺得幾點都無所謂。

她已經整整三天都處於這個狀態。拉起房間的窗簾，也不開燈。

三天前值完夜班後——舞前往櫻井住的公寓，他房間的窗簾也一樣是闔起來的。這是當然的，不是櫻井不在家，而是那裡本來就沒有住人。住戶門上貼著空屋的字條。

舞還去了櫻井履歷上寫的畢業高中。她在訪客窗口冒充妹妹的身分，說自己代哥哥來申請畢業證明結果卻沒有成功。舞不是遭到拒絕，而是畢業生裡根本沒有櫻井翔司這號人物。

櫻井翔司這個人一定不存在於這個世界上吧。櫻井的那張臉孔不是他的真面目。因爲，鏑木慶一才是櫻井翔司的真面目。

此時，敲門聲輕輕響起，走廊的光線透進房裡，門外是端著托盤的母親。

「身體怎麼樣了？我煮了粥，妳吃得下嗎？」

舞跟父母說身體出了問題。過去，舞跟父母一直都是無話不談，毫無隱瞞，卻只有這件事沒有心情說。老實說，舞現在不想見任何人，想一個人靜靜。

母親將托盤放在房間正中央的矮桌上。熱騰騰的粥飄著白色蒸氣。

「妳明天要上班吧？妳要起來一下判斷自己能不能去喔。總之，好好保重身體。」

母親關上門後，舞嘖了一聲，這下子睡意不是都跑走了嗎？

舞閉上眼，再次將睡意拉回來。她要將這副身軀交給住在沉睡之森的睡魔。

可是，舞被拒絕了。是因為暫時離開的關係嗎？沉睡之森連幻影都沒出現，反而是腦袋漸漸清醒。難以言喻的不安如海嘯般襲捲而來。

舞轉瞬間就被吞噬，淹沒在恐懼中，她全身發抖，在棉被裡縮成一團。

之後，過了五分鐘，還是過了一個鐘頭呢？舞的時間感錯亂，已經完全搞不清楚了。她唯一知道的，只有時間不肯停止這件事。矮桌上的粥早已冷卻，吸滿湯汁的米粒脹得鼓鼓的。

舞原本一直出神地用視線一隅望著那坨飯，此刻，她瞬間離開被窩，就像是有人強迫拉起她一樣。

接著，儘管那碗粥看起來一點都不美味，舞根本沒有食欲，她卻不知為何拿起了調羹。舞從表面刮了一匙粥送進口中。鹹味化作淡淡清甜在嘴裡散開。

舞的右手不停反覆上下移動，回過神時，碗中已經一粒飯都不剩。

舞吐了一口又細又長的氣，感覺體內源源不絕湧出了力量。她不知道這股力量的源頭是什麼，雖然一點都不清楚，但可以肯定的是，就是舞不能再這樣下去了。絕對不能。

舞起身走近窗戶，使勁一把拉開窗簾。外頭黑漆漆的，看來現在似乎是晚上。舞轉身，從包包中取出手機確認時間，深夜一點。

接著，她按下一、一、〇。

不過，在那之後的十幾秒裡，舞一動也不動，目不轉睛地盯著發出白光的螢幕。

不行，她還沒有任何確切的證據，只是自己在懷疑。

不，這樣也可以吧？舞確信不疑，自己察覺了櫻井翔司的真實身分。

舞滑動手指，將手機緊緊壓在耳際。

39

蔚藍的天空下，舞駕駛的輕型車在柏油路上順暢地前進。透過擋風玻璃看出去，天空有幾隻麻雀輕盈飛舞，一旁的人行道上，行人的陽傘有力地將陽光頂了回去。

不久，舞被紅燈攔下，眼神不經意瞄向側方，看見鄰旁大樓陽台中正在曬衣服的人影。接著，她又遠遠看著大樓對面、位於另一側的便利商店裡，店員和客人互動的樣子。如今，這種普通的光景令舞愛惜不已。

儘管從被窩起身後再也沒有闔眼，舞卻沒有睡意。半夜，她沖了一場熱水澡，沐浴後在帶著冷意的房間中專心等待天明。父母看見舞狼吞虎嚥吃早餐的樣子，似乎也鬆了一口氣。

舞按照預定時刻抵達青羽，不過，此刻距離上班時間還有一個多小時。

進入辦公室後，四方田已經來了。他大概也是剛到吧，身上還背著工作用的背包，後腦勺的頭髮翹了起來。

四方田也比平常稍微早來，是舞事先這樣拜託他的。

「早安，我現在準備，妳稍等一下。」

結果，舞沒有打給警察而是打給了四方田。不過，她沒有講任何詳情，只是跟四方田說自己有事情想在這天上班前直接跟他商量。

舞想先跟可以信任的人坦承一切，這是她現在所能做到的極限。舞絕不是打算把問題丟給他人，只是認為這是最正確的選擇。

沒多久，舞和四方田面對面在椅子上坐了下來。四方田的表情微微僵硬，自己一定更嚴重吧。

當舞思考著該如何切入話題時，四方田以溫柔的口吻道：「是不是開始覺得痛苦了呢？」

有一瞬間，舞不知道四方田指的是什麼，但稍微思考一下後便明白了。四方田是誤會舞想辭職了吧。舞那麼鄭重地說有事情要商量，他會這麼想也無可厚非。

舞搖搖頭，垂下腦袋。明明要傳達的事情只有一件，她卻找不到抵達那一步的方法。舞緊閉雙唇，打從心底對事到如今還在畏縮不前的自己感到丟臉。

或許，舞是害怕一旦說出口就代表自己承認這個事實了吧。如果是這樣的話，那就更討厭了。自己明明是帶著覺悟出門的。

「難道是……今晚的事嗎？」

舞抬起頭。「今晚？」

「我們不是約好要一起去看煙火嗎？是不是這件事讓妳覺得困擾……」

「啊啊。」舞發出呆楞的聲音。

舞完全沒有在想這件事，她徹底忘了。

「不是的——」

舞朝丹田使力。結果不知道是不是反作用，淚水突然沿著雙頰流了下來。

這樣的舞令四方田手足無措。

「……是關於櫻井的事。」

面對蹙眉的四方田，舞斟酌著字句，斷斷續續道出了一切。

四方田雙手緊緊抓著褲子聽舞說話。或許也是不知道該說什麼吧，他並沒有從中打岔。

舞的話告一段落後，四方田稍微和舞拉開距離，露出極為扭曲的笑容。

「這種事……怎麼可能。」

「……無法置信對吧？」

「因為實在太異想天開了……」

「可是，這是真的。櫻井──那個人毫無疑問是逃獄犯。」

說出口的瞬間，舞的心臟刺痛了一下。

「等等，妳讓我整理一下。」四方田將雙掌伸向舞說道。「雖然有很多想說的，但首先，櫻井和那個犯人的長相完全不一樣吧？關於這點妳──」

「是整形。」舞搶先一步說。「大概。」

「大概……可是這種事……」

不是辦不到。媒體也不停提到鏑木慶一已經整形的可能性。

舞徹底調查過了，了解到除了一般那種單眼皮變成雙眼皮的整形手術，也有相反的手術。當然，她並不知道櫻井是怎麼去整形的，不過他那細長的單眼皮是人工的產物。或許，那歪成「く」字型的鼻子和不自然外翻的嘴唇也是他自己動的手腳。而右眼下那明顯的淚痣不是化妝就是刺青吧。

說到這裡，四方田拿出手機操作，確認鏑木慶一的長相。

「乍看之下，他們的確像不同人，但仔細看會發現兩個人非常像。」

四方田緊皺眉頭，死瞪著螢幕畫面。

牆壁上的掛鐘發出秒針轉動的聲音，門外，走廊的方向傳來入住者們的笑聲。

最後，四方田無奈地搖搖頭。

「我看不太出來。」

感覺四方田不是故意這樣說的，這是他真正的感想吧。看不出來的人就是看不出來。

「在妳眼裡看起來很像啊。」

「對，看得出來是同一個人。身高也一樣，而且慣用手也都是左手。」

一起工作時，舞看過好幾次櫻井使用左手的瞬間。雖然櫻井平常是用右手拿筆和筷子，但偶爾會用左手。如今回想起來，那都是需要精細動作的瞬間，而且只有在沒人注意的情況下才看得到。

舞偷偷知道這件事，因為她的注意力總是在櫻井身上。不過，舞之前對於這件事並沒有那麼介意。舞身邊也認識左右手都能用的人，頂多只是覺得櫻井的雙手也很靈活而已。

四方田似乎也想到了什麼，嘴巴半張，僵在那裡。

突然，四方田以幾乎要扯掉頭髮的力道胡亂抓起自己的頭髮。「我實在是——因為，那種傢伙不可能在這裡工作吧？妳告訴我理由。」

舞第一次看到四方田這個樣子。平常的他總是沉著穩重，泰然自若。

不過神奇的是，面對這樣亂了方寸的人，自己反而能冷靜下來。

「我不知道理由，但我想他一定是為了接近井尾女士。」

「為什麼要接近？打算把井尾女士也殺掉嗎？」

「……」

「如果是這樣，他早就動手了吧？機會要多少有多少，為什麼要一直照顧她呢？」

「四方田先生，你小聲一——」

「那妳說為什麼？為了贖罪？想獲得寬恕嗎？啊？」

四方田探出身體，漲紅臉，激動得口沫橫飛。舞將手按在四方田的肩榜上。

「拜託你，冷靜一點。」

四方田反覆急促的呼吸。

舞將四方田肩膀上的手重新放回自己的大腿上。

「就像我剛才說的，那個人想讓井尾女士做某件事，我親耳聽見他真的那樣說了，聽得清清楚楚。」

四方田露出痛苦的表情，從喉嚨深處發出長長的呻吟。

接著喃喃說了句：

「抱歉。」

舞側首表示不解。

「我果然還是無法相信。不是不想相信，是無法相信。」

「……」

「雖然時間不長，但我一直在旁邊看著他，他不是那種會殺人的人。所以，我不會報警，我不想因為誤會傷害他。」

四方田明確且苦口婆心地向舞說道。

明明對方不相信自己的話，這一瞬間，與其說是失望，舞反而神奇地有種鬆了一口氣的感覺。在這裡的自己因為四方田不相信，莫名得到了救贖。

可是——舞已經知道了。

知道櫻井翔司就是鏑木慶一。

「不過，我會不著痕跡地試探櫻井看看。當然，我絕不會提到妳的名字。知道認錯人的話妳也能放心吧？櫻井今天也預定傍晚上班，我答應妳，到時候會跟他談談。」

「那如果，知道沒有認錯人的話——四方田先生，可以請你報警嗎？」

四方田看著舞，嚥了一口口水。

「拜託了。」

舞深深低頭。

「我想問一件事。小舞，妳為什麼沒有自己報警呢？妳三天前就發現了吧？」

舞抬起頭。

「我……喜歡過櫻井。」

這或許無法當成回答。

然而，舞之前毫無疑問，確實喜歡著櫻井。

或許，她現在也還——

不知為何，四方田一臉茫然。他雖然眼睛眨也不眨地盯著舞，卻沒有聚焦在任何一處。

之後，舞機械式地完成工作。就連平常會坐在沙發上和入住者談天的時間，也硬是找工作給自己，讓自己活動。

「小舞，就算是須田奶奶也上不出來了啦。」

同為一樓兼職人員的木村說。舞正牽著須田的手前往廁所。

「妳三十分鐘前帶奶奶去過廁所了吧？在那之前也去了兩、三次不是嗎？」

雖然舞沒有意識到，但木村這麼一說，或許是這樣吧。

「妳今天好像有點毛毛躁躁的。」

「對不起。」

「不會啦，積極工作很好。」木村笑道。「來，差不多該吃點心了。冰箱裡有前幾天拿到的水羊羹，須田奶奶和小舞都坐下來，坐。」

舞看向牆壁上的時鐘，不知不覺已經下午三點了。

櫻井幾點會過來呢?雖然夜班是下午五點開始，但那個男人總是會保留充分的時間提前進來。

總之，四方田都那樣說了，就全權交給他處理吧。舞就是想這樣才找他商量的。

只是，四方田會怎麼跟櫻井開口呢?應該不可能問什麼「你是那個逃獄犯嗎?」但感覺迂迴試探又有極限。

「開動。」

眾人合掌說道，接著是叉子與瓷器碰撞的聲音。

從「假地址」這類的話題切入嗎?就算是這個問題，他也有辦法搪塞過去，然後可能之後就逃走了。

果然，感覺趁現在報警才是明智的做法。

「妳不吃嗎?」

悅子眼神發光地看著舞的手說。舞手中的盤子盛著還沒動的水羊羹。

「悅子奶奶，不行，一個人一個。」

木村叮嚀道。悅子一如往常，馬上鬧起脾氣：「這樣不是很浪費嗎?」

「您請吃。」

舞將盤子遞給悅子，木村聳肩無奈地說：「不用這樣的。」

「小舞，妳討厭水羊羹嗎?」

「不是討厭……」

「啊，我知道了，妳在減肥。」

「嗯，差不多。」

「妳不需要啦，妳現在就瘦得跟竹竿一樣了。為什麼現在的年輕女生每個都想瘦成皮包骨——啊，三浦爺爺，你要去哪裡？」

舞循著木村的視線看過去，發現三浦戴著鴨舌帽站在那裡。剛才三浦掃空水羊羹，一個人先回房裡了。

「我要回家。」

三浦極為理所當然地說。舞馬上明白三浦現在狀態不穩定，因為他正摩擦著雙掌。這是三浦陷入不穩定狀態時會啟動的動作。

「今天？明天再回去吧。」

木村試圖岔開話題，三浦立刻橫眉豎目地喊：「妳昨天也講一樣的話吧？」

木村啞口無言。雖然不知道木村昨天有沒有真的那樣說，但三浦是第一次有這種反應。

之後，即使眾人輪番說服，今天的三浦卻異常頑固，最後決定由木村送他到車站。當然，他們不會去車站，也不可能讓三浦回家，而是漫無目的地散步，看準三浦累了的時機再回來青羽。

出門時，舞問木村昨天是不是有說過一樣的話。「我說了。沒想到他會記得，我也嚇了一跳。」木村瞪大眼睛說。

舞不曉得三浦是不是真的記得，但心想他們不能看不起入住者。舞自己平常也總是像呼吸一樣自然地對入住者說謊。

回想起來，剛來青羽工作時，舞會因為敷衍入住者而產生些微罪惡感。曾幾何時，她對這種事變得不再有任何感覺，認為反正他們會忘記沒關係，只以解決當下的狀況為優先。

——說謊很累。

忘了是什麼時候，櫻井曾說過這樣的話。

——如果可以的話，我希望不用說謊。

他是以什麼樣的心情說出那些話的呢？

「我們十五分鐘內會回來。」來到玄關時，木村在舞的耳畔悄聲說。「如果待超過十五分鐘的話，三浦爺爺真的會死掉。」

的確，今天的天氣酷熱無比，大地籠罩在不是老人家也很危險的陽光中。下個月一定會更熱吧。不過，就連這麼近的未來對現在的舞而言都覺得遙遠得沒有盡頭。

結果，兩人雖然出了門卻馬上就回來了。別說十五分鐘，根本連五分鐘都不到。聽說是三浦自己提出「差不多該回去了吧」。看來，他好像一下子就忘了自己出門的目的。

經過這場混亂後，舞的緊張感隨著時鐘指針前進愈發高漲。她無法預測四方田和櫻井談話後的發展，想像這件事本身就很恐怖。

不久，在指針來到下午四點時，二樓的兼職人員田中來找舞。說是鷲生吩咐她叫舞上樓。

「鷲生爺爺說偶爾也想和年輕女生說話。我的年紀明明連他的一半都不到，真是失禮。」田中開玩笑道。「所以，妳就稍微陪他一下吧。」田中拍了拍舞的肩膀。

舞很久沒和鷲生說話了，自從鷲生搬到二樓後他們平常只會打招呼而已。但不管如何，舞現在都沒有心情顧鷲生。

舞走上二樓，敲了敲鷲生的房門。「喔喔，進來。」房內的聲音回道。

舞拉開門走進房內，坐在輪椅上的鷲生正背對著自己，眺望窗外。

「呦，小姑娘，妳還好嗎？」鷲生將輪椅轉向說道。「我不在，妳很寂寞吧？」

以這句話起頭，鷲生說的盡是些沒有意義的話，舞雖然姑且給予回應，卻始終心不在焉。

正當舞打算告退時，鷲生突然問道：

「小姑娘，妳是翔司的女人嗎？」

「我不是。」

「可是，妳喜歡他吧？」

舞想要否定卻說不出話。

鷲生別有深意地笑了笑，看著舞說：

「那小子雖然現在還很嫩，但會成為一個好男人。」

「……好男人是怎樣的男人？」

「妳眼前的男人就是好男人的典範。」

鷲生哈哈大笑。舞很生氣，她沒有心情陪鷲生開玩笑。

「那個，我還有工作要做……」

舞暗示自己要離開後，鷲生一臉嚴肅地說：「支持他。」

舞歪著腦袋表示不解。

「所謂將棋，就是不斷讀取對方的內心。那樣仔細聆聽對手的心聲後，就什麼都知道了。翔司那小子大概很快就要離開這裡了吧。」

「……櫻井他這樣說嗎？」

「他沒說，可是我知道。」

「……」

「雖然我不清楚他有什麼煩惱，正為什麼在苦惱。不過，要支持那小子的，不是我這種路都走不穩的老頭子，而是像妳這樣的年輕女孩。」

「……為什麼我要那樣做？」

「因為不論哪個時代，守護女人的都是男人，支持男人的則是女人。所謂互相扶持，本來就是這樣。」

舞模稜兩可地點點頭。那種衣冠禽獸，她不想被守護，也沒有道理支持對方。

「喔，才說著人就出現了。」

鷲生俯視窗外道。遠方的確出現櫻井騎著自行車的身影。他的車子正一路揚起沙塵，在石子路上奔馳。

舞嚥下口水，脈搏逐漸加速。

「我先下去了。」

舞向鷲生告退，離開房間。

當舞走在走廊上朝階梯移動時，眼前出現井尾由子的身影。

「啊，小舞。妳今天在二樓嗎？」

井尾由子沒看舞胸前的名牌便喊了她的名字。

「不是，我是來跟鷲生爺爺說說話。」

「這樣啊。下次也來我房間玩吧，我每天都好無聊喔。」

井尾由子露出爽朗的笑容說。

「井尾女士，請問……」

「什麼？」

「妳覺得……櫻井怎麼樣？」

「怎麼樣是什麼意思？」

「……抱歉，問了奇怪的問題。」

舞行禮，穿過井尾由子身邊。此時，背後傳來一句：「是個好孩子。」

舞停下腳步回頭。井尾由子臉上浮現憂愁。

「我覺得，他一定是個好孩子。」

舞再次行禮轉身，奔下階梯。

好男人——

好孩子——

這兩句話不停在舞的腦海裡反覆。

一到一樓，舞馬上向客廳裡的木村詢問。

「櫻井？他剛來，進去辦公室了。」

慢了一步嗎？舞想看他一眼，想要看著他的眼睛打招呼。

雖然這個行為沒有意義，但舞想這麼做，在他和四方田談話之前。

接下來的五分鐘裡，舞魂不守舍。現在，櫻井正在辦公室和四方田談話。

現在是什麼情況？櫻井是以什麼表情在說什麼話呢？

舞坐也不是，站也不是，最後下定決心朝辦公室前進。心臟的鼓動變得更快了。

就這樣，舞一站到辦公室門前，裡頭便傳出兩人的笑聲。

為什麼？就算是誤會，那也不是會出現笑聲的談話才對。

只是，又是一陣笑聲。舞感到一片混亂。

「啊，酒井。早安。」

此時，辦公室的門朝旁邊滑開，穿著圍裙的櫻井出現在舞眼前。

舞沒有回答，她抬首望著高自己一個頭的櫻井。

「怎麼了嗎？」

櫻井盯著舞的臉，舞也從下方直勾勾地看著櫻井，看著他眼睛深處。

不可思議的是，就算在這麼近的距離下，舞也沒有害怕的心情。

最後，櫻井臉上帶著訝異從舞身旁離開了。

舞踏入辦公室，將背後的門帶上。

「你說了嗎？」舞向辦公室裡的四方田問。

四方田搖頭。

原來是這樣，四方田還沒說啊。

既然如此——

「雖然先前那樣拜託你，但可以讓我跟櫻井談談嗎？」

舞說。

她想親耳聽聽——

他的話。

想直接知道——

他真正的樣子。

四方田露出不知所措的表情，眼神游移。

「跟櫻井談過後，警察那邊也會由我——」

「太遲了。」

「咦？」

「已經太遲了。」

40

舞腳上還穿著室內鞋便衝出玄關，強烈的陽光令她瞬間產生暈眩。圍繞青羽的樹林傳來陣陣狂亂的蟬鳴。舞不停轉動腦袋，環顧四周。

外頭沒有任何人，一個人影都看不到。

然而，有一瞬間，前方的樹叢似乎出現摩擦的動靜。舞凝神細看，那裡看不到人，然而，地面卻有道延伸的影子。換個角度，可以看到樹蔭下有雙腳，西裝褲，黑皮鞋。

舞移動幾公尺，拉開角度打量。這次，她清楚看到了男人的身影。炎炎夏日裡穿著西裝，一定是警察。舞仰望天空。為什麼四方田會報警呢？他明明什麼都沒問，明明說過自己不會報警。明明根本不相信舞的話——

舞不知道四方田的心境有了什麼變化，但事到如今就算想這些也無濟於事。

此時，警察也注意到舞了。不過，大概是被發現很不妙的關係，看起來慌慌張張的。

「喂，喂。」

警察向舞招手。

舞一走近，便突然被拉到從屋子的角度看不到的樹蔭裡。令人吃驚的是，那裡有三個男人。每個人的額頭都浮現斗大的汗珠，汗流浹背到西裝都要變色了。他們是從什麼時候開始在這裡監視的呢？

中年男子向舞出示警察手冊說道：「抱歉嚇到妳了，妳是這裡的員工吧？」

舞點頭。

「十分鐘前左右，有個個子高高的男員工來上班對吧？他叫什麼名字？」

「……他叫櫻井。」

三人相視點頭。

「請問——」

「不用擔心，我們只是有些話想問他而已。他是個怎樣的人？」

「怎樣的人……」

舞就這樣沉默下來。這個樣子的舞讓警察一臉焦慮。

「警部，我們直接接觸吧。」

「等等。」

三人中年紀最輕的男子殺氣騰騰地說。

「為什麼？目標就在那裡，只要去盤問一下就好了吧？」

「沒辦法，這是命令。在指揮官抵達前待命。」

「說什麼指揮官，為什麼非要為了這種目標從警視廳派人來啊？如果撲空的話，就是大家一起丟臉耶。」

「吵死了，閉嘴。」

舞隱隱約約推測出狀況。這些警察大概是接到四方田的通報而來的，卻被上頭命令不准接觸對方。現在，指揮現場的警察似乎正從東京過來這裡。

現在這個時間點，警察似乎還沒肯定櫻井翔司就是鏑木慶一，然而，事情卻鬧得這麼大，絕對是四方田仔細描述了內情的關係。以及，一定也是因為井尾由子在這裡的緣故。

從警方的角度來看，他們接獲通報，遭殺害的受害者遺屬身旁有疑似兇手的人物。會過度反應也是能理解的。

「等一下我們會進去和那名男性談話，請你們像平常一樣工作就好。」

「……好。」

「不過，我們在這裡的事要保密，妳辦得到吧？」

舞想要筆直點頭，腦袋瓜卻落向斜斜的一方。

「警部。」

年輕男子手指著遠處。距離這裡大約七、八十公尺外的馬路上前後停了兩輛警車。警察從車中魚貫而出。「這也是一大群吶。」年輕男子露出諷刺的笑容說。

警車既沒有鳴笛，也沒有旋轉警示燈。在舞眼中，這樣反而更可怕。

警察們排成一列，直直朝這裡而來。

舞用力嚥下口水。他們每個人看起來就像殺手一樣，成群結隊來奪取櫻井的性命。

「回去吧。」

收到警察的指示後，舞轉身步向青羽。她每一步都踩得嚴嚴實實才踏出下一步。

走了幾步後，蟬鳴突然變得遙遠。接著，舞漸漸失去腳踏在地面上的觸感，雙腿的神經好像麻痺了。

噗通、噗通，體內傳來心臟的聲音。一回神，舞再也聽不見任何蟬鳴了。

舞有種大腦緩緩融化的感覺，她體內的真實感跟蟬鳴一樣漸漸消失——

「啊，小舞。」

一走進屋裡，辦公室前的四方田便出聲喊住她。然而，舞沒有停下腳步，她宛如夢遊般以徐緩的步伐在走廊上前進，目標是二樓。

上樓途中，舞和兼職人員田中擦身而過。田中以驚訝的眼神看向舞。自己現在究竟是什麼表情呢？

一抵達二樓，便看到櫻井在客廳和入住者談笑的身影，舞繼續向前走。

櫻井注意到舞，和她對上視線。

「屋外有警察來了。」

舞一站定在櫻井面前便毫不猶豫地說。

彷彿時間停止般，櫻井當場僵住，失去了表情。

「我知道你是誰。」

41

舞話語一落，櫻井立刻表情丕變。他猛然瞪大雙眼，眉頭刻著重重皺紋。

接著，櫻井以強勁的力道迅速抓住舞的手臂，將她帶到走廊，直接拖進入住者的輔助廁所。舞連出聲的機會都沒有。一進入廁所，櫻井馬上鎖門。

櫻井用力捉住舞的肩膀，將她壓到牆上。櫻井逼近舞，距離近到舞可以感受到他的鼻息，他的眼珠遍布著好幾道血絲。

「妳知道所有事吧？」

舞以緩慢的速度用力點頭。

櫻井闔上眼睛，幾秒鐘內一直維持那樣的姿勢。

殺了人的逃獄犯。那樣的人就近在眼前抓著自己的肩膀。然而，舞無論如何就是不會害怕。舞沒辦法怕他。

最後，打開眼睛的櫻井問：

「警察是妳找的嗎？」

舞搖頭。

「那——」

舞以為櫻井要問是誰，但他從口中出來的卻是別的話語。

「妳來我這裡做什麼？」

舞無言以對，她沒有答案，她無法解釋自己為什麼會採取這種行動。

舞並不是站在櫻井這一邊，也不希望他逃走。

「……我不知道。」

櫻井皺眉。

「警察有幾個人？」

「很多。」

櫻井臉色一沉，接著將廁所裡的霧面玻璃窗微微開了一道縫，從那裡俯瞰外面的情況。

大概是發現外頭警察的身影，櫻井的唇發出顫抖。

「你又要逃走了嗎？」

舞看著他的側臉問。

櫻井沒有回答。

「你不能自首嗎？」

開口的瞬間，舞想到「就是這個」。自己一定是希望櫻井去自首。

雖然在這種狀況下，櫻井就算乖乖束手就擒也不會被當成自首吧。但是，舞不想看到他抵抗的樣子，不想看見垂死掙扎的櫻井。

「他們抓到我的話──」櫻井繼續俯視著窗外說：「會殺了我。」

那一瞬間，舞的內心爆發出激烈的情緒。

「那也是沒辦法的事啊，因為你殺了人。」

「我沒有！」櫻井也轉向舞吼道。「我沒有殺人。」

舞和櫻井互相瞪視，不管是誰都沒有移開視線一瞬，就在極近的距離下瞪著彼此。

此時，廁所外傳來敲門聲。「櫻井和小舞？怎麼了？你們在裡面做什麼？」田中擔心詢問。

「沒事，我們現在出去。」舞回答。

可是，哪裡沒事啊，舞自己都受不了自己。

舞將手伸向門鎖，手腕馬上被用力攫住。

「放開。」

「妳願意相信我嗎？」

「什麼相信，怎麼可能——」

「請妳相信我！」

那是迫切的眼神。

舞咬住下唇。櫻井為什麼要用這種眼神說這種話？舞怎麼可能相信嘛，怎麼可能——

櫻井抓著舞的手腕，再次從小窗戶的縫隙覷向屋外，接著短促地低語：「來了。」

櫻井鬆開門鎖打開門，把舞丟在一旁衝出輔助廁所。舞急忙跟在他身後。田中和入住者們茫然地看著他們的這副樣子。

櫻井飛奔的目的地是廚房，他打開流理台下的收納櫃，左手迅速從中拔出一把菜刀。舞倒抽一口氣，這個人究竟打算做什麼？

接著，櫻井朝舞急衝。要被刺了。然而，櫻井卻略過舞，奔向走廊。櫻井停下來的地方是井尾由子的房間。這個男人果然想殺害井尾由子嗎——

他粗暴地打開房門。然而，井尾由子大概不在裡面吧，櫻井再次朝舞的方向奔來，衝進客廳。

他迅速環視附近一圈，向一旁的田中問：「井尾女士呢？」田中臉色蒼白地看著櫻井手中的那把菜刀。周圍的入住者似乎沒有理解狀況，一如往常地以呆楞的眼神看著櫻井。

最後，田中以顫抖的指尖指向下方。「剛才，四方田先生找她過去。」

櫻井用力嘖了一聲，接著衝向樓梯，消失在牆壁形成的視線死角裡。然而，櫻井馬上再次現身，返回樓梯。

舞馬上明白他這麼做的理由。櫻井身後有五、六個男人朝他逼近，像是下一秒就要逮捕他的樣子。是剛才在外面的刑警。櫻井和他們在走廊上奔跑的震動也傳到了舞的腳邊。

櫻井一直線朝舞奔來，舞害怕得無法動彈。

櫻井繞到舞的後方，右手圈著她的脖子，左手上的刀尖對準刑警。在場的刑警就像是「一二三木頭人」般瞬間定在原地，屋裡迴盪著田中淒厲的尖叫。

「鏑木——！」

發出怒吼的，是位於警察陣中前方一名三十歲左右的壯碩男子。他將所有頭髮往後梳成油頭，目光銳利。

「你死心吧。」

那個男人慢慢逼近說道。

「不要過來。」櫻井將刀尖轉向舞。「還有，請把井尾由子帶過來，現在，馬上。」

比起恐懼，舞先產生的反而是困惑。這個人到底想做什麼？他想讓井尾由子做什麼？

在這股緊張的空氣中——

「翔司，你在做什麼？」

大概是覺得外面在吵什麼吧，從房裡出來的鷲生坐在輪椅上，睜大眼睛問道，就正好站在舞他們和警察之間。

「那個人，退下！」

「翔司，到底發生什麼事了？你拿著那種東西究竟想做——」

「喂，讓這個爺爺退開！」

一旁的刑警從後方拉住鷲生的輪椅，帶開距離。「不要碰我！」鷲生大吼。儘管如此，兩名刑警還是將鷲生連人帶車抬起，強制撤走他。

接著，其他入住者也一樣依序由警察疏散。大概是被判斷行走有困難，所有人都像是行李般遭警察抱起。

不過一瞬間，這裡只剩下舞他們和警察了。

接著——

「我再說一次，請帶井尾由子過來。」

櫻井再次宣告。

「鏑木，放棄吧，乖乖放開那個女生。」

「我說帶人過來。」

「帶她過來要做什麼?你不要再罪上加罪了。」

「夠了，快點帶過來——！」

櫻井從體內深處吼道，音量震耳欲聾。

油頭男將右手伸進西裝內側，掏出一把黑色手槍。儘管並不大，但舞生平第一次看到的手槍好像正從槍體本身釋放出不祥的殺氣。

「又貫課長！」

站在後方的警察們出聲制止。然而，被喚做又貫的男人依舊將槍口對準這裡。

「住手，不要開槍！」

舞立刻大喊。她的不要開槍指的是對自己還是對櫻井呢——一定兩者都是。

櫻井抵在脖子上的刀和刑警對著自己的手槍，舞現在害怕的毫無疑問是後者。

又貫嘖了一聲，放下手槍。舞的身體失去力量，幾乎就要癱倒。

不過，舞並沒有倒下，因為櫻井正支撐著這具身體。

舞的背後切切實實感受到櫻井身軀散發出來的熱度。儘管處在這種狀況下，她想的卻是「這個人也是活生生的人類」。

42

夕陽照進屋裡後，一眨眼的功夫太陽便落下，黑暗覆蓋了天空。

從剛才開始，拉攏的窗簾便不時浮現白光，是警察定時從屋外以探照燈照射這裡的結果。強烈的光線令遮光窗簾毫無用武之地，刺眼不已。

此刻，青羽被數量超乎想像的人群和喧囂包圍，上方還有直昇機盤旋，螺旋槳「啪、啪、啪」撕裂空氣的聲音甚至侵入到屋內。

而舞現在正從電視機裡看著這幅光景，簡直像個旁觀者。一切實在太過神奇到毫無真實感。此時，自己正處於電視畫面中的建築物裡，在這混亂的風暴中心——和鏑木慶一單獨一起。

每一台都是這裡的現場轉播，本來預定播放的節目不得已遭到更換。不過，有異動的不是連續劇或綜藝節目。明天，全國引頸期盼的東京奧運即將拉開序幕，因此，無論哪家電視台原本都預計播出奧運相關節目。那些節目一定從此束之高閣了吧。

電視畫面將外頭的激昂沸騰過分清晰地傳達過來。手拿麥克風，拚命播報現場狀況的記者身後交雜著好幾道怒吼與喊叫，還有滿坑滿谷展開應對的身影。警察、媒體以及接二連三湧入的人、人、人——

平成最後的少年死刑犯、逃獄犯鏑木慶一，挾持一名女性為人質堅守在屋裡。看熱鬧的群眾不可能不聚集而來。

此外，今晚在距離這裡幾公里外，將舉辦手賀沼煙火大會。附近一帶的交通想必已陷入一片混亂吧。

「煙火大會一定中止了吧。」

舞瞇著眼睛看著電視，事不關己似地喃喃自語。

瞬間，坐在身旁的他停下握筆的左手。

他現在正將對警察的要求書寫成文字，他的字美得驚人。一直以來，他寫的字是那種即使客套也讓人說不出稱讚的東西。過去，就連這個缺點在舞眼中都顯得溫馨可愛，如今想起來，那是以非慣用手寫出來的字，很了不起。

不只如此，為了避免因微小的破綻暴露出自己的真實身分，這個男人應該在各方面都下了不少功夫。

不久，他放下筆，仔細將紙摺成一架小型紙飛機。他拿著紙飛機走到窗邊，微微打開窗戶，迅速將紙飛機從那道細縫射向窗外。

幾秒後——

〈啊！現在，一架紙飛機從二樓的窗戶射出來了！〉

電視機裡的男記者大喊。

〈這是第二架紙飛機！大家認為，這應該是寫有犯人要求的信！紙飛機現在還在空中！〉

攝影鏡頭朝紙飛機漸漸拉近。他摺的紙飛機乘風遨翔在夜空中。

原來紙飛機可以在空中飛這麼久。舞心中浮現狀況外的感想。

諷刺的是，紙飛機落在停車場內舞的車頂上，彷彿本來就預計降落在那裡一樣。一名警察迅速撿起紙飛機。

站在舞身旁的他確認電視畫面後問道：

「妳要喝杯咖啡嗎？」

「那我來泡吧。」

舞起身走向廚房，他也隨後跟了上來。

舞停下腳步，回頭盯著他的眼睛說：

「我不會逃走的。」

他撇開視線。

「你不願意相信我呢。明明叫我相信你……」

兩人並肩，在廚房等待熱水煮開。期間，他的眼睛片刻不離電視。

「你這次信上寫了什麼？」

舞側眼看著他問。

「我寫希望能和井尾女士通話，還有用電視播放談話過程。」

警方會答應這麼做嗎？

「只能死馬當活馬醫了。」

他夾雜著嘆息說道。

順帶一提，第一架紙飛機上寫的要求是帶井尾由子過來，以及讓一名新聞攝影師同行。這項要求當然被駁回了。方才，警方以擴音器回覆，無法讓一般民眾前往危險的現場。

不管怎樣，舞已經知道他為什麼會提出這些要求了。

為了證明自己的清白。

為了讓井尾由子說出真相，告訴全國民眾自己的清白。

距今大約一個半小時前——他手持利刃衝進井尾由子的房裡。那並非懷抱殺意，而是要爭取延長和井尾由子共處的時間。既然被警方包圍了，唯一的方法就只有以她為人質。

然而，井尾由子不在房裡。

不得已的情況下，他所選擇的人質就是舞。

他將警察全都趕出屋外，一個也不留，接著主動向舞托出。

「那天——」

以此為開場的那段話，將舞引進一座昏暗的迷宮。

二〇一七年十月十三日，星期五，下午四點——鏑木慶一走在井尾家前的某條路上。由於錯過本來打算搭乘的公車，因此他正走路回家。那是從高中放學回家的路上。

不過，鏑木慶一居住的兒童安置機構「人之鄉」位於隔壁町，從公車站徒步要走兩個小時以上。然而，這對鏑木慶一而言一點都不辛苦，他反而覺得這是一種心情轉換，也是幸福無比的時光。鏑木慶一從小就喜歡邊走路邊看書，這麼一來，他便能忘卻時間，沉浸在書本的世界裡。

然而，這是第一個失算。

當鏑木慶一的視線在書本上行走時，一名男子快步通過他身邊。由於是擦身而過的瞬間才察覺到男子的存在，鏑木慶一並沒有看見對方的長相。不過，他總覺得哪裡怪怪的，那名男子好像在笑。鏑木慶一停下腳步轉過頭。男子一蹦一跳地奔跑，就像在跨步跳躍，看起來十分奇妙。

那名漸行漸遠的男子背影跟鏑木慶一一樣，高高瘦瘦的，穿得一身黑。遠遠看去跟穿著黑色學生制服的鏑木慶一十分相似。

這是第二個失算。

再次邁出步伐的鏑木慶一在走了幾十公尺後忽地止住腳步。他的耳膜似乎捕捉到女子的哭聲。他看向一旁，有戶玄關大門敞開的民宅，石頭門牌上刻著「井尾」。

鏑木慶一側耳傾聽，這次清清楚楚聽到了女性的哭聲，是從屋裡傳來的沒錯。

鏑木慶一之所以會毫不猶豫地走進陌生的民宅，是覺得女子發出的哭聲非比尋常。難以形容的哭泣中似乎帶著某種瘋狂。

鏑木慶一在脫鞋處喊了聲：「不好意思。」無人回應，但哭聲卻一直沒有中斷。

鏑木慶一脫鞋，戰戰兢兢地跨過門檻。當他一腳踏進傳出哭聲的客廳時，見到了令人難以置信的慘狀。

那是一片血海。

鏑木慶一懷疑自己的眼睛，失去了話語。他的思考中斷，拚命保持理智。

一名渾身是血的年輕女子張著眼睛和嘴巴仰倒在地，此外，女子身邊還緊貼著一名年幼的男孩倒在那。兩人後方是名臥倒的男性，男性背上插著一把魚刀。

然後——一名中年女子緊緊挨坐在男性身邊。哭喊的人就是她。

「到底，發生了什麼事？」

鏑木慶一向女子問道。他雙腿發軟，無法靠近對方。鮮血的顏色和氣味令他感到噁心，感覺只要一鬆懈就會吐出來。

女子抬起涕淚交加的臉龐，顫抖著說：

「他還活著，還有呼吸。」

不會吧？鏑木慶一一面尋找可以踩的地方，一面小心翼翼地靠近。然而，周圍就像鋪了一層血地毯，他的白襪立刻變了顏色。一種難以形容的不快從腳底攀升上來。

鏑木慶一下定決心，跪在地上，靠近男子的臉孔。結果發現男子真的還活著，嘴唇確實在微微顫抖。然而同一時間，鏑木慶一也察覺到男子已瀕臨斷氣。他勉強睜開的眼睛了無生氣，全身上下散發出明確的死亡氣息。

不過，如果還活著，或許會有奇蹟——

就在他這麼想的瞬間，女子握住了男子背上的刀柄。

「就是被這種東西刺了，被這種東西——」

鏑木慶一發現女子企圖拔刀，他急忙從上方握住女子的手。

「不行，血會噴出來。」

當身體遭到利刃或異物刺入時，會因入侵物處於止血狀態，絕對不能將其拔出來。雖然過去不曾有過這種經驗，但鏑木慶一知道這個知識。

而他的知識是正確的。大概是因為女子將魚刀拔出一半的關係吧，血液從男子的傷口汩汩湧出。

「乾淨的毛巾，快！」

鏑木慶一朝女子喊道。然而，女子似乎腿軟了，就那樣癱坐在地，沒有要起身的意思。

鏑木慶一代替女子站起身衝向浴室，從架子上拿下毛巾。

他拿著毛巾再次回到男子身邊，握住卡了一半的魚刀刀柄，朝正上方拔起，接著立刻蓋住毛巾，以雙手加壓傷口。他想，事已至此，不上不下的狀態是最糟糕的，雖說是外行人的想法，但他認為這是現在所能做的最妥善處置。

不過，這又是第三個失策。

手上的毛巾迅速遭鮮血染紅，汗水不斷從額頭滴落，流進眼睛裡。有一瞬間，他伸手擦臉。

鏑木慶一一邊拚命壓迫傷口一邊再次向女子問：「到底發生什麼事了？」然而，女子只是搖頭，沒有回答。

「救護車什麼時候會到？」

女子立刻回神般地吃了一驚。鏑木慶一因此發現她還沒叫救護車。

鏑木慶一氣憤地心想，這個人到底在做什麼啊？

「我來打，請妳來接手，用力壓這邊。」

鏑木慶一拉起女子的手，讓她壓住傷口。

接著，鏑木慶一從自己的包包取出手機。他的手沾滿鮮血，手機從他的手中滑了出去。

就在這時，「不好意思——」跟剛才的自己一樣，玄關傳來一名男性的聲音。「我是附近派出所的人——」

「啊——！」

女子的尖叫聲打斷對方。鏑木慶一望過去，男子直到剛才為止還勉力睜開的眼睛完全闔起來了。

「睜開眼睛，洋輔，求求你，睜開眼睛——！」

大概是從這句話中察覺到異樣，急促的腳步聲由玄關朝這裡逼近。

現身的是一名五、六十歲，穿著制服的警察。然而，這名制服警察一踏進現場便跌坐在地。他倉皇失措，嘴巴直打哆嗦，驚愕不已。

接著，警察的視線看向鏑木慶一。

此時鏑木慶一還沒發現，自己的臉也染上了暗紅色的血液。

這名警察接下來採取的行動令鏑木慶一不寒而慄。警察迅速拔出腰際上的槍，槍口對準他。

鏑木慶一也反彈似地跌坐在地，地上的鮮血緩緩滲進他的臀部，彷彿失禁一樣。撐在身後的手碰到了什麼，是已經斷氣的小男孩身體。

「趴下，立刻給我趴下——！」

警察的怒吼響徹屋內，鏑木慶一臥伏在地板上。警察一副若是他不從便會毫不猶豫開槍的氣勢。這名警察就是慌亂到那種程度。

「你誤會了，不是我。」

鏑木慶一趴在地上大喊。

「請你問那位太太。」

然而，女子卻沒有任何回答，只是一個勁地搖著男子哭喊，瞧都不瞧鏑木慶一一眼。

在那之後，鏑木慶一喊了好幾次要女子為自己解釋。然而，女子彷彿失去聽力般，不只鏑木慶一，就連警察問話她也完全不答。

就這樣，警察在鏑木慶一的手腕銬上手銬，最後將他押進趕來支援的警車裡。

面對這個異常狀況，鏑木慶一感到十分無措，無法置信。是搞錯什麼才會變成這樣嗎？不應該有這種事才對。

然而，他還有機會。他想，誤會應該很快就能解開。

即使在警車中，鏑木慶一依然在解釋。他從頭開始，仔仔細細地說明這個詭異的狀況。兩旁的警察雖然冷靜地聆聽，沒有否定他，眼神卻在評估他話語的真偽。

民宅旁已經擠滿人群，警車、救護車，甚至連消防車都趕來了。

最後，一名在外頭的警察跑向他們所在的警車，將鏑木慶一左側的警察帶出車外。

兩人就在車旁談話，途中，好幾次看向車內。此時，鏑木慶一心想自己終於可以洗清嫌疑了。

短暫交談後，警察再次回到車內。

他一上車便冷冷地說：

「詳情到局裡再聽你說。」

那樣是沒關係，但鏑木慶一拜託警察先將手銬解開。

然而卻遭到拒絕。他向警察詢問不能鬆開手銬的原因。

「那位太太說是你殺了他的家人。」

鏑木慶一瞬間愣住了，腦袋一片空白。他完全無法理解自己身上發生了什麼事。

警車發出震天價響的警笛和警示燈光前進。在抵達警察局前的這段時間，鏑木慶一的記憶模糊不清。他或許使出渾身解數拚命辯解，也或許只是安安靜靜地隨著車子搖晃。

他唯一記得的，只有「他自己發出的」警笛和警示燈光。

「當時，井尾女士並沒有說我是兇手。」

他握緊的拳頭顫抖。

「井尾女士跟警察說，兇手是全身穿得一身黑，個子很高的男人。這點，附近的居民也作證說有看到那樣的男子在井尾家附近遊蕩。那個和我擦身而過的男人恐怕就是真兇吧。」

然而，警察認定那個人就是鏑木慶一。不相信他說自己是在回家的路上碰巧遇見命案。因為沒搭到公車決定走路回家的一席話惹來警察的訕笑。

「下一班公車二十分鐘後就會來了吧？但是你卻決定要走路？走兩個小時？」

他回答理由。

「看書是吧。」

警察一笑置之。

「基本上，有人會因為聽到哭聲就擅自進去別人家裡嗎？一般人不會做這種事吧？」

關於他殘留在凶器上的指紋也是。

「不可能不可能，第三者絕對不會去拔刺在被害者身上的刀。」

於是——

「鏑木慶一，不管怎麼想，所有的狀況——」

都說明他是兇手。

而他最大的不幸，就是理應知道真相的井尾由子患有阿茲海默症。

此外，她還因為命案的衝擊失去記憶。

即便如此，他還是不斷控訴自己無罪。沒事的，沒事的，沒事的。他在漆黑冰冷的看守所裡祈禱般地反覆思索——警方總會發現新證據，解開誤會。真相會大白，他能恢復自由之身。優秀的日本警察不會讓冤獄發生的。

然而，無論他怎麼等，狀況也沒有一絲改變。不安和恐懼幾乎要逼瘋他。

他最後的指望——律師這樣告訴他：

「老實說，無罪勝訴是沒有希望的。」

那是令人絕望的一句話。

律師的計畫是，用他處於精神耗弱狀態這點在法庭上抗爭。也就是主張這起慘劇是因為事發時他精神異常所造成的。

這名律師也一樣，打從一開始就不相信他的話。當他向律師陳述完所有內情後，律師說：「你可以跟我講真話沒關係。」這句話代表了一切。

他堅決不接受律師的這個訴訟方針。

「即使被判死刑也沒關係嗎？如果你以為你還未成年就小看這個狀況的話，那你就大錯特錯了。這個國家，即使對象未成年也會毫不在意地殺死喔。」

這句話重重壓在他身上。死刑——？

因為根本沒有犯的罪被究責、奪去性命。不可以有這種蠢事，絕對不可以——

「酒井，妳知道日本的冤獄嗎？」

他眼神縹緲地問。舞搖頭。

「在這個國家，有數不清的因為莫須有的罪名被判有罪的案例。其中甚至還有遭宣判死刑，被處死的。」

最後，他哭著認罪了。

理由只有一個，為了避免被殺害，為了存活下去。

「可是，你為什麼又……」

他在刑事訴訟一審的法庭上突然翻供。以律師為首，在全場一片手忙腳亂中，他哭喊著：「我沒有殺人！」大鬧法庭。他不斷叫喊，直到被廷吏制伏、強制退庭的最後一秒鐘。

結果，是不是因為這樣不利於法官的心證，他才被了判死刑呢——

「我發誓，將秉從良心據實陳述，毫無隱瞞，絕不造假。」

他面無表情，只有唇瓣開闔說道。

「這是宣誓的誓詞，法庭上規定都要說喔。我在開口的瞬間，打從心底生出一股厭惡。我不知道過去有多少人跟我一樣遭類似的處境逼迫，忍辱求全，但他們都是逼不得已的。為了活下去。

站上法庭前，我也和他們一樣。只是，我實在無法忍受。

我改變想法了。如果我堂堂正正奮戰到最後一刻還是被宣判死刑的話也無可奈何，只能接受這就是自己的命運。為了守護名譽而死，我求仁得仁。

結果如妳所知，國家對我宣判，要我去死。雖然絕望，但對於奮戰這件事我不後悔。所以我最後這樣說——『我想稱讚自己』。」

只是，他沒有死。他做出了令人難以置信的垂死掙扎。

關於這點，他露出淡淡的笑容這麼說：

「酒井，妳曾經有過想死的念頭嗎？」

舞思考了五秒，搖搖頭。

「我有。我自己也說不清楚，但隱隱約約有種念頭，想把手伸向死亡的世界。據說，這叫自殺意念，和自殺意圖有點不一樣。我不知道自己為什麼會有這種想法，也想過是不是跟自己的成長背景有關，但或許不是。不過，實際面臨死亡時，我發現自己對於活下來這件事執著得驚人。」

他盯著舞的眼睛。

「所以，我逃獄了。」

水壺發出高亢的嗶嗶聲，蓋子喀噹喀噹地跳動，壺口吐出滾滾白煙。

他們在一對茶杯裡泡好咖啡，並肩坐在沙發上啜飲。電視上還是一樣播著青羽的外觀畫面。「現在馬上衝進去！」、「把他射死不就好了嗎！」民眾你一言我一語的呼喊。其他煽動性的話也不絕於耳。

他猜測警方之所以沒有採取強硬手段，是因為眾目睽睽。這個案子受到全日本的矚目，若是在此失敗的話，警方的下場將會慘不忍睹。

此外，他將警察趕出去時宣告：「如果你們試圖強行攻堅，我不能保證她的性命安全。」

舞偷偷覷向身旁瞪著電視畫面的他。

這個人一定不會傷害自己。不知為何，唯有這點舞有接近百分之百的把握。

不過，即便如此，舞也並不是完全相信這個男人。自己雖然是孩子，但並沒有那麼單純。那些話有可能全部都是假的，他說的話實在太像編的故事了。

然而，如果聽到井尾由子說的話，情況又會有所改變嗎？井尾由子的口中真的能說出他說的那些話嗎？

他似乎是這樣相信的。

本來，他來這間團體家屋青羽工作的目的就是這個。尋找井尾由子、不惜冒險也要接近她的理由，就是為了請她說出真相。

他說，這是一場賭局。他之前也不曉得井尾由子是否還留有當時的記憶。

「井尾女士曾經出過一次法庭。當時，她的證詞是：『雖然我罹患阿茲海默症，有記憶障礙，那天的事卻記得很清楚。這個人就是兇手。』那時，她咬著下唇，以一種哀傷的眼神看著我，看著她應該要恨的我。我就是在那個時候確定這些話是檢察官逼她說的，然後懷疑或許她有命案真正的記憶。」

若是這樣，井尾由子為什麼不將自己所見照實說出來呢？

「這是我前幾天聽井尾女士自己說的。她說檢察官跟她說：『妳的記憶錯誤可能會讓眼前的兇手逃走。讓那個殺了妳重要家人的殺人魔逃走。』自從發病以後，井尾女士就對自己的記憶失去信心。檢察官誘導這樣的井尾女士『妳的記憶是錯的，其實應該是這樣吧？』這是不該發生，也是非常過分的洗腦。不過，即使到現在，井尾女士還是記得當時的情況。」

每一晚，每一晚，他都拚命懇求井尾由子說出正確的記憶就是為了這個。他把自己和井尾由子所有的對話都用錄音筆錄了下來。

那枝錄音筆現在放在他胸前的口袋。而現在這一瞬間，他和舞的這些對話也都有在錄音。

他擬定了一個龐大的計畫。他說之後要在網路上公開這些錄音，他要以輿論為後盾，讓法官重審此案。

「如果能讓大眾知道井尾女士說的內容，一定會引發議論。不過，現在的狀況還是對我不利。」

因為之前錄下來的內容，有種他在暗中引導的感覺，井尾由子在關鍵處也還是含糊其詞。

「所以，必須請井尾女士親口說出『鏑木慶一不是兇手，真兇另有其人』。」

可是，這已經很難辦到了。他絕絕對對不可能再接觸井尾由子了吧。

舞說不出口。她不敢說自己找四方田談話跟警察接獲通報有關，說斬斷他計畫希望的人是自己。

「警察沒有回覆耶。」舞看向電視說。

距離射出第二架紙飛機已經超過了五分鐘。

電視中依舊交雜著殺氣騰騰的喧囂。有多少人正在看這個畫面呢？

舞想到了父母。兩人現在是什麼心情呢？女兒被兇殘的殺人魔抓走了，父親母親或許都在哭。

不過，這並不是帶著真實感的想像。大概是因為舞到現在還無法將眼前的現實視為現實的關係。

所以，自己才無法怕這個人吧。明明處在他一伸手就能觸碰自己的距離，她還是不害怕。

「如果按照你的希望，讓輿論吵著要重新開庭審理的話……你就會無罪了嗎？」

「很難說。要警察認錯不是件容易的事，也有那種警方即使已經知道錯誤，至今卻尚未承認的案子。

但也只能試試看了。」

舞並不滿意這個回答。她一開始的問題就錯了。

舞真正想問的是——你真的沒有殺人嗎？

不過，就算丟出這個問題也沒有意義。因為他已經說過好幾次自己沒有殺人了。

接下來，就只剩自己能不能相信了——

「鏑木。」

舞第一次喊出這個名字。

「我之前喜歡你。」

舞嘴唇顫抖地說。鏑木的眼睛瞬間睜大，盯著舞看。

「如果，我之前跟你告白，請你跟我交往的話，你會怎麼回答？」

舞握緊拳頭等待回覆。

最後——

「我會拒絕妳。」

他看著舞的眼睛明白地說。

「為什麼？因為現在不是交女朋友的時候嗎？」

「不是——」他輕輕閉上眼睛。「因為我有喜歡的人了。」

舞並不覺得失望。聽了這些話，舞反而能夠相信他了。

舞從一開始就知道這份感情沒有希望，他對舞一點意思也沒有。然而，如果他給的是有利於自己的答案，舞一定不能相信他吧。

乓！屋外突然傳來一記爆炸聲，舞嚇了一跳，鏑木立刻起身。那是什麼聲音？

過了一會兒，又是同樣的爆炸聲。這次是連續三聲。

舞知道了，這是放煙火的聲音。一定是手賀沼在夜空中施放煙火吧。儘管是這種時機，煙火大會還是照常舉行了。

之後，煙火接二連三放個不停。雖然因為窗簾關著無法拜見，但只是讓他們能遠離外頭擾人的喧囂就很值得感謝了。

舞看向電視，心想或許新聞畫面會稍微照到一些煙火。

然而下一秒，電視畫面和室內燈光卻都突然消失，黑暗一口氣籠罩了整個空間。停電了。

「跳電嗎？」

舞喃喃道。黑暗中，她自然地揪住了鏑木的袖子。

「不——是人為斷電。」

他飛也似地衝到窗邊，拉住窗簾，說時遲那時快——

匡啷！他的身體伴隨強烈的破裂聲飛向後方。同時，好幾名黑色人影衝進室內。警方強行攻堅了。

過度的驚嚇讓舞連尖叫都發不出來。

黑暗中，他躺在地上，舞看到黑色的人影壓了上去。

然而，舞的視野就此中斷，因為她也被黑色人影壓住了，身體遭緊緊抱住。

「確保——已確保人質——！」

男人在耳邊叫喚。

那個男人抱著舞，就這樣把她帶走了。男人大概是想帶舞撤離避難，但她不知道自己被帶向哪裡。即使睜開眼睛也什麼都看不見。

舞在別人懷中激烈的搖晃下，捕捉到了一個聲音。

那是不同於煙火，硬梆梆的一聲「砰！」

WANTED

第七章

真實的樣子

43

車內輕快地播放著父親的愛歌，披頭四的〈HELP!〉。握著方向盤的父親只有在「HELP!」的部分會跟著一起唱。

後座的舞放空地望著車外。車子馳騁在關越高速公路上，兩旁不停延續著一成不變的單調風景。他們已經在車上晃了兩個小時，還要多久才會抵達茨城的家呢？如果能在天黑前回家就好了。

「來，最後一個。」坐在副駕駛座的母親回頭，遞來一塊三明治。

「不用了。」舞拒絕。

「是有夾起司的喔，妳不是喜歡起司嗎？」

「我已經很飽了。」

「我要吃。」父親插嘴道，母親將三明治塞到父親口中，父親的「HELP!」因此停了下來。

「對了爸爸，你有先好好打掃家裡嗎？你之前不是還說連走路的地方都沒了？這麼久沒回家，家裡髒兮兮的話很討厭耶。」

「我昨天花了一整天打掃。」父親邊嚼著三明治邊含糊不清地說。「衣服也洗了，地板也吸了。」

「喔，了不起。冰箱裡有菜嗎？」

「只有啤酒。」

「我就知道。路上要去一趟超市喔。」

這一個半月來，父親都是一個人生活。因為舞和母親一起回去位於富山的外婆家了。

一方面也是因為離得遠，所以舞之前和外公外婆沒什麼交流，不過一個半月來同住在一個屋簷下後，舞和外公外婆變親近了，所以今天早上分別時非常感傷。外公外婆似乎也一樣，還跟母親開玩笑：「把舞留下來，妳自己回去吧。」

這次回鄉，令舞體會到血緣的恩典以及家人間強韌的連繫。外公外婆待外孫女慈愛又溫柔，一次也沒提過那件事。

舞稍微降下車窗。風灌進車內，吹拂她的頭髮。風裡有股秋意初始的香氣。

今日本長時間陷入瘋狂的奧林匹克和帕拉林匹克似乎平安無事落幕了。但舞幾乎不曉得比賽的結果如何。好像有日本人拿到金牌，但別說是選手的名字，舞連那是什麼項目都不知道。

這段期間，舞沒看過一眼電視，甚至連手機都關機了。在這之前，她無法想像沒有手機的生活會是什麼樣子，不過人沒有了手機還是能活。不如說，她覺得那樣的生活更多采多姿。

不過，這一切也都到今天為止吧。她又要開始跟之前一樣的生活了嗎？不，她能回到跟之前一樣的生活嗎？

家門前似乎已經沒有媒體記者的身影了。事情剛發生時，情況非常慘烈。媒體即使面對父親的破口大罵、警察的警告也沒有減緩攻勢。結果，舞從窗簾覷向屋外的瞬間幾乎要被鎂光燈閃瞎。

舞睜開眼時，車子在埼玉縣內奔馳。她好像不知不覺睡著了。

車子就這樣開了一會兒，最後下了筑波牛久交流道，進入國道六號。西方的天空一片火紅，將熟悉的景色染得紅通通的。

這樣的光景令舞有點窒息，有種被拉回現實的感覺。

途中，他們順道去了大型超市採買。父親和母親各問了一次「有什麼想要的嗎？」舞回答沒有。

就這樣，他們到家了。看著從小長大的兩層樓住宅，舞有種奇妙的懷念感，心頭湧起一股感慨，彷彿好幾年沒回家的樣子。

打開門，一踏入玄關的瞬間，這種感覺又更濃厚了。不，舞覺得哪裡怪怪的，有種來到別人家的味道——不，不是這樣，是過去一直存在的味道消失了。

因為波奇不在。

波奇於那件事發生期間，在這個玄關嚥下了最後一口氣。當時，父親和母親接到警方通知趕往青羽，波奇被留下來看家。

然後死了。臨終前家裡沒有一個人在牠身旁，孤獨地迎接死亡。「一定是波奇救了舞的命。」父親說了這樣的話，好像是指波奇替舞承受了災厄。

「舞？」

跨過門檻的母親回頭問。舞穿著鞋子呆立在玄關。

「波奇不在了。」

舞喃喃自語。

母親赤著腳跑向脫鞋處抱住舞。耳畔是母親的啜泣聲。父親也將抱在一起的舞和母親擁入懷裡。父親也在哭泣。

兩人一直在忍耐吧，父親和母親不停流下淚水。

舞哭不出來。明明想哭卻哭不出來。明明有很深沉的悲哀和失去感，卻不知道該怎麼流眼淚。那件事以來，舞一次也沒哭過。波奇死了卻哭不出來，自己怎麼了？到底怎麼了？

父母親的哭聲迴盪在玄關，久久沒有散去。

隔天早上送父親出門上班後，舞和母親正喝著茶，對講機便響了。母親神情戒備地站起身，瞪著安裝在牆壁上的對講機螢幕。或許是媒體又來了。

「啊，這個人。」

母親低語，看向舞。

舞也起身走到母親身邊。她看向螢幕，倒抽了一口氣。螢幕裡是穿著西裝的四方田。

「他是青羽的人吧？」

母親會認識四方田代表他們在事發那時見過面吧。

儘管如此，四方田來做什麼呢？自從那件事後，舞和四方田沒有再見過面。

「雖然不知道他有什麼事，但還是媽媽出去吧？或是當作我們不在家也沒關係。」

舞思考了一下搖搖頭，接著走向玄關。

舞打開門現身後，門外的四方田神情肅穆地向她行了一個禮。舞也低頭鞠躬。

「一點小東西，不成敬意。」舞在玄關接下煎餅禮盒，帶四方田走進家裡。

「妳稍微平靜一點了嗎？」

四方田表情僵硬地說。兩人隔著餐桌相對而坐，母親正在廚房幫他們泡紅茶。

舞點點頭。「太好了。」四方田露出鬆一口氣的表情。

「妳是昨天回來的吧？」

「你怎麼知道的？」

「我之前來拜訪時令尊告訴我的，不過，他希望我能暫時讓妳靜靜。但我有事想盡快跟妳說……突然跑過來，很抱歉。」

舞搖頭。「你該不會也有打電話或是LINE吧？」

舞的手機現在還是關機狀態。

「嗯。但妳別介意，我了解。」

母親將紅茶端了過來，在四方田和舞的面前各擺下一只杯子後，拉開舞身旁的椅子坐了下來。

之後，四方田說了青羽的狀況。青羽如今雖然回到了本來的生活，但事發後據說關閉了兩週。因為前來的媒體絡繹不絕，根本不是一個能過正常生活的環境。期間，他們將入住者安置在各自的家人家中。

「所有人的家人都異口同聲地說已經到『極限』了，讓人覺得有點哀傷，但也是沒辦法的事。」

入住者的親屬當初就是自己無法照護才會拜託青羽，這真的是沒有辦法。實際工作後，舞非常明白照護的辛苦。這跟家裡有嬰兒是無法相提並論的。

「大家現在都已經回去青羽了嗎？」

「除了鷲生爺爺和井尾女士以外都回來了。」

只是聽到井尾這個名字，舞的身體就緊張起來。

「鷲生爺爺在女兒那裡，似乎沒有再回青羽的打算，他女兒也說會繼續照顧父親。雖然她女兒以前非常討厭鷲生爺爺就是了。妳看，鷲生爺爺的家人一次都沒來看過他對吧？」

「啊啊，這麼說的話。」

「據說是因為他以前身體還健朗的時候任性妄為，總是給家人添麻煩。鷲生爺爺也說過自己是自作自受。所以這次回去，好像成為一種父女倆彼此靠近和修復關係的契機。」

舞模稜兩可地點頭，她不知道該有什麼感想。

「有趣的是，鷲生爺爺不在後，最寂寞的人是多梅奶奶，問了好多次『那個老頭子什麼時候回來？』」

之後，四方田還講到其他入住者的近況以及老闆佐竹也去第一線幫忙的事。不過，關於井尾由子的事，他隻字未提。四方田說有話想跟舞說，但一定不是這些事吧。

大約過了三十分鐘。

「四方田先生，不好意思，」身旁的母親插嘴道。「時間差不多了。」示意他離開。

「啊，不好意思。」四方田看了一眼時鐘說：「那麼，我就先告辭了。」他站起身。

舞和母親跟在前往玄關的四方田背後。結果，他想說的話到底是什麼呢？

「那個，四方田先生。」

母親在玄關喊住穿好皮鞋的四方田。

「很抱歉，請讓舞辭去青羽的工作。」

母親擅自說道。舞明明沒有跟母親講過這種話。

不過，舞沒有否定。她已經不可能再到青羽工作了。

四方田頓了一下，點點頭。

「我和丈夫都非常感謝青羽。舞這孩子休學回到家裡後，有一陣子都很沒精神。可是，自從得到青羽的工作機會後，每天都生龍活虎。總是跟我們說今天發生了這個又發生了那個的，眼神充滿了光彩，我們也很欣慰。只是，發生了那種事，身為母親，我不可能讓女兒再到那裡工作了。」

「嗯，我了解了。」

「真的謝謝你們的照顧——來，舞也說。」

「……謝謝大家的照顧。」

舞說出口後覺得很難為情。她這樣子不就成了一個愛撒嬌的大小姐了嗎？什麼話都讓母親說……自己在幹嘛啊？

不過，另一方面她也覺得這或許是無可奈何的。因為她是個小孩，沒有能力。

最後——

「小舞，謝謝妳一直以來的幫忙。」

四方田直直伸出手，要和舞握手。

舞回握，感覺掌心有股異物感。掌心有什麼。四方田遞給了自己某個東西。

舞看著四方田的眼睛，他的眼神意味深長。

「那麼，打擾了。」鬆開手後，四方田走出屋外。

之後，舞立刻前往廁所。她關上門看著手中的東西。那是一張折成四折的便條紙。

吃完午餐後，舞穿了件薄帽 T 離開家裡。她跨上久久未騎的自行車，騎向最近的車站。

舞跟母親說自己要去散步。即使這樣母親還是一臉擔心地說：「等爸爸回來我們三個人一起去吧。」但舞以「我想一個人」拒絕了。

他究竟會跟自己說什麼呢？踩著踏板，舞的腦海裡思考的都是這件事。

四方田交給舞的便條紙上只寫了「下午兩點 SOEDA 咖啡」。意思就是要舞這個時間去那裡吧。

SOEDA 咖啡是間純咖啡店，位於舞他們家最近的車站旁。舞曾去過幾次，那裡有種古典寧靜的氛圍。大概是因為這樣，很少有舞這樣的年輕人去那裡。

舞將自行車停在店門前。噹啷啷，一推開門，門上的鈴鐺便發出清脆聲響。才踏進店裡，咖啡和香菸的氣味便撲鼻而來。

舞停下腳步。四方田雖然坐在靠裡面的座位，但身邊還有其他幾名男女：一襲深藍色老舊西裝的中年男子、穿著燈籠工作褲，頭髮往後抓的年輕男人、身材有些豐腴，沒什麼化妝的中年女子、穿著優雅簡約，年過三十的女子，以及四方田。

這是一種感覺不太協調的組合。店裡沒有其他客人。

看到舞的四方田倏地起身，向她舉起一隻手。

舞戒備地走了過去。

「妳來啦。謝謝。」四方田說。

「那個……」舞環顧在座的其他四人一圈。

「啊啊，這些人是……呃，該從哪裡說起呢。總之，妳坐這邊。」

在四方田邀請下，舞縮著身體坐了下來。

「妳要喝什麼？」

舞搖頭。

「喝一點吧。柳橙汁好嗎？」

四方田擅自幫舞點了杯柳橙汁。

這四個人到底是什麼人呢？他們看向自己的視線好可怕。

老闆立刻端了一杯柳橙汁過來。老闆離開後，四方田下定決心似地開口道：

「這幾位是為了救櫻井——不是，是鏑木慶一而聚集在一起的人。」

舞抬起垂下的腦袋。救——？

「那件事發生三天後——」

有位自稱律師的男子向四方田聯絡。由於對方說想見面，四方田便前往對方指定的場所，抵達後看到的就是現在在這裡的四人。舞斜對面的中年男子似乎就是那位律師，他姓渡邊。

「我起初也是半信半疑，老實說，是完全不相信。但是聽了大家的話，我開始認為，鏑木慶一或許——」四方田盯著舞的眼睛。「真的是無罪的。」

無罪——舞的頭瞬間暈眩。

「詳情就由我來說吧。」

渡邊說道，向舞探出身子。他簡單地自我介紹後問：「請問，關於整起案件，妳了解到什麼程度呢？」

「問我到什麼程度我也……」舞一回答，渡邊便垂下頭說了句「唉，抱歉」，重新敘述了案件的概要。

舞一邊聽渡邊說話，一邊覺得自己可能在哪裡見過這個人。雖然想不起來，但她的確在某個地方看過這張臉和聽他說過話。

「——因為上述狀況，鏑木慶一被判處死刑。然而，把他當兇手的檢察官所提出的主張全都只是情況證據。所謂的情況證據跟直接證據不同，是為了認定待證事實、經過推理的證據。也就是說，只不過是讓人覺得事實應該是這樣的材料罷了。不過當然啦，即使只有情況證據，但能有力推認出犯行的話也會判有罪。」

此時，渡邊坐直身軀。

「但是，對於那些情況證據，鏑木慶一全都可以提出十分恰當的反駁。我照順序說。

其一，是他在被害者住處附近行走，而該處距離他所住的「人之鄉」十分遙遠這一點。這只是因為他錯過了回家的公車，看書又是他的興趣，才想既然如此就拿來當作看書的時間罷了。我去問了從小看著慶一長大的保育員，對方可以作證，慶一從小就有邊走路邊看書的習慣，儘管跟他說這樣很危險，叮嚀過好幾次，但他就是這點改不過來。

其二，是他進入素不相識的被害者家裡。這是因為他聽到遇害男性的母親發出不尋常的哭聲。雖然檢察官說什麼就算這樣也不會隨便去別人家這種渾話，但若是我處於相同情況，或許也會多管閒事吧，更不用說是慶一了。他是那種無法對有困難的人見死不救的個性。啊啊，還沒跟妳說，我們所有人都認識慶一。我們是他在逃亡過程中分別認識的，雖然時間不長，卻曾經很親近。」

舞迅速看了其他三人的臉。

「其三，凶器的那把魚刀上驗有鏑木慶一的指紋。這是因為刺在遇害男性身上的刀子是他拔出來的，至於他為什麼要這樣做，是因為遇害男性的母親企圖幫助當時一息尚存的兒子，動了一下那把刀子，導致遇害男性出血增加，陷入更危險的狀態，他才會不得不採取那樣的行動。拔刀後，他進行急救處置，拿毛巾堵住傷口，阻止出血。實際上，當時的毛巾有掉落在現場，但檢察官說那無法成為他有進行緊急處置的證據，法官們也都認同的樣子。」

渡邊露出憤慨的表情。

「接下來是第四點，鏑木慶一的衣服上驗出了三名被害者全員的血液。關於這點，是在剛才說的急救處置時，沾到了遇害男性的血液，而遇害女性與男童的血液，則是因為踏入現場的警察朝慶一舉槍，他嚇了一跳跌坐到地板上時沾到的。之後，警察命令慶一趴在地上，他便服從指令。現場地板流有一整片被害者的血液，衣服沾有被害者血液是理所當然的事。關於這部分，當時的警察也做出同樣的供述，不過，這名警官說自己踏進現場時鏑木慶一已經渾身是血。但這點很奇怪，因為慶一當時穿的是黑色制服，即使上面沾有血液也不明顯，應該無法一眼就辨識出是否渾身是血。這只不過是因為慶一在做急救處置時突然用手去擦額頭上流下來的汗，臉上染了血，該名警察才會有那種先入為主的觀念。此外——」

舞想摀住耳朵。這種事——她全都知道。因為，是鏑木慶一本人要我聽的。

「——而這一切，鏑木慶一自己都有在法庭上控訴過這才是事情的真相。然而，他的吶喊卻傳達不出去。一定是因為他曾經認罪過的影響。關於這點，我敢肯定律師一定有問題。負責此案的律師從一開始就沒想過無罪判決，從頭到尾的目標都只有避開死刑。只要威脅說不認罪就會被判死刑的話，無論是誰都會咬牙接受。何況，他當時還只是個十八歲的少年。雖然我以一名律師而言絕對稱不上優秀，但這件事我不知道想過多少遍了——我想為他辯護。」

舞想起了自己在接受保護後被帶到警局的事。她將自己成為人質時和鏑木慶一交談的內容、他所採取的行動毫無保留地傳達出來，結果負責的刑警帶著同情的表情對舞這樣說：「他是想拉攏妳。」

「鏑木是令人害怕的智慧型犯罪者。那傢伙就是靠著趁虛而入、控制人心才一路逃亡到今天的。」

那麼，一切都是謊話嗎——

「嗯，全都是天大的謊話。」

舞已經什麼都搞不清楚了。什麼是正確的，什麼是錯誤的；是黑是白，正義亦或邪惡，完全不明白。同時，她也覺得這一切都無所謂了。不管怎樣都無所謂了。

即使鏑木慶一是無罪的，也已經沒有意義。

因為，應該被拯救的當事者已經不在這個世上了。

「——小舞，小舞。」

四方田拍了拍舞的肩膀，舞回過神。

「妳還好嗎？看妳在發呆，要不要去外面呼吸一下新鮮空氣？」

舞搖頭。但她其實想回家了。事到如今跟她說這些又能怎麼樣？這些人說想要救鏑木慶一，但人都死了要怎麼救呢？

「所以，妳實際上是怎麼想的？」

此時，頭髮往後抓的年輕男子向舞問道，手上不知道什麼時候拿了根點燃的香菸。

「妳覺得是那小子幹的嗎？」

舞微微傾首回答：「我不知道。」

「什麼不知道？我是在問妳是怎麼想的。」

「……」

「這女人是怎樣？」

男子哼笑了一聲，叼著香菸。「和也。」儘管渡邊要他注意分寸，被喚做和也的男子卻不以為意。「妳如果沒辦法相信我們就算了。妳回去，這樣只是浪費時間。」他下巴朝店門口的方向示意。

「你相信他是無罪的嗎？」舞問。

「不相信我會在這種地方嗎？」和也哼了一聲。「我是沒辦法像阿邊律師一樣說那些很難的話啦，但我知道，勉三不會殺人。」

和也說得斬釘截鐵，將煙吐向天花板。

「和也他啊，在幫我們募集連署。」渡邊幫腔。

「連署？」

「他一個一個去拜訪相信慶一無罪的人，請他們簽名。雖然這是個網路社會，但親筆簽名還是很有力量的。」

「我過去因為這個吃過苦頭，所以很清楚它的力量。」和也搓了搓鼻子。「阿邊律師才是，你不是在YouTube上努力嗎？」

舞想起來了。對了，渡瀉就是那個YouTube上一個人對著相機說話，說鏑木慶一的判決是否言之過早的男人。

「我也是因為網路影片吃盡苦頭，親身體驗到它的可怕和威力，既然如此，沒有不利用的道理啊。」渡邊露出自嘲的笑容。「對了，這邊這位近野節枝太太是在全國奔走演講。」

話題轉移到自己身上的中年女子急急忙忙在胸前揮手。「我只是擔任救心會受害者協會的代表，在集會的時候稍微跟大家說救了我們的人是鏑木慶一而已。」

「之前我在外面聽妳演講時，妳還單手拿著麥克風大喊『絕對要贏得無罪判決——』」

「唉呀，那是我有點太激動了。」近野節枝滿臉通紅。「不過，我怎麼想都不覺得那孩子會殺人。因為，儘管可能會暴露身分，但那孩子卻不惜冒險也要讓我們清醒過來喔。這麼做明明對他沒有任何好處。

就在那個時候，我聽渡邊律師說到冤枉的事後就坐立難安──」

「贏得無罪判決要做什麼？」

舞打斷近野節枝的話，音量大得連自己都嚇一跳。吧檯裡的老闆看向這裡，擔心發生了什麼事。

「事到如今就算知道那個人是無罪的，他也已經死了。」

「所以呢？」和也伸出手揪住舞的領子。「死了就可以這樣算了嗎？那誰來守護勉三的名聲？」

「和也。」

四方田企圖鬆開那隻手，和也卻不放開。

「那小子被誣賴是殺人魔，警察還像是要死無對證一樣地殺了他。如果不能幫勉三平反冤屈，我沒臉面對他。」

舞撇開視線，沉默不語。

鏑木慶一果然是被警察殺死的嗎？

警方對外公布，由於鏑木慶一揮舞菜刀抵抗，他們因此開槍。鏑木慶一腹部中彈身亡。

可是，當時他應該已經被壓制住了。舞的記憶確實是這樣。

而應該在他胸前的錄音筆，警方卻表示「沒有那種東西」。

「和也，放開她。」

沉穩發聲的，是坐在舞身旁那位三十出頭的女性。這位女性在此之前一句話都沒有說。

女性執起舞的手。

「我叫安藤沙耶香，我稍微跟他生活過一段時間。」

女性臉上泛起溫柔的微笑說道。

「我之前一直認為他殺了人。我跟自己說即使那樣也沒關係，想和他待在一起。我現在很後悔當初自己為什麼沒有相信他。分開那天，我跟他說『什麼過去都沒關係』。我打從心底後悔，為什麼自己說的是那句話而不是跟他說『我相信你』。」

啊啊──舞懂了。那天，鏑木慶一說的喜歡的人，一定就是這位女性吧。

「我，必須向他道歉。」

安藤的一滴淚落在舞的手背上濺了開來。

舞靜靜俯視那顆水滴。

「安藤小姐是名自由作家，為我們撰寫陳訴慶一無罪的報導。此外，她還整理日本過去的冤獄案件，向許多人傳達日本的司法是如何一路犯錯至今的。」

「我想讓大家理解司法並不是絕對的。因為是人審判人，所以會出錯。只是，錯誤必須更正，我們就是為了證明這點而奮戰。我想讓更多的人了解他真實的樣子，了解真正的他。酒井小姐，妳呢？」

「我……」

舞的話沒有說下去。

44

車錢是兩千零二十圓，計程車司機卻笑著露出金牙說：「兩千就好，小姑娘很可愛，給妳優惠。」

舞道謝下車。車門「砰」地關上後，計程車揚長而去。

這麼說來，這或許是她第一次一個人搭計程車。新幹線也是第一次一個人坐。連來到這麼遠的地方，也是第一次。

舞瞇起眼睛看向遠方。低矮的群山勾勒出崎嶇的稜線向兩旁綿延。大概是距離楓紅時節還早，眼前的景色整體還是以綠意居多。再一個月，這裡應該會染上火紅的秋色，變得更加壯麗吧。

笹原浩子的家是鋪著屋瓦的傳統日本宅邸。庭院十分寬闊，主屋旁還有間小巧的別屋，跟母親位於富山的娘家有種類似的氛圍。

舞趕緊走上前。「大老遠過來，辛苦妳了。」浩子彷彿等不及似地來到屋外，高興地將舞迎進屋內。

「小由，小由。」

浩子在樓梯下呼喚，不久，井尾由子走了下來。

兩個月不見，井尾由子看起來稍微瘦了一些。

井尾由子瞇著眼睛緊盯著舞瞧，接著說了句：「歡迎妳來。」舞不曉得她是否記得自己。

由於浩子有準備，三人便一起吃了午飯。其實，舞在新幹線裡已經吃過便當，但還是勉強掃光了浩子做的料理。不過，聊天這方面很傷腦筋，因為浩子事先嚴格叮嚀，「不管哪起案件」都不要提起。這麼一來，連青羽的一些事都不太能觸碰，因為鏑木慶一當時總是在她周圍。

「您姊姊的記憶到什麼程度呢？」

用完午餐，井尾由子起身去洗手間後，浩子若有所思地說。

「雖然她沒說出口，但不管是家人被殺害還是兇手把妳當人質關在屋子裡的事她或許其實都記得。當然，我問不出口。」

實際上是如何呢？她到底記得些什麼，又記得到什麼程度呢？

「其實，我今天本來很害怕，擔心讓妳們見面會不會勾起她痛苦的回憶。我絕對不是在說妳不好，而是妳發生了那樣的事，不管怎樣都會不小心有連結吧。但我告訴她妳打電話來說想跟她見面後，她說『好』。不過很抱歉，她不太有精神。」

的確，用餐時，井尾由子很少開口，談話以浩子為中心。

「兩個月前那件事之後，她一直那樣，變得死氣沉沉。她本來是個笑口常開、很開朗的人，所以看了更讓人難過。大概一週前吧，她突然開始打掃庭院，一直拔草拔到太陽下山為止。她說『我在這裡白吃白住，得做點事才行』，這個家對她而言，一定不是個能舒舒服服安居的地方吧。」

舞不知道該怎麼回答，沉默無語。

「我有一次跟她說『警察已經確實抓到兇手，他已經死了，所以妳可以放心了』。但她只回了一句『這樣啊』。兇手怎麼樣對她來說一定無所謂吧。因為她重要的人不會回來了。」

浩子深深嘆了一口氣。跟兩個月前在青羽遇見時相比，浩子看起來也更加消瘦蒼老了。之前在電話中談話時，她說自己辭去了原本在麵包廠的打工，現在每天在家。

順道一提，那位近野節枝之前似乎也在浩子打工的麵包廠工作，也就是兩人是同事。聽說她們原本感情很好，現在則處於絕交狀態。這也是近野節枝告訴舞的。

浩子相信鏑木慶一是殺人兇手，從她的角度來看，朋友進行的活動是種背叛，萬萬不能容忍。即使如此，近野節枝說：「就算浩子恨我，我也必須揭露真相。」不只是近野節枝，那些人似乎都是抱持覺悟在奮戰。

至於舞，她還沒整理好自己的心情，所以才會像這樣過來找井尾由子。不過，她不知道該如何向井尾由子開口。加上浩子也在一旁，她有辦法談到命案的事嗎？

不久，井尾由子回到座位。

「天氣很好，要不要一起去那邊的緣廊曬曬太陽？就我們兩個。」

井尾由子邀請舞。浩子露出不安的神情。

井尾由子打開窗，率先走向屋外。舞也假裝沒有注意到浩子的視線，跟在井尾由子身後。兩人肩並著肩坐在木頭緣廊上。

溫暖的陽光灑了一地璀璨，天空萬里無雲，草木散發淡淡的香氣。「這個庭院很漂亮吧？」井尾由子說。「我前天拔草了，所以昨天腰痠得不得了。」

庭院的確受到精心打理，但她做那些是一週前的事。

「在青羽的時候，您也幫了我們很多忙。」

「是嗎？」一聽到舞這麼說，井尾由子將身體轉向舞。

「嗯，您待的二樓雖然不是由我負責，但我看過好幾次您幫忙的樣子。」

「這樣啊，我有好好在過日子啊。」

「是的，您做得很好。」

兩人沉默了一段時間。

最後，她說：

「小舞，我好像記得妳。」

「我沒騙妳，是真的記得一些些。妳來的時候，我就想『啊，我和這個女生說過話』。」

「很高興您還記得我。」

「對了，有個對我很好的男職員吧？」

「是四方田先生吧。」

「對對對，四方田，那個人我也記得很清楚。還有——」井尾由子抬頭看向天空。「櫻井的事也是。」

舞倒抽一口氣。

遠方傳來鳥鳴。

過了一會兒，井尾由子問：「那孩子，死了對吧？」

舞點頭。井尾由子閉上眼，嘴唇微微動了一下低語：「是我害的。」

「為什麼，這樣說？」

井尾由子沒有回答，又說了一次：「是我害的。」

舞壓抑體內升起的顫抖說：

「您……記得嗎？」

「櫻井——那個人，其實是無罪的嗎？」

「……」

「請告訴我，拜託。」

然而，井尾由子還是沒有回答。她一直閉著眼，抿唇不語。

舞咬著下唇盯著她那張側臉不放。

時間過了多久呢？天上的太陽稍微改變了位置，井尾由子臉上的陰影變得更深了。

突然，一陣柔和的風吹來，輕輕拂起井尾由子的瀏海。

井尾由子半睜開眼，沉重地開口：

「發生那件事之後——」

——我的記憶變得模糊不清，像是蒙上了一層霧，即使想想起來也辦不到。所以，我按照檢察官他們的指示作證。他們跟我說，如果不這麼做，就會讓殺了妳家人的兇手逃走……要是事情變成這樣的話，不就無法挽回了嗎？所以，我說那個孩子就是兇手沒錯。

我在法庭作證後，那層籠罩記憶的霧漸漸散去，關於命案的記憶隱隱約約回來了。所以我重新跟警察傳達想起來的事。但是，他們不願意當一回事。他們說，我只是在法庭聽了兇手的辯解，自己認為那或許才是真相罷了，說我的記憶被取代了。所以我也決定這麼想。我跟自己說，我的大腦很奇怪。因為如果不這麼做的話我會受不了。

可是，我一直很害怕。如果我和我的記憶才是正確的話……這樣想我好像就要瘋了。因為，如果真是這樣的話，那孩子就不是兇手，就沒有殺害我的家人。

之後，我開始不停作同樣的夢。夢見一個穿著黑衣的無臉男攻擊我的家人。我在隔著一扇拉門的地方，屏息看著一切發生。雖然想去救他們，身體卻一動也不動。

夢醒後，我好厭惡那樣膽小的自己。就連在夢中，我也無法守護兒子一家人……

然後，一股龐大的恐懼向我襲來。不是因為害怕兇手，而是因為兇手明明沒有臉，我卻不知為何明白一點，那就是這個人不是那個孩子。

儘管如此，我連這些都無法相信，也無法承認。我跟自己說了這樣的藉口——再明確的記憶對我而言都是不確定的。

知道那孩子逃獄、四處逃亡的事時，我暗地祈禱他不要被抓到。因為，若是那孩子被捕，大家又要挖掘那件事的話，我不就得面對這份記憶了嗎？一想到這裡，我就打從心底害怕。因為，我這份不確定的記憶關係到一名少年的性命，我實在承受不了這種事。

就在這個時候，一個不可思議的男孩出現在我面前。一個不知為何知道那件事，對我的記憶莫名執著的奇妙男孩。

但是我想，櫻井怎麼可能是那個孩子……

不，這一定也是藉口。

我一定察覺到櫻井的真實身分了——

井尾由子雙手摀著臉。庭院裡迴響著她的嗚咽。

「可是我卻一直轉移話題，直到最後的最後都無法相信自己的記憶。那孩子不停請我回想，請我幫他，抓著我的手不斷地懇求我，可是我卻，我卻……」

舞在一旁聽著井尾由子痛哭一邊落淚。

一直以來累積在內心深處的眼淚彷彿潰堤般湧了出來。

模糊的視線裡浮現櫻井翔司的臉龐。

過去，他是以什麼樣的心情不斷逃亡？是以什麼樣的心情活著？然後，又是以什麼樣的心情死去的呢？

舞的胸口感覺到撕心裂肺的痛。

所謂的死亡，就是消失不在。原來，消失不在是一件這麼痛、這麼殘酷的事。

然而就連這份痛，他也已經感受不到了。連這份痛也感受不到了……

45

舞在山形站ＪＲ新幹線的月台打給四方出。

舞告訴他自己去見井尾由子後，四方田十分驚訝。當她傳達井尾由子的懺悔後，電話那頭傳來了四方田的驚愕。

〈井尾女士一直說自己很卑鄙，或許是指這件事嗎……〉

「或許吧。」

〈這不是無地自容或是無可奈何能一語道盡的。〉

舞預計搭乘的翼一五六號劃破空氣駛入月台，將舞的頭髮吹向一旁。

「我要幫大家。」

舞壓著頭髮，為了不讓新幹線的聲音蓋住自己，竭力喊道。

「為了那個人，我要盡我所能，做所有能做的事。」

〈謝謝妳，我當然也是這麼想。聽了妳剛才的話，就更不能袖手旁觀了。〉

新幹線緩緩減速，終於停了下來。噗咻——車門開啟，乘客魚貫走了出來。

〈雖然這樣切入正題有點快，不過剛才渡邊律師和我聯絡，啊，妳還可以講電話嗎？〉

「講一下沒關係。」

〈謝謝。渡邊律師說的，是足利清人這個死刑犯的事。〉

「足利清人？」

〈就是今年春天闖入群馬縣民宅——〉

殺害該戶一家人被逮捕的男人，也是供稱自己在模仿鏑木慶一的男人。

不知道是不是這樣的關係，足利清人僅僅在案發後三個月便於一審被判處死刑，速度快得是史上前所未見的特例。

〈聽說那個足利清人在獄中透露了自己其他的罪行。〉

「其他的罪行？」

〈嗯。雖然其他人認為他是為了延後行刑在胡扯一通，但這樣一來，又和他沒有上訴的決定相互矛盾。所以，渡邊律師覺得他說的可能是真的。〉

舞聽不太懂。「意思是，這跟我們這邊的案子有關嗎？」

〈或許有關。〉

月台上排隊等待上車的乘客依序進入車內。

〈根據渡邊律師的調查，發現足利清人犯下的案件跟井尾家的案子在手法上連極細節的地方都很相似。〉

「可是，既然是模仿的話，相似也是正常的……」

〈嗯。不過，渡邊律師推測，只是推測——足利清人可能不是模仿，而是重現自己的犯行罷了。〉

「這樣的話，難道……」

〈沒錯。當然，先入為主的判斷是不行的。〉

舞呆立在原地。

自己明明也得搭這班車，卻沒有踏出一步。

〈還有，渡邊律師還說，或許警察在逮捕足利清人時就察覺這件事了。如果是這樣，警方殺害慶一，還有妳說的錄音筆不見也就說得通了。事情都已經鬧這麼大卻說是冤枉的話，日本警察將會信用掃地。足利清人會這麼快就被判死刑，或許——〉

四方田的聲音變得很遙遠。

取而代之的是喀喀喀的聲響。舞口中的牙齒激烈打顫。

新幹線的車門關閉，終於發動。

舞站在月台上，一直瞪著直線前進的那輛列車。

WANTED

終幕

青天

身穿黑色法袍的三名法官一入庭，充斥法庭內的細碎耳語便瞬間停止，空氣沉重緊繃。

旁聽席人滿為患。法院周圍擠滿了無法入內的大陣仗媒體，他們似乎從昨晚就開始進行搶位大戰了。因為，全國都在關注這場審判。

酒井舞和左右兩旁的四方田保、安藤沙耶香攜手坐著。兩人的熱度從手掌傳了過來。他們應該也感受到舞的熱度了吧。

法庭內遭嚇人的熱氣填滿，甚至難以呼吸。所有人都無法壓抑內心的激動。

舞的腳底感受到微妙的震動，她看向一旁，野野村和也正輕輕上下抖著腳。像是要抑止這股震動，近野節枝將手放到了和也的膝上。

終於，法官就座，書記官宣布開庭。辯護人席上的渡邊淳二看向這裡，深深點頭。

舞身體前傾，看向被告席。

那裡沒有被告人的身影。

不過，他一定在法庭裡的某處，和舞他們一樣守護著此刻的這一瞬間。

鏑木慶一——他的名字應該會流芳百世吧。那個比誰都堅強、溫柔以及高尚的人。

他絕不輕言放棄，無論處於何種狀況都貫徹自己的正義直到最後一刻。

肅穆的空氣中，法官滔滔不絕陳述案件概要，所有人屏氣凝神看著這一幕。

不過，一切早已公諸在青天白日下，在場的所有人也都知道法官之後會下達什麼樣的判決了。

儘管如此，他們沒有一個人能放鬆。

他們終於要迎接這一刻。

「主文——」

法官朗讀判決。

之後，全員隨即起立。舞在模糊的視野一隅，捕捉到記者們反射性衝出法庭的身影。

如雷般的喊叫、嘶吼震動法庭。

舞也叫了出來，使盡全身上下的力氣不斷大喊。

你能聽到嗎？

這些聲音能傳到你身邊嗎——

本故事純屬虛構，與實際存在人物、團體、案件無任何關係。

本文中使用了「工人」、「臨時工」、「工寮」（原文分別為「人夫」、「日雇い」、「飯場」）等，關於特定職業不恰當或是令人不適的稱呼。此外，也把避開與周圍接觸的登場人物稱為「溝通障礙」、罹患失智症為「痴呆」、將兒童安置機構寫成「孤兒院」。然而，有鑑於本作的特性是以現代日本面臨的社會問題為主題，考量到擁有多元背景、價值觀的登場人物個性，我們保留了這些敘述文字，沒有做任何更動。請理解我們並無助長歧視的意思。

（編輯部）

解說

無處可逃的逃亡
——《正體》的當代社會悲歌

司法審判是個令你含冤莫白的共犯結構

洪敍銘 ／ 喬齊安

（本文涉及關鍵情節描述，建議閱畢全書才行閱讀）

無處可逃的逃亡——《正體》的當代社會悲歌

談及日本的社會派推理，很直接地能夠聯想到松本清張所開創的，將犯罪動機與「社會性」相互連結，進而對社會現實問題提出質疑與反思的創作主軸，歷來有不少評論者針對此一系譜的描述，俱指出在文體風格上「成功地創造出日本推理小說有別於歐美的嶄新風格」（陳國偉，2013：44），而在創作背景上「由於日本戰敗後，社會結構的變化，包括舊財閥的解體，農地改革，小家庭制度的興起」（林佛兒，1984：13-14），作者意圖藉由小說創作與社會事件的結合，表現出胸懷中的「社會使命感」的特色。

也因此，犯罪的「動機」，以及在探查這些動機的過程中所凸顯的社會環境的輪廓、城市空間的變遷、大眾生活的面貌等，亦逐漸與「社會現實」產生勾連，可能基於某些曾發生過的歷史事件之改編而產生對時局諷刺與不滿，或甚者是更直截、尖銳地碰觸了「翻案」、深入社會問題的討論核心，刺激讀者在許多仍存在爭議的議題中，最為敏感的那條神經。這也是此一類型的創作中最為迷人，且最受矚目的部分，如果說傳統本格所探索的「不可能」，是物理空間的迷障與錯覺，那社會派推理——或我們用更廣義的「社會性犯罪小說」來指稱——所意圖建構的「不可能」，便是在貼近大眾生活的世界中，發生在每個人物角色周遭的人際網絡，以及難以被探知、覺察的心理空間及其狀態，或者能夠概略地稱其為——「人性」。

事實上，《正體》的故事梗概並不複雜，在情節結構上，描述一位少年死刑犯鏑木慶一在逃獄後，一年多的逃亡過程中所發生的故事。全書第一章「逃獄第四五五天」是唯一不按時序進行排列的章節，除了人物關係和情節的銜接外，更重要的是為了本作所要談論的「社會性議題」，起到「定錨」的作用。

作為貫串全書的重要場所，千葉縣我孫子市的住宅式老人團體家屋「青羽」，以高齡老人共居宅的概念，照護大多患有失智症的老人們，即已描繪出「高齡化的問題在哪裡都很嚴重。日本正不停加速往超高齡社會前進」的社會現象；換言之，高齡者在當代社會中所衍生的照護、醫療及心理衛生問題，逐漸成為龐大的個人與社會負擔。小說中透過不同角色「因為，如果我忘了先生、兒子、媳婦和孫子的話，活著也沒意義了」、「八十五歲的悅子不可能有這麼年輕的兒子，然而，卻沒有人對這點發出疑問」、「妳看，鷲生爺爺的家人一次都沒來看過他對吧？」的對談，也表現出這些在照護機構中的高齡者所面臨的現實處境，可能源於孤身一人的絕望，也可能是家庭不睦下的犧牲。

當然，作為犯罪小說，這些故事開篇的場景描寫與背景設定，都存在作者隱藏的線索，除此之外，隨著情節內容，我們也能更加地深入思索與自己切身相關的社會福利議題，例如第五章節枝照料失能的公公時夾雜的無力、無助與罪惡感，及第六章小舞對爸爸說：「照顧自己的家人非常辛苦喔。工作時的對象因為是陌生人，才可以將個人感情放一邊去照顧，但如果是自己的父母，照護者每件事都會變得情緒化，會很累吧？」第七章入住者在事發後安置於原生家庭後「所有人的家人都異口同聲地說已經到『極限』了」這些文字，都讓讀者能夠進一步省思與探索。

世界各國面臨的社會問題截然不同，高齡化目前雖僅見於已開發國家社會，卻也開始大量地出現在各國文學創作的主題中，顯示出與時俱進的特色。在臺灣如舟動《跛鶴的羽翼》（2017）已然觸及社工與社會安全網的議題，游善鈞的《空繭》（2021），更直接以「長照」作為切入點，透過犯罪事件更為具體地描繪出既扭曲又沉重的壓力。此外《正體》也將其關注視角，延伸到了日本社會底層的「年輕人們」。

福澤徹三《年輕人們》刻劃出的景象與社會現象，就表層而言，都是「錢」的議題——「日薪」、「貧窮產業」對派遣工的剝削，《正體》第二章24小時在東京奧運場館工地毫無保障的臨時工、第三章鏑木化名的居無定所的那須、第五章在麵包工廠的擔心因機器自動化遭裁員的派遣工，或多或少地都碰觸了這個議題，其中最為具象化的，就是「沒有健保卡」的敘述：

> 此外，最糟糕的就是平田沒有健保卡。據說，初診和照X光加起來的看診費高得不像話，平田光是付那些就用光身上所有的錢了。
>
> 因為長期欠繳保費，他甚至連健保卡都沒有，所以很傷腦筋。

沒有健保卡所造成的恐怖，不只是要支付高額的看診費用，更在於「失去身分」，因此許多日本小說都有「無法辦會員卡」的敘述，如「這間店要有會員卡才能用。但如果是這樣的話，勉三是怎麼辦會員卡的呢？沒有能證明身分的健保卡或是駕照就辦不了會員卡。」看似極其微小，然而「不得其門而入」、尖銳且不友善的眼光、擔心在外遊蕩被抓入拘留所等「社會最底層」的絕望和恐慌，引發了日本現實社會中的極大共鳴，因為「一不小心就會成為遊民」的集體焦慮與恐懼，不僅只存在於年輕一輩，也可能發生於社會的中高齡階層。

第四章的渡邊淳二、第五章浩子的先生，都在中年後失業或轉職過程中遭遇巨大的打擊與經濟、生活甚或家庭的困境與挑戰，「怎麼這樣？明明年紀大的人要轉職比較辛苦啊」的埋怨，與石田衣良的《池袋西口公園》（2010）系列所描述艱難的就業環境卻也有著共時性的連結，「他們的慘叫誰也聽不見」一語成為最為真實卻也悲哀的象徵。

小說中所描繪、揭示的社會現狀，從現實的視角來看，是成真的預言，或者正在發生的災難？《正體》中所描繪的樣態，往往是當下的生存環境中，最危險，也是刻不容緩必須改變的主題；在這些社會問題與背景的描述中，作者染井為人更具野心地挑戰了日本警察體系、宗教詐騙、死刑存廢等三個極具爭議的議題。

在警察體系部分，第三章透過沙耶香和又貫課長的對峙，更具細節地描繪出警察在查案過程的粗暴，甚至對其合法性的質疑；第六章仍寫出又貫課長在一片混亂中開槍射殺櫻井的獨斷；而在做為貫穿全書的「少年死刑犯越獄事件」中，也不斷地通過新聞報導與對話的方式，呈現出日本民眾對於警方辦案的過於自大、體系的迂腐所產生的不信任感，挑戰了警察做為公權力執行者的象徵意義，最終甚至也翻轉了「正義」的實現，大大嘲諷並批判了日本警察反而可能成為「殺人者」的控訴。

在宗教詐騙方面，第五章的救心會，最終在化名久間的鏑木的調訪中，被揭露出「打造名為宗教的入口聚集人群，獲得資訊再轉賣出去。這世上似乎存在著這種惡質宗教」的黑幕，藉由販賣虔誠信仰而產生的詐騙事件，一次次地摧毀故事中的人物人際與家庭關係，成為最令人難以置信的事實。

最後，作者也勇敢地挑戰了死刑議題：

「爸，死刑是理所當然的嗎？」……

「我不是說這個，是在想，把殺人當刑罰對嗎？」

「我贊成喔。一想到遺屬的心情，就覺得死刑是不得不的存在。如果妳被誰殺了的話，爸爸一定希望對方被判死刑。如果沒有，爸爸就會去殺了那個兇手。」

父親極為冷靜地說著可怕的內容。

「可是那樣我也不會復活啊？」……

「我開始這份工作以後，發現人類是真的會死掉呢。就算放著不管，所有人總有一天都會死去，即使如此卻要強行讓人死亡，這樣好嗎？」

「不管那個人犯了什麼罪嗎？」

坐在另一邊的母親問道。

透過小舞和父母簡短的對話，言簡意賅地呈現出當今死刑存廢的討論焦點；然而，作者在《正體》中更加特別地以死刑犯為何越獄的理由，深化了常見的討論觀點：

我改變想法了。如果我堂堂正正奮戰到最後一刻還是被宣判死刑的話也無可奈何，只能接受這就是自己的命運。為了守護名譽而死，我求仁得仁。

結果如妳所知，國家對我宣判，要我去死。雖然絕望，但對於奮戰這件事我不後悔。所以我最後這樣說——『我想稱讚自己』。

一般的討論常聚焦在「死刑」究竟該不該成為一種「刑罰」，以及人是否能夠用任何一種方式「決定」他人的「死亡」，但在小說中，國家的宣判對他而言已是「無處可逃」的境地了，而他的逃亡則成為「奮戰」的過程，這個歷程隱含著激昂且壯烈的義無反顧，「稱讚」一詞，也凸顯了生存的意志在所謂「被死亡」的威脅中，更顯光亮的價值；這和第四章中同樣因為一時慌張怯懦而被羅織「性騷擾」罪狀的渡邊淳二，即形成了明顯的對比，或許作者在循序漸進的敘事中，期待透過人物的內心探索，揚發自我成長的可能。

這樣的情節內容，誠然大大反轉了「犯罪」和「正義」間迴環辯證的社會性主題，傳統的徑路，在於正義透過破解犯罪動機而得以實現，但至少在《正體》中，我們看見原本能夠對應「社會價值」的「正義」，竟也能二分化，成為混亂卻又更接近真實事件、真實社會的樣態。

當然，《正體》也側寫了更多日本社會根深柢固的價值觀及其引發的刻板印象或偏見，例如獨居、單親、女性不婚、男尊女卑、霸凌等等，作者並未意圖透過小說中案件的解決，一併創造「烏托邦世界」式的和平或和解，反而是在每個章節段落的故事末尾，都留下了更深沉、更莫可奈何的無奈感，和也（與臨時工們）無法對抗無視勞基法的惡質派遣公司、沙耶香眼睜睜地看著愛情的墜落、淳二和一同打工換宿的夥伴始終沒有解開心結、節枝和浩子的茫然不知所以、小舞在攻堅行動中的驚嚇……，雖然和也、沙耶香、淳二、節枝、小舞最終凝聚並實現了巨大的反動力量，然而儘管他們貫徹自己的正義直到最後一刻，他們記憶中的勉三、那須、袴田、久間和櫻井，也僅能以精神的形式與他們共生、共存，每個人都仍然無法避免地必須面對各自的議題、來自社會環境的偏見甚或惡意，然後仍然必須存活下去。

這種非典型的末尾，與作者意圖透過每個章節的故事，側寫出「少年死刑犯」的不同性格面向，藉由不同年齡、性別、社會階級的人物，以他們的視角拼湊、塑造鏑木慶一的立體形象之突出創作特色相較，或許是更加值得關注的部分；藉由這個案件形構的正義翻轉，有讓當前的社會環境獲得更好的發展基礎或契機嗎？《正體》顯然沒有給出答案，甚至也暗示改善的機率微乎其微，那麼，我們必須回到本書沿襲原文書名的「正體」二字，其意涵最一開始的叩問：「你是誰？」來思考「我是誰？」的問題；或許《正體》想表現出的，是如果我們也正在無處可逃的環境中，透過逃亡來證明生存的價值，那我們的奮戰，也將會存在著一絲改變的意義與可能。

作者簡介／洪敍銘

台灣推理小說研究者、評論者，現職為編輯、文創策展人，「托海爾：地方與經驗研究室」主理人，著有台灣推理研究專書《從「在地」到「台灣」：論「本格復興」前台灣推理小說的地方想像與建構》，曾獲楊牧文學研究獎、東華文學獎等。

司法審判是個令你含冤莫白的共犯結構

「日本目前約有120名待執行死刑犯，20％稱自己冤枉，我調查事件經過，無辜的可能性很高。」
——島田莊司

過去十年間常在日本推理小說／影劇裡被熱烈探討的「少年法」，其實並不完全是未成年犯罪的「殺人許可證」或「保命符」。14歲至19歲都在少年法的管轄範圍中，而第51條規定註明，如果是未滿18歲的少年，得以將死刑判罰改處無期徒刑；然而若犯案時年滿18或19歲，法官即可判處死刑。

甚至，在最近一次修法後，原本法定成年年齡定於20歲的日本政府，自二〇二二年（令和四年）四月一日起，確定將成年定義改變為年滿18歲，同時取消了少年法中針對18、19歲少年的部分保障，未來他們被稱呼為「特定少年」，在起訴後，真實姓名、照片等情報皆可公開被媒體報導。

少年法之所以歷經五次大小幅度修法，與民情的激憤脫不了關係。平成以來接連發生多起震驚全日本的少年重大刑案。如一九九七年「酒鬼薔薇聖斗事件」分屍國小生的「少年A」東慎一郎，殺人時年僅14歲，在少年法的保護下安然重返社會，還出版了手札《絕歌——日本神戶連續兒童殺傷事件》（二〇一五）大賺一筆；接著一九九九年光市母女殺害事件、二〇〇〇年西鐵巴士挾持事件之殘酷性，令「九〇年代少年犯罪凶惡化」蔚為嚴重的社會問題。

光市事件的犯人年滿18歲得以求處死刑（尚未執行），西鐵巴士事件的少年A則因17歲得以隱姓埋名逃過一劫，在醫療少年院待到二〇二〇年時出院入世。相差一歲所獲得的「差別待遇」，是儘管少年法修法後少年犯罪大幅下降（從二〇〇八年的9萬件減少到二〇一八年的2．6萬件）仍不被輿論認同的癥結，也終於推動了這一次針對「成年定義」的重大修法。日本能否因此得到更和平的社會尚是未知數，但或許能夠肯定的是，更為嚴厲的判罰基準，將會持續製造出《正體》裡鏑木慶一這樣含冤莫白的「少年死刑犯」。

根據統計，日本從戰後（一九四五年）至今共定罪了44名少年死刑犯，其中「只有1人」，在歷經超過三十年的奮鬥後得以洗刷冤情無罪釋放，那就是日本四大死刑冤罪案件之一「財田川事件」。19歲嫌犯谷口繁義被警、檢雙方偽造證據的合謀逼上絕境，若不是一位秉持強烈正義感的地方法官矢野伊吉偶然注意到其申冤信，不惜辭去法官職務改當律師為谷口辯護、並出版著作引發律師聯會集體關注，才得以獲得重審機會。

當谷口在一九八四年沉冤昭雪出獄時，與全國司法界為敵、心力交瘁的矢野已經在前一年病逝。在這起唯一獲救少年死囚的奇蹟故事背後，恰恰指出了日本制度的弊病：**檢察官起訴的案件高達99．8%會被法官認同與定罪，比例之高達世界第一**。即使在二〇〇九年後引進了「裁判員制度」（由一般市民加入仲裁），也還是維持99．6%的誇張數據。

為什麼形成如此世界奇觀？這也是日本人民族性所造就。他們追求和諧秩序，對異己展現強烈的排他性。犯人即便贖罪出獄也難以在社會上立足、「株連九族」地集體霸凌加害者家屬更是司空見慣。曾遭奧姆真理教暗殺的名記者江川紹子在著作中說明：「（村民）**比起追求個人的人權與真相，更重視聚落整**

體的和平。個人的悲傷與憤怒，都壓抑在聚落的和平之下。」這一種潛藏於日本「傳統村落」、重視「和氣」的力學，至今依舊存在於現代社會中。

這種人性同樣反應在審判的結果，執法者必須雷厲風行地用刑罰來「恢復社會秩序」，裁判員審判也往往在三、四天內就決定結果。「零容忍」政策讓日本塑造出治安良好的國家形象，卻也跟著埋葬了無辜良民的清白與血淚。日本戰後爆出大量冤罪事件，松本清張、島田莊司、宮部美幸這些推理大師均曾針對相關案例寫作批判。

曾身為刑事法學界最高權威的團藤重光法官，在波崎事件做出死刑判罰，卻無法釋疑案件的冤罪性而悔不當初，晚年轉變為廢死派，大力提倡「為防止冤罪，只能廢除死刑」的絕對廢死思想。但至今日本民情仍與台灣接近，贊成廢除死刑的僅限小眾。二〇二〇年公布的民意調查顯示，有高達81％的受訪者回答「不應該」廢除死刑，認為該廢除的人只有9％。**回饋意見表示，京都動畫縱火案這些近年持續爆發的重大刑案造成的不安全感，令日本人更加認定死刑對於遏止犯罪有一定效果。賞善罰惡的「報應論」，在亞洲世界的信仰依舊根深蒂固**。

在認識這些冤罪史的來龍去脈後，對於這部劇情跌宕起伏、峰迴路轉的《正體》背景，我們會有著更深刻的理解：「**這一切仍是現代隨時、可能發生的現實**」。現年38歲的千葉縣作家染井為人，曾經從事音樂劇、舞台劇的製作人工作，在二〇一七年以《惡夏》獲得橫溝正史大獎優秀賞出道。這部作品的主角在發放生活保護福利金的政府機關任職，熱情為補助戶服務的他卻發現同事濫用職權威脅女性、黑道使用非法手段領取保護金等惡行。這一部描繪社會底層人士群像、探討日本現代陰暗面如福利金詐欺、毒品的

「社會派犯罪小說」大獲好評，也確立了染井往後的寫作路線。

固定每一年發表一本新作的染井，在第四部單行本《正體》（二〇二〇）為自己的作家事業締造了新的高峰。在今年十月宣布由WOWOW改編為電視劇，並由高人氣的龜梨和也主演鏑木慶一。染井在《小說寶石》月刊的本作出版感言裡說明，平成年間，全國的矯正設施（監獄、看守所、少年院）就有36人逃獄成功，幾乎每一年就會有一個逃獄犯，因此慶一的設定並不是什麼稀奇的事。

有趣的是，即便警方、媒體鋪天蓋地地露臉通緝，民眾卻沒有發現逃犯就在自己身邊也是很常見的狀況。染井指出二〇一八年就有一個照片張貼在四處的逃犯，偽裝成騎自行車環遊日本的旅人逃亡。由於他舉止極為自然，竟然讓與其接觸過的人都沒有產生懷疑。這起新聞令他印象深刻，也成為《正體》的構想來源。

而作者在小說中的企圖心更是宏大，藉由慶一喬裝周遊東京、長野、山形、千葉各地與人們相遇的旅程，逐一揭發在舉國歡騰奧運到來的和平表象下，跨入令和新時代那些依舊流竄在社會的罪惡與不公——和也的家鄉小鎮還存有「村八分」的戰前陋習；而那群為奧運場館拚死趕工的臨時工，沒有任何職災保障，是被政府遺棄的「做工的人」，惡劣的勞動環境相對於光鮮亮麗的場館顯得格外諷刺。

泡沫經濟崩壞以來的不景氣也長年浸蝕著中產階級的生活。節枝這些兼差賺取生活費的主婦因共同的煩惱「貧窮」向新興宗教求助，卻落入詐騙集團的陷阱，剝削中老年人等弱者的詐騙問題始終無法遏止；邁向超高齡社會後的長照機構資源匱乏更是重大危機，在欠缺人力的狀況下慶一能夠輕易地混進團體家屋內，倘若他真是心懷不軌的暴徒，失智長輩們的下場便如「相模原市身心障礙者福利院殺人案」一般不堪設想。優秀的社會派在「議題」與「小說」的比重拿捏是關鍵，染井為人漂亮地捨棄長篇大論的說教或論理，將欲針砭的弊病力道適當地融入於流暢精彩的故事與對白中，寫作技巧著實叫筆者驚艷。

同樣由法官轉任律師的森炎，在二〇一四年出版的《冤罪論：關於冤罪的一百種可能》裡整理冤罪事件，統整出日本製造出冤罪結構中的七大線索。**其中第一項正是慶一遭遇的：「案件第一發現者被當成犯人」**。一九七九年的熊本婦女強暴殺害事件、一九八八年的鶴見事件，都是在沒有證據下被告還是遭判死刑的案例。**只被利用做單方面解讀的證人、警察暴力偵訊逼出的不實自白、檢方甚至律師只講結案灌輸不認罪會判死刑的耳語、以及法官一味認同檢方訴求畫押的共犯結構正是日本冤罪形成的SOP**。沒有呼籲再審的外力協助，慶一採用的最極端選擇「逃獄」，客觀來看竟是唯一自救的方式。少年的故事刻劃出先進大國僵化的制度悲哀，但追求正義的亡命之旅並不孤單，微小的他們推進了世界的轉動。

作者簡介／喬齊安（Heero）

台灣犯罪作家聯會成員／百萬部落客，已出版六本足球書籍專刊。在本業編輯製作多本本土文學小說獲獎並售出ＩＰ版權，即將改編翻拍為電影、電視劇。為多部小說／實用書籍撰寫推薦與導讀、書評相關文章，長年經營「新聞人Heero的推理、小說、運動、影劇評論部落格」。

TITLE

正體

STAFF

出版	瑞昇文化事業股份有限公司
作者	染井為人
譯者	洪于琇
總編輯	郭湘齡
策畫顧問	徐承義
文字編輯	蕭妤秦　張聿雯
美術編輯	許菩真
封面設計	許菩真
排版	許菩真
製版	明宏彩色照相製版有限公司
印刷	桂林彩色印刷股份有限公司
	紘億彩色印刷有限公司
法律顧問	立勤國際法律事務所　黃沛聲律師
戶名	瑞昇文化事業股份有限公司
劃撥帳號	19598343
地址	新北市中和區景平路464巷2弄1-4號
電話	(02)2945-3191
傳真	(02)2945-3190
網址	www.rising-books.com.tw
Mail	deepblue@rising-books.com.tw
初版日期	2021年12月
定價	520元

國家圖書館出版品預行編目資料

正體/染井為人作；洪于琇譯. -- 初版. --
新北市：瑞昇文化事業股份有限公司,
2021.12
560面；14.8X 21公分
譯自：しょうたい
ISBN 978-986-401-530-6(平裝)

861.57　　110019545

Original Japanese edition published by Kobunsha Co., Ltd.
Traditional Chinese translation rights arranged with Kobunsha Co., Ltd.

讀小說
Reading Novel